岩 波 文 庫

31-042-14

# 断腸亭日乗

(一)

大正六―十四年

永井荷風 著

中島国彦
多田蔵人 校注

岩 波 書 店

# 目　次

# 断腸亭日乗

㈠

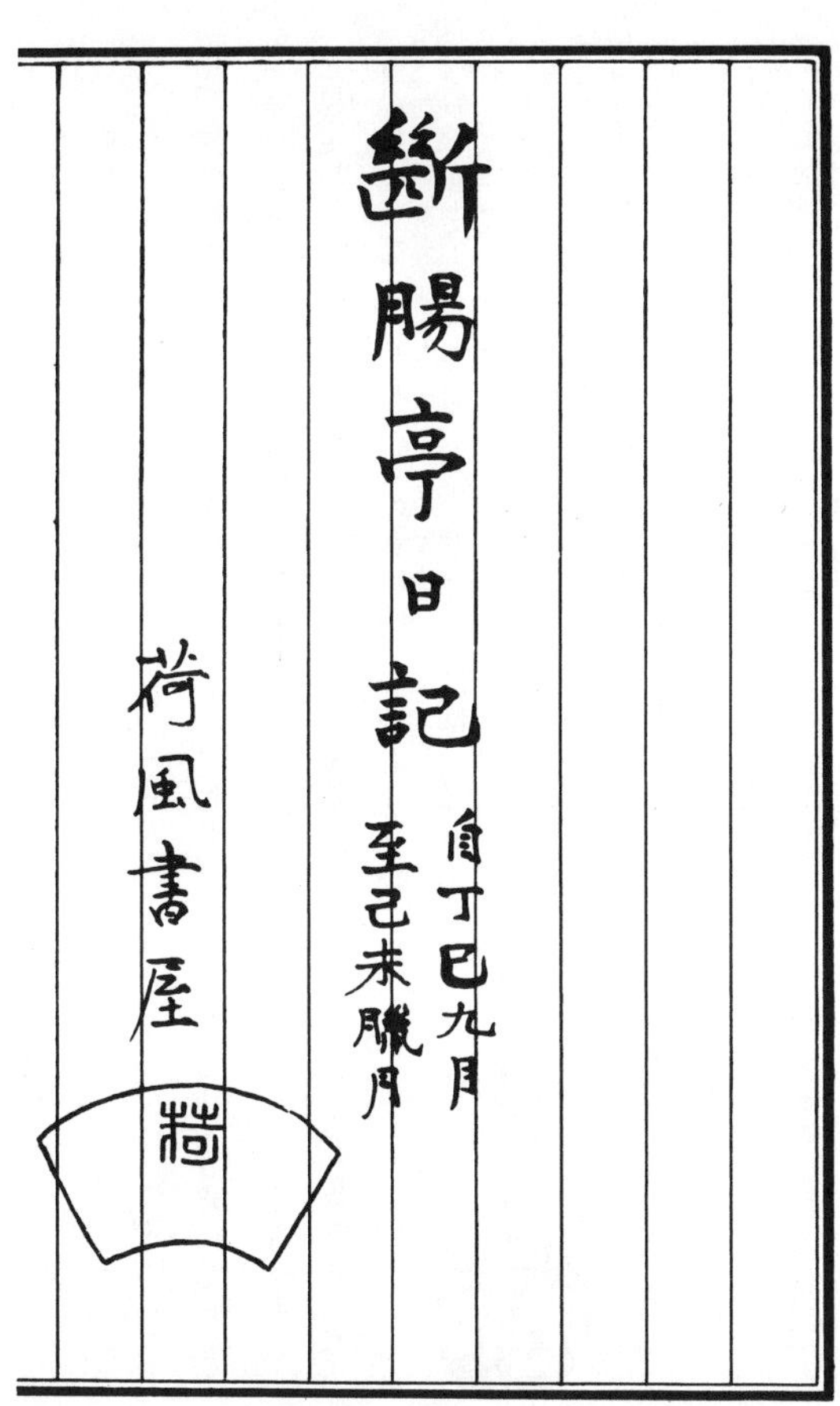
斷腸亭日記
自丁巳九月
至己未臘月
荷風書屋
荷

此断腸亭日記は初大正六年九月十六日より翌七年の春ころまで折々鉛筆もて手帳にかき捨て置きしものなりしがやがて二三月のころより改めて日日欠くことなく筆とらむと思定めし時前年の記を第一巻となしこの罫帋本に写直せしなり以後年と共に巻の数もかさなりて今茲昭和八年の春には十七巻となりぬ

かぞへ見る日記の巻や古火桶

五十有五歳　荷風老人書

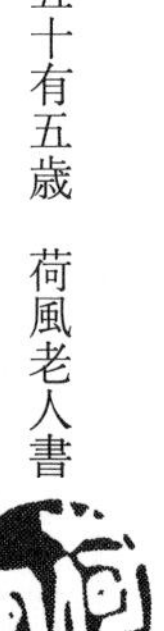

# 断腸亭日記巻之一大正六年丁巳九月起筆

荷風歳卅九

〔原本欄外朱丸、以下同ジ〕
○九月十六日、秋雨連日さながら梅雨の如し。夜壁上の書幅(1)を挂け替ふ。

碧樹如レ烟覆二晩波一。清秋無レ尽客重過。故園今即如二烟樹一。鴻雁不レ来風雨多。　姜逢元

(2)等閑二世事一任二沉浮一。万古滄桑眼底収。偶□心期帰図画。□□蘆荻一群鷗。　王一亭

先考所蔵の書幅の中一亭王震が蘆雁の図は余の愛玩して措かざるものなり。

○九月十七日。また雨なり。一昨日四谷通夜店にて買ひたる梅もどき一株を窓外に植ゆ。此頃の天気模様なれば枯るゝ憂なし。燈下反古紙にて箱を張る。蜱頻に縁側に上りて啼く。寝に就かむとする時机に凭り小説二三枚ほど書き得たり。

○九月十八日。朝来大雨。庭上雨潦河をなす。

○九月十九日。秋風庭樹を騒がすこと頻なり。午後市ケ谷辺より九段を散歩す。

○九月二十日。昨日散歩したるが故にや今朝腹具合よろしからず。午下木挽町の陋屋に赴き大石国手(3)の来診を待つ。そも〳〵この陋屋は大石君大久保の家までは路遠く往診しかぬることもある由につき、病勢急変の折診察を受けんが為めに借りたるなり。南鄰は区内の富豪高嶋氏(4)の屋敷。北鄰は待合茶屋(5)なり。大石君の忠告によれば下町に仮住居して成るべく電車に乗らずして日常の事足りるやうにしたまへとの事なり。されど予は一たび先考の旧邸をわが終焉の処にせむと思定めてよりは、また他に移居する心なく、来青閣に隠れ住みて先考遺愛の書画を友として、余生を送らむことを冀ふのみ。此夜木挽町の陋屋にて独三味線さらひ小説四五枚かきたり。深更腹痛甚しく眠られぬがまゝ陋屋の命名を思ふ。遂に命じて無用庵となす。

九月廿一日。大石国手来診。

九月廿二日。無用庵に在り。小説おかめ笹執筆。

〔欄外「原本廿三日より廿九日迄記事なし」トアリ、朱線ヲ引キ胡粉デ抹消〕

九月三十日。深夜一時頃より大風雨襲来。無用庵屋根破損し雨漏り甚し。黎明に至りて風雨歇む。築地一帯海嘯に襲はれ被害鮮からずと云。午前中断腸亭に帰りて臥す。

〔欄外「原本十月一日及二日欠記事」トアリ、朱線ヲ引キ胡粉デ抹消〕

十月三日。断腸亭窗外の樹木二三株倒れ摧かる。

十月四日。百舌始て鳴く。

十月八日。連日雨歇まず。人々大風再来を憂ふ。藪鶯早くも庭に来れり。

〔欄外「原本五日より七日まで記事を欠く」トアリ、朱線を引キ胡粉デ抹消〕

十月九日。大雨。無用庵雨漏りいよ〳〵甚しき由留守居の者知らせに来りし故寐道具取片づけ断腸亭に送り戻さしむ。唖々子(6)にたのみて三味線食器は一時新福亭へあづけたり。

久米秀治氏細君営業の待合茶屋なり(7)(8)

十月十日。夜庭後子風雨を冒して来訪せらる。断腸亭襍稾出版についての用談なり。

十月十一日。この日雨始て晴る。百舌頻に鳴く。旧稾つくりばなしを訂正して文明(9)に寄す。

十月十二日。赤蜻蜓とびめぐり野菊の花さかりとなる。

十月十三日。秋陰夢の如し。夜庭後君再び訪来り文明編輯の事を相談す。

十月十四日。空始めて快晴。小春の天気喜ふべし。八ツ手の芽ばへを日当りよき処に移植す。午後神楽阪貸席何某亭に開かれたる南岳(10)追悼発句会に赴く。帰途湖山(11)唖々の二子と酒楼笹川に飲む。

十月十五日。曇る。鵯鳴く。園丁来りて倒れたる庭木を引起したり。夜また雨。

十月十六日。雨。石蕗花開く。その葉裏に毛虫多くつきたり。今年は秋に入りて殊に雨多かりし故にや此頃に至り葉雞頭野菊紫苑のたぐひに至るまで皆毛虫つきたり。

十月十七日。鶺鴒飛来る。晩風蕭索。夕陽惨憺たり。

十月十八日。先人揮毫の扇面を見出し書斎の破襖に張る。其の中の一詩を録すれば、隔水双峰雪未銷。白堤寒柳晩蕭蕭。三杯傾尽俞楼酒。馬上思君過断橋。(12)

十月十九日。大石君の診察を請はむとて数寄屋橋新福亭に往く。大石君来らず空しく帰る。啞々子に逢ひ四谷に飲む。

十月廿二日。晴天。風寒し。断腸亭に瓦斯暖炉を設く。八ツ手の蕾日に日にふくらみ行けど菊は未開かず。竜胆花をつけたり。おかめ笹第六回に進む。夜執筆の傍火鉢にて林檎を煮る。

十月廿三日。晴天。文明第十一号校正。午後日吉町庄司理髪店に赴き米刃堂に立寄り庭後啞々の両子と三十間堀寿々本(13)にて晩餐をなす。清元延園(14)おりきを招ぐ。

十月廿四日。両三日腹具合大に好し。午後家を出で紀の国坂を下り豊川稲荷に賽す。

十月廿五日。朝より大雨終日歇まず。庭上雨水海の如く点滴の響滝の如し。夜に入つて風また加はる。燈下孤坐。机に凭るに窗外尚残蛩の啼くを聞く。哀愁いよ〳〵深し。

十月廿六日。晴天。写真師を招ぎて来青閣内外の景を撮影せしむ。予め家事を整理し万一の準備をなし置くなり。近日また石工を訪ひ墓碑を刻し置かむと欲す。夜風あり。

月明かなり。虫語再び唧々たり。

十月廿七日。晴天。階前の黄菊始て開く。午後青山辺を歩む。夜梔子の実を煮、その汁にて原稿用罫紙十帖ほど摺る。梔子の実は去冬後園に出で丶採取し影干になしたるもの。

十月廿八日。来青閣壁間の書幅を替ふ。毅堂先生[15]絶句三幅を懸く。朝の中雨ふりしが晩に歇む。是夜十三夜なれど月なし。初更のころ門を敲くものあり。燈を挑げて出で丶見れば旧友葵山子[16]の訪来れるなり。咖啡を煮て款晤す。

十月廿九日。曇る。夜九穂子来訪。

十月三十日。快晴。後園に菜種を蒔く。

十月卅一日。啞々子来訪。

十一月一日。

十一月二日。

十一月三日。快晴。南伝馬町太刀伊勢屋[17]に往き石州半紙一〆を購ひ、帰途米刃堂を訪ふ。

十一月四日。大雨。断腸亭襍稾表帋板下絵を描く。

十一月五日。晴。山茶花開く。菊花黄紅紫白の各種爛漫馥郁たり。八ツ手の花もまた開く。午後水仙蕃紅花の球根を地に埋む。

十一月六日。夜啞々子来訪。晩風漸く寒し。虫の音全く後を絶しが、家の内薄暗きところには猶蚊のひそめるあり。

十一月十日。今年は去月の暴風にて霜葉うつくしからず。此の頃に至りて楓樹の梢少しく色づきたれど其の色黒ずみて鮮ならず。

十一月十二日。快晴。樫の芽ばへを日あたりよき処に移植す。

十一月十三日。小説腕くらべを訂正し終りぬ。午後三十間堀の酒亭寿々本に往き、庭後啞々の二子と飲む。

十一月十五日。断腸亭襍藁印刷校正に忙殺せらる。夜啞々子来談。

十一月十六日。鵯毎朝窗外の梅もどきに群り来る。余起出ること晩きが故今は赤き実一粒もなくなりたり。

十一月廿一日。断腸亭襍藁校正終了。下婢を銀座尾張町義昌堂(18)につかはして水仙を購ふ。

十一月廿二日。毎日天気つゞきにて冬暖甚病軀に佳し。午後市ヶ谷辺を散策す。古道具屋にて三ッ抽出し古簞笥を購ふ。余以前は簞笥あまた持ちたるに一棹は代地河岸にて失ひ、又重簞笥二棹は宗十郎町にて奪はれ、今はわが衣服を入るゝに西洋トランクと支那文庫とあるのみ。日常使用に不便なれば已むことを得ず新に購求めしなり。代価参円半。

十一月廿三日。晴天。満庭の霜葉甚佳なり。萩芒の枯伏したる間に鶫二三羽来りて枯葉を踏む。其の音さながら怪しき者の忍寄るが如き気色なり。晩間寒雨瀟瀟として落葉に滴る。其声更に一段の寂寥を添ふ。再びおかめ笹の稿をつぐ。

十一月廿九日。両三日寒気強し。樹陰日光に遠きあたり霜柱を見る。今暁向両国相撲小屋跡菊人形見世物場より失火。回向院堂宇も尽く焼亡せしと云ふ。西大久保母上の許より昆布佃煮を頂戴したり。

十一月三十日。この頃小蕪味ひよし。自ら料理して夕餉を食す。今朝肴屋の半台にあなごと海鼠とを見たり。不図思出せば廿一二歳の頃、吉原河内楼[19]へ通ひし帰途、上野の忍川[20]にて朝飯くらふ時必ずあなごの蒲焼を命じたり。今はかくの如き腥臭くして油濃きものは箸つける気もせず。豆腐の柔にして暖きがよし。夜明月皎皎たり。

十二月一日。蠟梅の黄葉未落尽さゞるに枝頭の花早くも二三輪開きそめたり。予今年は病のため更に落葉を掃はざりしが、今になりては荒果てたる庭のさま却て風趣あり。

十二月二日。昨日の寒さに似ず今日は暖なり。母上来たまひて来青閣の広間にて余の蒲団を縫はる。

十二月三日。予が懸弧の日なれど特に記すべきこともなし。唯冬日の暖きを喜ぶ。

十二月四日。腕くらべ印刷校正下摺はじまる。

十二月五日。中央公論社におかめ笹前半の草稾を渡す。九穂子来談。

十二月七日。日日寒気加はる。寒月氷の如し。

十二月八日。庭上の霜雪の如く白し。本年の寒気前年の比にあらずと新聞紙に見ゆ。午後風ありしが寒気甚しからず。福寿草の芽地上にあらはる。

十二月九日。正午新福主人来訪。本日帝国劇場。松莚君(22)連中見物の当日なればとてわざ〳〵さそひに来られしなり。久振りの芝居見物興なきにあらず。食堂にて花月主人(23)に逢ふ。看劇後新福亭に一茶して家に帰る。夜三更を過ぐ。

十二月十日。快晴。紅箋堂佳話(24)起草。

十二月十一日。快晴。園丁来りて落葉を掃ふ。肴屋白魚を持来りしが口にせず。

十二月十二日。八ツ手山茶花共にちり尽しぬ。

十二月十五日。久振にて築地の梅吉(25)を訪ふ。弟子梅之助手すきの様子なりければ清心始の方すこしさらつて貰ひたり。

十二月十六日。九穂子来談。毎日好晴。蠟梅の花満開なり。

十二月十七日。午後九段を歩む。市ヶ谷見附の彼方に富嶽を望む。病来散策する事稀なれば偶然晩晴の富士を望み得て覚えず杖を停む。燈下バルザツクのイリユージヨンペリユデイ(26)を繙読す。就床前半時間ばかり習字をなす。

十二月十九日。抜辯天の縁日を歩み白瑞香一鉢を購ひ窗外に植ゆ。

十二月二十日。兼てより花月主人と午後一時を期し栄寿太夫(27)を招ぎ清元節稽古の約あり。此日浦里上の段をけいこす。

十二月廿一日。今日もまた花月に往く。帰途銀座島田洋紙舗(28)にて腕くらべ用紙見本を一覧したれど思はしきものなし。

十二月廿二日。冬至。晴れて暖なり。紅箋堂佳話(29)を書きはじめたれど興味来らず。筆を擲て神田を散歩す。夜半輪の月よし。沢田東江の唐詩選を臨写す。

十二月廿四日。毎朝霜柱甚し。水仙の葉舒ぶ。

十二月廿五日。午後花月に往きしが栄寿太夫来らず空しく帰る。

十二月廿六日。啞々子米刃堂用談にて来訪。この夜寒月氷の如く霜気天に満つ。未夜半に至らざるに硯の水早くも凍りぬ。

十二月廿八日。米刃堂主人文明寄稿家を深川八幡前の鰻屋宮川(30)に招飲す。余も招がれしかど病に托して辞したり。雑誌文明はもと〳〵営利のために発行するものにあらず。文士は文学以外の気焔を吐き、版元は商売気なき洒落を言はむがために発行せしものなりしを、米刄堂追々この主意を閑却し売行の如何を顧慮するの傾きあり。予甚快しとなさず、今秋より筆を同誌上に断ちたり。薄暮月蝕す。

十二月廿九日。この頃寒気の甚しさ、朝十時を過るも庭の霜猶雪の如し。八ツ手青木熊笹の葉皆哀に萎れたり。小鳥の声も稀になりぬ。大明竹の鉢物を軒の下日当りよき処に移す。午後花月に往き浦里上の段稽古を終る。本年はこれにて休み来春また始めるつもりなり。帰途夕暮になりしを幸新福亭に立寄り夕餉をなす。主人も折好く芝居稽古を終りて帰来りたれば、清元一二段さらひて後、来合せたる妓雛丸とやらを伴ひ銀座通年の市を見る。新橋堂前の羽子板店をはじめ街上繁華の光景年々歳々異る所なし。唯余のみ年老いて豪興当時の如くなる能はざるのみ。鳩居堂にて香を購ひ車にて帰る。桜田門外寒月の景いつもながらよし。

十二月卅一日。風あり。砂塵濛々たり。午後空くもる。雪を憂ひしが夜に至り二十日頃の月氷の如く輝き出でたり。家に籠りて薄田泣菫子が小品文集落葉を読む。余この頃曾て愛読せし和洋書巻の批評をものせむとの心あり。依りてまづ泣菫子が旧著を取出して一読せしが思ふところ直に筆にしがたくして休みぬ。今余の再読して批評せむと思へるものを挙ぐるに、

落葉　薄田泣菫著　　　照葉狂言　泉鏡花著

今戸心中　広津柳浪著　　三人妻　尾崎紅葉著
一葉全集　樋口一葉著　　柳橋新誌　成島柳北著
梅暦　為永春水著　　湊の花　為永春水著
即興詩人　森鷗外著　　四方のあか　蜀山人著
うづら衣　横井也有著　　霜夜鐘十時辻占　黙阿弥著(31)

其他深く考へず。漢文にては入蜀記、菜根譚、紅楼夢、西廂記、随園詩話(32)等。西洋のものはまた別に考ふべきなり。

# 断腸亭日記巻之二大正七戊午年

荷風歳四十

正月元日。例によつて為す事もなし。午の頃家の内暖くなるを待ちそこら取片づけ塵を掃ふ。

正月二日。暁方雨ふりしと覚しく、起出でゝ戸を開くに、庭の樹木には氷柱の下りしさま、水晶の珠をつらねたるが如し。午に至つて空晴る。蠟梅の花を裁り、雑司谷に徃き、先考の墓前に供ふ。音羽の街路泥濘最甚し。夜九穂子来訪。断腸亭屠蘇の用意なければ倶に牛門の旗亭に徃きて春酒を酌む。されど先考の忌日なればさすがに賤妓と戯るゝ心も出でず、早く家に帰る。

正月三日。新福亭主人この日余の来るを待つ由。兼ての約束なれば寒風をいとはず赴きしに不在なり。さては兼ての約束も通一遍の世辞なりし歟。余生来偏屈にて物に義理がたく徃々馬鹿な目に逢ふことあり。倉皇車に乗つて家に帰る。此日寒気最甚しく街上殆人影を見ず。燈下に粥を煮、葡萄酒二三杯を傾け暖を取りて後机に対す。

正月七日。山鳩飛来りて庭を歩む。毎年厳冬の頃に至るや山鳩必只一羽わが家の庭に来るなり。いつの頃より来り始めしにや。仏蘭西より帰来りし年の冬われは始めてわが母上の、今日はかの山鳩一羽庭に来りたればやがて雪になるべしかの山鳩来る日には毎年必雪降り出すなりと語らるゝを聞きしことあり。されば十年に近き月日を経たり。毎年来りてとまるべき樹も大方定まりたり。三年前入江子爵(1)に売渡せし門内の地所いと広かりし頃には椋の大木にとまりて人無き折を窺ひ地上に下り来りて餌をあさりぬ。其後は今の入江家との地境になりし檜の植込深き間にひそみ庭に下り来りて散り敷く落葉を踏み歩むなり。此の鳩そも〳〵いづこより飛来れるや。果して十年前の鳩なるや。或は其形のみ同じくして異れるものなるや知るよしもなし。されどわれは此の鳥の来るを見れば、殊更にさびしき今の身の上、訳もなく唯なつかしき心地して、或時は障子細目に引あけ飽かず打眺ることもあり。或時は暮方の寒き庭に下り立ちて米粒麵麭の屑など投げ与ふることあれど決して人に馴れず、わが姿を見るや忽羽音鋭く飛去るなり。世の常の鳩には似ず其性偏屈にて群に離れ孤立することを好むものと覚し。何ぞ我が生涯に似たるの甚しきや。

正月十日。歯いたみて堪へがたし。

正月十一日。松の内と題する雑録を草して三田文学に寄す。

正月十二日。寒気甚しけれど毎日空よく晴れ渡りたり。断腸亭の小窗に映る樹影墨絵の如し。徒然のあまりつら〳〵この影を眺めやるに、去年十一月の頃には昼前十一時頃より映り始め正午を過るや影は斜になりて障子の面より消え去りぬ。十二月に入りてよりは正午の頃影最鮮にて窗の障子一面さながら宗達が筆を見るが如し。年改りて早くも半月近くなりたる此頃窗の樹影は昼過二時より三時頃最も鮮にして、四時を過ぎても猶消去らず。短き冬の日も大寒に入りてより漸く長くなりたるを知る。障子を開き見れば瑞香の蕾大きくふくらみたり。

正月十三日。園丁五郎を呼び蠟梅芍薬瑞香など庭中の草木に寒中の肥料を施さしむ。蠟梅二株ある中其の一株去年より勢なく花をつくる事少くなりたれば今より枯れぬ用心するなり。此日いかなる故にや鵯群をなして庭に来り終日啼き叫びぬ。

正月十四日。西北の風烈しく庭樹の鳴り動く声潮の寄来るに似たり。

正月十五日。歯痛未止まず。苦痛を忘れむとて市中両国辺を散歩す。夜啞々子来訪。

正月十六日。毎夜月あきらかなり。厠の窗より夜の庭を窺見るに霜を浴びたる落葉銀鱗の如く月色氷の如し。寒気骨に徹す。

正月十七日。築地に清元梅吉を訪ひ帰途新福亭に立寄る。亭主風労にて打臥しゐたり。

正月十八日。花月主人書肆新橋堂主人(2)とは相識の由。新福のはなしにより花月主人を介して同書店に赴き主人に面晤し、拙著腕くらべ一千部の販売方を委托す。

正月二十日。堀口大学(3)来訪。其著昨日の花の序を請はる。

正月廿一日。松莚子の書柬を得たり。

正月廿三日。朝まだきより小雪ちら〳〵と降りそめしが昼過ぎて歇む。寒気甚し。夜堀口氏詩集の序を草す。

正月廿四日。鷗外先生の書に接す。先生宮内省に入り帝室博物館長に任ぜられてより而後全く文筆に遠ざかるべしとのことなり。何とも知れず悲しき心地して堪えがたし。

正月廿五日。夜松莚君来訪。

正月廿七日。田舎の人より短冊を請はれ已むことを得ず揮毫すること四五葉なり。余両三年来折々沢田東江の書帖を臨写すれど今に至つて甚悪筆なり。三味線と書とはいつも思ふやうに行かず。よく〳〵不器用の生れと見ゆ。

正月廿八日。過日断腸亭襍稾を知友に贈呈す。其返書追追到着す。馬場孤蝶(4)氏懇切なる批評を寄せらる。

二月朔。清元梅吉本日より稽古始める由言越したれば往く。清心上げざらひをなす。

二月二日。立春の節近つきたる故にや日の光俄に明く暖気そぞろに探梅の興を思はしむ。午後九段の公園を歩み神田三才社(5)に至り新着の小説二三冊を購ひ帰る。

二月四日。立春。

二月五日。夜九穂子来訪。

二月六日。終日雨。本年になりて始めての雨なり。

二月七日。植込にさし込む朝日の光俄にあかるく、あたり全く春めき来りぬ。鵯の声に交りて雀の囀りもおのづから勇しくなれり。

二月八日。早朝築地に行き権八鈴ケ森の段稽古はじむ。清元浄瑠璃の中にて此の鈴ケ森刑場の段、殊に二上りの出、余の最も好む所なり。浦里三千歳なぞよりも遥によし。

午後歌舞伎座に立寄る。延寿太夫父子吉野山出語あればなり。

二月九日。家に在りて午後より腕くらべ続篇の稟を起す。去冬思立ちし紅箋堂佳話二三枚は筆すゝまざれば裂棄てたり。

二月十二日。腕くらべ製本二部を添へて出版届をなす。久振りにて新福亭を訪ふに花月楼主人在り。款晤日暮に至る。

二月十三日。樹間始めて鶯語をきく。福寿草花あり。今村次七(7)君金沢より出京、断腸亭を訪はれ浮世絵の事を談ぜらる。

二月十五日。三田文学に書かでもの記を寄す。

二月廿四日。新演藝過日市川左団次のために懸賞脚本の募集をなす。此日選評者一同を東仲通鳥屋末広に招飲す。余も選評者中の一人なれば招れて往く。帰途新福にて八重次(8)啞々子と飲む。

二月二十五日。梅花未開かざれど暖気四月の如し。貝母の芽地中より現れ出でたり。

二月廿七日。風再び寒し。夜窗雨を聴きつゝ来青閣集(9)をよむ。

二月廿八日。昨夜深更より寒雨凍りて雪となる。終日歇まず。八ツ手松樹の枝雪に折れもやせむと庭に出で雪を払ふこと再三なり。

三月朔。雪歇み空晴る。築地に行く。市街雪解け泥濘甚し。夜臙脂を煮て原稿用罫紙を摺ること四五帖なり。

三月二日。風あり。春寒料峭たり。終日炉辺に来青閣集を読む。夜少婢お房を伴ひ物買ひにと四谷に往く。市ケ谷谷町より津ノ守阪のあたり、貧しき町々も節句の菱餅菓子など灯をともして売る家多ければ日頃に似ず明く賑かに見えたり。貧しき裏町薄暗き横町に古雛または染色怪しげなる節句の菓子、春寒き夜に曝し出されたるさま何とも知れず哀れふかし。三越楼上又は十軒店の雛市より風情は却て増りたり。

三月三日。園梅漸開く。腕くらべ印刷費壱千部にて凡金弐百六拾円。此日東洋印刷会社(10)へ支払ふ。

三月九日。微風軽寒。神田電車通の古書肆をあさる。

三月十日。春陰鶯語を聞く。午後烈風雨を誘ひしが夜半に至り雲去り星出づ。

三月十一日。風寒し。風邪の心地にて早く寝に就く。

三月十二日。臥病。園丁萩を植替ふ。

三月十六日。啞々子令弟梧郎君病死の報に接す。大雨。

三月十七日。雨晴れ庭上草色新なり。病未痊えず。終日縄床に在り。

三月十九日。いまだ起出る気力なし。終日横臥読書す。此日天気晴朗。園梅満開。鳥語欣々たり。

三月二十日。北風烈しく寒又加はる。新福亭主人病を問ひ来る。

三月廿二日。風烈しく薄暮雹降り遠雷ひゞく。八重次訪来る。少婢お房既に家に在らざるが故なり。

三月廿三日。病既によし。啞々子米刃堂解雇となりし由聞知り、慰めむとて牛門の酒亭に招いで倶に飲む。

三月廿五日。暴風大雨。落梅雪の如し。

三月廿六日。雨晴れしが風歇まず。お房四谷より君花と名乗りて再び左褄取ることになりしとて菓子折に手紙を添へ使の者に持たせ越したり。お房もと牛込照武蔵の賤妓なりしが余病来独居甚不便なれば女中代りに召使はむとて、一昨年の暮いさゝかの借金支払ひやりて、家につれ来りしなり。然る処いろ〳〵面倒なる事のみ起来りて煩しければ暇をやり、良き縁もあらば片づきて身を全うせよと言聞かせ置きしが、矢張浮きたる家業の外さしあたり身の振方つかざりしと見ゆ。

三月廿七日。母上訪来らる。

三月廿八日。風邪全癒。園中を逍遥す。春草茸々。水仙瑞香連翹尽く花ひらく。春蘭の花香しく桃花灼然たり。芍薬の芽地を抜くこと二三寸なり。

四月朔。啞々子及び新福亭主人と胥議して雑誌花月(11)の発行を企つ。

四月二日。雑誌花月の表紙下絵を描く。

四月三日。腕くらべ五百部ほど売れたりとて新橋堂より金四百円送り来る。

四月四日。半陰半晴。桜花将に開かむとす。

四月九日。花月第一号草稾大半執筆し得たり。

四月十日。雨烈しく風寒し。築地けいこの帰途新福に立寄り、主人と雑誌花月の用談をなす。

四月十二日。八重次と新福亭に会す。夜木挽町田川(12)に往き浦里を語る。三味線は延園なり。

四月十三日。微雨薄寒。啞々子新福主人来りて花月第一号の編輯を畢る。

四月十四日。風気順ならず。

四月十五日。暴に暖なり。袷に着かへたき程なり。

四月十六日。支那産藍菊の根分をなす。白粉花鳳仙コスモスの種を蒔く。午後富士見町の妓家(13)に徃く。靖国神社の桜花半落ちたり。

四月十七日。松莚子宅にて玄文社懸賞脚本(14)の選評をなす。

四月二十日。服部歌舟(15)に招がれ釆女町三笑庵に徃く。円右、小さん、喜久太夫、山彦師匠、各得意の技をなす。

四月廿三日。常磐木倶楽部にて梅吉弟子梅初名弘の会あり。余野間翁(16)と共に招がれ、梅之助の三味線、梅次上調子にて浦里を語る。翁は得意の青海波を語る。

四月廿六日。午後より雨ふる。清元会なり。

四月廿七日。晴又陰。花月第一号校正終了。

四月廿八日。啞々子来訪。杜鵑花満開。

四月晦日。黄昏地震。雨忽降来る。風暖にして心地わろし。

五月朔。陰雨空濛たり。

五月二日。花月校正手廻しのため新福に徃く。

五月三日。西南の風烈しく遽に薄暑を催す。冬の衣類を取片つけ袷を着る。衣類のこと男の身一つにては不自由かぎりなく、季節の変目毎に衣を更るたび〳〵腹立しくなりて人を怨むことあり。されど平常気随気儘の身を思返して聊か慰めとなす。

五月四日。築地けいこの道すがら麴町通にて台湾生蕃人の一行を見る。巡査らしき帯剣の役人七八名之を引率し我こそ文明人なれと高慢なる顔したり。生蕃人の容貌日本の巡査に比すればいづれも温和にて陰険ならず。今の世には人喰ふものより遥に恐るべき人種あるを知らずや。晡下大石国手久振にて診察に来る。実は米刃堂より依頼の用談を兼てなり。昨日にもまさりて風烈しく黄昏に至り黒雲天を覆ひ驟雨屢来る。蒸暑きこと甚し。夜窗を開きて風を迎ふるに後庭頻に蛙の鳴くを聞く。河骨を植えたる水瓶の中にて鳴くものの如し。

五月五日。母上粽を携へて病を問はる。昼過四時頃驟雨雷鳴。夜に及んで益甚し。電燈明滅二三回に及ぶ。初更花月第一号新橋堂より到着す。

五月六日。階前の来青花開く。異香馥郁たり。

五月十日。烟雨軽寒を催す。服部歌舟子が関口の邸に招がる。躑躅満開。園林幽邃。雨中一段の趣を添ふ。山彦栄子(17)三味線にて歌舟子河東萠邯鄲を語る。歌舟子は日本橋堀留の紙問屋湊屋の主人なり。是日柳橋の名妓数名酒間を斡旋す。

五月十一日。終日門を出でず。花月の原稾を整理す。薄暮久米氏来りて新福亭経営甚困難なる由を告ぐ。金百円貸す。

五月十二日。午後新福亭にて啞々子と相会し花月第二号の編輯を終る。

五月十三日。八ツ手の若芽舒ぶ。秋海棠の芽出づ。四月末種まきたる草花皆芽を発す。無花果の実鳩の卵ほどの大さになれり。枇杷も亦熟す。菖蒲花開かむとし、錦木花をつく。松の花風に従つて飛ぶこと烟の如し。貝母枯れ、芍薬の蕾漸く綻びむとす。虎耳草猶花なし。

五月十六日。夜十時旧監獄署跡新開町より失火。余烟断腸亭を蔽ふ。

五月十七日。終日大雨。風冷なり。小品文夏ころもを草す。枕上随園詩話を繙いて眠る。

五月廿二日。花月第二号校正。晩来雷雨あり。

五月廿五日。毎日風冷にして雨ふる。梅花の時節と思誤りてや此日頻に鶯の啼くを聞きぬ。

五月廿六日。天候穏ならず。風冷なり。夜山家集を読む。

五月廿七日。薔薇花満開。夜啞々子来談。花月第一号純益四拾弐円ばかりの由。

五月三十日。空晴れて俄に暑し。人々早くも浴衣をきる。

五月卅一日。雨ふる。大山蓮華ひらき、丁字葛馥郁たり。

六月一日。曇りて蒸暑し。始めて鮎を食す。

六月三日。雨ふる。午前花月第三号草稿執筆。午後常磐木倶楽部訪諏（ママ）商店[18]浮世絵売立会に赴き巨川一枚。清長一枚以上板物俊満華画幅。栄之画幅。蜀山人書幅を購ふ。夜所蔵の浮世絵を整理す。

六月十日。雨ふる。八ツ手の葉落ち、石榴花ひらく。

六月十一日。晴天。春陽堂主人和田氏[19]来りて旧著の再梓を請ふ。

六月十二日。曇天。啞々子来る。花月第三号編輯。

六月十三日。晴天。梅もどきの花開く。香気烈しく虻集り来ることおびたゞし。湖山人手紙にて句を請はれたれば短冊を郵送す。

六月十四日。花月編輯のため啞々子重て来庵。夕刻まで新福亭主人の草稾を待ちしが到着せざるを以て別に催促をなさず。そのまゝに打棄て置きぬ。夜風冷にして心地よからず。

六月十六日。日曜日。夕方久米氏来訪。井阪梅雪氏[20]現のせうこを請はるゝ由を告ぐ。後園に栽培したる薬草を摘み久米氏に托して贈る。

六月十七日。この頃腹具合思はしからず。築地に行きしが元気なく三味線稽古面白からず。

六月十八日。陰晴定りなく雨ならむとして雨来らず。蒸暑し。夜机に凴る。四鄰蕭条。梅の実頻に屋根の瓦を撲ち庭に落る響きこゆ。

六月十九日。母上来訪。夜花月第三号校正。

六月二十日。午後大雨の中唖々子来る。花月校正のためなり。夜に至り雨ます〳〵烈し。鼬頻に庇を走る音す。

六月廿二日。曇りて寒し。三田文学会に往く。

六月廿三日。曇りて夜雨ふる。

六月廿四日。唖々子来る。金糸梅紫陽花ひらく。

六月廿五日。井阪梅雪子より短冊を請はれゐたれば揮毫して郵送す。風俗画報東京名所案内を読む。夜雨あり蛙声戞々。

六月廿六日。清元一枝会下ざらひあり。午後より梅吉を訪ふ。

六月廿七日。萬安楼にて一枝会下ざらひあり。梅雨霏々。

六月廿八日。有楽座一枝会温習会。梅之助三味線にてお染を語る。桟敷後の方にてもよく聞えたる由なり。

六月廿九日。晩間梅吉夫婦と赤阪の酒亭三島に飲む。

六月三十日。雲重く暑気甚し。夜半華氏九十度なり。おかめ笹の稿をつぐ。

七月一日。空晴れ暑気益加はる。

七月二日。清元梅吉啞々子をたのみ一枝会帳簿の整理をなしたき由。再参の依頼により其の趣を啞々子に報ず。

七月三日。風あり暑気少しく忍易し。母上来たまひて老媼しん入用なればとて連行かれたり。予は始めより秋田県出張中なる威三郎方へ遣したき下心なりと推察したれば何事をも言はざりしなり。我が家俄に炊事をなすものなく独居の不便こゝに至つて益甚しくなりぬ。

七月四日。啞々子来談。晩来微雨あり。涼風簾を撲つ。

七月五日。微雨あり、風涼し。

七月六日。電車にて赤坂を過ぐ。妓窩林家の屋上に七夕の笹竹立てられ願の糸の風になびけるを見たり。旧年の風習今は唯妓窩に残るのみ。天下若し妓なかりせば、服左祖(ママ)。言侏離たらん歟。呵呵。

七月七日。甘草花開く。

七月十日。新福亭主人来訪。

七月十二日。中国より京阪地方暴風雨に襲はれし由。其の余波にや昨日より烈風吹続き、炎天の空熱砂に蔽はる。唖々子花月編輯のため来訪。新橋の妓八重次亦来る。夕刻大雨沛然。風漸く歇む。今朝唖々子第二子出生の由。賀すべし。

七月十三日。唖々子と倶に八重次を訪ひその家に飲む。八重次余の帰るを送り四谷見附に至り袂を分つ。

七月十四日。凌霄花開く。

七月十五日。去十二日より引つゞきて天気猶定まらず風冷なること秋の如し。四十雀羣をなして庭樹に鳴く。唖々子の談に本郷辺にては蟬未鳴かざるに早く蜩をきゝたりといふ。昨日赤蜻蜓の庭に飛ぶを見たり。是亦奇といふべし。

七月十六日。花月第四号編輯。

七月十七日。天気定りて再び暑くなりぬ。

七月十八日。未秋ならざるに此夜虫声を聞く。

七月十九日。蒸雲天を蔽ひ暑気甚し。半輪の月空しく樹頭に在り。昨日より気分すぐれず、深更に及び腹痛甚しく、大に苦しむ。

七月二十日。横井時冬著園藝考(21)をよむ。唖々子花月第四号校正(22)の為来訪。

七月廿一日。苦熱筆を執ること能はず。仰臥終日。韓渥が迷楼記を読む。

七月廿二日。百合の花ひらく。

七月廿三日。花月第四号校正終了。

七月廿四日。炎暑日に日に甚し。

七月廿五日。日中寒暑計華氏九十四度に昇る。夜に至り涼風徐に起り明月庭を照す。

虫声喞々既に秋の如し。おくり舩二三枚執筆。(23)

七月廿六日。風あり稍涼し。瀧田樗蔭来談。

七月廿七日。風烈しく終日困臥。夜おくり舩執筆。月よし。

七月廿八日。秋海棠花ひらく。

七月廿九日。夜半蜱の鳴出るをきく。

七月三十日。

七月卅一日。昨日より灸点治療を試む。腹痛に効能ある由聞伝へたればなり。今日も灸師を招ぎ治療をなせしにそのため却て頭痛を催し、机に向ふこと能はず。横臥終日。

迷楼記を読む。

八月朔。連日の炎暑に疲労を覚ること甚し。夜九時頃微雨あり涼風頓に生ず。喜んで筆を把らむとするに蚊軍雨に追はれ家の中に乱入す。一枚をも書き得ずして已む。

八月三日。唖々子病むとの報あり。

八月五日。再び疑雨集(24)をよむ。驟雨あり。涼味襲ふが如し。

八月六日。暴風の兆あり。裏庭の雁来紅に竹を立てゝ支ふ。萩咲き出でたり。終日驟雨、幾度か来り幾度か歇む。夜花月第五号の原稾をつくる。

八月七日。春陽堂より荷風全集校正摺を送り来る。空模様前日の如し。

八月八日。筆持つに懶し。屋後の土蔵を掃除す。貴重なる家具什器は既に母上大方西大久保なる威三郎方へ運去られし後なれば、残りたるはがらくた道具のみならむと日頃思ひゐたりしに、此日土蔵の床の揚板をはがし見るに、床下の殊更に奥深き片隅に炭俵屑籠などに包みたるものあまたあり。開き見れば先考の徃年上海より携へ帰られし陶器文房具の類なり。之に依つて窃に思見れば、母上は先人遺愛の物器を余に与ることを快しとせず、この床下に隠し置かれしものなるべし。果して然らば余は最早やこの旧宅を守るべき必要もなし。再び築地か浅草か、いづこにてもよし、親類縁者の人々に顔を見られぬ陋巷に引移るにしかず。嗚呼余は幾たびか此の旧宅をわが終焉の地と思定めしかど、遂に長く留まること能はず。悲しむべきことなり。

八月九日。昨日立秋となりしより満目の風物一として秋意を帯びざるはなし。八重次病あり。入院の由書信あり。

八月十二日。女郎花ひらく。執筆半日。

八月十三日。春陽堂荷風全集第二巻に当てんがため、あめりか物語ふらんす物語二書の校訂を催促すること頻なり。此日たま〳〵これ等の旧著を把つて閲読加朱せむとするに、当年の遊跡歴歴として眼前に浮び感慨禁ずべからず。筆を擱いて嘆息す。余にして若し病なからむか一日半刻も家に留ること能はざりしなるべし。日本現代の世情は実に嫌悪すべきものなり。

八月十四日。啞々子花月第五号編輯に来る。用事を終りて後晩涼を追ひ、漫歩神楽阪に至る。銀座辺米商打こはし騒動起りし由。妓家酒亭灯を消し戸を閉したり。

八月十五日。残暑甚し。晩間驟雨来らむとして来らず。夜に至り月明かに風涼し。市中打壊しの暴動いよ〳〵盛なりと云ふ。但し日中は静穏平常の如く、夜に入りてより蜂起するなり。政府は此日より暴動に関する新聞の記事を禁止したり(26)と云ふ。

八月十六日。胃に軽痛を覚ゆ。あめりか物語を校訂す。晩間啞啞子来りて市中昨夜の状況を語る。此日夜に至るも風なく炎蒸忍ぶ可からず。啞々子と時事を談じ世間を痛罵し、夜分に至る。涼味少しく樹陰に生じ虫声漸く多し。

八月十七日。紅蜀葵開く。萩正に満開。

八月十九日。秋暑を忍んで終日旧著を添刪す。夜に至り明月清風を得たり。

八月廿二日。曇りて涼し。午前松莚子を訪ひ、三才社に立寄りて帰る。

八月廿五日。八重次来る。啞々子亦来る。夜八重次を送りて四谷に至り、別れて帰る。

八月廿六日。久しく雨なし。萩枯れむとす。

八月廿七日。おかめ笹続稿執筆。夜ミュッセの詩をよみて眠る。唖唖子復び病めりといふ。

八月廿八日。午後三菱銀行に赴く。驟雨沛然たり。家に帰り見るに雨はわづかに打水したるほどなり。秋草いよ〳〵枯死すべし。

八月廿九日。夜に至り俄に雨を得たり。

八月三十日。風雨。草木蘇生す。

八月卅一日。風雨歇み秋涼愛すべし。堀口大学来訪。近日南米に渡航すべしといふ。(27)

九月二日。梅吉方にて稽古をなし、庄司に立寄り、春日にて昼餉を食し延園を招ぎ三味線をさらふ。夕刻帰宅。執筆夜半に至る。虫声漸く多し。

九月三日。旧作父の恩を添削す。

九月五日。梅もどきの実薄く赤らみたり。今年はいづこの竹の葉にも毛虫つく事夥しといふ。

九月六日。早朝いつもの如く梅吉方にて稽古。この日図らず吉右衛門(28)に逢ふ。三味線けいこする由なり。

九月七日。昼前薗八節師匠宮薗千春(29)を築地二丁目電車通の寓居に訪ひ、今日より稽古をたのむ。鳥辺山をならふ。

九月八日。夜大風襲来の兆ありしが幸にして事無し。

九月九日。雨ふる。朝夕の風肌さむくなりぬ。花月第六号前半の編輯を終る。

九月十日。晡下市ヶ谷辺散歩。八幡宮の岡に登る。秋風颯然として面を撲つ。夕陽燦然たり。夜外祖父毅堂先生が親燈余影をよむ。火鉢にて辣薤を煮る。秋涼漸く自炊によし。

九月十二日。萩さき乱れ野菊また花開く。

九月十四日。早朝清元けいこの帰途、三十間堀春日に立寄り、薗八節さらはむとて老妓延園を招ぎしが来らず。直に帰宅す。今日新橋の教坊にて薗八節三味線を善くするもの延園、りき、ゆふの三老妓のみなりと云。

九月十五日。朝寒し。障子をしめ火鉢に火を置く。

九月十六日。朝夕の寒さ身に沁むばかりなり。されど去年に比すれば健康なり。何のかのといふ中また一年生きのびたれどさして嬉しくもなし。

九月十七日。早朝築地に赴き薗八清元のけいこをなす。午下帰宅。旧稿を整理す。二更寝に就かむとする時花月第六号校正摺来る。

九月十八日。風雨。

九月十九日。雨晴れしが風未歇まず。残暑再び燬くが如し。日暮風歇みて一天雲翳なし。仲秋の明月鏡の如し。虫の音日中の暑さにいつもより稠くなりぬ。

九月二十日。木槿花開く。

九月二十一日。東京新繁昌記の類(30)を一覧す。盖し雑誌花月編輯のためなり。

九月廿二日。雨ふりて俄に寒し。セルの単衣に襦袢を重ねてきる。

九月廿四日。風雨終日歇まず。新橋妓史をつくらむとて其資料を閲読す。堀口氏詩集月光とピヱロの序を草す。

九月廿五日。晴。唖々子来訪。夜座右の火鉢にて林檎を煮る。電燈明滅すること数次なり。

九月廿六日。晴。葉雞頭の種を摘む。萩の花散りつくしぬ。

九月廿七日。秋雨。梅吉宅けいこの帰り、築地の桜木(31)に立寄り、新富町の妓両三名を招ぎ哥沢節をさらふ。

九月廿九日。暗雲天を蔽ひ雨屢来る。終日門を出です。執筆夜分に至る。花月第六号発行。

十月一日。築地けいこの帰り桜木に飲む。新富町の老妓両三名を招ぎ、新島原徃時の事を聞かむと思ひしが、さしたる話もなし。一妓寿美子といへるもの年紀廿一二。容姿人を悩殺す。秋霖霏々として歇まざるを幸ひにして遂に一宿す。

十月二日。雨歇む。久しく見ざりし築地の朝景色に興を催し、漫歩木挽町を過ぎて家に帰る。晡時啞々子来談。

十月三日。鳥辺山けいこ漸く進む。桜木に立寄り、全集第二巻の校正をなし、妓寿美子を招ぎ晩餐を倶にし薄暮家に帰る。禾原先生渡洋日誌(32)を写して夜半に至る。盖花月第七号誌上に掲載せんがためなり。

十月四日。微雨。夜松莚子を訪ふ。

十月五日。半陰半晴。午前梅吉方にて稽古をなし、午後常磐木倶楽部諏訪商店浮世絵陳列会に赴き、啞々子の来るを待ち東仲通を歩み、古着問屋丸八(33)にて帯地を購ふ。浅利河岸を歩み築地に出で桜木に至りて飲む。啞々子暴飲泥酔例によつて例の如し。この夜寿美子を招ぎしが来らず。興味忽索然たり。寿美子さして絶世の美人といふほどにはあらず、されど眉濃く黒目勝の眼ぱつちりとしたるさま、何となくイスパニヤの女を思出さしむる顔立なり。予この頃何事につけても再び日本を去りたき思ひ禁ずべからず。同じく病みて路傍に死するならば、南欧の都市をさまよひ地中海のほとりの土になりたし。晩餐を食し啞々子と土橋際にて別れ電車に乗る。曾て新橋巴家へ出入せし呉服屋井筒屋(34)の番頭に逢ふ。予が現在身につけたる袷もたしか此の番頭の持来りし品なり。往事茫々都て夢の如し。呵々。

十月六日。空くもりて秋の庭しづかなり。終日虫鳴きしきりて歇まず。芒花風になびき鵙始めて啼く。旧友坂井清君夫人[35]同道にて来訪せらる。

十月八日。雨始めて晴る。読書執筆共に倦まず。

十月九日。余今日まで男物のお召縮緬及び大島紬を嫌ひて着ざりしが、近年糸織または節糸などの縞柄よきもの殆見当らざるにより、已むことを得ず試に薩摩縞お召の袷を新調す。着て見れば思ひしほどにはにやけて見えず。時のはやりは不思議なものなり。三十間堀春日にて昼餉をなし夕刻新富座楽屋に松莚子を訪ふ。この日風冷なり。

十月十日。花月原稿執筆。黄昏雨あり虫の音少くなりぬ。

十月十二日。陰。左眼を病む。

十月十三日。新富町の妓両三人を携へて新冨座を見る。

十月十五日。築地けいこの帰途春日に立寄り三笑庵に赴く。服部歌舟子に招がれしなり。席上始めて市川三升[36]に逢ふ。その面立何となく泉鏡花氏に似たり。此日雨。

十月十六日。雨歇まず。油絵師有元馨寧といふ人馬塲孤蝶氏の紹介状を示して面会を請はる。面会を催す由なり。燈下禾原先生渡洋日誌を写す。

十月十七日。十三夜なり。宵のほど月を見しが須臾にして雲に蔽はる。

十月十九日。晴。呉服橋外建物会社[37]に赴き社員永井喜平に面会して売宅の事を依頼す。帰途唖々子と清水に飲む。銀座を歩み赤阪鳴門に憩ひまた一酌す。花月第七号校正。

十月二十日。土蔵の雑具を取片づく。明治十二三年頃の錦絵帖。先考揮毫扇面十余。暁斎玉章扇面等を発見したり。此日中村吉右衛門鎌倉の別墅に清元梅吉夫婦、野間翁及余を招ぐ。余宿痾あり汽車の動揺病によからざるを以て辞して行かず。晩間唖々子来訪。

十月廿一日。終日机に対す。花月第七号校正。

十月廿二日。酒井好古堂[38]を訪ひ芳年の錦絵数種を購ふ。日本橋やまとにて昼飯を食し夕刻三田文学会に往く。帰途三十間堀春日に少憩し車を命じて家に帰る。

十月廿三日。微雨午に至つて霽る。築地桜木に往き妓寿美に逢ふ。月明にして新寒脉脉たり。愁情禁じ難し。

十月廿四日。春陽堂店員来談。

十月廿五日。午後南明倶楽部[39]古本売立会に赴く。姿記評林購ひたしと思ひしが五拾円といふ高価に辟易して止む。帰途風吹出でゝ俄に寒し。家に帰り案頭の寒暑計を見るに華氏六十度なり。

十月廿六日。安田平安居[40]浜野茂[41]の二氏に招がれて三十間堀の蜂龍に飲む。この日寒気厳冬の如し。綿入小袖を着る。

十月廿七日。雨。清元会に往く。久振にて菊五郎に逢ふ。

十月廿八日。竜胆の花開きて菊花の時節来る。

十月廿九日。啞々子と日本橋に飲む。花月第七号発行。

十月三十日。陰天。晩来小雨。

十月卅一日。晴れて暖なり。竹田書房主人(42)来る。午後啞々子来る。庭上再び虫語を聞く。

十一月朔。築地三丁目に手頃の売家ありと聞き、早朝往きて見る。桜木の近鄰なり。立寄りて寿美子を招ぎ昼餉を食して家に帰る。

十一月二日。午後啞々子来談。雑誌花月今日まで売行さして悪しからざる様子なりしが京橋堂精算の結果毎月弐拾円程損失の由。依つて十二月号を限りとして以後廃刊することに決す。雨烈しく降り出で夜もふけたれば後始末の相談は他日に譲り、啞々子車にて帰る。

十一月三日。建物会社より通知あり。この度は築地二丁目の売家を見る。南風吹きて暖なり。

十一月四日。陰。石榴の実熟す。楓葉少しく霜に染む。

十一月五日。雨。モレアス(43)のヱスキス、エ、スーブニルを取出して再読す。この書近世仏蘭西抒情詩家の随筆中、余の最も愛読して措かざるものなり。

十一月六日。雨ふる。明治史要武江年表(44)を見る。

十一月七日。陰天。心倦みつかれて草稟をつくる気力なし。

十一月八日。午後三十間堀の春日に往き延園を招ぎ清元落人をさらふ。

十一月九日。明治初年の風俗流行の事を窺知らむとて諸藝新聞(45)を読む。

十一月十日。浜町河岸日本橋倶楽部にて清元一枝会温習会あり。余落人を語る。

十一月十一日。昨夜日本橋倶楽部、会場吹はらしにて、暖炉の設備なく寒かりし為、忽風邪ひきしにや、筋骨軽痛を覚ゆ。体温は平熱なれど目下流行感冒猖獗の折から、用心にしくはなしと夜具敷延べて臥す。夕刻建物会社々員永井喜平来り断腸亭宅地買手つきたる由を告ぐ。

十一月十二日。吉井俊三といふ人戸川秋骨(46)君の紹介状を携へ面談を請ふ。居宅譲受けの事なり。夕刻永井喜平来る。いよ〳〵売宅の事を諾す。感慨禁ずべからず。

十一月十三日。永井喜平来談。十二月中旬までに居宅を引払ひ買主に明渡す事となす。此日猶病床に在り諸藝新聞を通覧す。夜大雨。

十一月十四日。風邪未痊えず。

十一月十五日。階前の蠟梅一株を雑司ケ谷先考の墓畔に移植す。夜半厠に行くに明月昼の如く、枯れたる秋草の影地上に婆娑たり。胸中売宅の事を悔ひ悵然として眠ること能はず。

十一月十六日。欧洲戦争休戦の祝日なり。門前何とはなく人の往来繁し。猶病床に在り。書を松莚子に寄す。月明前夜の如し。

十一月十七日。雨ふる。午前五来素川(47)氏来訪せらる。雑誌大観に寄稿せよとのことなり。午後より座右のものを取片づけ居宅引払の準備をなす。夕刻啞々湖山の二子来る。啞々子湖山子の周旋にて毎夕新聞社に入りしといふ。花月はいよ〳〵十二月かぎりにて廃刊と決す。

十一月十八日。早朝より竹田屋の主人来り、兼て準備せし蔵書の一部と画幅とを運去る。午後数寄屋橋歯科医高島氏を訪ひ、梅吉方に赴き、十二月納会にまた〳〵出席の事を約す。明烏下の段をさらふ。此日晴れて暖なり。

十一月廿日。本年秋晩より雨多かりし故紅葉美ならず、菊花も亦香気なし。されど此日たま〳〵快晴の天気に遇ひ、独り間庭を逍遥すれば、一木一草愛着の情を牽かざるはなし。行きつ戻りつ薄暮に至る。

十一月廿一日。午前薗八節けいこに行く。この日欧洲戦争平定の祝日なりとて、市中甚雑遝せり。日比谷公園外にて浅葱色の仕事着きたる職工幾組とも知れず、隊をなし練り行くを見る。労働問題既に切迫し来れるの感甚切なり。過去を顧るに、明治三十年頃東京奠都祭当日の賑の如き、又近年韓国合併祝賀祭の如き、未深く吾国下層社会の生活の変化せし事を推量せしめざりしが、此日日比谷丸の内辺雑遝の光景は、以前の時代と異り、人をして一種痛切なる感慨を催さしむ。夜竹田書店主人来談。

十一月廿二日。陰天。先考の詩集来青閣集五百部ほど残りたるを取りまとめて、威三郎方へ送り届く。夜清元会に行く。適葵山人の来るに逢ふ。大雨となる。

十一月廿三日。花月楼主人を訪ふ。[48]楼上にて恰も清元清寿会さらひありと聞き、会場に行きて見る。菊五郎小山内氏等皆席に在り。

十一月廿四日。洋書を整理し大半を売卻す。此日いつよりも暖なり。

十一月廿五日。晴天。寒気稍加はる。四谷見附平山堂[49]に赴き家具売却の事を依頼す。

十一月廿六日。春陽堂番頭予の全集表帋見本を持来りて示す。平山堂番頭来り家具一式の始末をなす。売却金高一千八百九拾弐円余となれり。

十一月廿七日。建物会社々員永井喜平富士見町登記所に赴き、不動産譲渡しの手続を終り、正午金員を持参す。其額弐万参千円也。三菱銀行に赴き預入れをなし、築地の桜木に立寄り、夕餉をなし、久米氏を新福に訪ひ、車を倩ひて帰る。

十一月廿八日。竹田屋主人来る。倶に蔵書を取片付くる中突然悪寒をおぼえ、驚いて蓐中に臥す。

十一月廿九日。老婆しん転宅の様子に打驚き、新橋巴家へ電話をかけたる由、昼前八重次来り、いつに似ずゆつくりして日の暮るゝころ帰る。終日病床に在り。

十一月三十日。八重次今日も転宅の仕末に来る。余風労未癒えず服薬横臥すれど、心いら立ちて堪えがたければ、強ひて書を読む。

十二月朔。体温平生に復したれど用心して起き出でず。八重次来りて前日の如く荷づくりをなす。春陽堂店員来り、全集第二巻の原稿を携へ去る。

十二月二日。小雨降出して菊花はしほれ、楓は大方散り尽したり。病床を出で座右の文房具几案を取片付く。此の度移転の事につきては唖々子兼てよりの約束もあり、来つて助力すべき筈なるに、雑誌花月廃刊の後、残務を放棄して顧みざれば、余いさゝか責る所ありしに、忽之を根に持ち再三手紙にて来訪を請へども遂に来らず。竹田屋主人と巴家老妓の好意によりて纔に荷づくりをなし得たり。唖唖子の無責任なること寧驚くべし。

十二月三日。風邪本復したれば早朝起出で、蔵書を荷車にて竹田屋方へ送る。午後主人手代を伴来り家具を整理す。此日竹田先日持去りたる書冊書画の代金を持参せり。

金壱千弐百八拾円ほどなり。

十二月四日。家具什器を取まとめし後、不用のがらくた道具を売払ふ。金壱百弐拾円ほどになれり。午後春陽堂店員来りて全集第一巻の撿印を請ふ。

十二月五日。寒気甚し。庭の霜柱午後に至るも尚解けず。此日売宅の計算をなすに大畧左の如し。

一金弐万参千円也　地所家屋
一金壱千八百九拾弐円也　家具什器
一金壱千壱百六拾参円八拾弐銭也　来青閣唐本及書画
一金八拾七円卅五銭也　荷風書屋洋本
一金壱百弐拾壱円○五銭也　古道具

総計金弐万六千弐百六拾四円弐拾弐銭也

支出金高

一金弐千五百円也　築地引越先家屋買入
一金四百六拾円也　建物会社手数料

総計金弐千九百六拾円也

差引残金

金弐万参千参百〇四円弐拾弐銭也

十二月六日。正午病を冒して三菱銀行に往き、梅吉宅に立寄り、桜木にて午餉をなし、夕刻家に帰る。

十二月七日。宮薗千春方にて鳥辺山のけいこをなし、新橋巴家に八重次を訪ふ。其後風邪の由聞知りたれば見舞に行きしなり。八重次とは去年の春頃より情交全く打絶え、その後は唯懇意にて心置きなき友達といふありさまになれり。この方がお互にさつぱりとしていざござ起らず至極結構なり。日暮家に帰り孤燈の下に独粥啜らむとする時、俄に悪寒を覚え、早く寝に就く。

十二月八日。体温平熱なれど心地すぐれす、朝の中竹田屋来りて過日競売に出したる来青閣旧蔵の唐本中、落丁欠本のものあり、五拾円程総額の中より価引なされたしといふ。唐本には往々製本粗末にて落丁のもの有之由。竹田屋この日種彦の春本水揚帳、馬琴の玉装伝(50)、其他数種を示す。夜浅野長祚の寒檠璅綴(51)芸苑叢書本をよむ。

十二月九日。風邪全く痊えざれど、かくてあるべきにあらねば着換の衣服二三枚を、往年欧米漫遊中購ひたる旅革包に収め、見返り〳〵旧廬を出で、築地桜木に赴きぬ。両三日中に買宅の主人引越し来る由なるに、わが方にては築地二丁目の新宅いまだ明渡しの運びに至らず。いろ〳〵手ちがひのため一時身を置く処もなき始末となれり。

此夜桜木にて櫓下の妓両三名を招ぎ、梅吉納会の下ざらひをなす。

十二月十日。久米君より桜木方へ電話かゝりて、明十一日梅吉納会に語るべき明烏さらひたしとの事なり。夕暮花月に赴き、主人および久米、猿之助等と、赤阪長谷川に至り、猿之助の三味線にて放歌夜半に及ぶ。帰途花月主人の周旋にて土橋の竹家といふ旅館(52)に投宿す。心いさゝかおちつきたり。

十二月十一日。午前旧宅に至り、残りの荷ごしらへをなし、正午旅館竹家に帰る。雪俄に降出し寒気甚し。炬燵を取寄せ一睡す。夕刻自働車を倩ひ日本橋倶楽部清元梅吉おさめの会に赴き、猿之助三味線にて明がらすを語る。中村吉右衛門仝時蔵は梅吉三味線にて三千歳を語る。雪夜半に至りて歇む。

十二月十二日。八重次見舞にとて旅亭に来る。午後十寸見歌舟に招がれ、日本橋加賀屋にて蘭八を語る。宮川曼魚も亦来る。夜木挽町田川にて高橋箒庵(53)の夕霧を聴く。

十二月十三日。築地桜木に宿す。深更石川島造船所失火。

十二月十四日。久振にて鎧橋病院に往き、大石国手の診察を乞ふ。宿疾大によしといふ。帰途巴家に立寄り早く旅宿に帰り直に眠る。

十二月十五日。新富座桔梗会連中見物の約あり。晩食の後茶屋猿屋に往く。小山内吉井長田(54)の諸氏、玄文社々員結城某等に逢ふ。結城氏諸子を新橋の某亭に誘ふ。余寒夜を恐れ辞して去る。枕上石亭画談(55)を読む。

十二月十六日。旅館に在り無聊甚し。午後築地桜木に至り櫓下の妓八重福を招ぎ、置炬燵に午夢を貪る。

十二月十七日。朝の中築地二丁目引越先の家に至り、立退明渡の談判をなす。実は十五日中に引払ふべき筈なりしになか〳〵其の様子なき故、余自身にて談判に出かけしなり。然るに其の家の女主人は曾て新橋玉川家の抱末若といひしものにて、予が顔見知りゐたりしとおぼしく、話はおだやかにまとまり二十日には間違ひなく立退く事を約せり。帰途桜木にて晩飯を食し、八重福満佐の二妓、いづれも梅吉の弟子なるを招ぎ、自働車にて浅草の年の市に行き、羽子板を買ふ。

十二月十八日。春陽堂店員全集第一巻製本見本を旅亭へ送り来る。久米秀治来訪。晩間有楽座清元会に往く。家元明がらすを語る。会散ずるに先立ち、花月主人及久米氏と清元梅之助を伴ひ溜池の長谷川に至り、また明烏を語る。此夕月おぼろにかすみ暖気春の如し。

十二月十九日。終日雨ふる。寒気を桜木に銷す。悪寒甚しく薬を服して、早く寝につく。

十二月二十日。病よからず。夜竹田屋の主人旅亭に来り、明後日旧宅の荷物を築地に移すべき手筈を定む。二更の頃櫓下の妓病を問ひ来る。

十二月廿一日。頭痛甚しけれど体温平生に復す。正午櫓下の妓八重福明治屋の西洋菓子を携へ再び見舞に来る。いさゝか無聊を慰め得たり。夕方竹田屋主人旧宅荷づくりの帰途、旅宿に来る。晩餐を共にす。

十二月廿二日。築地二丁目路地裏の家漸く空きたる由。竹田屋人足を指揮して、家具書筐を運送す。曇りて寒き日なり。午後病を冒して築地の家に徃き、家具を排置す、日暮れて後桜木にて晩飯を食し、妓八重福を伴ひ旅亭に帰る。此妓無毛美開、閨中欷歔すること頗妙。

十二月廿三日。雪花紛々たり。妓と共に旅亭の風呂に入るに湯の中に柚浮びたり。転宅の事にまぎれ、此日冬至の節なるをも忘れゐたりしなり。午後旅亭を引払ひ、築地の家に至り几案書筐を排置して、日の暮るゝと共に床敷延べて伏す。雪はいつか雨となり、点滴の音さながら放蕩の身の末路を弔ふもの丶如し。

十二月廿五日。終日老婆しんと共に家具を安排し、夕刻銀座を歩む。雪また降り来れり。路地裏の夜の雪亦風趣なきにあらず。三味線取出して低唱せむとするに皮破れゐたれば、桜木へ貸りにやりしに、八重福満佐等恰その家に在りて誘ふこと頻なり。寝衣に半纏引きかけ、路地づたひに徃きて一酌す。雪は深更に及んでます〳〵降りしきる。二妓と共に桜木に一宿す。

十二月廿六日。雪歇みて暖なり。二妓雪後の墨堤を歩むべしと勧めたれば、自働車にて先浅草に至り、観音堂に詣づ。御籤を引くに第六十二大吉を得たり。余妓を携へて浅草寺に賽するや必御籤を引きて吉凶を占ふに、当らずといふことなし。余居邸を売り、路地の陋屋に隠退し、将に老後の計をなさむとす。大吉の御籤を得て喜び限りなし。

災轗時々退。
名顕四方揚。
改故重乗禄。
昇高福自昌。

是れ御籤の文言なり。余何ぞ声名の四方に揚ることを望まむや。唯故きを改めて重て禄に乗ずるの語、頗意味深長なるを思ふ。古きものは宜しく改むべきなり。冀くはこの大吉一変して凶に返ることなかれ。

十二月廿九日。今まで牛込区に在りし戸籍を京橋区に移さむとて、午後神楽阪上なる区役所に赴きしが、年末にて事辧ぜず。帰途銀座にて西京焼土鍋の形雅なるものを見、購ひ帰りて粥を煮る。夜半八重福来りて宿す。

十二月三十日。寒気甚し。草訣辨疑を臨写す。墨摺りたるついで桜木の老婦に請はれし短冊に、悪筆を揮ふ。来春は未の年なれば、羊の絵を描き

　千歳の翁に似たるあごの髯
　　角も羊はまろく収めて

三更寝に就かむとする時、八重福また門を敲く。独居凄涼の生涯も年と共に終りを告ぐるに至らむ歟。是喜ぶべきに似て又悲しむべきなり。

十二月卅一日。新春の物買はむとて路地を出でしが、寒風あまりに烈しければ止む。寒檠の下に孤坐して王次回が疑雨集をよむに左の如き絶句あり。

歳 暮 客 懐

無レ父無レ妻百病身。孤舟風雪阻二銅墊一。残冬欲レ尽帰猶嬾。料是無二人望一レ倚レ門。[56]

是さながら予の境遇を言ふもの丶如し。忽にして百八の鐘を聴く。

# 断腸亭日記巻之三大正八年歳次己未

荷風年四十一

正月元旦。曇りて寒き日なり。九時頃目覚めて床の内にて一碗のショコラを啜り、一片のクロワサン三日月形のパンを食し、昨夜読残の疑雨集をよむ。余帰朝後十余年、毎朝焼麵麭と咖啡とを朝飯の代りにせしが、去歳家を売り旅亭に在りし時、珈琲なきを以て、銀座の三浦屋より仏蘭西製のショコラムニヱーを取りよせ、蓐中にてこれを啜りしに、其味何となく仏蘭西に在りし時のことを思出さしめたり。仏蘭西人は起出でざる中、寝床にてショコラとクロワッサンとを食す。(余クロワッサンは尾張町ヴイヱナカッフヱーといふ米人の店にて購ふ。)読書午に至る。桜木の女中二人朝湯の帰り、門口より何ぞ御用はなきやと声かけて過ぎたり。自働車を命じ、雑司ケ谷墓参に赴かむとせしが、正月のことゝて自働車出払ひ、人力車も遠路をいとひ多忙と称して来らず。風吹出で寒くなりしかば遂に墓参を止む。夕刻麻布森下町の灸師来りて療治をなす。

大雨降り出し南風烈しく、蒸暑き夜となりぬ。八時頃夕餉をなさむとて桜木に至る。藝者皆疲労し居眠りするもあり。八重福余が膝によりかゝりて又眠る。鄰楼頻に新春の曲を弾ずるものあり。梅吉莭付せしものなりと云。余この夜故なきに憂愁禁じがたし。王次回が排レ愁剰有二聴歌処一。到得レ聴レ歌又涙零。の一詩を低唱して、三更家に帰る。風雨一過、星斗森然たり。

正月二日。曇りてさむし。午頃起出で表通の銭湯に入る。午後墓参に赴かむとせしが、悪寒を覚えし故再び臥す。夕刻灸師来る。夜半八重福春着裾模様のまゝにて来り宿す。余始めて此妓を見たりし時には、唯おとなしやかなる女とのみ、別に心づくところもなかりしが、此夜燈下につく〴〵その風姿を見るに、眼尻口元どこともなく当年の翁家富夵に似たる処あり。撫肩にて弱々しく見ゆる処凄艶寧富松にまさりたり。早朝八重福帰りし後、枕上頻に旧事を追懐す。睡より覚むれば日既に高し。

正月三日。快晴稍暖なり。午後雑司谷に往き先考の墓を拝す。去月売宅の際植木屋に命じ、墓畔に移し植えたる蠟梅を見るに花開かず。移植の時節よろしからず枯れしなるべし。夕刻帰宅。草訣辨疑を写す。夜半八重福来り宿す。

正月四日。八重福との情交日を追ふに従つてます〳〵濃なり。多年孤独の身辺、俄に春の来れる心地す。

正月五日。寒甚し。終日草訣辨疑をうつす。

正月六日。櫓下の妓家増田屋の女房、妓八重福と、浜町の小常磐に飲む。夜桜木にて哥沢芝きぬに逢ひ梅ごよみを語る。此日暖なり。

正月七日。林檎麵麭其他食料品を購はむとて、夕刻銀座に往く。三十間堀河岸通の夕照甚佳なり。

正月八日。竹田屋西鶴の作と言伝る色里三世帯(1)を持来る。春陽堂主人の請ふにまかせ、自ら断腸亭尺牘を編む。八重福吾家に来り宿すること、正月二日以後毎夜となる。

正月九日。昼前梅吉方にて清心三味線けいこす。午後尺牘を編纂すること前日の如し。

此日本年に入りて始めて雨ふる。増田家女房明治屋ビスケット持参。

正月十日。雨ふる。

正月十一日。日暮雨霽る。風暖なり。独風月堂にて晩餐をなす。たま〳〵梅吉夫妻の来るに逢ふ。市村座筆屋幸兵衛の出語に往くところなりといふ。枕上グールモンの小説シキスチン(2)をよむ。

正月十二日。くもりて蒸暑し。咳嗽甚し。午後病臥。グールモンの小説をよむ。夜草訣辨疑を写す。

正月十三日。大石君来診。夜竹田屋病を問ひ来る。風烈しく寒気甚し。

正月十四日。久米君来訪。桜木に徃きて晩餐を倶にす。

正月十五日。風邪未痊えず。

正月十六日。桜木の老婆を招ぎ、妓八重福を落籍し、養女の名義になしたき由相談す。余既に余命いくばくもなきを知り、死後の事につきて心を労すること尠からず。家はもとより富めるにはあらねど、亦全く無一物といふにもあらざる故、去歳辯護士何某を訪ひ、遺産処分の事について問ふ処ありしに、戸主死亡後、相続人なき時は親族の中血縁戸主に最近きもの家督をつぐ事となる。若し強ひて之を避けむと欲するなれば、生前に養子か養女を定め置くより外に道なしとの事なり。妓八重福幸に親兄弟なく、性質も至極温和のやうなれば、わが病を介抱せしむるには適当ならむと、数日前よりその相談に取かゝりしなり。桜木の老媼窃に女の身元をさぐりしに、思ひもかけぬ喰せ物にて、養女どころか、唯藝者として世話するもいかゞと思はるゝ程の女なりといふ。人は見かけによらぬものと一笑して、此の一件はそのまゝ秘密になしたり。

正月十七日。晴れて暖なり。宮薗千春を訪ひしに病気にて稽古なし。

正月十八日。春日にて昼餉を食す。晩間三笑庵河東茚語初に招れゐたりしかど、微恙あれば行かず。早く床に入りて読書す。

正月十九日。井川氏の書に接す。三田文学十周年紀念号寄稿の事につきてなり。

正月二十日。新冨町の妓八郎薗八莭けいこしたしとて相談に来る。

正月廿二日。妓八郎を伴ひ市村座に行きしが、見物の中に差合ひのものあり、茶屋より直に引返し、春日に至り晩餐をなして家に帰る。この日風なく暖なり。

正月廿四日。くもりて寒し。雪もよひの空なり。午後三十間堀の深雪にて八郎に逢ふ。

正月廿五日。沢木梢、井川滋(3)の二子来訪。

正月廿六日。寒気日に〳〵加はる。路地裏の佗住居、ガスストーブの設けとてもなければ、朝目覚めて後も蓐中にて麵麭とショコラとを食し、其儘に起出でず、午頃まで読書するなり。

正月廿七日。浜町の袋物屋平野屋を呼び、所持の烟草入のつくろひをなさしむ。此日全集第三巻に当つべき旧著冷笑を校訂す。

正月廿八日。あめりか物語印刷校正摺到着。

正月廿九日。鎧橋角内海電話屋(4)より電話を購ふ。余は元来家に電話あることを好まざれど、独居不便甚しく、且又女中の気のきゝたるもの無き故、将来は下女も雇はざるつもりにて、遊蕩の金を割きて電話を買ひしなり。肴屋八百屋など日々の用事も、電話にて自ら辨じなば、下女など召使ふには及ばざるべし。兎に角日本現代の生活にては西洋風の独身生活は甚不便にて行ひがたし。

正月三十日。東仲通を歩み、古着屋丸八にて帯地並にいつぞやあつらへ置きたる表装用きれ地を購ふ。

正月卅一日。朝まだきより雪降る。砂の如くこまかなり。

二月朔。千春病痊えたる由にて薗八節けいこ始まる。お半をならふ。哥沢節家元芝金姉妹[5]も薗八のけいこに来れり。妓八郎この日弟子入して鳥辺山三味線けいこす。

二月二日。釆女町河岸通の小玉亭[6]に薗八節師匠宮薗千春を招ぐ。小玉亭は櫓下にて踊の上手といはれたる妓小玉の営むところ。去年十一月頃に開店せし由なり。

二月三日。暁方雪また降る。褥中旧著冷笑を校訂す。

二月四日。節分なり。妓八郎と桜木に往き追儺の豆まきをなす。午後温暖蒸すが如し。夜に至り寒気俄に甚しく、深更烈風吹起り路地の陋屋を揺かす。眠ること能はず。

二月五日。空晴れて風歇まず。朝電話局の工夫来り電話[7]機を設置す。

二月七日。春陽堂主人来り余が拙句を木板摺にして販売したしと請ふ。辞すれども聴かざれば揮毫左の如し。

　暫の顔にも似たり飾海老

夏芝居役者にまけぬ浴衣哉

八文字ふむか金魚のおよぎぶり

日当の鄰りうらやむ冬至哉

おとなりの一中節や敷松葉

二月八日。東仲通を歩み、矢沢の店に立寄りしが別に買ふべきものもなし。此の通は十年来歩み馴れて、今は両側の古着屋道具屋の店の者、余が面を見知りて挨拶するものもある程なり。家に帰るに全集校正摺おびたゝしく到着しゐたれば、加朱夜半に至る。

二月九日。正午の頃より小雪ちら〳〵と降出し次第に烈しく、夕方には歩み難き程つもりたり。

二月十六日。夜八重次来る。

二月十七日。晴れて暖なり。八郎にすゝめられ倶に市村座に往く。播磨屋兄弟(8)のお園六助大出来。菊五郎(9)の高時天狗舞不出来にて見るに堪えず。二階食堂にて図らず小山内君に会ふ。帰途八郎と春日に飲む。

二月十八日。有楽座に往き赤阪藝者さらひを観る。此夜雨。

二月十九日。風なくて暖なり。酒井好古堂兼て誂へ置きたる国周の錦画開化三十六会席を持来る。

二月廿四日。清元会。帰途雨に逢ふ。清元会の夜多くは雨なり。築地の待合桐屋に飲む。浮世絵商諏訪の世話する女の近頃開業せし家なり。

二月廿五日。三田文学会数寄屋橋外笹屋(10)に開かる。風ありしが寒気甚しからず。帰途久米氏と銀座を歩み、平岡君の病を問ふ。

二月廿六日。暖気四月の如し。

二月廿七日。市川猿之助(11)訪ひ来りて近日欧米漫遊の途に上るべしとて、旅装の用意其他万端の事を問ふ。たま／＼櫓下の妓千代菊、八郎の二人、清元けいこの帰りがけなりとて訪ひ来り。猿之助の在るを見て大に喜び、談笑俄に興を添ふ。

二月廿八日。三十間堀春日にて猿之助千代菊八郎等と晩餐を倶にす。春風日を追ふに従つていよ／＼暖なり。されど路地の陋屋梅花の消息を知るによしなし。

三月朔。春暖にして古綿衣も重たき心地するほどなり。窗を開くに表通の下駄の音夏近き心地す。此日兜町仲買片岡商店(12)に依頼し置きたる株券王子製紙会社壱百株。猪苗代水電会社壱百株を買ふ。蓋し余丁町売宅の金を以てす。

三月三日。朝鮮国王(13)崩御の由。三味線鳴物御停止なり。但し市中芝居は休まずと云ふ噂もあり。

三月四日。千代菊来る。窃に猿之助に逢はむとてなり。

三月五日。明治座稽古に招がる。久振にて松莚子に逢ふ。古渡り紅地広東縞の羽織。結城お召かと思はるゝ小袖に紅縞唐桟の下着を重ねたり。申分なき渋いこのみなり。

三月九日。明治座初日(14)なれど徴恙あり、徃かず。

三月十日。くもりて風さむし。朝鮮人盛に独立運動をなし、民族自治の主旨を実行せむとすと云ふ。

三月十一日。病よからず。妓八郎来りて看護す。この妓亭主持なるにも係らず、近鄰の藝者家の忰ともわけありとの噂あり。折々余が陋屋に来りて泊ることもあるなり。梅吉はじめ皆々後難あらむ事を慮り噂とり〴〵なりといふ。容貌は美しからず、小づくりの撫肩にて、何となく草双紙などに見る淫婦らしき心地する女なり。

三月十三日。風さむし。黒田湖山書を寄す。

三月十四日。竹田屋芳幾(15)の錦絵両国八景といふものを持参す。明治初年に於ける旗亭妓女の風俗資料、追々あつまり来れり。夜大雨車軸の如し。

三月十五日。藝苑叢書本寒檠璅綴下巻出づ。終日之を読む。

三月十六日。黒田湖山来訪。三十間堀春日に赴きて倶に晩餐をなす。

三月十七日。松居松葉(16)市川猿之助両氏の渡欧を東京駅停車場に送る。帰途諏訪商店に立寄り浮世絵を見る。狂歌古本二三冊を獲て帰る。

三月十八日。春日麗朗。午後神田三才社を訪ふ。

三月十九日。夜清元梅吉に誘れ瓢家追善素人芝居を歌舞伎座に観る。

三月二十日。彼岸なれど六阿弥陀詣に出かくる元気もなし。

三月廿一日。空どんよりと掻曇りて蒸暑く、烈風終日砂塵を飛ばす。何とはなく吉原に大火でもありさうな心地する日なり。

三月廿二日。春の日うらゝかに晴渡りて表通下駄の音俄に稠し。日本橋倶楽部にて清元一枝会下ざらひあり。

三月廿三日。夜日本橋倶楽部にて清元一枝会温習会あり。権八上の段を語る。初更微雨須臾にして晴る。大川端雨後春夜の眺望方に一刻千金の趣あり。

三月廿四日。細雨霏々たり。午後電車に乗り外濠の春色を見る。柳眼既に青く雨中の草色一段にこまやかなり。

三月廿五日。市中処々の桜花既に開くといふ。

三月廿六日。築地に蟄居してより筆意の如くならず、無聊甚し。此日糊を煮て枕屏風に鷗外先生及故人漱石翁の書簡を張りて娯しむ。(17)

三月廿七日。昨日より風さむし。家を出でず。夜雨ふる。

三月廿八日。正午雨霽る。妓八郎を伴ひ墨堤を歩む。桜花既に点々として開くを見る。百花園に憩ひ楽焼に句を書す。園中雨後の草色染るが如し。入金亭(18)に至り蜆汁にて夕餉を食す。床の間に渡辺省亭筆蜆の画幅をかけたり。筆致清洒是真に似たり。余この旗亭に一酌せしは明治四十二年の春啞々子及び浜町の私娼おとしと共に、秋葉の有馬温泉(19)に遊びし帰途なりき。指を屈すれば早くも十一年を経たり。入金の内儀客の来るを見れば誰彼の別なくそら〳〵しく世辞を言ふこと昔年に異らず。其の元気寧羨むべし。夕餉終りし頃風吹き出であたり物寂しくなりたれば自働車を倩ひて帰る。

三月廿九日。寒風電線を鳴らす。置炬燵してピヱールロチ(20)の新著 Quelques Aspects du Vertige mondiale を読む。戦時の随筆小品を集めたるものなり。

三月三十日。築地本願寺の桜花を観る。此寺は堂宇新しく境内に樹木少く市内の寺院の中最風致に乏しきものなれば、余は近巷に来り住むと雖、一たびも杖を曳きしことなし。此の日桜花の咲乱るゝあり、境内の光景平日に比すれば幾分の画趣を添へ得たり。

三月卅一日。清元会なり。有楽座に往く。

四月朔。夜竹田屋の主人歌麻呂の春本寐乱髪といふものを持ち来る。

四月二日。晩間松莚子細君を伴うて来り訪はる。銀座風月堂に至り晩餐の馳走に与かる。

四月三日。花開いて風卻て寒し。歌舞伎座初日なり。松莚君の修善寺(ママ)物語を看る。

四月四日。夜寒からず。漫歩佃の渡し場に至り河口の夜景を観る。

四月五日。西村渚山人[21]来訪。その編輯する所の雑誌解放に寄稿を請はる。

四月六日。日は高くして猶起出るに懶し。朝の中褥中に在りて読書す。感興年と共に衰へ、創作の意気今は全く消磨したり。読書の興も亦従つて倦みがちなり。新聞紙の記事によりて世間の事を推察するに、天下の人心日に日に兇悪となり富貴を羨み革命の乱を好むものゝ如し。余此際に当りて一身多病、何等のなす所もなく、唯先人の遺産を浪費し暖衣飽食空しく歳月を送るのみ。胸中時として甚安ぜざるところあり。然れどもこゝに幕末乱世の際、江戸の浮世絵師戯作者輩のなせし所を見るに、彼等は兵馬倥偬の際といへども平然として泰平の世に在るが如く、或は滑稽諷刺の戯作を試る者あり。或は淫猥の図画を制作する者あり。其の態度今日より之を見れば頗驚歎に値すべきものあり。狂斎の諷刺画、芳幾の春画、魯文の著作、黙阿弥の狂言の如き能く之を証して余りあり。余は何が故に徒に憂悶するや。須く江戸戯作者の顰に倣ふ可きなり。

四月七日。春宵漸く漫歩によし。八丁堀の講釈場[22]を過るに典山英昌等の看板を見る。木戸銭を払うて入る。偶然吉井勇君の在るに逢ふ。奇遇と謂ふ可し。此夕典山得意の小夜衣草紙をよむ。

四月八日。いつもの如く早朝三味線の撥ふところにして梅吉方へけいこに往く。道すがら電車通にて一人の躄悠然として竹杖にて其の乗りたる車を押行くを見る。恰も小舟に棹さすが如し。近年街上にてかくの如き乞食を見ること稀なれば、わけもなく物珍しき心地したり。後に心づけは此の日は灌仏にて乞食多く本願寺門前に集り来る時なり。

四月九日。堀口大学ブラヂル国よりシヤールゲラン(23)の詩集 L'Homme Interieur 一巻を贈来らる。多謝々々。午後市村座に赴き梅吉等清元連中出語の保名を聞く。踊は菊五郎なり。

四月十日。あめりか物語印刷校正に忙殺せらる。

四月十二日。夜清元梅吉細君を伴ひて訪来る。

四月十三日。午後坂井清君来談。夜夕餉をなさむとて銀座通に出でゝ見るに、花見帰りの男女雑遝せり。

四月十四日。冨士見町に飲み賤妓を携へて九段社頭の夜桜を観る。

四月十五日。黒田湖山濃州養老に在り。句を寄せて曰く、啼く鳥をのぞく木の間やおそさくら。

四月十七日。午後散策。日蔭町通を過ぎて芝公園を歩む。桜花落尽して満山の新緑滴るが如し。帰途歌舞伎座木戸前を過るに、花暖簾の色も褪せ路傍に植付し桜も若芽となれり。都門の春は既に尽きぬ。

四月十八日。歯痛。久米秀治来談。

四月十九日。八丁堀を歩みて夜肆を見る。この辺建具屋簾屋など多し。小夜ふけし裏町に簾を編む機杼の響のいそがしく聞ゆるさま、春去りて夏ちかくなりたる心地更に深く、山の手の屋敷町にては味ひがたき趣なり。狂歌一首吟じて見たしと、薄暗き河岸通を歩みつゞけしが遂に成らずして止む。狂歌と浄瑠璃の述作ほどむづかしきものはなし。

四月二十日。好く晴れたる日曜日なり。午前謡曲大全をよむ。

四月廿一日。風冷なり。

四月廿二日。朝まだき新冨町の雛妓三四人押掛け来り、電話にて汁粉を命じ食ひ且つ唄ふ。雛妓等先頃より余が寓居をよき遊び場所となし、折々稽古本抱えて闖入し来り、余の睡を驚すなり。櫓下車宿和田屋(24)の叟子は余が寓居をば遊藝師匠の住居と思ひゐるとのことなり。午近く空俄にかきくもりて風雨襲来る。半時ばかりにして晴る。夕刻梅吉夫婦妓八郎等と銀座風月堂に晩餐をなす。

四月廿三日。市川猿之助布哇より書を寄す。同地の邦字新聞に余が築地移居の事文藝風聞録に記載せられたりとて、其の記事を切抜き封入したり。

四月廿四日。某新聞の記者某なる者、先日来屢来りて、笠森阿仙建碑の事を説き、碑文を草せよといふ。本年六月は浮世絵師鈴木春信百五十年忌に当るを以て、谷中の某寺に碑を立て法会を行ひたしとの事なれど、徒に世の耳目をひくが如き事は余の好まざる所なれば、碑文の撰は辞して応ぜず。

四月廿七日。清元梅吉新に清元香風会なるものをつくり、此の夕代地河岸の旗亭稲垣(25)にて披露の初会を開く。

四月廿八日。路地を出でたる表通蕎麦屋の軒に藤の花今を盛りとさき匂ひたり。余旧廬を去りてより花を見ること稀なれば、徃き来の折々覚えず歩を停めて打眺るなり。

四月廿九日。有楽座に常磐津文字兵衛(26)のさらひあり。適平岡松山(27)の二画伯に会ふ。

五月三日。理髪舗庄司方にて偶然平岡画伯に会ふ。伊豆山温泉に徃く由なり。

五月四日。座右に在りし狂歌集表帋の綴糸切れたるをつくらふ。たま〳〵思起せば八重次四谷荒木町にかくれ住みし頃、絵本虫撰山復山など綴直し呉れたり。むかし思へば何事も夢なり。

五月五日。端午の佳節なれど特に記すべきことなし。

五月六日。近頃雇入れたる老婆急病にて去る。再び自炊をなす。

五月七日。自炊の不便に堪えず夕餉をなさむとて三十間堀春日に徃く。

五月九日。奠都五十年祭にて市中雑遝甚しと云ふ。

五月十日。去年の夏も初袷きる頃には身一つのさびしさ堪えがたき事ありしが、今年もまたわけもなく心淋しく三味線ひく気も出ぬほどなり。妓八郎来りしかば倶に風月堂に行き一壜の葡萄酒に憂愁を掃ふ。帰途独り歌舞伎座を立見す。松莚子が北向虎蔵懲役場改心の幕なり。この頃折々脚本に筆とりて見たきやうなる心地す。若し筆を執ることを得なば幸なり。

五月十一日。烈風砂塵を巻く。窓の雨戸をしめしに家の内蒸暑くして居る可からず。灯ともし頃幸にして雨を得たり。

五月十二日。野間五造翁に招かれ帝国劇場に往き、梅蘭芳(28)の酔楊妃を聴く。華国の戯曲は余の久しく聴かむと欲せしものなり。今夕たま〳〵之をきくに、我邦現時の演劇に比すれば遥に藝術的品致を備へ、気局雄大なることまさに大陸的なりといふべし。余は大に感動したり。感動とは何をか謂ふや。余は日本現代の文化に対して常に激烈なる嫌悪を感ずるの余り、今更の如く支那及び西欧の文物に対して景仰の情禁じかたきを知ることとなり。是今日新に感じたることにはあらず。外国の優れたる藝術に対すれば必この感慨なきを得ざるなり。然れども日本現代の帝都に居住し、無事に晩年を送り得る所以のものは、唯不真面目なる江戸時代の藝術あるが為のみ。川柳狂歌春画三味線の如きは寔に他の民族に見るべからざる一種不可思議の藝術ならずや。無事平穏に日本に居住せむと欲すれば、是非にも此等の藝術に一縷の慰籍を求めざる可からず。

五月十三日。半陰半晴。市中到る処新緑賞すべし。

五月十四日。歌舞伎座に宗十郎(29)羽左衛門の関の扉を観る。拙劣寧憫むべし。

五月十五日。曇りて風冷なり。春陽堂より全集第二巻ふらんす物語の校正摺を送来る。午後巌谷四緑君来訪。木曜会諸子の近況を語る。

五月十六日。日本橋の加賀屋にて薗八節さらひあり。余鳥辺山を語る。宮川曼魚は夕霧をかたる。

五月十七日。毎日全集の校正にいそがはし。

五月十八日。旧友今村次七君金沢より上京。路地裏の寓居に来訪せらる。今村氏の家は銭屋五兵衛とは遠き縁つゞきの由。金沢市外の海岸なる街道筋に一株の古松あり。往昔銭屋の一族処刑せられし時、五兵衛の三男要蔵といへるもの湖水埋立の名前人なりしかば、罪最重く、この街道にて磔刑に処せられたり。其の頃には松多かりしが次第に枯死し、今はわづかに一株を残すのみ。人々これを銭屋の松と称へ、金沢名所の一つとはなれり。今村君こゝに石碑を建て、古芻の名の由来を刻して後世に伝へたしと、こま〳〵語り出されたる後、余に古松の命名と碑文の撰とを需めらる。余はその任に堪えざれば辞したり。

五月十九日。巴家八重次藝者をやめ踊師匠となりし由文通あり。

五月廿一日。雨ふる。

五月廿二日。雨ふりて寒し。腹痛あり。鉄砲洲波除稲荷の祭礼なり。

五月廿三日。代地河岸稲垣亭にて清元香風会さらひあり。帰途旅籠町なる旧盧の門前を過ぐ。表付変りて待合になりゐたり。瓦町電車通に出で夜肆を看る。繁華雑沓の光景四年前日夜目にせし所に異ならず。余その頃には病未甚しからず、旦暮近巷を散歩し、孜々として雑誌文明を編輯したり。去年築地に移り住みてより筆全く動かず。悲しむべきなり。

五月廿四日。風邪ひきしにや頭痛みて心地すぐれず。夕暮窗に倚りて路地を見下すに、向側なる待合妾宅などの新樹に雀の声さわがしく、家毎に掛けたる窓の簾も猶塵によごれず、初夏の光景いぶせき路地裏にてもおのづから清新の趣あり。病身この景物に対すれば卻て一層の悲愁を催す。燈下勉強して旧稾を校訂す。盖全集の第五巻を編纂せむがためなり。

五月廿五日。新聞紙連日支那人排日運動の事を報ず。要するに吾政府薩長人武断政治ば幸なり。

の致す所なり。国家主義の獘害却て国威を失墜せしめ遂に邦家を危くするに至らずむ

五月廿七日。清元会にて平岡松山の二子に逢ふ。

五月廿八日。神田一ッ橋通三才社に行く。

五月廿九日。終日旧稿を添删す。夕刻雑誌改造主筆山本氏来訪。(30)

五月三十日。昨朝八時多年召使ひたる老婆しん病死せし旨その家より知らせあり。この老婆武州柴又辺の農家に生れたる由。余が家小石川に在りし頃出入の按摩久斎といふものゝ妻なりしが、幾ばくもなく夫に死別れ、諸処へ奉公に出で、僅なる給金にて姑と子供一人とを養ひゐたる心掛け大に感ずべきものなり。明治二十八九年頃余が家一番町に移りし時より来りてはたらきぬ。爾来二十余年の星霜を経たり。去年の冬大久保の家を売払ひし折、余は其の請ふがまゝに暇をつかはすつもりの処、代るものなかりし為築地路地裏の家まで召連れ来りしが、去月の半頃眼を病みたれば一時暇をやりて養生させたり。其後今日まで一度びも消息なき故不思議の事と思ひゐたりしに、突然悲報に接したり。年は六十を越えたれど平生丈夫なれば余が最期を見届け逆縁ながら一片の回向をなし呉るゝものは此の老婆ならむかなど、日頃窃に思ひゐたりしに人の寿命ほど測りがたきはなし。

五月三十一日。新月鎌の如し。明石町の海岸を歩む。

六月朔。風また冷なり。岡村柿紅(31)氏来訪。

六月三日。昨日柿紅子の依頼に応じ、玄文社新演藝観劇合評会(32)のため帝国劇場(33)に赴き、梅幸が合邦が辻を看る。

六月四日。久しく雨なかりしが夕方より風雨おそひ来る。路地裏の夜は宵の中より寂寞として犬の声三味線の音も聞えず、点滴の樋より溢れ落る響のみ滝の如し。燈下旧稾を整理す。

六月五日。未梅雨に入らざるに烟雨空濛たり。玄文社合評会歌舞伎座見物。この日より単衣を着る。

六月六日。夕刻より日本橋若松家にて玄文社合評会あり。陰雲天を閉さして雨ふらず。溽暑甚し。

六月七日。笹川臨風(34)氏に招かれ大川端の錦水(35)に飲む。浮世絵商両三人も招がれて来れり。鈴木春信百五十年忌法会執行についての相談なり。

六月九日。簗地波除神社此日より三日間祭礼なり。

六月十日。一昨日錦水にて臨風子にすゝめられ、余儀なく笠森お仙碑文起草の事を約したれば、左の如き拙文を草して郵送す。

笠森阿仙碑文

女ならでは夜の明けぬ日の本の名物、五大洲に知れ渡るもの錦絵と吉原なり。笠森の茶屋かぎやの阿仙春信の錦絵に面影をとゞめて百五十有余年、嬌名今に高し。本年都門の粋人春信が忌日を選びて阿仙の碑を建つ。時恰大正己未の年夏六月滅法鰹のうめい頃荷風小史識。

六月十一日。昨日より梅雨に入りしといふ。夕刻より雷鳴轟轟たり。

六月十四日。気温六十八度に下る。帝国劇場の久米宇野[36]両氏来る。

六月十五日。鶴賀若太夫[37]方へ入門。新内莭蘭蝶のけいこをなす。近頃清元莭の藝人奢侈僭上の沙汰折々耳にするにより追々清元はやめにするつもりなり。猿之助英国より絵端書を送り来る。

六月十七日。明治座にて名題下若手俳優の稽古芝居を看る。小山内平岡の二子に逢ひ、帰途銀座の風月堂に晩餐をなす。

六月十八日。也有が鶉衣をよむ。

六月十九日。くもりて風涼し。午後浅草公園を歩む。観音堂後の銘酒屋楊弓店悉く取払ひとなり、その跡は目下路普請最中にて以前の面影全くなし。吉原の娼妓遣手婆に伴はれ公園内を遊歩するもの多し。暫く見ぬ間に変り行く世の中のさま、驚くの外はなし。

六月廿一日。全集第二巻校正終了。

六月廿二日。銀座通にて画人岡野栄氏(38)に逢ふ。

六月廿四日。快晴追々暑気に向ふ。

六月廿五日。平岡画伯を花月に訪ふ。款語夜半に及ぶ。

六月廿六日。雨ふる。全集第三巻の原稿を春陽堂使の者に渡す。

六月廿七日。晴天。夜清元会にて図らず葵山子に逢ふ。三十間堀深雪亭に飲む。

六月廿九日。清元梅吉弟子藝者のさらひ一枝会。有楽座に開催。不入にて何となく物さびしき心地したり。近年遊藝の師匠清元長唄何にかぎらず芝居小屋を借りてさらひを催すこと流行せり。されど師匠も弟子も技藝は更に進歩せず、寧退歩の傾あり。思ふに当世の妓三味線をまなぶは藝が好きといふわけにはあらず、唯公開の場所に出で名を售りたきが為なるべし。文士は雑誌に名を掲けむが為に筆を執り、藝者は何の事やら訳もわからず唯絃を鳴す。藝道の廃頽嘆くもおろかなり。

七月朔。独逸降伏平和条約調印紀念の祭日なりとやら。工場銀行皆業を休みたり。路地裏も家毎に国旗を出したり。日比谷辺にて頻に花火を打揚る響聞ゆ。路地の人々皆家を空しくして遊びに出掛けしものと覚しく、四鄰昼の中よりいつに似ず静にて、涼風の簾を動す音のみ耳立ちて聞ゆ。終日糊を煮て押入の壁を貼りつゝ祭の夜とでも題すべき小品文の腹案をなす。明治廿三年頃憲法発布祭日の追憶より、近くは韓国合併の祝日、また御大典の夜の賑など思出るがまゝに之を書きつゞらば、余なる一個の逸民と時代一般との対照もおのづから隠約の間に現し来ることを得べし。

七月四日。終日雨ふりて歇まず。

七月五日。雨歇みて俄に暑し。黄梅の時節既に過ぎたるが如し。近鄰いづこも洗濯にいそがはしく、水汲みては流す音止む時なく、安石鹼の悪臭あたりに漲りわたりて胸わろし。

七月六日。再び雨ふる。歯痛甚しく終夜眠ること能はず。

七月七日。春陽堂より全集第二巻印税を送来る。金六百七拾五円なり。夜新冨座に往き岡本綺堂(39)君作雨夜の曲を観る。

七月八日。雨歇しが風甚冷かなり。窗を閉ぢて露伴先生(40)の幽情記を読む。

七月九日。浅草寺四万六千日の賽日なれど珍しく空晴れて風涼し。午後三菱銀行に赴く。車の上にて涼しき夏といひ、又暖き冬といふが如き、唯何ともつかず快き日の追憶を書綴らば、好箇の小品文をなし得べしと、思ひを凝しぬ。夜日本橋若松屋にて玄文社観劇合評会あり。

七月十二日。小山内君来訪。国民文藝会(41)脚本執筆の事を依嘱せらる。夜銀座通草市にて花月楼主人に逢ひぷらんたん亭に小酌す。

七月十三日。風烈しく寒冷暮秋の如し。気候順調ならねど本年は幸にして腹痛なし。されど老婆しん死去してより日常のこと不便殆忍びがたし。銀座風月堂に赴き晩餐をなす。

七月十九日。雷鳴り驟雨来る。両国河開中止となりし由。

七月二十日。暑さきびしくなりぬ。屋根上の物干台に出で涼を取る。一目に見下す路地裏のむさくろしさ、いつもながら日本人の生活、何等の秩序もなく懶惰不潔なることを知らしむ。世人は頻に日本現代の生活の危機に瀕する事を力説すれども、此の如き実況を窺見れば、市民の生活は依然として何のしだらもなく唯醜陋なるに過ぎず個人の覚醒せざる事は封建時代のむかしと異るところなきが如し。

七月廿一日。浅草代地河岸稲垣にて清元香風会さらひあり。楼上より百本杭を望む水上の景、甚よし。妓両三人と桟橋につなぎたる伝馬舩に席を移して飲む。温習会終るを俟ち、余は櫓下の妓千代菊等と車にて木挽町の小玉亭に徃く。野間翁は雛妓若千代等の一群を自働舩に載せ、水路築地の海岸をめぐりて同じく小玉亭に来り、晩餐をなす。

七月廿二日。花月主人平岡氏、田中訥言の画幅を多く蔵せらるゝと聞き、往きて観る。

七月廿三日。有楽座に人形芝居を観る。大坂文楽一座のものなり。大阪の傀儡劇は今日江戸時代の演劇浄瑠璃凡て頽廃せむとする時、更に其の珍重すべきを知る。此夕観たりしお俊の人形の顔髪の形は鳥居清長の版画に見る婦女に髣髴たり。蓋し天明寛政頃の古き形を取りしもの歟。桜丸腹切の場に見る松王丸の人形は春章の錦絵を想ひ起さしめたり。

七月廿四日。風ありて暑気稍忍びやすし。陋屋曝書の余地なければ屋上の物干台に曝す。

七月廿五日。全集第三巻校正摺この日より始まる。

七月廿六日。炎熱甚しく歯痛む。

七月廿八日。再び有楽座に浄瑠璃人形を聴く。偶然宮薗千春に逢ふ。帰途驟雨、涼風炎暑を洗去る。

七月廿九日。横井博士の大日本能書伝をよむ。

七月三十日。両三日空くもりて溽暑甚しく大雨降り来りては忽ち歇む。降りてはやみ歇みてはまた降る事明治四十三年秋都下洪水の時によく似たり。

七月卅一日。玄文社劇評家懇談会日本橋の若松屋に開かる。此夜有楽座人形芝居の事を岡鬼太郎君(42)に問ひしに、近頃は人形も看るに足らず。雁次郎の仕草を人形に移して看客の意を迎ふるなど言語道断の事屢なり。且又この度有楽座に来りしは京都の人形なりと言はれぬ。此夜幸に雨なかりしが空模様いよ〳〵穏ならず、風また腥し。都下の諸新聞活版職工賃銭値上運動のため当分休刊の由。伊原君のはなしなり。

八月一日。驟雨歇まず。玄文社合評会の為菊五郎の牡丹燈籠(43)を帝国劇場に看る。初日の事とて幕合長くハネは十二時を過ぎて一時に近し。雨中池田大伍子(44)と傘を連ねて帰る。

八月二日。新冨座(45)に文楽座人形芝居を看る。偶然岡田画伯(46)に会ふ。

八月三日。玄文社合評会なり。席上にて初て右田寅彦氏(47)に逢ふ。

八月四日。谷崎潤一郎氏(48)来訪。其著近代情癡集の序詞を需めらる。雨漸く晴れしが風吹き出で夜に入りあらし模様となる。

八月五日。陰雲散じて快晴の天気となる。涼風秋を報ず。午後散策。山の手の電車に乗り図らず大久保旧宅のほとりを過ぐ。感慨限りなし。

八月六日。丸の内に用事あり。途次日比谷公園の樹蔭に憩ふ。

八月七日。半輪の月佳なり。明石町溝渠の景北寿(49)が浮絵を見るが如し。

八月八日。谷崎君新著近代情癡集の序を草して郵送す。

八月九日。重ねて新富座に人形を看る。図らず場内にて八重次に逢ふ。夜、月佳し。

八月十日。晩涼水の如し。明石町佃の渡場に往きて月を観る。

八月十一日。今宵も月明かにして、涼風吹きて絶えず。東京の夏は路地裏に在りても涼味此の如し。避暑地の旅館に往きて金つかふ人の気が知れぬなり。

八月十二日。日ざかりは華氏九十八度ほどの暑さなれど、夕方より風涼し。新富座人形三ノ替合邦と酒屋を看る。今夜月またよし。

八月十三日。唐人説薈に載せられし楽府雑録(50)を読む。

八月十四日。終日大雨炎暑を洗ふ。

八月十五日。風冷なり。心地すぐれず。午後春陽堂の人来りて全集第二巻再版の検印を請ふ。

八月十六日。腹痛あり。袷羽織着たきほどの寒さなり。病軀不順の天気に会ふや、意気忽銷沈し憂愁限りなし。

八月十七日。寒冷前日にまさる。烟雨終日空濛たり。唐人説薈を読む。

八月十九日。風邪、腹痛去らず。

八月廿一日。大石国手を訪ひ調薬を請ふ。

八月廿二日。風月堂にて偶然小宮豊隆氏に会ふ。

八月廿三日。鄰家待合の庭に蟬の啼くを聞く。

八月廿六日。暑気再来。全集第三巻校正。風邪未癒えず。

八月廿九日。熱あり。

九月朔。露国革命前帝室歌劇部の伶人、この日より十五日間帝国劇場にてオペラ[51]を演奏する由聞きゐたれば、久米君にたのみて切符を購ひ置きたり。この夜の演奏は伊太利亜歌劇アイダなり。余は日本の劇場にて、且はかゝる炎暑の夕、オペラを聴き得べしとは曾て予想せざりし所なり。欧洲の大乱は実に意外の上にも意外の結果を齎し来れるものと謂ふ可し。余は此夜の混乱せる感想をこゝに記すこと能はず。

九月二日。此夕はトラヰヤタの演奏あり。炎暑九月に入りて卻て熾なり。劇場内は恰温室に在るが如し。徃年紐育又里昂の劇場にて屢この曲を聴きたる時、深夜雪を踏んで下宿に帰りし事を追想すれば、何とはなく別種の曲を聴く思ひあり。

九月三日。フオーストを聴く。残暑ます／＼甚し。

九月四日。カルメンを聴く。帰途松山画伯とぷらんたんに飲む。

九月五日。ボリスゴトノフの演奏あり。秋暑甚しき為身体大に疲労す。

九月六日。終日困臥す。

九月七日。電話にて大石国手の来診を請ひしが、遂に来らず。

九月八日。月佳し。旧暦七月の望なるべし。

九月九日。夜、雨あり。九月に入りて始めての雨なり。

九月十日。風邪癒えず。

九月十一日。大石国手来診。終日雨ふる。

九月十二日。雨歇まず。残暑去つて秋冷忽病骨を侵す。この夜蚊帳を除く。

九月十三日。秋雨瀟々。四鄰寂寞。病臥によし。

九月十四日。雨晴れて残暑復来る。病苦甚し。

九月十五日。帝国劇場に往き再びボリスゴトノフを聴く。

九月十六日。風雨甚し。陋屋震動して眠り難し。路地裏の佗住居にも飽き果てたり。外遊の思禁ずべからず。

九月十八日。薄暮木曜会に往き諸子に会うて契濶を陳ぶ。旧雨一夕の閑談、百年の憂苦を慰め得たるの思あり。

九月十九日。雑誌花月廃刊以来、一時音信なかりし啞々子、突然来り訪はる。湖山人毎夕新聞社を去りたる由。

九月二十日。微恙あり、心欝々として楽しまず。たま〳〵旧妓八重次近鄰の旗亭に招がれたりとて、わが陋屋の格子先を過ぐるに遇ふ。

九月二十一日。俄国亡命の歌劇団、この日午後トスカを演奏す。余帰朝以来十年、一度も西洋音楽を聴く機会なかりしが、今回図らずオペラを聴き得てより、再び三味線を手にする興も全く消失せたり。此日晩間有楽座に清元会あるを知りしが往かず。

九月廿二日。後の彼岸といへばわけもなく裏淋しき心地せらる。此日空好く晴れ残暑猶盛なり。裏屋根の物干よりさし込む日の光、眩しきこと夏の如し。曾て大久保の村居に在りし時、今日のやうなる残暑の昼過ぎ、鳳仙花、葉雞頭の種を縁側に曝したりし事ども、何となく思ひ返されて悲しさ限りなし。折から窓の外に町の子の打騒ぐ声、何事かと立出で丶見るに、迷犬の自働車にひかれたるを、子供等群れあつまりて撲ちさいなむなり。余は町の悪太郎と巡査の髭面とを見る時、一日も早く家を棄て丶外国に往きたしと思ふなり。

九月廿三日。芝白金三光町日限地蔵尊の境内に、頃合ひの売家ありと人の来りて告げ丶れば、午後に赴き見たり。庭の後は生垣一重にて墓地につゞきたるさま、静にて趣なきにあらねど、門前貧民窟に接せし故其儘になしたり。現在の寓居はもとより一時の仮越しなれば、此の頃はほと〳〵四鄰の湫隘なるに堪へやらぬ心地す。軍馬の往来大久保の如くに烈しからずして、而も樹木多き山の手に居を卜したきものなり。帰途芝公園瓢箪池の茶亭に憩ふ。秋の日早くも傾き、やがて黄昏の微光樹間にたゞよふさま言はむ方なし。曾て大久保の家に在りし頃には、市中の公園は徒に嫌悪の情を催さしむるのみなりしが、今はいさゝかなる樹木も之を望めば忽清涼の思をなさしむ。悔恨禁じ難しといへど又つら〳〵思返へせば、孤独の身の果如何ともすべからず。我が放恣の生涯も四十歳に及びて全く行詰りしが如し。携へ来りしレニヱー(52)が詩集「時間の鏡(ミロアルドタン)」を読みつゝ茶を喫す。公園を出れば既に夜なり。銀座風月堂にて独酌晩餐を食し、三田文学会に赴く。与謝野寛(53)氏と久振りにて巴里漫遊のむかしを談ず。

九月廿四日。俄国歌劇一座最終の演奏あり。パリアツチ及カワレリヤルスチカナの二曲なり。劇場を出で、久米松山の二氏と平岡君が釆女町の画室を訪ふ。倶に精養軒にて晩餐をなす。食堂には仏国の軍服つけたる男、露西亜人とも見ゆる女四五人、各自の卓に坐するを見る。余は彼等の談話するさまを見るにつけて遊意殆ど禁ずべからず。翻つて今日衰病の身、果して昔年の如く放浪の生活をなし得べきや否や。之を思へば泫然として涙なきを得ざるなり。

九月廿五日。雨ふりて夜寒し。家に在りてセルの単衣を着る。

九月廿六日。秋晴の好き日なれど空しく家に留まる。夜松莚子の自由劇場(54)試演を観る。

九月廿七日。秋晴の空雲翳なし。高輪南町に手頃の売家ありと聞き、徃きて見る。楽天居(55)の門外を過ぎたれば契濶を陳べむと立寄りしが、主人は不在なり。猿町より二本榎を歩みて帰る。

九月廿八日。午後神田三才社に往く。途次駿河台に松莚子を訪ふ。夕刻自由劇場出勤の頃まで款語す。

九月廿九日。東京建物会社々員某来り、小石川金冨町に七十坪程の売地ありと告ぐ。秋の日早くも傾きかけしが、社員に導かれて赴き見たり。金冨町は余が生れし処なれば、若し都合よくば買ひ受け、一廬を結び、終焉の地になしたき心あり。金剛寺阪を上り、余が呱呱の声を揚けたる赤子橋の角を曲り行けば、売地は田尻博士の屋敷と裏合せになりし処にて、鄰家は思案外史石橋先生(56)の居邸なり。傾きたる門を入るに、家の雨戸は破れ、壁落ち、畳は朽ちたり。庭には雑草生茂りて歩む可からず。片隅に一株の柿の木あり。其の実の少しく色づきしさま人の来るを待つが如く、靴ぬぎ石のほとりに野菊と秋海棠の一二輪咲き残りたる風情更に哀れなり。門を出で近巷の模様を問はむと石橋先生を訪ふ。玄関先にて立話をなし辞して帰りぬ。余は先生の俄に老ひたまひし姿を見て、また多少の感なきを得ざりき。此の日目にするもの平生に異り、一ツとして人の心を動かさざるは無し。晩秋薄暮の天、幽暗なること夢のやうなりし故なるべし。

九月三十日。玄文社歌舞伎座(57)にて観劇。狂言は桐一葉なり。此日雨ふる。

十月朔。

十月二日。驟雨あり。玄文社合評会。

十月三日。好く晴れたり。大川端を歩む。

十月四日。秋陰漫歩に適す。丸の内を歩み、神田仏蘭西書院(58)に至り小説二三巻を購ふ。

十月五日。秋雨降りしきりて風次第に加はる。新寒肌に沁む。満城の風雨重陽を過るの感あり。

十月六日。秋陰夢の如し。石橋先生を訪ひ、其鄰家譲受の事につき地主へ直接問合せの事を中止す。価格思はしからざればなり。帰途伝通院境内の大黒天に賽す。堂内の賓頭盧尊者を見るに片目かけ損じて涎掛も破れたり。堂宇の床板も朽ちたる処あり。瓦落ちて鳩も少くなりたり。余が少年の頃この大黒天には参詣するもの多く、堂内奉納の額其の他さま〴〵の供物賑かなりし事を思返せば、今日荒廃のさま久しく見るに忍びざる心地して門を出づ。安藤阪を下り牛天神の石級を登り、樹蔭に少憩す。

十月七日。秋霖霏々。岡鬼太郎来訪。来月松莚子歌舞伎座へ出勤につき、新作の脚本を需めらる。病来意気銷沈筆を秉るに堪へざれば辞したり。

十月八日。仲秋の月よし。明石町海岸を歩む。去年の仲秋は九月十九日にて同じく晴れたり。両年つゞいて良夜に逢ふ。珍らしきことなり。

〔欄外朱書〕仲ハ中ニ改可シ

十月九日。小春の空晴渡りぬ。陋屋の蟄居に堪えず歩みて目黒不動の祠に詣づ。惣門のほとりの掛茶屋に憩ひて境内を眺むるに、山門の彼方一帯の丘岡は日かげになりて、老樹の頂き一際暗し。夕日は掛茶屋の横手なる雑木林の間に低くかゝりて、鋭く斜に山門前の平地を照したり。雑木林の彼方より遥に普請場の物音聞ゆ。近郊の開け行くさまを思ひやりては、滝の落る音も今は寂しからず。大国家の方よりは藝者の三味線も聞え出しぬ。此の地も角筈十二社境内の如く俗化すること遠きにあらざるべし。掛茶屋を去らむとする時、不図見れば、この家の女房とおぼしく年は二十二三、丸髷に赤き手柄をかけ、銘仙の鯉口半纏を着たる姿、垢抜して醜からず。余は何とはなく柳浪先生が傑作の小説骨ぬすみ、もつれ糸などの人物叙景を想ひ起したり。帰途羅漢寺を訪ひ、道をいそぐに、十六夜の月千代ケ崎の丘阜より昇るを見る。路傍の草むらには虫の声盛なり。

十月十日。昨日の郊行に日和下駄書き著したる頃の興をおぼえたれば、今日も亦晴天を幸に、有楽町より山の手線の電車に乗る。品川に近づく頃一天俄に暗く、雷鳴驟雨三伏の時節に似たり。雨の晴るゝを待たむとて其儘車中に坐するに、忽ち新宿を後にして遂に上野の停車場に至る。已むことを得ず車を下り雨を山王台の茶亭に避く。日は暮れむとして不忍池の敗荷蕭々として晩風に鳴るを聞く。寂寥愛すべし。昏黒家に帰る。余病を得てより三四年郊外を歩まず。此日電車沿線の開けたるを見て一驚を喫したり。小工場と貸家との秩序なく入り乱れて建てられたる光景、其の醜陋寧市中の場末よりも甚し。日本人は遂に都市を建設する能力なきもの丶如し。上野公園の老杉古松の枯れ行くさま予想以上なり。夕餉の後旧著日和下駄その他を校訂す。深更雨歇みて月皎々たり。

十月十一日。正午大石国手を中洲河岸の病院に訪ふ。国手在らず。空しく帰宅す。晡時また家を出で、日比谷公園を歩み、樹下の榻に憩ひミルボオ(59)が短篇小説集ピープドシードルを読む。夜、全集第三巻校正の後、旧著を添削して深更に至る。十七夜の月斜に窗を照らす。

十月十二日。朝、神田末広町竹田屋の手代藝苑叢書を持参す。午後一睡の後、日比谷公園の樹間に読書す。晩秋の斜陽黄葉に映ず。

十月十三日。下谷の姪光代(60)絵葉書を寄せ、女学校紀念会の催しに来らむ事を請ふ。幼きもの丶文章ほど人を感動せしむるものはなし。驟雨の霽る丶を待ち、浅草七軒町の女学校に赴く。溝店祖師堂に近きところなり。校内にて下谷の貞二郎(61)大久保の母上に逢ふ。感慨窮なし。此れにつけても憎むべきはかの威三郎(62)の態度なり。されど今は何事も言はざるに如かず。午後家に帰りて机に対す。築地に引移りてより筆持つ心になりしは今日がはじめてなれば嬉しさ言ふばかりなし。

十月十五日。薄暮愛宕山に登る。眼下の市街人家の屋根次第に暗くなりて、日の暮れ行くさま、久しく之を望めば自ら一種の情調あり。李商隠[63]が夕陽無㆑限好。只是近㆓黄昏㆒といひしも斯くの如き思ひにや。山上のホテルにて晩餐をなさむと欲せしに、仏蘭西航空団へ貸切となり臨時の客を謝して入れず。已むことを得ず銀座に至り、風月堂に飲む。枕上ヱストニヱー[64]の小説 L'Emprinte を読む。

十月十六日。唖々子と三十間堀富貴亭に飯して、木曜会俳席に赴く。数年前富貴亭はわづか一円にて抹茶まで出せしに、今は一人前四円となれり。此夜露重く風冷なり。

十月十七日。天気快晴。終日校正並に執筆。薄暮合引橋河岸通を歩み、銀座に出で食料品を購ひ帰る。

十月十八日。小春の好天気打つゞきぬ。今年程雨少き年は稀なるべし。毎日薄暮水上の景を見むとて明石町の海岸通を歩む。

十月十九日。晴。

十月二十日。晴。

十月廿一日。ロッチの著 Turquie Agonisante を読む。欧洲基督教諸国の土耳古に対する侵畧主義の非なるを痛歎したるものなり。午後中洲病院に徃く。

十月廿二日。晴。小品文花火を脱稾したれば浄写す。全集第三巻印刷摺の校正漸く終了に近し。

十月廿三日。木曜会席上にて交趾人黄調(65)なるものと語る。黄調は能く仏蘭西語を解す。多年易の八卦より算数の新法を研究し、又各国語発音聞取り書の法を案出し、此の二術を伝播せむがため来朝せしなりといふ。帰途秋霖霏々たり。

十月廿四日。小川町角仏蘭西書院に至りヱストニヱーの小説二三巻を購ふ。招魂社の祭礼を看て帰る。

十月廿五日。唖々子来る。雨中銀座のカツフヱーに飲む。

十月廿六日。書肆文久社の主人来訪。

十月廿七日。暖気初夏に似たり。街頭の楊柳猶青し。唖々子と共に牛込の旗亭桃川に飲む。庭上虫猶啼く。

十月廿八日。夜三田文学会笹屋に開かる。帰途尾張町街上にて岡村柿紅子に会ひ清新軒(66)に飲む。

十月廿九日。大掃除なり。塵埃を日比谷図書館に避く。山茶花既に散り、八手漸く花をつくるを見る。大久保旧宅の庭園を思出して愁然たり。

十月三十日。仏蘭西書院に赴き、帝国劇場(67)に立寄りしに偶然新帰朝の松葉子に逢ふ。

十一月朔。赤坂氷川町の売家を見る。其の途次氷川神社の境内を過ぐ。喬木欝蒼たること芝山内また上野などにまさりたり。市中今尚かくの如き幽邃の地を存するは意外の喜びなり。夕刻家に帰るに慈君の書信あり。去年の此頃は人をも世をも恨みつくして、先人の旧居を去り寧溝壑に塡せむことを希ひしに、いつとはなく往時のなつかしく思返さるゝ折から、慈君のたよりを得て感動する事浅からず。返書をしたゝめ秋雨街頭のポストに投ず。終夜雨声淋鈴たり。

十一月二日。夕刻人形町通にて図らず牛込の妓菊五郎に逢ふ。近頃葭町に住替へしたりといふ。夜木曜会々員後藤春樹(68)氏来り、某地方の新聞紙へ掲載すべき小説の草稾を需めて已まず。

十一月三日。下谷七軒町女学校の運動会を観る。

十一月五日。曇りて蒸暑し。午後麻布辺散歩。帝国劇場(69)に立寄る。是夜初酉なり。

十一月六日。十三夜なりといふ。

十一月八日。麻布市兵衛町に貸地ありと聞き赴き見る。帰途我善坊に出づ。此のあたりの地勢高低常なく、岨崖の眺望恰も初冬の暮靄に包まれ意外なる佳景を示したり。西の久保八幡祠前に出でし時満月の昇るを見る。帰宅後ノワイユ夫人(70)の小説

「新しき望み（ヌーベルエスペランス）」といふものを読む。

十一月九日。春陽堂先日来頻に新著の出版を請ふ。されど築地移居の後筆硯に親しまず。幸にして浮世絵に関する旧稾あるを思出し、取りまとめて江戸藝術論と題し、之を与ふ。午後四谷に徃き、曾て家に召使ひたるお房を訪ふ。

十一月十日。正午に近き頃母上来り訪はる。路地の陋屋一碗の粗茶をすゝむる事さへ難ければ、風月堂に案内して昼餐を倶にす。

十一月十一日。雨ふる。母上の許に昨日約束せし精養軒の食麵麭を送届けたり。

十一月十二日。重て麻布市兵衛町の貸地を検察す。帰途氷川神社の境内を歩む。岨崖の黄葉到処に好し。日暮風漸く寒し。

十一月十三日。市兵衛町崖上の地所を借る事に決す。建物会社々員永井喜平を招ぎ、其手続万事を依頼せり。来春を俟ち一廬を結びて隠棲せんと欲す。夜木曜会運座に徃く。

十一月十四日。去年の日記を見るに大久保宅地売払の約束をなせしは十一月十三日なり。今年同月同日に地所借受の証書を交替す。不思議といふべし。夕刻啞々子来る。

十一月十五日。威三郎不在と聞き、西大久保に赴き慈顔を拝す。鷲津牧師も亦来る。始て一家団欒の楽を得たり。

十一月十七日。曇りて暖なり。ノアイユ夫人の小説「玉の顔（ビザージュ、エメルベイエー）」を通読す。此の閨秀詩人の詩篇は先年愛誦して措かざりしもの。今日其小説一二巻を取りて読むに詩に及ばざること遠し。

十一月十八日。雨。街路沼の如く歩むべからず。王次回の律詩中に秋霖纔過市成レ渠。泥履声中掩二戸居一。(71)といへるがあり。蓋実景なり。

十一月十九日。暖風再び雨。

十一月二十日。晴。有楽座にて細川風谷(72)追悼会開かる。葵山子に逢ふ。

十一月廿一日。寒雨終日止まず。夕刻食事をなさむとて尾張町を過ぐ。偶然大彦老人(73)に逢ふ。健勝旧の如し。

十一月廿二日。竹田屋来談。

十一月廿三日。銀座義昌堂にて支那水仙を購ひ、午後母上を訪ふ。庭前の楓葉錦の如し。母上居室の床の間に剝製になせし白き猫を見る。是母上の年久しく飼ひたまひし駒とよぶ牡猫なること、耳のほとりの黒き斑にて、問はねど明かなり。八年前妓八重次わが書斎に出入りせし頃、津ノ守阪髪結の家より児猫を貰来りしを、母上駒と名づけて愛で育てられけり。爾来家に鼠なく、駒はよく其務を尽して恩に報ひたりしに、妓は去つて還らず、徒に人をして人情の軽薄畜生よりも甚しき事を知らしめたるのみ。

此夜母上駒の老衰して死なむとする時のさまを委しく語りたまひぬ。ピエールロチが「死と悲しみの巻（リーブルドラピチエー）」に老猫の死するさまを写せし一篇も思合されて、悲しみ更に深し。

十一月廿四日。寒雨夜に入りて纔に歇む。三田文学茶話会に赴き水上瀧太郎(74)君に逢ふ。帰途久米氏と平岡画伯の病を問ふ。猿之助小夜子来る。

十一月廿五日。北風吹きすさみて俄に寒くなりぬ。

十一月廿六日。松莚子に招がれて東仲通の末広に飲む。河原崎権十郎、川尻清潭、瀬戸英一(75)の三子亦来る。帰途清潭子に誘はれて信楽新道の東家といふ待合に至りて更に飲む。川崎屋座談に巧みにて、先年吉原萬華楼に登りし時、深夜廊下にて嫖客に斬られたる娼妓を見、厠に逃込みしことを語る。清潭子も亦船長と怪猫との話をなし、一座の妓を戦慄せしめ手を拍つて喜ぶ。夜半を過ぎて家に帰る。

十一月廿七日。晴れて暖なり。正午中洲病院に徃く。宿痾大によしといふ。夜木曜会に徃く。新月海上に泛びたる高輪の夜景、徃昔の名所絵に似たり。

十一月廿八日。寒雨歇まず。燈下臙脂を煮て原稟用罫紙を摺る。

十二月朔。南部秀太郎(76)三田文学用件にて来談。

十二月二日。新冨座(77)を見る。盖玄文社合評会のためなり。

十二月三日。母上を案内して帝国劇場(78)を看る。

十二月四日。午後玄文社合評会。つゞいて綺堂松葉両子帰朝祝賀の宴。共に日本橋若松家に開かる。半月空に泛び淡烟蒼茫として街を罩めたるさま春夜の如し。

十二月五日。松莚子の家に招がれ、大彦翁莚升等と午餐を倶にす。南向の小庭に雁来紅の一二本霜にたゞれて立ちすくみたるさま風趣あり。冬枯の秋草を愛する松莚子の風流欣慕すべし。

十二月六日。寒雨霏々。風月堂に往き夕餉をなす。老婆おしん世を去つてより余が家遂に良婢を得ず。毎宵風月堂にて晩飯をなすやうになりぬ。葡萄酒の盃片手にしつゝ携帯の書冊を卓上に開き見るや、曾て外遊の時朝夕三度の食を街頭のカツフヱーにてとゞのへたりし頃のこと思返されて、寂しさに堪えざることあり。昨日購ひたるLaurent Vineuil[79]といふ作家の「身のあやまち（エラール）」を読む。独身の哲学者を主人公となしたるものにて、篇中の事件往々身にしみ〴〵と感ぜらるゝ所あり。学者病中下女の不人情なるを憤るあたりの叙事、最も切実の感あり。今日余の憂を慰るもの女にあらず、三味線にあらず、唯仏蘭西の文藝あるのみ。

十二月七日。全集第三巻校正終了。

十二月八日。晴れて風暖なり。風月堂にていつもの如く晩餐をなし酔歩蹣跚出雲橋を渡る。明月天に在り。両岸の楼台影を倒にして水上に浮ぶ。精養軒食料品売場にて明朝の食麵麭を購ふに、焼き立とおぼしく、携ふる手を暖むる事懐炉の如し。采女橋を渡り水に沿うて歩めば月中溝渠の景いよ〳〵好し。波除神社の角より本願寺裏の川づたひに路地の家に帰る。明月屋根の間より斜に窗を照したり。留守中箱崎町の大工銀次郎麻布普請の絵図面を持参す。

十二月九日。晴れて寒し。

十二月十日。晡下啞々子来訪。尾張町清新軒に飲む。此夜啞々子珍しく泥酔せず、新井白石の事蹟を脚本に仕組むべしといふ。

十二月十一日。生田葵山高輪の楽天居にて新婚の披露をなす。帰途野圃沖舟木舟(80)啞々等と金杉橋頭の一酒舗に飲む。電車なくなりし故余は人力車を倩ふ。諸子は何処に行きしや。そは明朝に至るを俟つて品川湾頭に飛ぶ白鷗に問ふ可し

十二月十二日。国民劇場なるもの余が旧作煙三幕を上場する由。この夜有楽座に往き其の稽古を見る。偶然綺堂米斎(81)の両君に逢ふ。

十二月十三日。朝来微雪雨を交ゆ。夜国民劇場(82)を観る。

十二月十四日。微恙あり。

十二月十五日。微恙あり。午後永井喜平麻布借地の事につき来談。

十二月十六日。風邪未癒えず。寒気日に日に加はる。

十二月十七日。市川猿之助来る。春陽堂の林氏(83)全集第三巻出版届を持来りて署名捺印を請ふ。

十二月十八日。女優花田偉子(84)来り余が旧作上演の謝礼三拾円三越切手を贈らる。

十二月十九日。晴れて寒し。薄暮所用の途次車にて土手三番町を過ぐ。市ケ谷の高台を望み見たる夕陽の景甚佳なり。

十二月二十日。風月堂にて偶然菊五郎夫妻に逢ふ。菊五郎余に逢ふ毎に新作の脚本を求む。厚意は謝する所なれど、今日の劇場は既に藝術を云々する処にあらず。余脚本の腹案なきにあらねど筆持つ心なし。

十二月廿三日。鳩居堂店頭にて図らず森先生に謁す。背広の洋服に古きマントオをまとひ、口髭半白くなられたり。

十二月廿四日。啞々子来る。半日清新軒の炉辺に飲む。夜半雨。

十二月廿五日。晴れて暖なり。

十二月廿六日。松莚子細君同伴にて来り訪はる。来春明治座にて岡君新作の小猿七之助を演ずるにつき、其の着附仕草などの参考にせんとて、余が所蔵の人情本春画の類を見に来られしなり。此夜前日に比して又更に暖なり。

十二月廿七日。午下中洲病院を訪ふ。菖蒲河岸より大川の面を望むに、暖なる冬日照りわたり、往来の荷舩には舵のあたりに松飾り立てしものもあり。岸につなぎし舩には舩頭の子供凧をあげて遊べるさま、北斎が両岸一覧の図を見るが如し。夕刻春陽堂店員全集第三巻製本持参。

十二月廿九日。風暖なり。吾妻橋を渡り、石原番場の河岸を歩む。

十二月三十日。快晴。温暖春の如し。

十二月卅一日。晴天。午後市中大晦日の景況を見むとて漫歩神田仏蘭西書院に赴き、フロオベル(85)全集中尺牘漫筆の類数巻を購ふ。風月堂にて晩餐をなし銀座通の雑沓を過ぎて家に帰る。枕上コレット・ウヰリイ(86)の小説レトレート、サンチマンタルを繙読して覚えず暁に至る。突然格子戸を引明けむとするものあり。起出で丶見るに郵便脚夫の年賀状一束を投入れて去れるなり。表通には下駄の音猶歇まず。酔漢の歌ひつ丶行く声も聞ゆ。

断腸亭日記　巻之四　大正九庚申歳

〃　巻之五　大正十辛酉年

〃　巻之六　大正十一壬戌歳

# 断腸亭日記巻之四大正九年歳次庚申

荷風年四十有二

正月元旦。閒適の余生暦日なきこと山中に在るが如し。午後鷲津牧師来訪。この日風なく近年稀なる好き正月なり。されど年賀に行くべき処なければ、自炊の夕餉を終りて直に寝に就く。

正月二日。快晴和暖昨日の如し。

正月三日。快晴。市中電車雑遝甚しく容易に乗るべからず。歩みて芝愛宕下西洋家具店に至る。麻布の家工事竣成の暁は西洋風に生活したき計画なればなり。日本風の夜具蒲団は朝夕出し入れの際手数多く、煩累に堪えず。

正月六日。春陽堂主人和田氏年賀に来る。夜啞々子と電車通の宮川に飲む。

正月七日。夜、微雨あり。アナトオル・フランス(1)の L'Anneau d'Amethyste を読む。

正月八日。寒気稍寛なり。大工銀次郎を伴ひ麻布普請場に往く。

正月九日。晴天。全集第四巻の原稿を春陽堂に送る。この日より再び四谷のお房を召使ふことにす。

正月十日。晴天。アンノオ、ダメチストを読む。篇中の主人公迷犬を書斎につれ来りて打興ずるあたり最面白し。七年前大久保の旧宅改築の際、一頭の牝犬、余が書斎の縁側に上り来りて追へども去らず、已むことを得ず玉と名づけて其儘飼置きし事など思起しぬ。それより家畜小鳥などにつきての追憶を書かばやと想ひを凝らす。

正月十一日。晴れてあたゝかなり。

正月十二日。曇天。午後野圃子来訪。夕餉の後忽然悪寒を覚え寝につく。目下流行の感冒に染みしなるべし。

正月十三日。体温四十度に昇る。

正月十四日。お房の姉おさく(2)といへるもの、元櫓下の妓にて、今は四谷警察署長何某の世話になり、四谷にて妓家を営める由。泊りがけにて来り余の病を看護す。

正月十五日。大石君診察に来ること朝夕二回に及ぶ。

正月十六日。熱去らず。昏々として眠を貪る。

正月十七日。大石君来診。

正月十八日。渇を覚えること甚し。頻に黄橙を食ふ。

正月十九日。病床万一の事を慮りて遺書をしたゝむ。

正月二十日。病况依然たり。

正月廿一日。大石君又来診。最早気遣ふに及ばずといふ。

正月廿二日。悪熱次第に去る。目下流行の風邪に罹るもの多く死する由。余は不思議にもありてかひなき命を取り留めたり。

正月廿五日。母上余の病軽からざるを知り見舞に来らる。

正月廿六日。病床フロオベルの尺牘を読む。

正月廿七日。久米秀治来訪。

正月廿八日。褥中全集第四巻校正摺を見る。

正月廿九日。改造社原稿を催促する事頗急なり。

正月三十日。大工銀次郎来談。

正月卅一日。病後衰弱甚しく未起つ能はず。卻て書巻に親しむ。

二月朔。臥病。記すべき事なし。

二月二日。臥病。

二月三日。大石君来診。

二月四日。病床フオガツアロ(3)の作マロンブラを読む。

二月六日。唖々子来つて病を問はる。

二月七日。寒気甚し。玄文社合評会の由。

二月九日。病床に在りておかめ笹続篇の稿を起す。此の小説は一昨年花月の廃刊と共に筆を断ちしまゝ今日に至りしが、褥中無聊のあまり、ふと鉛筆にて書初めしに意外にも興味動きて、どうやら稿をつゞけ得るやうなり。創作の興ほど不可思議なるはなし。去年中は幾たびとなく筆乗らむとして乗り得ざりしに、今や病中熱未去らざるに筆頻に進む。喜びに堪えず。

二月十日。蓐中鉛筆の稿をつぐ。終了の後毛筆にて浄写するつもりなり。

二月十一日。烈風陋屋を動かす。梅沢和軒著日本南画史を読む。[4]新聞紙頻に普通選挙の事を論ず。盖し誇大の筆世に阿らむとするものなるべし。

二月十二日。蓐中江戸藝術論印刷校正摺を見る。大正二三年の頃三田文学誌上に載せたる旧稾なり。

二月十四日。建物会社々員永井喜平見舞に来る。

二月十五日。雪降りしきりて歇まず。路地裏昼の中より物静にて病臥するによし。

二月十七日。風なく暖なり。始めて寝床より起き出で表通の銭湯に入る。

二月十八日。近巷を歩まむと欲せしが雨ふり出したれば止む。

二月十九日。風月堂に往き昼餉を食す。小説おかめ笹執筆。夜半を過ぐ。草稾後一回にて完結に至るを得べし。

二月二十日。終日机に凭る。昼過霰の窓打つ音せしが夕方に至りて歇む。

二月廿一日。浴後気分すぐれず。

二月廿二日。早朝中洲病院に電話をかけ病状を報ず。感冒後の衰弱によるものなれば憂るに及はずとの事なり。安堵して再び机に凭る。

二月廿三日。啞々子の書に接す。晩来雪紛々たり。

二月廿四日。雪やみしが空くもりて寒し。午後永井喜平来談。おかめ笹最終の一章筆進まず。苦心惨澹。

二月廿五日。空くもりて風あたゝかなり。

二月廿六日。雨やかで雪となる。おかめ笹脱稾。

二月廿八日。一しきり歇みたる雪また降り出しぬ。啞々子来る。

二月廿九日。空始て晴る。午後雪解の町を散歩す。

三月朔。朝日本橋第一銀行に赴き、株式払込の用件を辨じ、東洋軒(5)にて食事をなし、八丁堀を過ぎて家に帰る。戯に小説作法なるものを草す。午後春陽堂番頭林氏来りしかばおかめ笹の草稾を与ふ。薄暮窓外雨声を聞く。路地を歩む人再び雪になるべしと語りて過ぐ。

三月二日。小説黄昏の腹案成る。

三月三日。婢お房病あり。暇を乞ひて四谷の家に帰る。

三月四日。風月堂にて昼餉をなす。采女橋を渡るに白鷗羣をなして溝渠に浮び餌をあされり。曾て浅草代地河岸に住みし時、二月三月の頃には白鷗屢羣をなし人家の屋根をかすめて飛ぶを見たり。かゝる日には夜に入りて必風烈しく吹出づるなり。

三月五日。くもりし空昼頃より晴る。麻布普請場に赴く。近鄰の園梅既に開くを見る。

三月七日。朝の中机に凭る。風月堂にて昼餉をなし、麻布に往く。燈前クロオデル(6)の評伝を読む。初更新冨座裏に火事あり。

三月八日。丸善書店内を歩む。此の店家のみ徒に大きくして物品の価廉ならず。(7)

三月九日。春風漸く暖なり。電車にて日比谷を過るに官衙の梅花咲き揃ひて、乱れ行く世のさまをも知らぬ気に見ゆ。春陽堂店員おかめ笹校正摺を持参す。

三月十日。晴天。明石町海岸通を歩む。

三月十一日。午後麻布に行く。帰途愛宕山に登る。春日遅々。夕陽白帆に映ず。藕花の的歴たるに似たり。

三月十二日。春雨霏々。終日机に凭る。強風余寒を送る。枕上ベルヂック現代詩文集を読む。

三月十三日。春寒料峭。江戸藝術論製本成る。

三月十四日。細雨烟の如く春尚寒し。連日執筆稍疲労を覚ゆ。燈下原稿罫紙を摺ること四五帖なり。

三月十五日。春雨猶歇まず。執筆の余暇樊川詩注を繙く。深更風あり。陋屋動揺すること船の如し。

三月十六日。晴天風烈しく路忽乾きて砂塵濛濛たり。都門桜花の時節既に近きを知る。

三月十七日。筆意の如くならず。銀座を歩む。千疋屋店頭覆盆子を売るを見る。二月の瓜も今は珍重するに足らざるなり。夜母上電話にて病を問はる。

三月十八日。玄文社劇評会の諸子、岡村柹紅君米国漫遊の別筵を山谷堀の八百屋(ママ)に張る。夕刻人力車を倩つて往く。途上神田川の夕照甚佳なり。此の夜八百善(8)の料理往時の味なし。何の故なるを知らず。

三月二十日。天気好し。母上の安否を問はむと、新宿通にて人力車に乗る。途次横町の垣根道にて図らず戸川秋骨君に逢ふ。鬢髪蕭疎四五年前に比すれば別人の如し。夜家に帰るに俄に発熱三十八度に及ぶ。終夜眠を成さず。

三月廿一日。起出るに熱去りて気分平生の如し。風をおそれて家を出でず。

三月廿二日。曇りて蒸暑し。湖山人南総稲毛に在り。絵端書を寄す。夜、微雨。

三月廿三日。雲低く空を蔽ひ溽暑六月の如し。午後九穂子来る。お房この日また帰り来りしかば伴ひて宮川亭に一酌す。新富座(9)を立見して家に帰る。松莚子電話にて秀調実父金子元助(10)の病死を報来る。深更雨声瀟瀟。歯痛む。

三月廿四日。おかめ笹印刷校正摺を閲し終る。細雨糠の如く、銀座街頭柳眼既に青し。

三月廿五日。風冷なれど本願寺墓地の木の芽雨中翠緑滴るが如し。歯痛みて悪寒を覚ゆ。

三月廿七日。晴天。中洲病院に往き診察を請ふ。午後全集第四巻校正に忙殺せらる。

三月廿八日。日曜日。微風軽寒。

三月廿九日。微雨。

三月三十日。松莚子に招がれて東仲通末広に飲む。清潭子も亦招がる。河合武雄(11)のために新作脚本を需めらる。

三月三十一日。雨歇まず。不願醒客訪来りしかば築地橋頭の酒亭に飲む。雲去りて雨歇み月出づ。銀座を歩みて再び清新軒に飲む。春陽堂この日江戸藝術論印税金を送り来る。

四月一日。木曜会。帰途雨に値ふ。

四月二日。雨ふる。玄文社歌舞伎座[12]見物。

四月三日。雨歇まず。

四月四日。玄文社合評会なり。雨歇まず。日本橋通泥濘殆歩み難し。

四月五日。風雨歇まず。碧空を仰がざること旬日なり。燈前旧著日和下駄を校訂す。

四月六日。密雲散せず時々雨あり。終日全集の校正にいそがはし。

四月七日。宿雨始めて晴る。神田仏蘭西書院に至り Claude Farrère[13] の小説三四巻を購ふ。電車雑沓して乗り得ず。須田町に出で柳原を歩み両国を過ぎて家に帰る。

四月八日。蔵書を整理す。

四月九日。本願寺の桜花開く。本年春寒くして雨多かりし故花開くこと遅し。夜風吹出でゝ寒し。

四月十日。晴れて風静なり。終日散歩。不在中巌谷冬生[14]来訪。

四月十一日。日曜日。天気好く花のさかりなり。

四月十三日。風あり塵烟濛々落花紛々たり。麻布普請場よりの帰途尾張町にて小山内君に逢ふ。ライオン酒館[15]に入りて語る。夜フアレエルの小説バツタイユを読む。日露戦争を背景となし日本の旧華族の海軍士官となれるものを主人公とす。惜し哉(ママ)、筆致ピエールロチに及ばず。

四月十四日。風雨。夜に至りてます〳〵烈し。

四月十五日。木曜会なり。楽天居書斎の卓上に一盆の石楠花を見る。主人に問ふに塩原山中の旅亭より贈来りしものなりと。石楠花は家内に病人などありて陰気なる時は、蕾のまゝ花開かずして萎るゝものなり。嘗て日下部鳴鶴(16)翁の家にて花開かざりしもの、楽天居に持来るや、忽花を見たる実例もあり、と語られぬ。此夕風陰湿なりしが幸にして雨に値はず。

四月十六日。半蔵門外西洋家具店竹工堂を訪ひ、麻布普請場に至る。桜花落尽して新緑潮の如し。

四月十七日。全集第四巻校正を終る。小説おかめ笹梓成る。竹田書房の主人転宅荷づくりに来る。

四月十八日。日曜日なり。快晴。夜銀座を歩む。

四月十九日。快晴。給着たき程の暖気となる。銀座にて偶然南部秀太郎に逢ひ、清新軒に飲む。

四月二十日。湖山人来訪。

四月廿一日。快晴。午後写真機を携へ丸の内を歩む。

四月廿二日。午後雷雨一過。風忽寒し。

四月廿三日。湖山人著作小説集の序を草して郵送す。寒冷前日にまさる。深更地大に震ふ。

四月廿四日。快晴。風甚冷なり。夜銀座街頭にて葵山人に逢ひ清新軒に憩ふ。

四月廿五日。曇りて寒し。電車従業員同盟罷業をなす。市中電車なく街路閒静にて徒歩するに好し。竹田屋末摘花三篇および洒落本意地の口持参。

四月廿七日。松莚清潭の二子と両国の鳥安に会飲す。雨歇み月出づ。五月人形の市を見て帰る。

四月廿八日。三菱銀行に往き、有楽座事務所にて井阪梅雪子に面晤す。旧作三柏葉樹頭夜嵐上場に関してなり。

四月廿九日。玉山子と相携へて木曜会に赴く。窪田空々子(17)伯林より帰来りて欧洲戦後の状況を語る。

四月晦。三柏葉樹頭夜嵐三幕を訂正す。

五月朔。雨ふる。

五月二日。晴天。麻布普請場に往き有楽座楽屋に立寄り夕刻帰宅。

五月三日。雨中帝国劇場(18)稽古場に往き、正午より三柏葉の本読をなす。夜風雨。

五月四日。陰晴定りなし。夜驟雨屢来る。

五月五日。暴風模様にて空晴れず。雨屢来る。全集第六巻校正摺到着。

五月六日。不願醒客と木曜会に往く。

五月七日。霖雨歇まず腹痛あり。懐炉を抱く。枕上アナトル・フランスの「巴里のべルジュレヱ」をよむ。

五月八日。豪雨の音に眠より覚む。終日降りつゞきたり。

五月九日。天候猶定まらず。新聞紙例によりて国内諸河の出水鉄道の不通を報ず。四五日雨降りつゞけば忽交通機関に故障を生ずること、江戸時代の川留に異ならず。当世の人頻に労働問題普通選挙の事を云々すれども、一人として道路治水の急務を説くものなし。破障子も張替へずして、家政を口にするハイカラの細君に似たりと謂ふべし。

五月十日。帝国劇場稽古。附立につき赴き見る。

五月十一日。積雨始めて晴る。母上丸の内所用の帰途なりとて陋屋に立寄らる。倶に晩餐をなす。

五月十二日。開化一夜草二幕腹案成る。連日の雨に宿痾よからず。懐炉を抱く。

五月十三日。雨。終日机に凭る。

五月十四日。帝国劇場舞台稽古を見る。

五月十六日。帝国劇場初日。

五月十七日。終日筆を執る。

五月十八日。開化一夜草脱稿。

五月十九日。終日執筆。余事なし。

五月二十日。日暮漸雨。唖々子を俟ちしが来らず、独木曜会に往く。葵山人と現今の演劇を論ず。

五月廿一日。午前春陽堂来談。永井喜平来談。

五月廿二日。久米宇野山崎(19)の三子余のために三柏葉連中見物の催をなす。

〔一行アキノ欄外朱書〕麻布移居
五月廿三日。この日麻布に移居(20)す。母上下女一人をつれ手つだひに来らる。麻布新築の家ペンキ塗にて一見事務所の如し。名づけて偏奇館といふ。

五月廿四日。転宅のため立働きし故か、痔いたみて堪難し。谷泉病院(21)遠からざれば赴きて治療を乞ふ。帰来りて臥す。枕上児島献吉郎(22)著支那散文考を読む。

五月廿五日。慈君来駕。

五月廿六日。毎朝谷氏の病院に往く。平生百病断えざるの身、更に又この病を得たり。

五月廿七日。日暮驟雨雷鳴。

五月廿八日。午後井川滋君来り訪はる。其家余が新居と相去ること遠からざるを以てなり。三田文学創刊当時の事を語合ひて十年一夢の歎をなす。夜雨ふり出し鄰家の竹林風声颯颯たり。枕上児嶋氏の散文考をよむ。

五月廿九日。時々雨あり。寒冷暮秋の如し。

五月三十日。竹田屋の主人来り蔵書整理の手つだひをなす。此日、竹田屋歌麻呂春本金参拾円広重の行書東海道金百参拾円を示す。

五月卅一日。竹友藻風[23]来り訪はる。日暮また雨。

六月一日。晴。新居書斎の塵を掃ひ書篋几案を排置す。

六月二日。苗売門外を過ぐ。夕顔糸瓜紅蜀葵の苗を購ふ。偏奇館西南に向ひたる崖上に立ちたれば、秋になりて夕陽甚しかるべきを慮り、夕顔棚を架せむと思ふなり。

六月三日。木曜会。痔疾痊えざれば往かず。

六月四日。病大によし。夜有楽座に往く。有楽座過日帝国劇場に合併し久米秀治氏事務を執れり。

六月五日。風雨終日歇まず。

六月六日。巌谷氏邸内の千里閣三年祭を行ふ由。通知に接したれど、新居家具整理のため赴き得ず。午後母上来らる。

六月七日。午後九穂子来る。少婢お房転宅の際より手つだひに来りしが此日四谷姉の許に帰る。晩間九穂子と共に銀座清新軒に至りて飲む。帰途風冷にして星冴えわたりしさま冬夜の如し。

六月八日。居宅と共に衣類に至るまで悉く西洋風になしたれば、起臥軽便にして又漫歩するに好し。写真機を携へ牛込を歩む。逢阪上に旗本の長屋門らしきもの残りたるを見、後日の参考にもとて撮影したり。

六月九日。快晴。午後玄文社新冨座[24]見物。

六月十日。風湿りがちにて寒し。木曜会運座に徃く。

六月十一日。連日風冷なる故心地さわやかならず。夜玄文社合評会に徃く。

六月十二日。堀口大学ブラヂルの首都に在り。レニヱーの新著イストワル・アンセルテン一巻を郵寄せらる。堀口君余がレニヱーを愛読するを知り、其の新著出る毎に巴里の書肆に命じて郵送せらるゝなり。厚情謝すべし。

六月十三日。晴。

六月十四日。陰。有楽座に徃き文楽座の人形を看る。此夜初日。

六月十五日。全集第六巻校正半終る。

六月十六日。終日東北の風烈しく雨窗を撲つ。夜深益甚し。

六月十七日。帝国劇場支配人山本氏(25)余を赤阪の待合長谷川に招ぎ、尾上梅幸(26)を紹介して、同優のために脚本執筆の事を依頼せらる。余甚光栄に感ずれども、当世の劇場は既に藝術の天地にあらざれば、余は唯当惑するのみなり。余が脚本に執筆するは、三味線をならひ、清元薗八を語る程度のものにて、其の折の座興に過ぎず。数日前春陽堂に送りたる開化一夜草の如きは即その一例なり。夜久米秀治に誘はれ三田文学茶話会に赴く。此日俄に暑し。

六月十八日。晴。虎の門を歩み花屋にて薔薇一鉢を購ふ。

六月十九日。半陰半晴。偏奇館の窗に倚りて対面の崖を眺むるに、新樹の間に紫陽花の蒼白く咲き出でたる、又枇杷の実の黄色に熟したるさま、田家の庭を見るが如し。夜有楽座人形芝居二ノ替初日を看る。

六月二十一日。雨ふる。筆秉らむとせしが感興来らず。去年の古団扇に発句を書す。

六月廿二日。曇天。腹中軽痛あり。心地爽快ならず。

六月廿三日。母上来訪。夜雨ふる。

六月廿四日。曇る。午後氷川神社境内を歩む。日暮啞々子来る。相携へて木曜会に往く。

六月廿五日。午後榛原紙舗に往き団扇を購ふ。東仲通の古着屋丸八の店頭を過ぐ。店構改築せられ縫模様の裲襠硝子戸の内に陳列せられしさま博物館の如し。

六月廿六日。九穂子と富士見町に飲む。妓鶴代を招ぐ。此の地にて誰知らぬもののなき淫物なりといふ。

六月廿八日。南風吹きて心地わろし。

六月廿九日。晴。

七月朔。朝高見沢といふ人(27)水上瀧太郎氏の紹介状を持ち面談を請ふ。浮世絵飜刻の事につきてなり。

七月三日。梅雨あけて炎暑の日来る。

七月五日。痔疾一時再発の虞ありしが全く癒えたり。晩涼を追ひ銀座を歩む。虫屋にて邯鄲を買ふ。その価壱円なり。

七月六日。案頭の寒暑計華氏八十四度を示す。春陽堂開化一夜草礼金壱百五拾余円を贈来る。

七月七日。麻布四ノ橋の新劇場(28)を看る。但し玄文社合評会の為めなり。

七月八日。炎暑甚し。夜木曜会俳席。

七月九日。炎暑。

七月十日。午後驟雨あり。

七月十一日。玄文社合評会。

七月十二日。新富座に人形を観る。

七月十三日。夜井阪氏宅にて帝国劇場の宇野邦枝(29)久米氏等と会す。涼風あり。

七月十七日。井川滋君来り訪はる。

七月二十日。隣家の庭園夾竹桃の花燃るが如し。

七月廿一日。例年の如く水道の水不足となる。

七月廿二日。木曜会。

七月廿三日。午後雨ふる。毎日の炎暑に枯れかゝりし草花忽ちよみがへりぬ。

七月廿四日。風雨。

七月廿五日。歌舞伎座(30)にて松莚子に逢ふ。

七月廿六日。稍涼し。

七月廿七日。銀座松島屋にて老眼鏡を購ふ。荷風全集ポイント活字の校正細字のため甚しく視力を費したりと覚ゆ。余が先人の始めて老眼鏡を用ひられしも其年四十二三の時にて、余が茗渓の中学を卒業せし頃なるべし。余は今年四十二歳なるに妻子もなく、放蕩無頼われながら浅間しきかぎりなり。

七月廿九日。麻布十番通の夜肆を観る。

七月三十日。風ありて涼し。

七月卅一日。西風颯々、夜涼秋の近きを知らしむ。夕顔の花白し。

八月一日。帝国劇場初日を見る。(31)

八月二日。不願醒客と麻布網代町の妓家に飲む。

八月三日。百日紅の花灼然たり。

八月五日。楽天居運座。雷雨甚し。雨戸をしめて句をつくる。初更に至つて霽れたり。此夜主人の令嬢十八年の誕生日なりとて手づくりの田舎汁粉を馳走せらる。余病後六年汁粉を口にせざりしが、この頃の腹具合なれば気遣ふにも及ばじとて、二椀を更へたり。家に慶事ある時汁粉鮓などつくりて来客をもてなす事を得るは、全く妻孥の賜なり。此の煩累なきものは亦この楽しみもなし。帰途月中忽雷雨に逢ふ。天色雲影奇観極り無し。

八月六日。母上来り訪はる。夜漸く涼し。未だ虫を聞かず。

八月七日。驟雨。

八月八日。この日立秋。

八月九日。驟雨歇まず。

八月十日。午前雨の晴間を窺ひ中洲病院に往く。日暮九穂子来る。

八月十一日。再び暑くなりぬ。庭上燈心蜻蛉の多く飛ぶを見る。

八月十二日。秋に入りてより日の暮れざまあはたゞしくなりぬ。夕顔の花咲出る頃行水して銀座に行き、晩食を食し、日比谷公園を過ぎて帰る。国訳漢文大系本戦国策を読む。虫始めて啼く。

八月十三日。夜有楽座に久米氏を訪ふ。始めて守田勘弥(32)に会ふ。

八月十四日。毎日秋暑甚し。

八月十五日。晩涼水の如し。燈下偏奇館漫録を草して新小説に寄す。

八月十六日。鄰家の朝顔垣に攀ぢてわが庭に咲き出でぬ。崖の竹藪にさら〳〵と音する風、秋ならでは聞かれぬ響なり。

八月十七日。糸瓜の葉裏に芋虫多くつきたり。

八月十八日。驟雨あり。紅蜀葵の花さく。

八月十九日。二百十日近づきたるにや風雨頻なり。

八月二十日。新聞記者の訪問を避けむとて戯に左の如き文言を葉書にしたゝめ新聞雑誌の各社に送る。

拝啓益々御繁栄の段奉賀候陳者小生今般時代の流行に従ひ原稿生活改造の儀実行

致度大畧左の如く相定申候間何卒倍旧の御引立に与り度く伏して奉願上候
一新聞雑誌其他文藝の御用向にて御訪問の節は予め金拾円御郵送被下度候さ候へば三個月以内に面晤の時日御通知可申上候尚其節ハ面談料三十分間に付金五円宛申受候
一寄稿御依頼の節ハ長短に係らず前金手付金壱百円御郵送被下度候左候得者三個年以内に脱稿可仕其節ハ別に一字金壱円宛申受候
一小生写真御掲載の節ハ金五拾円申受け候

月　日　　　　小説家永井荷風敬白

八月廿一日。日暮驟雨。

八月廿二日。日曜日。暮雲燦然。夕陽燃るが如し。秋漸く深きを知る。虫の声夜ごとに多くなりぬ。

八月廿三日。残暑甚し。

八月廿四日。啞々子病めりといふ。

八月廿五日。竹田屋の主人写真機を携来りて偏奇館書斎を撮影す。

八月廿六日。曇りて風冷なり。初めて燈火に親しむ。

八月廿七日。秋陰夢の如く草花漸く鮮妍たり。夜細雨糠の如し。

八月廿八日。午餐後有楽座改築工事を看る。夜偏奇館漫録を草す。

八月三十日。日々秋暑焼くが如し。

八月卅一日。全集第六巻校正終了。

九月朔。晩風残暑を払ふ。月明水の如し。

九月二日。二百十日に当るといふ。午後驟雨あり。木曜会に赴く。巌谷三一始て席上にて其の作品を朗読す。

九月三日。午後金沢の今村君来り訪はる。其の令嬢今年二十二歳となり洋行したしと言居らる由を語らる。余往年今村君と米国の各地を漫遊せし当時の事を思へば夢の如き心地す。世の親達は娘子供の事に心を労せらるゝに、余のみ十年一日の如く、苦労は唯何か面白きもの書きたしといふに過ぎず。喜ぶべきか悲しむべきか。日の暮るゝを俟ち銀座の風月堂に案内して倶に晩餐をなす。夜半大雨あり。

九月四日。綾部野圃来訪。夜また雨ふる。

九月五日。有楽座に立寄る。

九月六日。風なく蒸暑堪難し。時々驟雨あり。

九月八日。帝国劇場稽古を見る。

九月九日。三田連中有楽座総見物(33)をなす。久米秀治この座の仕切場をあづかりたるが故其の栄任を祝せむとの心なり。

九月十日。午後より雨ふり出して風寒し。

九月十一日。大雨夕刻に晴る。晩照燦爛たり。

九月十二日。晴天。偏奇館漫録を春陽堂に送る。

九月十三日。朝夕の寒さ袷あらば着たきほどなり。

九月十四日。氷川明神の祭礼なるべし。馬鹿囃子深更に至るも止まず。

九月十五日。去年の暮注文したる書籍巴里より到着す。

九月十六日。木曜会なり。

九月十七日。竹田屋春水の作と称せらるゝ春本千種の花を持ち来れり。

九月十八日。細雨晩蕭々。

九月十九日。日曜日。夜また雨。

九月二十日。有楽座に露国人(34)の舞踊を観る。

九月廿二日。九穂致軒の二子と浅草公園に安木節を聴く。近頃市中の寄席また吉原など、到るところ安木節大に流行すと聞きしが、吾等一たびも耳にせし事なきを以て此夜浅草まで出向きしなり。近在百姓の盆踊と浪花節とを混じたるやうなものなり。

九月廿三日。今年もいつか秋の彼岸となりぬ。偏奇館斜陽甚しければ、この日園丁に命じて窗前にプラタン樹両三株を植ゆ。晩間風雨来らむとせしが深更に至り月を見る。

九月廿四日。秋暑未去らず。終日筆硯に親しむ。

九月廿五日。新橋旧売茶亭の主人関口翁(35)を訪ひ其懐旧談を聴く。

九月廿六日。清元会の帰途梅吉夫婦及田村女史(36)と築地の野田屋に飲む。此夜中秋なれど月無し。

九月廿七日。空くもりしが深更に至り始めて月を見る。

九月三十日。夜風月堂より歩みて家に帰らむとするに、豪雨盆を覆すが如し。三十間堀の春日に立寄り車を命ぜしが風烈しくして車通じがたしといふ。已むを得ず自働車にて帰る。四年前の今月今夜は築地一帯に海嘯あり。此夜もいかゞと思ひしに風雨夜半を過るに従ひ次第に歇む。此の夜区役所の吏国勢調査と号して深更猥に人家の戸を敲き、人員を調査せしといふ。

十月朔。雨後の空晴渡りて雲なし。庭上落葉狼籍たり。掃うて日暮に至る。夜執筆。

十月二日。井阪梅雪氏来訪。

十月四日。蒸暑くして復豪雨あり。夜三十間堀の春日に往き田口桜村(37)井上唖々の二子と飲む。

十月五日。堀口大学南米よりレニヱーの新著を郵送せらる。

十月六日。啞々子と春日に飲む。

十月七日。玄文社観劇会。(38)

十月十日。鵙啼く。

十月十一日。岡鬼太郎君新作狂言今様薩摩歌の批評を草して雑誌新演藝に寄す。

十月十二日。仏蘭西書院より去冬注文の書籍を送来る。

十月十三日。偏奇館漫録の草稾を春陽堂に郵送す。

十月十四日。木曜会運座。帰途啞々子と春日に一酌す。妓を自働車に載せ啞々子を本郷の家に送りて帰る。

十月十五日。庭の落葉を掃ふ。

十月十六日。菊を植ゆ。

十月十七日。雨ふる。新冨座に松莚君を訪ふ。

十月十八日。新着の仏蘭西小説を閲読す。

十月二十日。雨ふる。玉山酔客と銀座の清新軒に飲む。

十月廿一日。大雨。夜に至りて益甚し。

十月廿二日。天候定まらず。新寒肌に沁む。

十月廿三日。陰。

十月廿四日。晴。午後湖山紫草(39)の二子来り訪はる。此夜十三夜の月よし。虫猶鳴く。

十月廿五日。猿之助の春秋座(40)を観る。

十月廿六日。研究座(41)見物。近来この種の演劇殆数るに遑あらず。

十月廿七日。松莚子と日本橋末広に飲む。

十月廿九日。日本橋鴻巣亭にて上田博士追悼会あり。帰途雷雨。

十月三十日。午後神田青年会館に往き、外国語学校語学練習演劇を看る。帰途銀座風月堂にて松莚子に逢ふ。

十月晦。歯痛甚しく悪寒を感ず。

十一月朔。花火の音聞ゆ。明治神宮祭礼なるべし。

十一月二日。窗外山茶花満開。

十一月三日。雨。

十一月四日。空晴れて暖なり。いかにも小春らしき天気なり。

十一月五日。木曜会運座に往く。晴れて蒸暑し。

十一月六日。玄文社合評会のため、帝国劇場(42)に幸四郎の国性爺、段四郎の甘輝を見る。

十一月八日。玄文社合評会。

十一月九日。執筆興なし。読書に日を消す。

十一月十日。虎の門金毘羅の縁日なり。草花を購ふ。

十一月十一日。書篋の蓋の破れしをつくろひ、愛誦の唐詩を題す。

十一月十二日。山茶花落ちて風漸く寒し。書架を整理す。

十一月十三日。飯倉通にてセキセイ鸚哥を購ふ。一トつがひ十四円なり。先年大久保に在りし頃、九段阪小鳥屋にて買ひし折には七八円と覚えたり。物価の騰貴鳥に及ぶ。人才の価は如何。

十一月十四日。日々寒気加はる。

十一月十五日。晴れてあたゝかなり。神田仏蘭西書院にてジュール・ロマン(43)の詩集「欧羅巴」其他数巻を購ふ。この頃創作興至らず。新刊の洋書を読むで日を送る。弦月夜々書窗を照す。

十一月十六日。近巷の岨崖黄葉を見るによし。漫歩すること半日。

十一月十七日。チユリツプ球根を花壇に埋む。

十一月十八日。氷川境内の黄葉を見る。

十一月十九日。快晴。母上来訪。山形ホテル(44)食堂に晩餐を倶にす。深更雨声頻なり。

十一月廿日。陰。

十一月廿一日。全集第六巻梓成る。

十一月廿二日。三河台辺散歩。

十一月廿三日。寒雨歇まず。燈下義山雑纂を写す。

十一月廿四日。窗外の竹林鶯の笹鳴をきく。(45)

十一月廿五日。郡虎彦英国より帰る。松莚子小山内氏等と東仲通の末広に郡氏を招飲す。

十一月廿六日。帝国劇場にて歌舞伎研究会開演。

十一月廿八日。松莚子に招がれ竈河岸の八新亭に飲む。夜暖にして月あり。

十一月廿九日。近巷岨崖の雑草霜に染みたるあり。既に枯れたるあり。竹藪には烏瓜あまた下りたり。時に午雞の鳴くを聞く。景物宛然として村園に異ならず。

十一月三十日。霊南阪上に広濶なる閑地あり。霜枯れしたる草の間に菫らしき草あるを見、採り来りて庭に植ゆ。昨夜十一時浅草公園御国座焼亡せし由。

十二月三日。偏奇館漫録第三を春陽堂に郵送す。

十二月四日。風烈し。氷川社頭の黄葉を見る。

十二月五日。松莚子邸午餐に招がる。大彦翁小山内君も亦招がる。曇りてさむし。

十二月七日。早朝より雪降る。屡庭に出でゝ庭樹の雪を払ふ。玄文社合評会に往く。雪やまず。岡村柿紅子と自働車を倶にして帰る。

十二月八日。貯蔵銀行一昨日より取付に遇ひ居る由。余銀座の支店に少しばかり貯金あれど、今更如何ともすべき道なければ、本年厄落しのつもりにて棄てゝ顧ず。雪歇みしが寒気甚し。

十二月九日。木曜会への行掛け風月堂にて金子紫草に逢ふ。同雲暗澹。再び雪を催す。

十二月十日。寒気烈し。終日炉辺に読書す。

十二月十二日。感興なけれど勉強して筆を乗る。

十二月十三日。散歩。手袋を購ふ。岡野知十(46)氏の玉菊とその三味線をよむ。深更北風烈しく窗の戸をうごかす。

十二月十四日。全集第五巻校正摺この日より来り始む。

十二月十五日。晴れて暖なり。午後母上来訪。

十二月十六日。木曜会なれど来るもの少からむと思ひて往かず。玉山酔客と風月堂に一酌す。

十二月十七日。暖き日なり。散歩の途上キユイラツソオ一瓶を購ふ。

十二月十八日。寒雨霏々。竹田屋藝苑蒐書持参。

十二月十九日。微恙あり。暁地震あり。

十二月二十日。小説雨瀟瀟筆大に進む。

十二月廿一日。晴天。深更地また震ふ。

十二月廿二日。新居南向きにて日あたりよし。烘窗午睡を貪る。浅間山噴火の報あり。

十二月廿三日。楽天居運座に往く。寒月皎々たり。

十二月廿四日。小説雨瀟々大半稿を脱す。大正七年の冬起稿したりし紅箋堂佳話を改作したるものなり。

十二月廿五日。竹工堂を訪ひ椅子を購ふ。

十二月廿六日。晴れて暖なり。

十二月廿七日。松莚子余と川尻氏とを竈河岸の八新に招飲す。此日午後市ケ谷監獄署跡新開町焼亡すと云。

十二月廿八日。庭に福寿草を植ゆ。

十二月廿九日。寒気凛冽なり松莚子に招がれて風月堂に飲む。

十二月三十日。小説執筆余事なし。

十二月晦日。早朝より雪降る。除夜の鐘鳴る頃雪歇みて益々寒し。キユイラツソオ一盞を傾けて臥牀に入る。

# 断腸亭日記巻之五大正十年歳次辛酉

荷風年四十三

正月元日。くもりて寒し。雪猶降り足らぬ空模様なり。腹具合よろしからず。炉辺に机を移して旧年の稿をつぐ。深更に至り雨降る。

正月二日。雨歇まず門前年賀の客なく静閒喜ふべし。夜風あり。

正月三日。朝の中薄く晴れしが午後また雨となる。炉辺執筆前日の如し。浴後独酌。早く寝に就く。

正月四日。晴れて暖なり。銀座を歩む。

正月五日。去年十月中起稾せし雨瀟瀟、始めて脱稿。直に浄写す。

正月六日。九穂子と風月堂に飲む。此日寒の入りなれど暖なり。

正月七日。几上の水仙花開き尽しぬ。過日松莚子より依頼の脚本筆取るべきやいかゞせむと思ひわづらふ。

正月八日。二階押入の壁を張る。

正月九日。日曜日。机に凭ること前日の如し。冬の日少しく長くなりぬ。

正月十日。晴。

正月十一日。微雨。晩に晴る。

正月十二日。春陽堂の人来り全集第二巻五版の検印を求む。

正月十三日。木曜会運座。曇りて寒し。

正月十四日。雨。

正月十五日。仏蘭西新画家制品展覧会(1)、三越楼上に開かる。銅板山水一葉。パステル裸体図一葉を購ふ。

正月十六日。脚本執筆。

正月十七日。植木阪より狸穴に出で赤羽根橋を渡る。麻布阪道の散歩甚興あり。三田通にて花を購ひ帰る。

正月十八日。不願醒客来訪。

正月十九日。夜雨ふる。脚本の稿を脱す。題して夜網誰白魚といふ。

正月二十日。木曜会に徃く。来会者少し。

正月廿一日。晴れてあたゝかなり。夜風吹出でしが月光満楼。燈火なきも枕上猶書をよみ得べし。

正月廿二日。

正月廿三日。毎夜寒月昼の如し。

正月廿四日。九穂子と牛門に飲む。

正月廿五日。正午松莚子に招かれて日本橋末広に飲む。

正月廿六日。諸方より依頼の短冊に揮毫し纔に責を果す。

正月廿七日。木曜会なり。

正月卅一日。拙作脚本の事につき松莚子岡氏等と竈河岸の八新に会す。小山内君亦来る。

二月朔。今年は大寒に入りてより益暖なり。鄰家の冬至梅既に満開なり。

二月二日。温暖頭痛を覚るばかりなり。全集第五巻校正甚多忙。夜に至りて俄に寒し。

二月三日。雪ふる。

二月四日。立春。

二月五日。雪後天気あたゝかなり。

二月六日。フランスの小説イストワル・コミツクを読む。

二月七日。偏奇館漫録を春陽堂に郵送す。

二月八日。春寒甚し。

二月九日。微恙あり。

二月十日。風邪。門を掩て出でず。

二月十一日。風邪痊えず。細雨残雪に滴る。庭上の光景甚荒涼。

二月十二日。雨歇まず。

二月十三日。晴。

二月十四日。松竹社七草会例会。正午地震。

二月十五日。風労猶痊えず。

二月十六日。雪まじりの雨なり。

二月十七日。木曜会。

二月十八日。午後三才社に往かむとせしが風塵甚しければ虎の門より帰る。

二月十九日。晴れて暖なり。我善坊谷上、宮内省御用邸裏の石垣、東向きにて日あたり好く石垣の間より菫蒲英公の花さき出でたり。仙石山を過ぎ電車に乗りて神田小川町仏蘭西書院に赴く。

二月二十日。晴天。去年栽えたる球根悉く芽を発す。

二月廿一日。唖々子と銀座清新軒に飲む。春寒料峭。

二月廿二日。早朝雪降りしが須臾にして歇む。日永くなりて薄暮の庭に雀多く来る。

二月廿三日。晴天。午後中洲病院に赴き、健康診断を乞ふ。白木屋にて毛布二枚を購ふ。夜具追々破れ来りしかど、此頃の女中には針持ち得ぬもの多くなりたれば、寝具も追々西洋風にかへるつもりなり。

二月二十四日。木曜日。夕刻より雨雪となる。

二月二十五日。松莚子に招がれて八新に飲む。

二月二十六日。明治座稽古。夜杵屋勝四郎(2)来る。拙作夜網誰白魚上場につき、之に使ふべき独吟鳴物の相談に来りしなり。春風日に従つてあたゝかなり。

二月二十七日。早朝より門前に児童の打騒く声きこゆ。即日曜日なるを知る。

二月二十八日。風暖なり。銀座に往き鳩居堂にて細筆五十本ほど購ふ。堀口大学レニエーの著エスキツス・エニシエンを郵送し来る。開封して直に読む。

三月朔。細雨糸の如し。風暖にして花壇の土は軟に潤ひ、草の芽青きこと染めたる如し。

三月二日。明治座稽古。

三月三日。午後より明治座惣ざらひなり。余寒の時節芝居小屋に出入するは余の恐るゝ所なり。されど幸にしてまだ風邪ひかず。

三月四日。明治座舞台稽古なり。帰途風月堂にて晩餐をなし家に帰る。疲労甚し。炉辺更に葡萄酒を傾けて寝に就く。

三月五日。曇天。明治座初日。(3)

三月六日。晴天。昨夜明治座初日、二番目出揃ひに至らざりし故今日重ねて見に行きぬ。

三月七日。毎朝鶯語窗外に滑なり。

三月八日。木村錦花明治座脚本礼金参百円持参す。夜有楽座に往く。図らず大石冬牆君に逢ふ。

三月九日。蜀山人随筆を閲読す。松莚子依頼の脚本資料を得むがためなり。夜九穂子と三十間堀に一酌す。春宵漸く暖なり。

三月十日。窗外鶯頻に囀る。夜若松屋にて玄文社合評会。

三月十一日。曇りて風静なり。

三月十二日。春雨暖なり。満庭の草色碧きこと油の如し。案頭の桜草花既に落つ。

三月十四日。東仲通鳥屋末広にて七草会あり。

三月十五日。風さむし。啞々子来る。

三月十六日。晩餐後明治座に赴く。松莚君令閨の鶉にて自作の狂言を見る。

三月十七日。木曜会に往く。

三月十八日。此日彼岸の入にて風寒し。

三月十九日。庭の梅満開なり。

三月二十日。西南の風烈しく塵埃烟の如し。夜に至り雨ふる。

三月二十日。春分。天気晴朗。

三月廿二日。風月堂にて夕餉をなし、有楽座に立寄る。久米氏風労にて顔面いがみ元気なし。花月主人もこの頃持病に悩まさるといふ。

三月廿三日。雁来紅の種をまき、菊の根分をなす。晩風冷なり。木下杢太郎その全集第一巻を贈らる。

三月廿四日。晴天。母上鷲津貞同道にて来訪せらる。倶に銀座の風月堂にて食事をなし、余は別れて木曜会に往く。春月朦朧たり。

三月廿五日。雨ふりて風寒し。梅花散る。

三月廿六日。寒風冬の如し。春陽堂店員歓楽別本製本を持ち来る。

三月廿七日。守田勘弥の文芸座(4)を見る。帰途雨。

三月廿九日。春酣にして風猶寒し。松莚子に招がれて八新に飲む。

三月三十日。瑞香の花満開なり。夜外より帰来つて門を開くや、香風脉々として面を撲つ。俗塵を一洗し得たるの思あり。

三月卅一日。松莚子と風月堂に会飲す。夜暖にして外套も早や重くなりぬ。

四月一日。夜暖にして漫歩によし。不願醒客と三十間堀に飲む。

四月二日。晴、後に雨。

四月三日。風雨を冒して明治座(5)に徃く。此日初日なり。岡君新作の狂言其姿団七縞を見る。

四月四日。天気定まらず風烈し。梅花落尽して桜未開かず。

四月五日。竈河岸八新亭にて正午明治座当祝の酒宴あり。帰途毎夕新聞社に啞々子を訪ひ、新橋の弥生に一酌す。

四月六日。

四月七日。風吹き狂ひて夕方より雨ふる。桜花の候、天気日々行楽に適せず。大正二年大窪多与里を書きける頃、花開きて風寒き日多かりし事ども、何ともつかず憶ひ起しぬ。

四月八日。

四月九日。市兵衛町表通宮内省御用邸塀外に老桜数株あり。昨日あたりより花満開となれり。近鄰の児童羣れ集りて、或は石を投げ、或は竹竿にて枝を折り取らむとす。

日本の子供は犬を見れば撲ち、花を見れば折らざれば已まず。獰悪山猿の如し。

四月十一日。春陽堂店員来り、余が旧作の脚本をあつめて一巻となし出版せむことを請ふ。

四月十二日。暮雨瀟瀟たり。

四月十三日。雨中芝山内を過ぐ。花落ちて樹は烟の如く草は蓐の如し。燈下山内秋生(6)君新著青春の序を草す。

四月十四日。午後七草会。夜木曜会運座。雨後半輪の月佳し。

四月十五日。崖の草生茂りて午後の樹影夏らしくなりぬ。

四月十六日。銀座通の商舗早くも麦藁帽を陳列す。路傍に西洋百合天竺葵の球根を売るもの多し。夜鶴屋南北の脚本集を読む。

四月十七日。時々驟雨あり。

四月十八日。午前驟雨。午後に霽る。

四月十九日。風冷なり。庭の雑草を除く。花壇の薔薇花将に開かむとす。

四月二十日。不願醒客と南鍋町弥生に飲む。

四月廿一日。晩餐後築地河岸を歩む。溝渠の水死して月黯澹たり。深更雨ふる。

四月廿二日。雨歇まず。腹痛を虞れて湯たんぽを抱き机に凭る。深更に及んで雨滝の如し。

四月廿三日。快晴。夜月よし。蛙鳴く。

四月廿四日。旧作の脚本を取りまとめて春陽堂に送る。

四月廿五日。松莚子に招がれて八新亭に飲む。

四月廿六日。新樹書窗を蔽ふ。チユリツプ花開く。

四月廿七日。竹田屋の主人一九の膝栗毛を持来る。

四月廿八日。薄暮木曜会に徃かむとして驟雨に妨げらる。啞々子と烏森の待合嶺月に飲む。雨後月あり。

四月廿九日。天気晴朗。薫風爽颯。

四月三十日。陰る。銀座街上青楓画伯に逢ふ。(7)

五月朔。風月堂にて偶然松莚子一家門弟を伴うて来るに逢ふ。東仲通を歩み。魯西亜織敷物を買ふ。参拾円なり。

五月二日。啞々子と新冨座裏の酒亭に飲む。窗を開きて欄干に凭るに、築地川濁水の臭気甚し。曾て柳嶋橋本に飲み、天神川の臭気に鼻を掩ひしは十年前のことなり。今や市内河川の水にして悪臭を放たざるはなし。

五月三日。半日庭に出でゝ雑草を除く。

五月四日。脚本の執筆意の如くならず。苦心惨澹たり。

五月五日。明治座(8)初日を看る。帰途雨に値ふ。

五月六日。雨。この日立夏。

五月七日。大雨車軸の如し。浅草下谷辺水害甚しと云。

五月八日。晴れたれど雨意猶去らず。溽暑を催す。銀座通の夜景盛夏の如し。平岡画伯に逢ふ。

五月九日。日比谷公園の躑躅花を看る。深夜雨ふる。

五月十日。薄暮また雨。

五月十一日。雨ふる。

五月十二日。陰。腹痛あり。

五月十三日。風冷なり。微恙あり。

五月十四日。風冷なり。七草会。築地の雪本に開かる。

五月十五日。宿雨晴る。京伝が錦の裏、総籬等を読む。

五月十六日。帝国劇場亜米利加の唱歌師シュンマンハインク(9)女史を招聘す。舞台にて時事新報記者、ひよこ〳〵と女史の身辺に歩寄り、名誉賞を贈呈す。其の状の滑稽茶番狂言を見るが如し。

五月十七日。風寒し。ビクトル・オルバン(10)の著ブラヂル文学史を読む。

五月十八日。夜雨淋鈴。燈下前年の日録を読返し、覚えず夜分に至る。此の断腸亭日記をかき始めてより早くも五年とはなれるなり。

五月十九日。清夜月明かにして、階前の香草馥郁たり。

五月二十日。夕刻雷鳴驟雨。須臾にして歇む。

五月廿一日。曇りて蒸暑し。桐花ひらく。

五月廿二日。夕刻驟雨あり。深更に至り大に雨ふる。

五月廿三日。脚本小説の腹案四五篇に上れり。されど何故か感興来らず、筆を秉らむとすれども能はず。懊悩甚し。余は屢文筆の生涯を一変し、今少し無意味なる歳月を送るにしかずと思ふなり。創作の興至るを俟たむが為、徒に平素憂悶の日を送るは、さながらお茶挽藝者の来らざる客を待つが如し。晩間雷雨襲来ること前日の如し。枕上ミゲル・ザマコイス(11)の短篇小説集「アンジエリツクの夢」を読む。

五月廿四日。清元一枝会有楽座に開かる。風冷なりしが幸に雨に逢はず。去年この日麻布に移居せしなり。

五月廿五日。曇りて風冷なり。小日向より赤城早稲田のあたりを歩む。山の手の青葉を見れば、さすがに東京も猶去りがたき心地す。此等の感想は既に小著日和下駄の中に記述しあれば重て贅せず。毎月二十五日は風月堂休業なれば神田今川小路の支店に立寄りしに、こゝも亦戸を閉しゐたり。九段を登り冨士見町の狭斜に飯して帰る。雨ふる。

五月廿六日。庭に椎の大木あり。蟻多くつきて枝葉勢なし。除虫粉を購来り、幹の洞穴に濺ぎ蟻の巣を除く。病衰の老人日々庭に出で、老樹の病を治せむとす。同病自ら相憫むの致すところなるべし。呵々。

五月廿七日。曝書の旁為永春水が港の花を読む。深川のむかしを背景にして、一篇を成したき思ひ、今に失せず。地理風俗の事をおぼえ帳に記す。

五月廿八日。松莚子に招がれて仲通の鰻屋小松(12)に飲む。

五月廿九日。天気始めて定まる。

五月三十日。拙作脚本集校正。

五月卅一日。淫雨烟の如し。平岡小糸(13)の二画伯と築地の瓢亭に飲む。

六月一日。雨歇まず。気温六十二度に下る。

六月二日。大久保辺にて運転手李某とよべる韓人乱酒なし、刀を振つて道路を行くもの十七人を斬りしといふ。我政府の虐政に対する韓人の怨恨、既に此の如し。王化は遂に雞林に及ぼす事なし。

六月三日。雨晴れしが風寒し。

六月四日。数日来天候不順なり。微邪。肩張りて痛し。夕餉の後芝公園を歩む。枕上仮名垣魯文の富士詣をよむ。

六月五日。午後岡鬼太郎君来訪。其著脚本集の序を需めらる。銀座にて麦藁帽を買ふ。

六月六日。正午頃大雨沛然たり。薄暮に至るも歇まず。

六月七日。

六月八日。

六月九日。中洲病院に往きて健康診断を乞ふ。尿中糖分多しといふ。現在の境遇にては日々飲食物の制限は実行しがたきところなり。憂愁禁ずべからず。

六月十日。

六月十一日。この日より入梅。朝より雨ふる。大石国手日本橋出張所に往き再び診察を請ふ。帰途丸善にて洋書二三冊を買ふ。

六月十二日。時々雨あり。荷風全集最後の一集校正終了す。此れにて余が旧著の改版も終りしなり。余は生前著作の全集など出すべき心なかりしが、大正七年の春、米刃堂余が著書の印刷紙型及出版権を他店に売却したき由相談に来りしより、已むことを得ず春陽堂に改刻の交渉をなせしなり。病来久しく筆硯に親しまざるの時、旧著全集の改版完了せるを見る。余の身既に世になきが如き思ひあり。

六月十三日。雨晴る。山王御祭礼。

六月十四日。七草会。晴雨定りなし。

六月十五日。松莚子と風月堂に会す。

六月十六日。空くもりしが雨なし。夜に入り涼風颯々。半月樹頭に懸かる。風光秋の如し。

六月十七日。日本橋に大石国手を訪ふ。途次榛原帋舗の前を通過ぎし故、雁皮紙罫引帳面を購はむとせしに、近頃雁皮の製本をなす職人少くなり、又之を求むる顧客も稀になりたれば、出来合の品売切になりしまゝ備へ置かずといふ。是亦時勢推移の一現象なり。雨を恐れしが雨来らず。

六月十八日。雨午後に晴る。夜月さへわたりて風秋の如し。

六月二十日。久しく啞々子と会はず。風月堂に招ぎて飲む。

六月廿一日。夜、雨ふりしきりて門巷寂寞。下駄の音犬の声も聞えず。山間の旅亭に在るが如し。

六月廿二日。大石国手を訪ふ。魚河岸の晩晴、広重の筆致を連想せしむ。

六月廿三日。快晴。書斎の窗をあけ放ちて風を迎ふ。

六月廿四日。書架を整理す。伊東橋塘、花笠文京等、(14)明治十四五年頃の小説を閲読す。

六月廿五日。梅雨中腹具合例によつてよろしからず。

六月廿六日。雨の晴れ間に庭の雑草を除く。

六月廿八日。午前大日本私立衛生会委員筱崎氏といへる人来りて、七月三日丸の内なる衛生会楼上にて、往年統計協会に関係ありし人々の追善紀念会を執行するにつき、先考の写真遺墨のたぐひをも借受けて陳列したしと語らる。筱崎氏は往年小石川の家にて幼きころの余をも見知りたりと言はる。午後雨中大石君を訪ふ。尿中糖分全く去りしといふ。始めて安堵の思をなす。

六月二十九日。午後雨なきを幸に丸の内に往き用件をすまし、有楽座に久米秀治を訪ふ。久保田萬太郎(15)来合せ、談話興を催す。風月堂に赴くに恰も松莚子細君と共に在り。談笑更に興を添ふ。

六月三十日。夕餉の後神田仏蘭西書院に往く。帰途風雨来らむとす。此夜燈前筆を把るに、たま〳〵興あり。小品文をつくる。題して砂糖といふ。

七月一日。淫雨晴る。風吹き出で丶庭樹をうごかす。

七月二日。松葉牡丹始めて花さく。

七月三日。晴天。炎暑襲ひ来れり。

七月四日。アンドレヱヂイド[16]の小説パリユードを読む。感歎措く能はず。

七月五日。快晴。涼風水の如し。

七月六日。曇りて蒸暑し。毎日読書晩涼の来るを俟つ。身世淡々凡て興なし。

七月七日。炎暑甚し。

七月八日。夜雨ふる。涼味襲ふが如し。

七月九日。雨ふりて風冷なり。

七月十日。有楽座例年の如く文楽座人形芝居を興行す。古靭太夫が良辨杉の段を聴いて暗涙を催したり。母子の愛を題材となすもの、丸本には類例もとより尠しとせず。されどこの良辨杉の如く、直接深刻に母子再会の情を現せしものは稀なるべし。余故あつて日々慈顔を拝すること能はず。此の浄瑠璃をきいて感動措く能はざるなり。

七月十二日。玉山子と銀座の草市を歩む。

七月十三日。西風颯々涼気秋に似たり。窗を開いて書を曝す。

七月十四日。有楽座人形芝居二ノ替を見る。平岡君に逢ひ、自働車を山の手の狭斜に走らす。

七月十五日。炎熱日に日に盛なり。困憊甚し。

七月十六日。帝国劇場[17]廊下にて葵山子に逢ふ。

七月十七日。雑誌国粋の記者清果一籃を贈り来りて寄稿を請ふ。〔朱書〕小品文砂糖を寄稿す

七月十八日。連夜人形芝居を看る。

七月十九日。

七月廿一日。驟雨雷鳴。

七月廿二日。驟雨あり。

七月廿三日。天候いよ〳〵穏ならず。両国川開中止となる。

七月廿四日。降続きし雨深更に至り益々甚し。明治四十三年秋隅田川暴漲の事を想出しぬ。翁家の富松も既になき人の数に入りぬ。

七月廿五日。久振りにて清元会を聴く。夕陽明媚なりしが初更の頃より雨また沛然たり。

七月廿六日。陰晴定まらず。時々微雨あり。虫声を聞く。

七月廿七日。雨ふる。

七月廿八日。木曜会に往く。帰途始めて月を見る。

七月廿九日。松莚子に招がれて風月堂に飲む。

七月三十日。浅草散歩の途上古書肆浅倉屋を訪ひしが獲るところなし。

七月卅一日。

八月一日。帝国劇場[18]初日。帰途清潭子と南佐柄木町の弥生に飲む。

八月二日。雨。

八月三日。天気再び梅雨の如し。松莚子に招かれて末広に飲む。

八月四日。雨なけれど風甚冷なり。

八月五日。歌舞伎座初日なり[19]。松莚子の村井長庵を見る。此の夜場中炎暑忍難し。夜半家に帰るに虫の声俄に稠くなれり。窗を開いて眠る。

八月六日。炎暑甚し。

八月七日。午後机上の寒暑計九十度を示す。夜に入りて風涼しく虫の音次第に多し。

八月八日。この日立秋なり。夕餉の後日比谷公園を歩む。纎月樹頭に懸かる。

八月十日。新聞紙の報道によれば昨今の暑気華氏九十三四度に上るといふ。

八月十一日。春陽堂拙著全集第五巻、および其他の印税[20]、総計金九百六拾参円を送り来る。夕餉の後有楽座に往き、新俳優花柳一座の演劇を看る。久保田萬太郎吉井勇の諸氏に逢ふ。秋風颯颯として残暑俄に退く。

八月十三日。西ノ久保八幡宮祭礼にて近巷賑かなり。

八月十四日。

八月十五日。風雨襲来の兆あり。風卻て沈静し、草の葉も動かず。溽蒸忍ふべからず。

窗を開いて寝に就く。

八月十六日。早朝驟雨の音に睡より覚む。終日雨来りては歇むこと幾回なるを知らず。夜電燈点ぜず。燭を点じて書を読むに、雨声虫語と相和し風情頗愛すべきものあり。

八月十七日。曇る。

八月十八日。曇りて蒸暑し。夜わづかに雨を得たり。

八月十九日。天気前日の如し。夜涼を俟ちて机に凭る。去月脱稾せし小品文を訂正して国粋社に送る。

八月二十日。高樹風を呼ばず、明月空しく中空にあり。炎熱限りなし。夕餉の後外濠の電車に乗りて涼を納る。

八月廿一日。秋暑前日に劣らず。

八月廿二日。夜に至るも風なし。

八月廿三日。グルモンの詩集 Divertissements を読む。

八月廿四日。夜に入り風を得たり。暑気少しく忍易し。

八月廿五日。晩餐の後有楽座に徃く。

八月廿六日。昨夜より西南の風烈しく、雨を催せしが、是日午後に至り大雨車軸の如し。

八月廿七日。雨後新涼肌を侵す。

八月廿八日。松莚清潭の二子と風月堂に飲む。

八月廿九日。秋雨霏々。虫声啷々。昼夜を分たず。

八月三十日。鄰家の籬に木槿花ひらく。

八月三十一日。門前の百日紅蟻つきて花開かず。

九月朔。生田葵山君と帝国劇場(21)に赴く。演藝野卑陋劣観るに堪えず。

九月二日。明治座初日。帰途驟雨に逢ふ。

九月三日。東宮還御の当日なる由にて、花火花電車提灯行列等あり。市中雑遝甚し。夜清元会に往く。会場にて田村百合子に逢ふ。洋画を有嶋生馬氏(22)に学び、また清元を好みて梅吉の門弟となれり。去年の夏帝国劇場にて旧作三柏葉樹頭夜嵐興行中始めて相識りしなり。清元会終りて後雑沓の巷を歩み、有楽軒(23)に入りて倶に茶を喫す。

九月四日。薄暮大雨沛然たり。夜に至りて益々降る。

九月五日。薄暮雨来ること昨日の如し。風月堂にて偶然延寿太夫夫婦に逢ふ。庄司理髪店に立寄り、銀座通に出るに道普請にて泥濘踵を没す。商舗の燈火は黯澹として行人稀なり。余東京の市街近日の状況を見るや、時々何のいはれもなく亡国の悲愁を感ず。

九月六日。綾部致軒愛児を喪ふとの報あり。午後唖々子の来るを待ち、倶に天現寺畔の寓居を訪ひ吊辞を陳ぶ。白金雷神山の麓を過ぎ、権之助阪を下り目黒不動祠の茶亭に憩ひ、浅酌黄昏に至る。

九月七日。時々驟雨あり。陰湿の天気旬余に及ぶ。世上頻に米価の騰貴を伝ふ。徹宵豪雨歇まず。

九月八日。正午の頃雨晴れたり。玄文社演劇合評会。市村座を見る。

九月九日。日本橋若松家にて玄文社合評会あり。此夕寒冷火鉢ほしきほどなり。

九月十日。与謝野寛氏雑誌明星の再刊を企つ。是夕四番町の居邸に石井柏亭、高村光太郎、平野萬里(24)、竹友藻風の諸氏及び余を招ぎて胥議す。

九月十一日。秋の空薄く曇りて見るもの夢の如し。午後百合子訪ひ来りしかば、相携へて風月堂に往き晩餐をなし、堀割づたひに明石町の海岸を歩む。佃島の夜景銅版画の趣あり。石垣の上にハンケチを敷き手を把り肩を接して語る。冷露雨の如くに忽にして衣襟の潤ふを知る。百合子の胸中問はざるも之を察するに難からず。落花流水の趣あり。余は唯後難を慮りて悠々として迫まらず。再び手を把つて水辺を歩み、烏森停車場に至りて別れたり。百合子は鶴見の旅亭華山荘に寓する由なり。

九月十二日。早朝百合子の手紙来る。午後母上来り訪はる。青山辺まで用事ありての帰り道なりと。夜小雨ふる。

九月十三日。百合子を見むとて鶴見に往き華山荘を訪ふ。不在なり。折から雨降り出したれば急ぎ停車場に戻り、家に帰る。夜芝田村町の青木を訪ふ。奇事あり。

九月十四日。雨ふる。午後百合子来る。手を把つて長椅子に坐して語る。倶に出で丶虎の門に至り、余は別れて風月堂に往き、独食事をなし有楽座に久米氏を訪ふ。松山画伯里見醇（ママ）とプランタン酒亭に至る。花月画伯猿之助を伴ひて来るに逢ひ、笑語覚えず夜半に及ぶ。

九月十五日。雨歇まず。蟋蟀いつか長椅子の下に潜み夜をも待たず幽かに鳴く音を立つ。平素書斎の塵を掃はざるもこの一徳あり。独居の幽趣亦棄つべきにあらず。明夜は中秋なりといへど思ふに月無かるべし。枕上クローデルの戯曲ペールユーミリユーを読む。

九月十六日。午後より空次第に晴来りて意外なる良夜となれり。不願醒客と風月堂に会し、月中漫歩、九段の妓窩に往きて大に飲む。

九月十七日。午後百合子来る。十六夜の月を観むとて相携へて愛宕山に登る。清光水の如く品海都市斎しく蒼然たり。芝山内の林間を歩み新橋停車場に至りて手を分ちぬ。

九月十八日。細雨糠の如し。書窗黯澹薄暮に似たり。雑誌明星第一号原稾〆切の日迫り来りし故、草稿をつくらむと筆をとりしが感興来らず。苦心惨澹たり。夜半豪雨嘈嘈として屋を撲つ。

九月十九日。朝来大雨懸淙の如し。午後一天俄に晴れ風あたたかく頭痛を催さしむ。晩間風月堂にて食事をなし、有楽座に長唄研精会(25)を聴く。演奏凡て巧妙ならず。小三郎(26)一派の長唄も追々盛りを過ぎて頽廃し行くものゝ如し。帰宅の後枕上マルセルブーランヂヱー(27)の小説マルグリットを読む。

九月二十日。秋暑甚し。華氏八十度を越ゆ。晩間風月堂にて偶然鬼太郎君に逢ふ。

九月廿一日。帝国劇場、本日より十日間俄国人歌劇(28)を興行す。一昨年来朝せし一座なり。

九月廿二日。百合子と風月堂にて晩餐を共にし、送つて停車場に至る。独帝国劇場に立寄りカルメンを聴く。深更驟雨あり。

九月廿三日。連宵帝国劇場に歌劇を聴く。

九月廿四日。日比谷の横町に俄国人の営めるカツフヱーウクライナ(29)といふ酒亭あり。平岡画伯と劇場聴歌の帰途、入りて憩ふ。歌劇一座の俄国人男女数名来りて頻にウオトカ酒を飲む。画伯遠客を慰めむとて盛に三鞭酒を抜いて盃を勧む。彼等其の好意を謝し、盃を挙げて一斎に故郷の歌を唱ふ。言語の通ぜざるを憾む。

九月廿五日。雨ふる。蟋蟀昼夜屋内に啼く。

九月廿六日。連宵オペラを聴く。聊か疲労を覚えたり。

九月廿七日。秋陰の天気漫歩するによし。江戸川を歩み関口の滝に憩ひ、神楽阪に飯して帰る。

九月廿九日。松莚子に招がれて風月堂に飲む。夜半雨声淋鈴。

九月三十日。雨猶歇まず。宿痾再び発す。

十月一日。有楽座に有嶋武郎(30)の作死と其前後を看る。帰途松山画伯の酒亭に憩ひ、主人と款晤夜分に至る。

十月二日。午後富士見町与謝野氏の家にて雑誌明星編輯相談会あり。森先生も出席せらる。先生余を見て笑つて言ふ。我家の娘供近頃君の小説を読み江戸趣味に感染せりと。余恐縮して荅ふる所を知らず。帰途歌舞伎座に至り初日を看る。深更強震あり。

十月三日。雨ふる。草稟を明星に送る。腹痛あり。終日湯婆子を懐中す。

十月五日。正午、数寄屋橋歯科医山形氏の家に至らむとする途上、小山内氏(31)に逢ふ。倶に風月堂に登りて食す。薄暮秋雨また霏々たり。

十月六日。雨夜に入りて歇む。百合子来る。

十月七日。晩餐の後啞々子と銀座を歩み、新富座の立見をなす。帰宅の後明星の草稟をつくり四更に至る。門外頻に犬の吠るを聞き戸を排いて庭に出づ。四鄰寂寞。虫声唯雨のごとし。

十月八日。雨霏々たり。夜に入りて風次第に強し。

十月九日。雨中百合子来る。吾家にて晩飯を倶にし、有楽座(32)に往きてオペラを聴く。ロメオジユリヱツトの曲なり。曲終りて劇場を出でむとするや、風雨甚しく自働車人力車共に出払ひて来らず。幸にして平岡画伯と廊下にて出遇ひ、其自働車に乗りて一トまづ花月に往く。久米松山の二氏も共に往く。画伯越前の蟹を料理せしめ酒を暖めて語る。雨いよ〳〵甚しく遂に帰ること能はず。余と百合子と各室を異にして一宿することゝなる。久米松山の二氏は家近きを以て歩みて帰る。余一睡して後厠に往かむとて廊下に出で、過つて百合子の臥したる室の襖を開くに、百合子は褥中に在りて新聞をよみ居たり。家人は眠りの最中にて楼内寂として音なし。この後の事はこゝに記しがたし。

十月十日。朝十時頃花月を出で、百合子の帰るを送りて烏森の停車場に至り、再会を約して麻布の家に帰る。夜玄文社合評会に往く。

十月十一日。花壇の菊ひらく。紅蜀葵の葉の黄ばみたるさま花よりも却て趣あり。

十月十二日。天候穏ならず。溽暑恰も温室に在るがごとし。

十月十三日。石蕗花ひらく。

十月十四日。北風吹きて寒し。七草会に出席す。

十月十五日。空晴れしが風寒きこと十二月の如し。風邪の気味にて腹痛あり。

十月十六日。百合子来りて病を問はる。

十月十七日。病痊ゆ。小春の天気愛すべし。菊花満開なり。

十月十八日。百合子草花一鉢を携へて来る。夕方松莚子より電話あり。百合子と共に風月堂に往く。松莚子は歌舞伎座出勤中、幕間に楽屋を出で風月堂に来りて晩餐をなすなり。百合子と日比谷公園を歩み家に伴ひ帰る。百合子本名は智子と云ふ。洋画の制作には白鳩銀子の名を署す。故陸軍中将田村氏の女にて一たび人に嫁せしが離婚の後は別に一戸を搆へ好勝手なる生活をなし居れるなり。一時銀座出雲町のナショナルといふカッフェーの女給となりゐたる事もあり。

十月十九日。快晴。百合子正午の頃帰去る。花壇にチュリップの球根を栽ゆ。

十月二十日。百合子来る。倶に帝国劇場(33)に往き池田大伍君の傑作名月八幡祭を看る。帰途雨ふり出したれば百合子余が家に来りて宿す。

十月廿一日。百合子と白木屋に赴き、陳列の洋画を見る。帰途また雨。百合子又余の家に宿す。

十月廿二日。午後百合子と相携へて氷川社境内の黄葉を賞す。此夜百合子鶴見の旅亭に帰る。

十月廿三日。午後百合子来る。倶に浅草公園に往き千束町の私娼窟を一巡して帰る。百合子余が家に宿す。

十月廿四日。風雨。百合子終日吾家に在り。

十月廿五日。百合子去る。曇りて風なく新寒窓紗を侵す。二月頃の雪空に似たり。

十月廿六日。文藝座私演(34)を見る。風雨夜に至りて歇む。

十月廿七日。神田小川町仏蘭西書院を訪ふ。

十月廿八日。三田文学会。

十月廿九日。山茶花ひらく。

十月三十日。晩餐後東仲通支那雑貨店にて水仙を買ふ。

十月卅一日。夜雷雨あり。

十一月朔。昨夜雷雨晴れてより天候始めて順調となる。久雨のため菊花香しからず。

十一月二日。門前百日紅の落葉雨の如し。

十一月四日。夜半地震あり。

十一月五日。百合子来る。風月堂にて晩餐をなし、有楽座に立寄り相携へて家に帰らむとする時、街上号外売の奔走するを見る。道路の談話を聞くに、原首相東京駅にて刺客の為に害せられしと云ふ。余政治に興味なきを以て一大臣の生死は牛馬の死を見るに異ならず、何等の感動をも催さず。人を殺すものは悪人なり。殺さるゝものは不用意なり。百合子と炉辺にキュイラツソオ一盞を傾けて寝に就く。

十一月六日。晴。風なし。百合子酉の市を見たしといふ。啞々子を誘ひ三人自働車にて北廓に往き、京町相萬楼に登り一酌して千束町を歩む。たま〳〵猿之助が家の門前を過ぐ。毎年酉の市の夜は、猿之助の家にては酒肴を設けて来客を待つなり。立寄りて一酌し、浅草公園を歩み、自働車にて帰宅す。この夜明星晩餐会ありしが往かず。

十一月七日。朝。百合子帰る。天気快晴。水仙を烘窗に曝す。

十一月八日。風寒く、落葉蔌蔌たり。

十一月九日。仏蘭西書院より Gide: La Symphonie Pastorale, Appollinaire[36]: Alcools. の二書を送来る。

十一月十二日。有楽座[37]に長田秀雄[38]の作先夫の子を観る。

十一月十三日。連日快晴。暖気春の如く夜は月光昼のごとし。

十一月十四日。七草会なり。席上にて小山内君新作脚本の朗読をなす。

十一月十六日。母上来り訪はる。

十一月十七日。

十一月十八日。大演習の由。飛行機の響鳴りわたりて小春の空ものどかならず。

十一月十九日。快晴。

十一月二十日。快晴。

十一月廿一日。戯に偏奇館画譜を描く。

十一月廿二日。晴天半月余に及べり。此の夕たま〳〵微雨あり。

十一月廿三日。朝寒気甚し。窓を開くに屋上の繁霜雪の如し。

十一月廿四日。清元一枝会。

十一月廿五日。猿之助の春秋座招待状を贈来りしが、寒気甚しきが故往かず。

十一月廿六日。花月主人素人写真展覧会を催さむとて、三越呉服店事務員及余等両三人を京橋角東洋軒に招飲す。

十一月廿七日。快晴。寒気厳冬の如し。夜明星第三号の草稾をつくる。

十一月廿八日。清元会の帰途平岡松山の二画伯と赤阪の長谷川に往く。岡田画伯水上瀧氏既に在り。是日午後より酒を置いて棋に対すといふ。此夜風暖にして淡烟蒼茫たり。

十一月廿九日。晴れてあたゝかなり。

十一月三十日。三越楼上素人写真展覧会[39]開催。余も亦二葉を出す。百合子を伴ひて赴き見る。

十二月一日。帝国劇場[40]初日を見る。

十二月二日。初めて氷を見る。

十二月三日。寒気少しく寛なり。

十二月四日。寒気甚しからず。

十二月五日。松莚子宅午餐に招がる。毎年の佳例なり。大彦翁、岡鬼太郎、小山内薫も亦招がる。寒風凜冽なり。帰途小川町角仏蘭西書院に立寄り風月堂に夕餉をなす。市村座に往き西川流踊さらひを看るつもりなりしが、寒風を恐れて家に帰る。

十二月六日。曇りて寒し。深夜細雨の落葉に滴るを聞く。その声蕭蕭また蕭蕭たり。幽寂極りなし。

十二月七日。快晴。銀座にて靴を買ふ。弐拾六円なり。

十二月八日。初更入浴中地激しく震ふ。棚の物器顚倒して落ち時計の針停りたり。

十二月九日。終日寒雨溟濛たり。

十二月十日。三越楼上素人写真会閉会。

十二月十一日。水道水切となる。八日夜地震のため水道浄溜池破壊せし故なりと云ふ。

東京市の水道工事は設置の当初より不正の事あり。即浜野某等の鉄管事件なり。今日わづかなる地震にて水切れとなるが如きは敢て怪しむに足らず。夜十一時に至るも水猶なし。

十二月十二日。水道僅に通ず。痳疾患者の尿の如し。呵々。

十二月十三日。七草会依頼の脚本を起稾す。過般松竹会社にて募集したる女優に演ぜしめむがためなり。筆意の如くならず。午後理髪舗庄司に往き、尾張町春祥堂にて大西氏の支那陶器全書四巻を購ふ。

十二月十四日。西南の風烈し寒月皎々たり。

十二月十五日。木曜会忘年の句会に往く。夜暖なり。

十二月十六日。風あたゝかなり。終日机に凭る。

十二月十七日。天気暖なり。人々地震を虞る。

十二月十八日。暖気前日の如し。銀座通煉瓦地五十年祭なりとて、商舗紅燈を点じ、男女絡繹たり。百合子と風月堂にて晩餐をなし、上野清水堂の観世音に賽す。百合子毎月十八日には必参詣する由。何の故なるを知らず。この夜風暖にして公園の樹木霧につゝまれ、月また朦朧。春夜の如し。

十二月十九日。風さむく日いよ〳〵短くなりぬ。

十二月二十日。晩餐後風月堂より歩みて日比谷公園を過ぐ。夏夜の雑沓に反して、満園寂々人影なし。葉落ちて枯木亭々たり。電燈の光は蒼然として月の如く、噴水の響は蕭蕭として雨の濺ぐに似たり。東京市中の光景にして雅致愛すべきところは人影少き処なり。人在らざれば街路溝渠到るところ漫歩逍遥によし。

十二月廿一日。明星発行所より金五拾円を送り来れり。厚意謝すべし。

十二月廿二日。終日草稾をつくる。日いよ〳〵短く、夕五時に至らざるに書窗早くも暗し。此日冬至なれど、独居何事も不便なれば柚湯にも浴せず。

十二月廿三日。曇りて寒し。晩間九穂子と歳晩の銀座を歩む。九穂子二十年来の痳疾、膏肓に入り小水通ぜず、顔色憔悴せり。然れども猶医師の治療を受けず、友人の忠告を聴かず、唯酒を飲む。奇行もこゝに至つて見るに忍びざるものあり。

十二月廿四日。寒気甚し。田村百合子葡萄の古酒一壜を贈らる。深情謝するに辞なし。端書に句を書して送る。

　　葡萄酒のせん抜く音や夜半の冬

十二月廿五日。寒気益々甚し。此頃宿痾殆痊え、寒夜外出の際も湯婆子を懐にせず。風月堂にて晩餐をなし、築地の待合のおかつに至り妓八郎に逢ふ。

十二月廿六日。少しく暖なり。歯科医山形氏を訪ふ。

十二月廿七日。松莚子竈河岸の八新に岡、川尻、及余の三人を招飲す。風寒からず。帰途人形町を歩みて八丁堀に至る。歳暮の市街到る処雑沓甚し。彩旗花の如く紅燈星の如し。

十二月廿八日。

十二月廿九日。慶応義塾教授小泉(43)沢木の二氏、小山内氏と余とを八丁堀の偕楽園(44)に招飲す。余腹痛あり。酔を成す能はず。

十二月三十日。晴れて暖なり。机上の水仙、花将に開かむとす。夜臙脂を煮て原稾用罫帋を摺ること四五帖なり。

十二月卅一日。午後旧稾を添删す。夜百合子と相携へて銀座通歳晩の夜肆を見、また浅草仲店を歩む。百合子興に乗じ更に両国より人形町の夜市を見歩くべしと云ふ。余既に昔日の意気なく、寒夜深更の風を恐るゝのみ。百合子が平川町新居の門前にて袂を分ち、家に帰る。暁二時なり。キユイラツソオ一盞を傾け、寝に就かむとするに、窗前の修竹風声忽淅瀝たり。窓紗を排き見れば雨にあらずして雪花飄飄たり。帰途この雪に遇はざりしを喜び、被を擁して眠に入る。

# 断腸亭日記巻之六大正十一年歳次壬戌

荷風年四十四

正月元旦。正午の砲声に睡より覚む。雪歇みしが空未晴れず寒気甚し。年賀の客来らざれば門扉も鎖せしまゝなり。年賀の郵便物を一閲して後台所に行き昼餉をつくり咖啡を煮る。食後前年の日記を整理し誤字を訂す。夜に至り空晴れ繊月を見る。旧臘脱稿したる一幕物冬の朝を改竄す。

正月二日。正午南鍋町風月堂にて食事をなし、タキシ自働車を雑司ケ谷墓地に走らせ先考の墓を拝す。去年の忌辰には腹痛みて来るを得ず。一昨年は築地に在り車なかりしため家に留りたり。此日久振にて来り見れば墓畔の樹木伐に繁茂したるが如き心地す。大久保売宅の際移植したる蠟梅幸にして枯れず花正に盛なり。此の蠟梅のことは既に断腸亭襍藁の中に識したれば再び言はず。

正月三日。日当りよき窗のほとりに椅子を移して、ブラスコ、イバネス(1)の小説湖心の悲劇を読む。夜に入りて寒甚し。

正月四日。晷稍永くなりたり。晡下に及んで窗猶明るし。風月堂に至るに偶然籾山柑子に逢ふ。近年真言宗の鈴を蒐集して娯むといふ。弦月空にかゝり、風絶えて寒気地中より湧出るが如し。銀座通も人影なし。日比谷を歩みて帰る。

正月五日。寒気甚しく室内洗面器の水道凍りて水出です。夕刻啞々子電話をかけ来る。新橋の弥生に招ぎて飲む。

正月六日。水道凍ること前日の如し。去年の冬には一たびも凍りしことなし。今年の寒気知るべきなり。夕刻地震あり。此日寒の入。

正月七日。七草会仲通の末広に開かる。晴れたれど風寒し。不在中百合子来る。

正月八日。竹田屋年賀に来る。

正月九日。曇りて寒し。午後百合子来る。薄暮雨霰を交ゆ。

正月十日。晴れて暖なり。午後冨士見町に徃く。近年自働車の徃復頻繁となりてより、下町の道路破壊甚しく、雨後は泥濘踵を没す。之に比すれば山の手の道路阪多きところは霜解もなく散歩に好し。夜電話にて明星発行所より草稾を催促し来れり。

正月十一日。午後小説起稾。夜九穂子と銀座清新軒に飲む。寒月皎皎たり。

正月十二日。寒月を踏んで楽天居新春の句会に徃く。帰宅の後執筆暁二時に至る。

正月十三日。唖々子と人形町にて待ち合せ、芳町の妓家福堺家を訪ふ。曾て牛込にて知りたる女なり。風烈しく寒気甚し。

正月十四日。暮方より雪ふり出しぬ。風なくしめやかなる降り方なり。風月堂にて食事をなし南佐柄木町の弥生に至り、巴家の老妓に逢ふ。

正月十五日。晴れて暖なり。雪後泥濘の巷を歩み大石国手を訪ひしが不在なり。

正月十六日。終日机に凭る。

正月十七日。同雲黯澹たり。夜百合子を平川町の家に訪ふ。

正月十八日。朝来雪紛紛たり。

正月十九日。松竹会社より女優養成所(2)授業開始につき出向かれたき由通知あり。去年の秋女優募集の際、余は小山内君に向ひて教授に行くも苦しからざる由語りたるが故なるべし。雪後微恙あり徃くこと能はず。電話を以て辞す。夜四谷に徃きお房に逢ふ。

正月二十日。午後銀座第百銀行(3)支店に徃き、帰途朱葉会展覧会を見むとて三越楼上に徃く。展覧会は昨日かぎり閉会せしといふ。偶然小波先生に逢ひ、倶に支那陶器文房具の陳列を見る。楼を下るに日猶高し。毎夕新聞社に唖々子を訪ひ風月堂に飰し、例の如く清新軒に憩ふ。帰宅の後執筆夜半を過ぐ。

正月廿一日。晴れて寒し。

正月廿二日。数年来覚えしことなき寒なり。大正六年の冬大久保に在りしころ履硯の水凍りたれど、本年の寒さはそれよりも猶甚しきが如し。麻布の地は元来大久保よりも暖なるに、本年は硯の水盆栽の土より尿瓶の中のものまで朝見れば皆凍りたり。夕餉の後南佐柄木町の弥生に往き、巴家の師匠に逢ふ。弥生の内儀はもと此地の妓にて、巴家方へ稽古に来りしもの。大久保の宅へも折々丸髷に結ひ遊びに来りしこともありき。此夜寒気甚しく洋服にて畳の上に坐すること堪えがき程なれば、ウイスキイ六七盃を傾けしが更に酔を催さず。余一昨年厳冬の頃より就寝前キユイラツソオを飲み、食事の折々シエリイ葡萄酒を飲むこと多き時は四五杯に及ぶ。酒量大に進みしものとおぼゆ。

正月廿三日。寒気昨日のごとし。残雪猶屋根にあり。夕刻入浴中俄に悪寒を覚え早く寝に就く。体温三十八度あり。

正月廿四日。終日臥病。

正月廿五日。百合子来りて病を問はる。

正月廿六日。病痊ゆ。小説執筆。

正月廿七日。寒風を恐れて家を出でず。偏奇館画譜を描く。

正月廿八日。松莚子に招がれて風月堂に飲む。酔歩蹣跚独り弥生に至り、八重次に逢ふ。

正月廿九日。同雲惨澹、薄暮雪降来る。

正月三十日。玉山酔士と芳町の福堺家に飲む。

正月卅一日。松莚子に招がれて風月堂に飲む。清潭子亦来り会す。帰途清潭子と帝国劇場に往きて稽古を見る。清元連中出語あればなり。

二月一日。暴に暖なり。風邪全く癒ゆ。夕刻風月堂に至るに清元栄寿梅吉等芝居出勤の途次なりとて来るに逢ふ。帰宅後入浴。執筆夜分に至る。

二月二日。木曜会。帰途雪を憂ひしが雨となれり。

二月三日。雨ふる。夜芳町の妓家に飲む。唖々子来り会す。銀座清新軒に至りて更に一酌し陶然として家に帰る。[4]八重次の手紙あり。感冒久しく癒えず。昨夜俄に血を吐くこと二回に及び、長谷川病院に入り、生命あやうしといふ。愕然酒醒め終夜眠ること能はず。

二月四日。雨歇む。午後草花一鉢を携へ、長谷川病院に八重次を訪ふ。受附のもの面会謝絶の札貼りてありといふ。余は人目を憚り唖々子の名を借りて刺を通ずるに、病室幸にして見舞の人なき由。漸くにして逢ふことを得たり。前日の手紙は精神昂奮のあまりに識せしものなるべし。重患なれど養生すれば恢復の望なきにはあらざるべし。

二月五日。立春を過ぎてより日の光俄にうるはしくなりぬ。晩風蕭条。寒気はむしろ厳冬に増るほどなれど、夕照暮靄共に春ならではと思はれたり。先年竹田書房に雇はれゐたる中村某(5)来り、去冬深川富ヶ岡門前に辰巳屋といふ店を開きたりとて、包みをひらき番附錦絵等を示す。二三品を購ふ。

二月六日。南佐柄木町弥生の内儀来りて勧むるがまゝ再び今川小路の病院に八重次の病を問ふ。院長長谷川氏と神田の風月堂に至り昼餐を食す。晡下竹田屋来る。此日晴れて暖なり。

二月七日。晴れて暖なり。大石君を訪ひ診察を乞ふ。白木屋五階目の洋書肆にて一二巻を買ひ、帰途清新軒に憩ひ、不願醒客を招ぎて飲む。

二月八日。小説雪解前半の草稾を明星に寄送す。風雨屋上の残雪を洗ふ。

二月九日。市川段四郎去六日の夜享年六十八歳を以て歿す。この日浅草千束町宅にて告別式を行ふ。立春以来天気日々暖にして頭痛を催すほどなり。弔問の帰途浅草公園を歩み吾妻橋より船に乗り永代橋に至る。隅田川も両岸の景旧観を存する処稀にして、今は唯工場の間を流るゝ溝渠に過ぎず。風月堂にて夕餉をなし楽天居句会に赴く。

二月十日。残雪跡なく雨後の春草萋々たり。夜月明なり。風月堂にて晩食を喫し、築地旧居のあたりを歩む。目下執筆の小説雪解の叙景に必要の事ありたればなり。

二月十一日。春日麗朗たり。夜風雨雷鳴。

二月十二日。風暖にして頭痛岑々然たり。筆意の如くならず。午後丸の内を歩む。帰宅の後執筆夜半に至る。

二月十三日。銀座一丁目郵船会社出張所に行き渡欧の賃銭その他の事を問ひ、帰途有楽座開演中の名人会を聴く。余本年は再び巴里に遊びたき考なれど、終生かの地に居住するわけにも行くまじ。帰り来りし後の寂寞不平を思ふ時は寧このまゝ陋巷に老い朽つるに若かざるべし。感慨万種。遂に決意すること能はず。

二月十四日。短篇小説雪解の稟を脱す。七草会末広に開かるゝ由通知ありしが往かず。此日も温暖四月の如し。梅花開く。

二月十五日。雨。フランシス、ヂヤム(6)の小説を読む。

二月十六日。前夜より引続きて雨歇む時なし。窓前の老梅去年虫多くつき葉早く黄ばみて落ちたれば、枯れしものと思ひゐたりしに、この日雨中の庭を眺る折からふと其の枝を見るに蕾をつけたり。

二月十七日。昨夜風雨甚しかりしが暁に至りて歇みぬ。午後西北の風吹起り家屋動揺す。晩飯を喫せむとて町に出るに電柱の倒れたる処もあり。近県山くづれあり。鉄道線路の破壊等被害尠からずと云。

二月十八日。微恙あり。終日臥牀に在り。

二月十九日。心気爽快ならず。ジュール、ロマンの詩集 La Vie Unanime を読む。

二月二十日。微恙あり。躬ら麵麭を切り珈琲を煮る事の煩はしければ、衣を厚くして銀座に徃き食事をなす。帰途日比谷公園を歩みて樹下に憩ふ。偶然代地の僑居にて世話したりし女に逢ひ、山城河岸の待合に徃きて飲む。夜幸田先生訳紅楼夢を繙きて眠る。

二月廿一日。清元会。

二月廿二日。微恙あり。薬を服して臥す。

二月廿三日。悪寒稍去りたれば食事に出づ。普通選挙示威運動にて虎の門日比谷の辺雑沓甚し。夜に入り暴動起るべしと流言頻なり。数寄屋橋山形氏の許に至り病歯を抜き去る。此歯中学生の頃より時々痛みて腫上りし故、而来三十年物食ふ時は左側の歯のみにて咀嚼しゐたりしなり。此日風邪の気味久しく去らず、心気欝々何事をもなすこと能はざれば、かゝる折にと思出して、積年の病歯を抜きしなり。帰宅の後も出血歇まず不快甚し。

二月廿四日。暴暖五月の如し。瑞香の花忽開く。深更風雨。

二月廿五日。過日小山内君より松竹社女優養成所教授の事をたのまれゐたれば、今日は是非にも徃きたき心なりしが風邪未痊えず、遂に已む。晩飯を銀座に食し、晩翠軒にて隷書千字文を購ふ。この日暴暖華氏七十度に達す。日本の気候年々不順になり行くは如何なる故か。何となく天変地妖の起るべき前兆なるが如き心地す。

二月二十六日。松莚子に誘はれ帝国劇場(7)に往き、中村福助の新舞踊劇を観る。生ぬるき湯に入りたるが如き心持なり。猿之助の通小町(8)を始め本年はこの種の興行続出することなるべし。帰途細雨霏々たり。

二月廿七日。夜来の雨いつか雪となる。日暮るゝも歇まず。

二月廿八日。曇りてさむし。

三月朔。雪後の天気風甚寒し。窓外の瑞香花半開かむとして開かず。正に是春寒誤二早花一雪暝迷二帰鶴(9)一の趣あり

三月二日。春寒料峭。明星発行所より金壱百円を贈来る。実に過分の礼金なり。晩間松莚子及細君に招がれ風月堂に飰す。それより木曜会に往く。弦月空に泛びたる夜のさま冬の如し。

三月三日。春陰漠々風亦寒し。母上電話にて安否を問はる。

三月四日。風雨午後に至つて歇む。

三月五日。前日に比すれば稍暖なり。近日上野に博覧会開かるゝが故にや銀座通人出いつよりも多し。晩餐後築地通を歩み桜橋より電車に乗つて帰る。

三月六日。春陰。近巷の梅花悉開く。独わが庭の梅のみ八重咲なれば花未開かず。夜

細雨霏霏たり。

三月七日。雨凍りて雪となる。正午に至りて歇む。

三月八日。玄文社新冨座(10)見物。久保田萬太郎初めて芥川龍之助(11)を紹介す。帰途風寒し。

三月九日。木曜会なれど行かず。晴れて風寒し。

三月十日。晴れて暖なり。夕刻より雨となる。新演藝合評会。帰途雨甚し。伊原青々園小山内氏兄妹と自働車を倶にして帰る。

三月十一日。晴れて暖なり。午後電車にて菊川橋に至り、木場を歩み、溝渠に沿ひて柳原より錦糸堀に出で、亀戸の菅廟に詣で、茶亭に憩ふ。園丁池畔の藤棚をつくろひ居たり。裏門より出でゝ柳嶋に往かむとするに、売笑婦路傍の家より走り出でゝ人の袖を引かむとす。妙見堂に賽し、電車にて銀座に至り、風月堂に飴す。清元梅吉夫婦の来るに逢ふ。五月頃新冨座にて大ざらひをなすと云ふ。

三月十二日。

三月十三日。薄暮微雨。丸の内中央亭にて三田文学会あり。

三月十四日。午後銀座通にて偶然池田大伍(12)子に逢ひ酒館ライオンに入りて語る。

三月十五日。不願醒客と神楽阪の田原屋に飲む。微雲淡月春夜の情景漸く好し。

三月十六日。木曜会なり。夜半雨。

三月十七日。久しく母上の安否を問はざれば、夕餉を食して後西大久保村に往く。角筈より人力車に乗る。路暗く泥濘甚し。垣根道を行く時、梅花馥郁、暗香風に従つて漂ひ来るを知る。十時過辞して西向天神の祠畔より電車に乗りて帰る。

三月十八日。晴れて風あり。鄰家の連翹花爛漫たり。

三月十九日。机上のヒヤシンス開く。香気馥々たり。

三月二十日。午後小川町仏蘭西書院へ書冊を注文せむと門を出るに、快晴の空次第に暗く、電車通に至る時、驟雨濺ぎ来る。神田に達するや空既に霽れたり。書院店頭にて巴里タン新聞の記者メーボン(13)氏に逢ふ。氏はマルセイユの人にて少年の時浮世絵を見て夙に日本の風物を愛せしと云ふ。氏は南方の人なるを以て日本の青年のイブセン、ストリンドベルヒの如き北欧の文学を愛読する所以を知るに苦しむと言ふ。余も亦北方の文学については深く嗜むところなきを以て、氏の言ふ所に随つて南部仏蘭西の風景と生活とを称美したり。

三月廿一日。晴。風寒し。晩間風月堂にて偶然鈴木三重吉(14)氏に逢ふ。

三月廿二日。菊の根分をなす。桜の蕾稍ふくらみたり。日暮れてより風寒し。

三月廿三日。風寒し。微恙あり。

三月廿四日。微恙。終日蓐中に在り。午下竹田屋来りて明二十五日本郷の貸席にて浮世絵展覧会(15)を催す由。余の所蔵品をも借りたしと云ふ。

三月廿五日。病あり。

三月廿六日。風邪。読書。

三月廿七日。昨夜胸部に軽痛を覚え眠ること能はざりし故、午下大石国手を訪ひ診察を請ふ。憂ふるに及ばずとの事あり。この日大石君より籾山庭後氏令閨風邪後の肺炎にて生命旦夕に迫れる由を聞く。

三月廿八日。桜花ひらく。例年より数日早し。午後草稾を明星に送る。

三月廿九日。微恙あり。卻て書巻に親しむ。

三月三十日。花開いて風卻て寒し。午後母上下谷の光代を伴ひ来り訪はる。夕刻松莚子に招がれ風月堂に往く。池田大伍川尻清潭の二子亦招かれて来る。

三月卅一日。風邪の気味尚去らず。枕上読書。

四月一日。終日病牀に在り。フロベルの小説マダムボワリイを再読し了る。余始めてこの書を読みたるは北米ミシガン州カラマヅの学校に在りし時なり。独仏語の教授なりしバワリヤの人某氏の家を訪ひしに、氏は近代仏蘭西小説家の中にてはメリメヱとフローベル最も優れたり。仏蘭西語を学ばむとするものは此二家の文を熟読すべしとて、書架の間より革綴の一巻を取出して貸与へられたりき。指を屈すれば十八年前のことなり。

四月二日。午後庭に出で再び野菊の根分をなす。晩間銀座に往くに電車街路斉しく田舎者にて雑沓すること甚し。年年桜花の時節に至れば街上田舎漢の隊をなして横行すること今に始まりしにあらず。されど近年田舎漢の上京殊に夥しく、毫も都人を恐れず、傍若無人の振舞をなすものあり。日本人と黒奴とは其の繁殖の甚しきこと鼠の如し。米国人の排日思想を抱くも亦宜なりと謂ふべき歟。

四月三日。深更雨ふる。

四月四日。春雨空濛。桜花忽ち散る。

四月五日。雨晴る。過日某人より白木屋の切手を贈られたれば洋書を購はむとて、赴き見たりしが購ふべきものなし。雨後の天気外套漸く重くなりたり。

四月六日。明星原稟執筆。

四月七日。春雨晩晴。

四月八日。正午歯科医山形氏を訪ふ。途次驟雨に値ふ。黄昏雨歇みしが風寒し。執筆夜半に至るも倦まず。

四月九日。空晴れしが風冷なり。薄暮暖炉に火を焚き筆を執る。

四月十日。春風依然として暖ならず。午後草花の種を蒔く。

四月十一日。銀座にて昼餉をなす。帰途愛宕山の裏手なる天徳寺横町を過ぐ。小学校あり。教師の講義する声窓より漏れ聞ゆ。何心なく塀外に佇立みて耳を傾るに、教師は田舎漢とおぼしく語音に訛あり。且又其の音声の職業的なること宛然活動辯士の説明を聞くが如く、又露店商人の演舌に似たり。余が小学校に在りし頃に比すれば教師の人格の甚しく低落したるは、其音声を聞けば直に之を知り得べし。敢て其他を問ふに及ばず。

四月十二日。英国皇太子来朝の由。市中は歓迎の民衆と警虞の巡査と相伍し、紛雑の状恰も議会騒擾の日に似たり。

四月十三日。木曜会運座。

四月十四日。風雨。正午鳥屋末広にて七草会例会あり。

四月十五日。松莚子に招かれて風月堂に飰す。銀座通この夜人出おびたゞし。家に帰りて執筆深更に及ぶ。

四月十六日。午後与謝野氏宅にて明星編輯会あり。森先生御出席と聞き、赴きしが来給はず。風月堂にて夕餉をなし清元会に往く。この日晡下帝国ホテル失火。希臘人一名焼死せりと云。

四月十七日。風あり雨気を含みて冷なり。腹痛をおぼゆ。夜半大雨雷鳴。小豆ほどの雹瓦を撲つ音すさまじく眠ること能はず。

四月十八日。午後仏蘭西書院に赴き新着の書籍を見る。家に帰り筆を執る。頃日創作稍興あり。

四月十九日。松莚子に招がれ風月堂にて晩餐をなす。銀座通花電車の通過を見むとするもの堵の如し。

四月二十日。木曜会なり。

四月廿一日。庭の片隅に胡蝶花のひらくを見る。一昨年移居の際鄰園のシャガ垣際に匐ひ出で生茂りたるを採り、日当りよきところに移し栽えしに、いよ／＼繁茂し多く花をつけたり。此の草余の生れたる小石川金富町の庭、または崖にも茂りたり。大久保の家の庭には鷺草ありしが、此の花を見ざりし故、築地庭後庵の茶室のほとりに繁りたるを請ひ受け、移植えむと思ひしこともありしなり。麻布の家のあたりには石垣の間竹藪の中などにシャガの茂りたる処多し。地勢小石川に似たるが故ならむか。

四月廿二日。俄に暑し。小説二人妻執筆。盖し明星へ寄稾のためなり。夜白耳義人ギユスタフ、カン(16)著市街美観論を読む。

四月廿三日。近巷岨崖の新緑見て飽きず。窗に凭りて読書おぼえず黄昏に至る。

四月廿四日。終日風雨。

四月廿五日。松莚子に招がれて風月堂に至る。倶に銀座を歩む。井上啞々子厳父如苞翁逝去の報に接す。

四月廿六日。日の光早くも夏となれり。午下小石川原町蓮久寺にて井上君先考の葬儀あり。焼香の後木曜会の二三子と本念寺に立寄り、蜀山人および其後裔南岳の墓を掃ふ。南岳墓碣の書は巌谷小波先生の筆にして、背面に真黒な土瓶つゝこむ清水かなといふ南岳の句を刻したり。この日午前十時半頃強震あり。時計の針停り架上の物落ちたり。白山よりの帰途電車にて神田橋を過るに外濠の石垣一町ほど斜に傾き水中に崩れ落ちたる処もあり。人家屋上の瓦、土蔵の壁落ちたるもの亦尠からず。

四月廿七日。初夏の日晴渡りて木の芽日に日に舒び行けり。躑躅芍薬チユリップ皆満開。午後樹陰に書を曝す。

四月廿九日。昨夜より今朝にかけて地震三四回に及ぶ。松莚子に招がれて風月堂に往く。大伍君も亦招がる。

四月三十日。微雨。新緑いよ〳〵青し。萩蜀葵の芽漸く舒ぶ。

五月一日。早朝井坂梅雪子来訪。余が旧作旅姿思掛稲といへる浄瑠璃を帝国劇場六月興行の中幕に出したき由相談せらる。午後木挽町商品陳列館に往き仏蘭西画家の製作品を見る。

五月二日。細雨軽寒。少しく腹痛を覚ゆ。浄瑠璃を訂正して梅雪子の許に送る。夜旧稾雨瀟瀟花火其他の小篇を訂正し一巻となして春陽堂に送る。

五月三日。清風簾を動かす。午後曝書。四谷のお房病を問来る。

五月四日。風月堂にて小宮豊隆(18)氏に逢ふ。独芝山内を歩む。木曜日なれど会の有無判然せざるが故赴かず。風冷なり。

五月五日。雨ふりて風冷なり。桐花開く。

五月六日。午前湖山人来訪。

五月七日。微雨歇み夕陽雨後の新緑に映ず。夕餉の後樹下の榻に坐し新着の仏蘭西評論(19)をよみ昏黒に至る。

五月八日。玄文社明治座(20)観劇。

五月九日。陰晴定りなし。正午また強震あり。夜に至り南風烈しく雲脚穏ならず。蒸暑甚し。

五月十日。曇りて蒸暑し。新演藝合評会に徃く。帰途細雨烟の如し。人皆地震を虞る。

五月十一日。木曜会俳席に徃く。

五月十二日。正午山王下尾上梅幸宅に徃き浄瑠璃旅姿の節付を聴く。羽左衛門も来る。節付は常磐津文字兵衛なり。三時過家に帰る。この日朝より雨ふり腹痛を催す。懐炉を抱き明星原稟に筆を執る。

五月十三日。陰。清元お秀来る。

五月十四日。七草会例会。築地の支那料理屋酔仙亭(21)に開かる。以前花本といふ待合の跡なる由。頃日新に支那料理店を開くもの明石町の上海亭其他二三軒に及ぶといふ。漢文学の廃棄せらるる今の世に、支那料理の流行、何の故なるを知らず。其国の文物礼法を知らずして猥に飲食す。果して味あるや否や。

五月十五日。快晴。薔薇馥郁たり。

五月十六日。曇りて風寒し。不願醒客と風月堂に飲む。

五月十七日。晴。

五月十八日。木曜会。

五月十九日。曇りて涼し。清元秀梅と神楽阪の某亭に会す。帰途微雨。

五月二十日。薫風終日簾幕を翻す。福森久助(22)の作を読む。

五月廿一日。陰。

五月廿二日。頃日神経衰弱甚しく読書創作共に意の如くならず。薬石既に効なきを知ると雖、また打棄てゝも置かれぬ故、午後大石君を訪ひ診察を乞ふ。

五月廿三日。一昨年この日麻布に移居せしなり。老来いよ〳〵光陰の速なるに驚くのみ。終日雨ふる。

五月廿四日。快晴。帝国劇場稽古場に赴く。浄瑠璃旅姿藤間勘翁(23)の振付を見る。夜平沢氏来訪。田村百合子書を寄す。

五月廿五日。晴。秀梅来る。

五月廿六日。晴。正午再び帝国劇場稽古を見る。小説集雨瀟々校正。

五月廿七日。大石国手を訪ふ。

五月廿八日。風なく溽暑甚し。夕刻松莚子に招かれて風月堂に往く。偶然市村可江(24)子に逢ふ。

五月廿九日。溽暑甚し。ロマンロランの大作ジヤンクリストフを読む。

五月三十日。松莚子と共に大伍(25)子が築地の居邸に招がる。

五月卅一日。帝国劇場舞台稽古。帰途風雨烈し。夕餉をなさむとて風月堂に立寄るに、可江子在り。倶に飲む。

六月朔。帝国劇場初日。帰途平岡画伯田村百合子と共に自働車にて平川町なる田村女史の家に至る。余は直に帰る。

六月二日。松莚子と風月堂に飰す。清元秀梅と烏森の某亭に逢ふ。

六月三日。帝国劇場楽屋にて図らず葵山子に逢ふ。倶に銀座を歩む。

六月四日。百合子を訪ひ貝阪の洋食店宝亭に飰し、星岡の林間を歩む。薄夜風静にして月色夢の如く、椎の花香芬々として人を酔はしむ。

六月五日。本郷座[26]初日。

六月六日。

六月七日。帝国劇場七月興行一番目狂言に、余が旧作烟を上演したしと井阪君の依頼なり。

六月八日。木曜会俳席。

六月九日。不願醒客と風月堂に会す。

六月十日。明治四十四年の頃つくりたる社会劇烟を删訂し伯爵と改題し、草稾を帝国劇場に送る。此日驟雨。

六月十一日。雨歇みて暑し。

六月十二日。朝十時羽左衛門梅幸及帝国劇場の部員一同と共に本所五ツ目の古寺自性院に往き、市村家祖先の墓に香花を供ふ。帰途梅幸子と風月堂にて昼餐を倶にす。

六月十三日。堀口大学氏仏蘭西語の詩集タンカを郵送せらる。午後竹柴晋吉[27]翁来り訪はる。

六月十四日。正午新橋花月にて七草会例会あり。晴れて俄に暑し。

六月十五日。風月堂にて偶然正宗白鳥氏(28)に逢ふ。

六月十六日。時々驟雨あり。生田葵山近藤経一(29)と日比谷公園の茶亭に会晤す。帝国劇場女優稽古の帰途なり。

六月十七日。雨来らむとして来らず。溽暑甚し。山形ホテル食堂にて昼餉をなし、日比谷公園を歩みて帰る。

六月十八日。

六月十九日。帝国劇場稽古の帰途、女優両三人と風月堂に飲む。

六月二十一日。初瀬浪子(30)小山内薫等と明治座(31)を見る。帰途築地の幸楽に飲む。

六月廿二日。梅雨に入りてより卻て雨なし。

六月廿三日。晴れて暑し。

六月廿四日。日々帝国劇場稽古場に往く。

六月廿五日。劇場稽古の帰途女優両三名を拉して家に至り、再銀座に往き、風月堂に飲す。余今日まで帝国劇場の女優とは交遊稀なりしが、先月来俄に親密となれり。其の人物才藝の如何も大抵窺知ることを得たり。

六月廿六日。正午平沢某来訪。夜小山内、土方(32)、花柳、初瀬等と築地の上海亭に会飲す。上海亭は旧オリヱンタルホテルの跡なり。

六月廿七日。擬宝珠虎耳草花をつく。鳳仙花未秋ならざるに既に花あり。

六月廿九日。晡下驟雨あり。夜凉水の如し。東都六阿弥陀縁起(33)を谷崎潤一郎君に贈る。徃年啞々子と六阿弥陀(34)を巡拝せし時蒐集せしものなり。

六月三十日。帝国劇場舞台稽古。夜十二時より始まる。大道具飾附を検査する中夏の夜忽明けそめたり。

七月一日。早朝家に帰りて眠る。晩間帝国劇場の食堂にて松莚子と会飲す。帰途小山内、土方、生田の諸家と銀座清新軒に少憩す。

七月二日。雨来らむとして来らず。烈風砂塵を巻く。夜帝国劇場に赴く。

七月三日。東伏見宮御葬儀の当日なりとて遏密の令あり。清元秀梅を伴うて冨士見町の某亭に飲む。烈風歇まず。夜半雨滝の如し。

七月四日。豪雨歇まず。晩間帝国劇場にて図らず水上瀧氏に会ふ。幕間に女優小林延(35)と東洋軒に徃き、晩餐を与にす。

七月五日。女優延子と再び晩餐を与にす。

七月七日。夜半与謝野君電話にて森夫子急病危篤の由を告ぐ。

七月八日。早朝団子阪森先生の邸に至る。表玄関には既に受附(36)の設あり。見舞の客陸続たり。余は曾て既のありし裏門より入るに与謝野沢木小嶋の諸氏裏庭に面する座敷に在り。病室には家人の外出入せず。見舞の客には先生が竹馬の友賀古翁(37)応接せらる。翁窃に余を招ぎ病室に入ることを許されたり。恐る〳〵襖を開きて入るに、先生は仰臥して腰より下の方に夜具をかけ昏々として眠りたまへり。鼾声唯雷の如し。薄暮雨の晴間を窺ひ家に帰る。

七月九日。早朝より団子阪の邸に徃く。森先生は午前七時頃遂に纊を属せらる。悲しい哉。

七月十日。玄文社合評会。帝国劇場観劇。女優延子と日本橋白木屋の絵行燈を見る。

七月十一日。玄文社合評会終りて後、小山内兄妹と自働車にて観潮楼に至り、鷗外先生の霊前に通夜す。此夜来るもの凡数十名。その中文壇操觚の士は僅に十四五人のみ。

七月十二日。朝五時頃、電車の運転するを待ち家に帰る。一睡の後谷中斎場に赴く。此日快晴涼風秋の如し。午後二時半葬儀終る。三河島にて荼毘に付し灈上の禅刹弘福寺に葬ると云。

七月十四日。仏蘭西書院本年正月注文の書巻を送来る。

七月十六日。森先生遺族の招待にて上野精養軒に徃く。露台の上より始めて博覧会場の雑沓を眺め得たり。帰途電車満員にて乗るを得ず。歩みて万代橋に至る。

七月十七日。夜驟雨雷鳴。

七月十八日。黒田湖山満州日々新聞社に招聘せられ、其主筆となり、此夕五時半東京駅停車場を発し大連に赴く。余木曜会の諸子と共に其行を送る。帰途唖々、秋生、葵山の三子と有楽町東洋軒に晩餐を喫す。

七月十九日。帝国劇場にて偶然上田敏先生未亡人令嬢(38)に逢ふ。上田先生の急病にて世を去られしは七月九日の暁にて、森先生の逝去と其日を同じくする由。葬儀も亦同じく十二日なり。森先生の忌辰は上田先生七回忌の日に当りし由。未亡人の語る所なり。余両先生の恩顧を受くること一方ならず、今より七年の後七月の初にこの世を去ることを得んか、余も其時始て真の文豪たるべしとて笑ひ興じたり。

七月二十日。風ありて涼し。

七月廿一日。帝国劇場より懸賞脚本の審査を依嘱せらる。夜市村亀蔵(39)の部屋にて女優等と西洋将棋を弄ぶ。

七月廿二日。百日紅満開なり。

七月廿三日。炎暑甚し。

七月廿四日。清元会にて阪(ママ)井清君に逢ふ。

七月廿五日。炎暑甚し。帝国劇場の帰途吉井小山内の両子と清新軒に一茶す。

七月廿六日。雨ふる。清元お秀に逢ふ。

七月廿七日。小説集雨瀟瀟。春陽堂より発行。

七月廿八日。夜清元お秀と芝浦に飲む。

七月廿九日。炎暑甚し。

七月三十日。午後雷雨。夜に入りて月よし。風月堂にて市川三升に逢ふ。

七月卅一日。夜玉山酔士と日比谷公園を歩む。

八月初一。明星の草稾をつくらむとせしが興来らずして歇む。

八月二日。曇りて暑し。紅蜀葵開く。

八月三日。松莚子に招がれて風月堂に飰す。

八月四日。重ねて松莚子と風月堂に飰す。清潭子も亦来る。

八月五日。新富座(40)初日。

八月六日。華氏九十二三度の暑さなり。草稾を明星に送る。

八月七日。夜に入るも風なし。勉強して筆を執る。

八月八日。松莚子細君蓮模様中形浴衣を仕立て、小包郵便にて贈り来らる。厚情謝するに辞なし。此日西風颯々。夜虫語を聞く。

八月九日。曇りて風涼し。森夫子の逝かれし日なれば香華を手向けむとて向嶋弘福寺に赴く。門内の花屋にて墳墓を問ふに、墓標は遺骨と共に本堂に安置せられしまゝにて未墓地には移されずといふ。寺僧に請ひ遺牌を拝して帰らむとせしが、思直して香華を森先生が先人の墓に供へてせめての心やりとなしぬ。墓地は一坪あまりにて生垣をめぐらし石三基あり。右は森静男之墓。即先生の厳君なり。中央の石は小さく文字明かならず。左の石は稍新しく森篤次郎墓と刻し、両側に不律兌の三字を刻み添へたり。書体にて察するに先生の筆跡なり。

八月十日。玄文社合評会。

八月十一日。仏蘭西人アベル、シュワレイ(41)著現代英国小説史を読む。

八月十二日。毎日驟雨来らむとして来らず溽暑甚し。深夜に至るも流汗寝衣を潤す。

八月十三日。天気前日の如し。

八月十四日。不願醒客と神田を歩む。

八月十五日。午前綾部致軒来訪。驟雨あり。涼味襲ふが如し。

八月十六日。残暑甚しく机に凭りがたし。

八月十七日。秋暑甚し。樹下の榻に坐してロスタン(42)の戯曲ドンフワンの最期を読む。

八月十八日。仏蘭西書院に新刊書を注文す。

八月十九日。終日風。

八月二十日。正午松莚子に招かれて風月堂に往く。

八月廿一日。夜有楽座に徃きしが炎蒸久しく坐するに堪えず。葵山子と共に出でゝ帰る。

八月廿二日。ジャン、ドルニス(43)著現代伊太利亜小説史を読む。

八月廿三日。久しく雨ふらず。庭の土煉瓦の如くになりしが、此日早朝より驟雨の濺来るあり。萩野菊夕顔のたぐひ一時に蘇生す。書窗に倚りて雨を看ること暫くなり。晩間銀座に徃きて飦す。唖々子書を寄す。頃日本郷加州侯邸内の旧居を引払ひ東大久保西向天神祠畔に移りしといふ。唖々子本郷に住すること実に二十三年の長きに及び、去るに臨みて涙なきを得ざりしといふ。余大久保売宅の事を想出して亦悵然たり。

八月廿四日。夜来の風雨終日歇まず。本所深川出水ありといふ。夕刻風雨歇む。新富座この日千秋楽に当りしが風雨の為閉場したる由。松莚子と風月堂に会食す。帰宅の後明星の原稾をつくる。虫声雨晴れて後俄にしげくなりぬ。

八月廿五日。日暮風雨重ねて来る。夜に入つてます〳〵甚し。

八月廿六日。雨後蒼天拭ふが如し。夜繊月を見る。

八月廿七日。晩涼を待ち仏蘭西書院に徃きしが、日曜日にて戸を閉しゐたり。

八月廿八日。西風颯颯。秋漸く酣ならむとす。燈下宣和遺事(44)を繙く。

八月廿九日。夕刻より七草会、中洲の酒楼松茂登に開かる。来会するもの松莚、松葉、鬼太郎、紫紅、錦花、清潭、吉井及余の八人なり。鶴屋南北作謎帯一寸徳兵衛の上場につきて胥議す。酒楼松茂登は大石君の病院に鄰接す。病院は余の多年往きて診察を請ふところなり。此夕余病院の門に入らず、鄰楼の酒家に登りて盃を挙ぐ。頗意外の思ひあり。酔後欄干に倚つて河上を望むに数日前風雨の余波尚収まらず。濁浪岸を撲ち行舟亦稀なり。水風面を撲ち粟肌に生ず。十時半宴散ず。漫歩人形町に至り電車にて帰る。寓居の門を入るに月光廃園を照し虫声雨の如し。

八月三十日。晴。夜清元秀梅と牛込の田原屋に飲む。秀梅酔態妖艶さながら春本中の女師匠なり。毘沙門祠後の待合岡目に往きて復び飲む。秀梅欷歔啼泣する事頻なり。其声半庭の虫語に和す。是亦春本中の光景ならずや。

八月卅一日。木曜会小集。

九月一日。高橋君に招がれて風月堂に往く。小山内君亦招がる。此夜風なく蒸暑甚し。勉強して明星の草稿をつくる。

九月二日。曇りて風涼し。午後青山墓地を歩み紅葉山人[45]の墓を展す。墓石の傍に三尺ばかりなる見影石の円柱あり。死なば秋露のひぬ間ぞおもしろきといふ山人が辞世の句を刻したり。

九月三日。松莚子と風月堂に晩餐をなし銀座を歩む。

九月四日。午後明治座[46]舞台稽古を看る。帰途小山内君と共に有楽座に行く。

九月五日。秋暑猶去らず。明治座初日なり。帰途月明なり。溝渠に沿ひ歩みて日本橋に至り車に乗つて帰る。

九月六日。与謝野氏より電話あり。鷗外先生全集刊行のことにつき同君の家に往く。

九月七日。庭の萩開く。夜清元秀㚑と烏森停車場に会し赤阪の某亭に飲む。

九月八日。玄文社看劇合評会五周年の祝宴。日本橋の若松家にひらかる。

九月九日。九穂子と牛門に飲む。

九月十日。仏蘭西書院を訪ひウヱルレヱン全集五巻を購ふ。

九月十一日。残暑甚し。

九月十二日。残暑益甚し。

九月十三日。夜母上を訪ふ。手づから咖啡を煮て勧めらる。余年漸く老るに従ひ朝夕膝下に伺侍せむことを冀へども、弟威三郎夫婦世に在る間はこの願ひの叶ふべき日は遂に来らざる可し。十一時の鐘鳴るを聞き辞して門を出れば、人家皆戸を鎖し道暗くして犬頻に吠ゆ。満腔の愁情排けがたし。歩みて新宿駅に至る。

九月十四日。築地酔仙亭にて七草会例会。

九月十五日。松莚小山内の二子と車を与にして深川万年町心行寺に赴き、鶴屋南北の墓を掃ふ。明治座出勤の俳優作者皆参集す。夜酒井晴次(47)と三田東洋軒に飾す。酒井は往年先考の門生たりし人なり。

九月十六日。残暑猶熾なり。宣和遺事を読み了りて剪燈新話を繙く。

九月十七日。昨夜深更より風吹出で俄に寒冷となる。朝太陽堂主人(48)来談。午後雑司ケ谷墓地を歩み小泉八雲(49)の墓を掃ふ。塋域に椎の老樹在りて墓碑を蔽ふ。碑には右に正覚院殿浄華八雲居士。左に明治三十七年九月二十六日寂。正面には小泉八雲墓と刻す。墓地を横ぎり鬼子母祠に賽し、目白駅より電車に乗り新橋に至るや、日既に没し、商舗の燈火燦然たり。風月堂に飾して帰る。

九月十八日。曇天。大石国手を訪ふ。

九月十九日。午後雨。九月に入りて初めての雨なり。酒井井上の二氏と牛込の某亭に飲む。雨深更に至り益甚し。

九月二十日。気候激変して華氏七十度の冷気となる。腹痛を感ず。

九月廿一日。雨歇みて風冷なり。

九月廿二日。市川三升に招がれて築地の錦楽に飲む。書肆新橋堂主人野村氏もまた来る。二子倶に近頃薗八節を稽古する由。先頃余の出版せし雨瀟瀟をよみ余も亦同臭の士なりしを知りて招待せられしなり。この夜錦楽内儀の紘にて鳥辺山桂川など語る。

九月廿三日。烟雨終日濛濛たり。

九月廿四日。夜有楽座に徃く。偶然田村百合子に逢ふ。

九月廿五日。秋雨。

九月廿六日。帝国劇場に露国人(50)の舞踊を観る。

九月廿七日。夜九時半の汽車にて松莚子の一行と共に京都に徃く。

九月廿八日。朝十時半京都に着す。松莚子は細君を伴ひ下河原の旅亭松の家に投宿。松葉、鬼太郎、紫紅、清潭の四子は三条の某亭に投宿す。余と小山内吉井の三人は粟田口の都ホテルに入る。夜松莚子夫婦と市中を散歩す。

九月廿九日。午後南座にて稽古あり。夕刻より同座にて文藝講演会あり。講師は島華水、渡辺霞亭(51)、小山内薫、松居松葉、其他なり。会散じて後祇園の二軒茶屋中村屋に招がる。

九月三十日。未明知恩院門前にて屋外劇(52)の稽古あり。午後松莚子夫妻と自働車にて大原の古寺三千院及寂光院を訪ふ。沿道の風景絶佳なり。夜京極の明治座を見る。帰途祇園花見小路の津田家に飲む。

十月一日。午後知恩院楼門にて屋外劇の催あり。劇は松葉子の作信長なり。観客数万人に及び演技は雑沓のため中止の已むなきに至らむとせしが、辛じて定刻に終るを得たり。此夕大谷竹次郎(53)俳優文人一同を祇園の万亭(54)に招ぎ盛宴を張る。

十月二日。秋雨霏々。終日ホテルに在り。夜松莚子に招がれて伊勢長に飲み、更に又先斗町の某亭に飲む。

十月三日。午後南座(55)初日。夜清潭子と木屋町の西村家(56)に飲む。月下鴨水東山の眺望可憐を極む。

十月四日。午後吉井君と島原の角屋に飲む。夜九時半の汽車にて帰京の途につく。此夜月またよし。

十月五日。朝十時新橋に着す。初めて市中コレラ病流行の由を知る。

十月六日。風冷なり。午後母上来訪はる。夜に至り雨。

十月七日。此夜仲秋月なし。

十月八日。夜母上を訪ふ。

十月九日。夜九時半の汽車にて再び京都に往く。

十月十日。東山ミヤコホテルに投宿す。夜新京極松竹活動写真館にて知恩院楼門演劇の写真を見る。

十月十一日。南禅寺境内を歩む。夜松莚君及其一座の俳優と四条河原の酒亭千茂登に飲む。

十月十二日。松莚子夫婦と自働車を与にして洛外の醍醐寺を訪ふ。堂舎の古雅、林泉の幽邃、倶に塵寰の物ならず。

十月十三日。夜、清元秀梅大阪の実家に用事ありて昨夜東京を出発し唯今京都の停車場に下車したりとて余が旅館に電話をかけ来る。京極の翁家といふ牛肉屋に飰し、三条通の旅亭に憩ふ。深更秀梅寝乱れ髪のまゝにて大阪に赴きぬ。

十月十四日。微雨。鹿ケ谷法然院及銀閣寺を訪ふ。夜祇園練舞場にみやび会踊さらひを観る。帰途荒次郎長十郎(57)と玉川屋に一酌す。旅館に帰れば夜五更を過ぎ東天既に明かなり。

十月十五日。南禅寺後丘の瀑布を見る。

十月十六日。東山に登り将軍塚の茶亭に憩ひ、横臥読書黄昏に至る。夜玉川家に一酌す。

十月十七日。朝南禅寺後丘の松林を歩む。夜十時半の汽車に乗る。

十月十八日。正午の頃新橋に着するに秋雨霏々たり。

十月十九日。雨歇む。松莚子神戸興行先より書を寄す。清元秀梅既に帰りて東京に在り。烏森の某亭に飲む。

十月二十日。留守中諸方へ下女雇入を依頼し置きしが遂に来るべき様子もなし。自炊の不便を避けんとて近鄰の山形ホテルに宿泊す。

十月廿一日。晴。成嶋柳北[58]の京猫一斑を読む。

十月廿二日。平沢氏が中洲の寓居を訪ふ。

十月廿三日。庭の菊ひらく。

十月廿四日。曇天。山形ホテルを引払ひて偏奇館に帰る。夜半雨声頻なり。眠ること能はず。

十月廿五日。毎夕新聞社に啞々子を訪ひ牛込に飲む。

十月廿六日。京都紀行を草す。

十月廿七日。松莚子神戸より帰る。倶に風月堂に飰す。

十月廿八日。日々天気晴朗。

十月廿九日。タゴル[59]の詩集 La Fugitive を読む。内田魯庵翁[60]に旧著腕くらべを贈る。

十月三十日。土方与志渡欧送別会。築地精養軒に開かる。

十月卅一日。午後深川公園より浅野セメント工場の裏手を歩み、此頃開放せられし岩崎男爵別邸の庭園に憩ひ、薄暮に至るを俟ち明治座前の八新に往く。松莚子招飲の約ありたればなり。帰途半輪の月明なり。

十一月一日。春陽堂店員来り雨瀟瀟再版三百部の検印を請ふ。夜、雨。

十一月二日。快晴。松莚君に招がれて風月堂に往ぐ。帰途富士見町与謝野君の邸を訪ふ。森先生全集刊行の事につき、編纂委員を定むべき由。同君より電話ありたればなり。会するもの与謝野寛、小島政次郎、(ママ)平野萬里、吉田増蔵、(61)及書肆中塚某(62)なり。今回先生の全集出版の事につきては余甚意に満たざる所あれども、与謝野氏主として力を尽さるゝのみならず、先生の未亡人も亦頻に出版の速ならむことを望まるゝ由なれば、余は唯沈黙して諸家の為すがまゝに任ずるのみなり。

十一月三日。明治座(63)初日。松莚君令閨(64)腕時計を恵贈せらる。帰宅の後戯画に駄句を題して郵送し、以て謝礼に代ふ。

　手枕の頬につめたき時計かな

　置炬燵まづ時計からはづしけり

　手を分つ夜寒の門や腕時計

十一月四日。京都紀行を改題して十年振となし中央公論に寄す。

十一月五日。天気快晴。四十雀群をなして庭樹に囀る。いよ〳〵冬となりたる心地す。

十一月六日。晴。

十一月七日。晴。

十一月八日。午後雨降る。夜晴れて月あり。

十一月九日。正午七草会例会。夜築地精養軒にて与謝野君発起人となり、都下諸新聞の文藝記者を招ぎ、晩餐の馳走をなし、森先生全集刊行の事を告ぐ。賀古先生、入沢博士(65)も出席せらる。帰途小山内薫、鈴木春浦(66)の二子と銀座を歩み、偶然近松秋江(67)、長田幹彦の二子に逢ふ。一同清新軒に入りて少憩す。夜十一時頃電車を下りて霊南阪を登らむとするに、近巷騒然、失火の警鐘を鳴す。猛火汐見阪の彼方に当り炎々天を焦す。道路の人に問ふに愛宕町三丁目東洋印刷会社工場火を失すと云ふ。

十一月十日。薄暮驟雨。須臾にして晴る。

十一月十一日。俄に寒し。初めて暖炉に火を置く。正午華氏五十度なり与謝野氏明星の原稾を催促すること頻なれば、已むことを得ず随筆数枚を草して責を塞ぐ。

十一月十二日。晴れて再暖なり。

十一月十三日。松莚君電話にて、明治座出勤午後三時過なればとて、風月堂に招がる。徃きて午餐を与にす。帰途日蔭町村幸書房(68)を訪ひ、烏森の某亭にて清元秀梅に逢ふ。

十一月十四日。微恙あり。窗前山茶花満開なり。

十一月十五日。京橋鴻ノ巣にて森先生全集編纂委員会あり。来る者森潤三郎、与謝野寛、平野萬里、鈴木春浦、小山内薫、吉田増蔵、山田孝雄(69)、浜野知三郎(70)、及書商中塚某、余を加へて十人なり。帰途小山内君この日をかぎり松竹社と関係を断ち、以後筆硯に親しむべき由を語らる。深更雨声あり。

十一月十六日。寒雨霏々。菊花凋落。

十一月十七日。晴。

十一月十八日。国民図書会社主人中塚氏の依頼により鷗外全集刊行の次第を記し、与謝野氏を介して時事新報に寄す。

十一月十九日。祇園玉川家より蕪千枚漬を送り来る。午後木村錦花(71)氏来り、余が旧作秋のわかれ一幕を来月帝国劇場松莚子一座出勤の中幕に出したしといふ。かの戯曲はもと紙上の劇として作りしものなれば、舞台には上しがたかるべし。されど強ひて辞するにも及ばざれば、万事を錦花子に一任す。

十一月廿日。旧作上演の事につき、午後松莚子を明治座に訪ふ。帰途毎夕新聞社に唖々秋生の二子を訪ひ、日本橋通を歩む。寒風砂塵を巻く。歳暮俄に近きたるが如き思あり。夜鴻の巣にて開催せらるる石井柏亭欧洲再遊送別の宴に赴く。久振にて戸川秋骨、梅原龍三郎、藤嶋武二、田中半七(72)の諸家に逢ふ。

十一月廿一日。晴れて寒し。午後風月堂より松莚子と共に松竹社築地の事務所に赴き、松葉米斎の二君に会ひ、拙作脚本上演に関して打合せをなす。松竹事務所新築後日を経ず、室内火の気を断ち寒気忍びがたし。米斎君と銀座ライオン茶店に入り火酒一盞を命じ、始めて暖を取る。夜帝国劇場懸賞脚本審査のことにつき同劇場楽屋に徃く。

十一月廿二日。晴れて風寒し。清元秀梅と牛込の中河に飲む。

十一月廿三日。午後一時明治座松莚子の部屋にて秋のわかれ(73)の読合をなす。演技指揮者には松葉子をたのむ事となす。帰途電気掛岩村生と風月堂にて晩餐を喫す。

十一月廿四日。午後明治座楽屋にて稽古前日の如し。

十一月廿五日。明治座けいこの帰途。蠣殻町毎夕新聞社に不願醒客を訪ふ。共に歩みて銀座に出で牛肉店松喜に飲む。帰宅の後明星原稿執筆夜半に至る。

十一月廿六日。細雨糠の如し。午後明治座に赴く。銀座通人形町いづれも道路沼の如し。夜北風烈しく弦月枯木の間に現はる。燈下執筆深更に至る。

十一月廿七日。清元会に徃く。寒月皎々たり。

十一月廿八日。正午帝国劇場(74)にて秋のわかれ稽古あり。帰途松莚子と共に風月堂に至りて夕食を喫す。

十一月廿九日。劇場稽古前日の如し。

十一月三十日。午後帝国劇場稽古。帰途松莚子と風月堂に餔す。夜微雨。

# 断腸亭日記巻之六大正十一年壬戌臘月

十二月初一。帝国劇場初日。

十二月初二。東京会館にて帝国劇場懸賞募集脚本審査会開かる。出席者巌谷小波、伊原青青園、中村春雨、岡本綺堂、小山内薫、中内蝶二、及帝国劇場の部員一同なり。会散じて後東京会館楼上の各室を巡覧す。料理屋と貸席とを兼たるものにて装飾極めて俗悪なり。現代人の嗜好を代表したるものと謂ふ可し。開業してわづかに両三日を経たるのみなるに、此夜既に結婚の披露らしきもの二組程もありたり。帰途寒月明なり。日比谷公園の落葉を踏んで帰る。

十二月三日。わが誕生の日なり。母上自製の西洋菓子を携へ来り訪はる。風出で寒気漸く甚しからむとす。懸賞応募脚本を閲読して夜半に至る。

十二月四日。今日より近鄰の山形ホテル食堂にて夕餉をなす事となしたり。内田魯庵翁其新著貘談一巻を寄贈せらる。

十二月五日。例年の如く松莚君居邸の午餐に招がる。大彦翁小山内氏も亦来る。花壇の雛頭霜に爛れて淋しげに立ちすくみたるさま、是亦去年の此日見たる所に異らず。帰途小川町角の仏蘭西書院に立寄る。これも亦去年の如し。

十二月六日。夜啞々子を招ぎ倶に帝国劇場懸賞脚本の検閲をなす。二更の後啞々子の帰るを送り寒月を踏んで葵橋に至る。

十二月七日。午後散策。日暮霊南阪を登るに淡烟蒼茫として氷川の森を蔽ふ。山形ホテルにて晩餐をなし家に帰りて直に筆を執る。

十二月八日。松莚子に招かれて風月堂に昼餐をなす。晴れてあたゝかなり。

十二月九日。雑誌女性の経営者中山某、小山内君と余とを丸の内工業倶楽部楼上の食堂に招ぎ昼餐を馳走せらる。夜啞々子の来るを待ち懸賞脚本の検閲をなす。

十二月十日。毎日天気よく風なし。夜帝国劇場に往き、それより清元秀梅を訪ひ烏森に飲む。

十二月十一日。寒気日に日に甚し。夜啞々子来り余に代りて懸賞脚本の閲読をなす。

十二月十二日。短篇小説起稾。

十二月十三日。金沢市今村次七君の来書に荅ふ。夜啞々子を待ちしが来らず。

十二月十四日。東仲通末広にて七草会例会あり。出席者松葉、清潭、錦花、大伍、吉井、及余の六人なり。夜松莚子と東京会館食堂にて晩餐をなす。

十二月十五日。曇りて暗き日なり。午後三時頃より燈火を点ず。地震両三回。夜に入り空晴れ星斗森然たり。

十二月十六日。帝国劇場懸賞募集脚本の閲読漸く終るを得たり。歌舞伎劇の脚本には見るに足るべきもの一篇もなし。現代劇脚本中にて僅に二三篇を択び得たるのみ。夜松莚子に招がれて風月堂に飰す。荒次郎、長十郎、小半次、左喜之助も来る。一同歳晩の銀座通を歩む。

十二月十七日。夜清元秀梅と烏森の某亭に逢ふ。秀梅は曾て梅吉の内弟子なりしが、何かわけありし由にて、其後は麻布我善坊の清元延三都といふ女師匠の許にて修業をなし、その札下の師匠となれるなり。去年の暮ふと飯倉電車通にて逢ひ立話せしが縁となりて、其後は折々わが家にも来るやうになりたり。今年の夏頃は牛込麴町辺の待合に度々連行きぬ。其後しばらく電話もかけ来らざれば如何せしかと思居たりしに、今月のはじめ又尋ね来れり。清元の事を音楽とか藝術とか言ひて議論する一種の新しき女なり。父は大阪の商人なる由。

十二月十八日。晩間東京会館にて帝国劇場募集脚本審査会議あり。始て坪内博士(79)に紹介せらる。博士は余が先考とは同郷の誼みもあり、共に大久保余丁町に住まはれしが、余は今日まで謦欬に接するの機なかりしなり。風貌永阪石埭翁に似たり。会議終りて後有楽座の久米氏に誘はれ、小山内氏と共に新橋博品館楼上の珈琲店に飲む。暫くにして市川猿之助来る。余猿之助と面接することを好まざれば席を立つて去る。此夜寒気稍忍易し。

十二月十九日。快晴。本月に入りて一日も雨なし。

十二月二十日。晩食前散歩。赤阪見附を過ぎし時、一群の鴻雁高く鳴きつれて薄暮の空を過ぐ。近年雁声を聞くこと罕なれば、路頭に杖を停めて其影を見送ること暫くなり。

十二月廿二日。銀座第百銀行に徃く。尾張町角にて新橋の妓鈴尾に逢ふ。鈴尾の曰く先日さる宴席にて外務省の御親類のお方にお目にかゝりしところ先生とは久しくお逢申さぬ故、其中どこか好き処にてお話し致したしと言い居られたりと。是余の従兄素川子(80)のことなるべし。十年あまり相見ざるなり。独素川子のみにはあらず、余は親類のものとは大正三年の秋以来故ありて、道にて逢ふことあるも、避けて顔を見られぬやうになし居れるなり。

十二月廿三日。冬の日窗を照して暖なり。終日机に凭る。啞々子書を寄す。晩食の後清元秀梅と銀座を歩む。

十二月廿四日。随筆の材料を求めむとて枕艸帋徒然艸を読む。寒風終日牖戸を動す。

十二月廿五日。帝国劇場楽屋にて生田葵山人に逢ふ。女優美津代、明子、松江等を拉して東洋軒に飰す。

十二月廿六日。七草会々員及松莚子門下の俳優一同と風月堂に会飲す。風静にして夜暖なり。

十二月廿七日。清元秀梅と神楽阪の田原屋に飲み、待合梅本に徃き、秀梅の知りたる妓千助といふを招ぐ。此夜また暖なり。

十二月廿八日。松莚子に招がれて神田明神境内の開花楼に徃く。川尻、岡、小山内の三氏亦招がる。この日雨あり。十二月に入りて始ての雨なり。

十二月廿九日。午後微雨。雑録耳無草執筆。夜、半輪の月明に、風静にして暖なり。秀梅と逢ふ。

十二月三十日。快晴。午後酒井晴次来訪。晡下銀座に徃き鳩居堂にて線香朱墨を購ふ。去大正八年の暮、この店頭にて偶然森先生に邂逅したりしことなど思起して悵然たり。昏暮中山太陽堂店員根本[81]氏来談。

十二月卅一日。午後松莚子細君門弟両三名を伴ひ、永阪[82]の更科にて年越蕎麦を喫したる帰途なりとて、草廬を訪はる。自働車にて浅草公園御国座に徃き、清潭[83]秀葉二子の新作狂言を観る。日暮劇場を出で仲店裏の牛肉店に入り黄金製の鍋にて肉を煮る。俗気もこゝに至れば滑稽にて罪なし。一同曲馬を看て後広小路のカツフヱーアメリカン[84]といふ洋食屋に憩ふ。以前松田とて人の知りたる料理屋の跡なり。鄰室に松崎天民[85]異様の風俗をなしたる女等と酒を飲み居たり。パンタライ社[86]とかいふ地獄宿の女なるべしと云ふ。松莚子は雷門より自働車にて去る。余は清潭、錦花、長十郎、荒次郎等、一同と電車にて銀座に出で、台湾茶店に憩ふ。此夜暖気春の如く街上散歩の男女踵を接す。資生堂角にて偶然田村百合子に逢ふ。岩村和雄わが盧に来りて宿す。

# 断腸亭日記巻之七大正十二年歳次癸亥

荷風年四十五

正月元旦。睡を貪つて正午に至る。晴れて暖なり。山形ほてるに赴き昼餐を食し、帰り来つて炉辺にヂットの作ワルテルの詩を再読す。日暮るゝや寒月忽皎々たり。晩餐の卓上葡萄酒数盃を傾く。風は寒けれど月のあかるさに、酔歩葵橋に至り電車にて松莚子を其邸に訪ふ。門弟相集り酒宴方に酣なり。十一時過莚升荒次郎の二優と自働車を与にして帰る。

正月二日。烈風暁に及ぶ。午に近く起出で顔を洗はむとするに、水道の水凍りゐたり。新に小説の稿を起さむとて黙想凝思徒に半日を費す。月明前夜の如し。

正月三日。晴天。寒気凛冽。水道午後に至るも氷猶解けず。アルフレット、モルチユー(1)著 Dramaturgie de Paris を読む。此夜旧暦十一月の望に当る。日没するや満月皎々。樹影窓紗に婆娑たり。晩餐の後銀座を歩む。商舗多くは戸を鎖し、行人跡を断つ。月光蒼然。街上に並木の影を描くのみ。帰途江戸見阪を登りてまた寒月を賞す。

正月四日。晴れて寒し。新聞紙の報道によれば大正七年以来の祁寒なりと云ふ。顧れば当時大久保の家に在りし時、満庭の霜午に至るも解けず、八手青木の葉は萎れて垂れ下り、蠟梅の花は半開きかけて萎れしことあり。麻布の爽塏は同じ山の手なれど、大久保辺に比すれば寒気稍寛なりと見え、霜柱少し。

正月五日。水道の水今朝は凍らず。雑誌女性の草稾をつくりし後、四谷の妓家に往きお房と飲む。

正月六日。机上の水仙花開く。

正月七日。松莚子風邪のため劇場欠勤の由新聞に見えたり。

正月八日。台湾喫茶店女給仕人百合子といへるもの(2)、浅草公園に往きたしと言ひければ、晡時自働車にて公園に赴き、活動写真館帝国館に入り、仲店にて食事をなし、安来節を看、広小路のアメリカンに憩ひ、タキシ自働車にて四谷愛住町なる女の家まで送り、麻布に帰る。方に夜半三更なり。此日の事元より偶然の興に過ぎざれど、他日笑草の種にもならむと、一切の費を記すれば、乗合自働車往道一円。活動小屋木戸銭一円五拾銭づゝ。食事五円。自働車帰途五円。百合子へ祝儀五円。其他総計拾八円ばかりなり。予二十歳の頃、始めて吉原に遊びし頃の事を追憶すれば物価の騰貴驚くの外なし。

正月九日。晴れて暖なり。午後一中節師匠菅野吟平(3)来訪。夜平沢哲雄(4)来談。薄暮雨あり。忽雪となる。

正月十日。松莚子の病を問ふ。寒風凛冽。厨房の水昼の中より凍りたり。

正月十一日。木曜会新年俳席。黒田湖山満洲より帰る。

正月十二日。銀座台湾茶亭にて唖々葵山の二子と飲む。南風吹つゞきて心地悪しきほどの暖気なり。市中雪解にて泥濘歩むべからず。

正月十三日。曇りて寒し。

正月十四日。雨ふる。冬の洋服を新調す。

正月十五日。雨。微恙あり。

正月十六日。病床温知叢書を読む。

正月十七日。厨房の水道鉄管氷結のため破裂す。電話にて水道工事課へ修繕をたのみしに、市中水道の破裂多く人夫間に合はず両三日は如何ともなし難しとの事なり。

正月十八日。夜平沢哲雄来談。新舞踊山霊といふ曲を考案し、近日猿之助をして演ぜしむる計画なりと云ふ。

正月十九日。風労未癒えず。枕上フローベルの語録を読む。

正月二十日。午後雪を催せしが夜に至り風吹起りて晴る。宵の中より水悉く凍る。病床読書。

正月廿一日。風南に転じ寒稍寛なり。久保田萬手紙にて三田東光閣(5)といふ書肆、三田鼇書と称する小説書類を刊行するに付、其の第一巻に予が二人妻を出したき由、問合せ来れり。午後女優小林延子年賀に来る。夜清元秀梅来る。

正月廿三日。早朝大石国手の許に電話をかけ病況を報じ調薬を請ふ。

正月廿四日。微雨雪となりしが須臾にして歇む。

正月廿五日。午後再び雪。夜半に歇む。半輪の月低く鄰家の屋上に現はる。窗外の雪景甚佳し。

正月廿六日。仏蘭西書院去年の秋注文の書冊を送り来る。伊太利亜歌劇此夜より十日間丸の内にて興行の由。病後寒気を恐れて行かず。秀梅来る。

正月廿七日。晴れて風寒し、屋上街路の雪倶に未解けず。午後二時頃地震ふ。

正月廿八日。帝国劇場(6)にトスカを聴く。

正月廿九日。晴天。

正月三十日。正午松莚子と風月堂に飰す。大石国手を訪ひしが不在なり。

正月卅一日。帝国劇場にトラキヤタを聴く。風なく夜寒からず。

二月一日。月明なり。帝国劇場にフォーストを聴く。廊下にて巌谷三一(7)に逢ふ。枕上仏蘭西作曲家モリス、ラヴヱル(8)の評伝を読む。

二月二日。晴

二月三日。晴

二月四日。帝国劇場聴歌の帰途生田葵山永井建子(9)の両氏と日比谷のカツフヱーに飲む。

二月五日。微恙あり。

二月六日。曇りて寒し。

二月七日。朝まだきより雪降り出し夜に入るも歇まず。

二月八日。雪ふりつゞきたり。屋根の上二尺ほどもつもる。薄暮に歇む。

二月九日。

二月十日。心地平生の如くならず、昼の中は熱なけれど夜深二時頃より悪寒甚しく、暁明に至りて去る。瘧なるべし。

二月十一日。机に凭りて筆乗らむとせしが、眩暈をおぼえて已む。

二月十二日。森先生全集第四巻出版。是第一回目の配本なり。

二月十三日。日々晴れて暖なり。

二月十四日。東伏見宮御葬儀の由にて、市兵衛町表通衣冠の人を載せたる自働車頻に来往するを見る。枕上鷗外先生全集第四巻を通読す。

二月十五日。病未癒えず。深更雨。

二月十六日。終日大雨。

二月十七日。曇りて寒し。雑誌女性のために短篇小説を草す。夜高橋君電話にて鎌倉より帰宅の由を告ぐ。枕上レニヱーの小説ペーシユレスを読む。

二月十八日。松莚子と風月堂に会す。

二月十九日。午後大石君を訪ふ。

二月二十日。昨夜枕上雨声を聴いて眠りしが、今朝起出るにいつか雪となれり。炉辺児嶋博士の支那文学考第二巻韻文考を読む。

二月廿一日。午頃より雨に交りて雪(10)また降る。街路忽沼の如し。

二月廿二日。松莚子と倶に帝国劇場に往く。

二月廿三日。池田大伍子と倶に松莚子の邸に招がる。夜暖なること四月の如し。

二月廿四日。午後雪。

二月廿五日。曇りて風寒し。

二月廿六日。帝国ホテルにて与謝野寛誕辰五十年の祝宴あり。

二月廿七日。春寒料峭。松莚子に招がれて風月堂に飲む。

二月廿八日。春寒くして梅花未開かず。秀梅に逢ふ。

三月一日。風なけれど天気猶暖ならず。

三月二日。

三月三日。春風嫋々。啞々子を毎夕新聞社に訪ふ。倶に牛込に飲む。

三月四日。松莚清潭の二子と風月堂に飲む。

三月五日。ラヂウムの治療を試みんがため日本橋高砂町阿部病院[11]に赴く。診察所にて藝者風の美人を見る。多年余の小説を愛読せりとて彼方より親し気に話しかくるなり。年は三十に近かるべし。深川冨岡門前に生れたる由にて深川座真砂座などの古き狂言、洲崎の燈籠、仁和加の事など語りつゞけぬ。阿部病院を出で本郷座に赴く。寒風吹起りて砂塵を巻く。此二三日夕刻に至るや必風吹出でゝ寒くなるなり。松莚出演の中幕を見て帰る。

三月六日。晴れて風寒し。

三月七日。帝国ホテルにて鷗外全集編纂会開かる。世話人はいつも与謝野氏なり。出席者桑木文学博士、入沢小金井の両医学博士、吉田増蔵、浜野知三郎、山田孝雄、森潤三郎、小山内薫、江南文三[12]、平野萬里、与謝野寛、鈴木春浦、其他なり。帰途小山内氏と築地の幸楽に一酌す。春寒料峭たり。

三月八日。細雨烟の如し。

三月九日。昼餉の後筆を秉らむとする時突然新演藝記者の訪問を受け、感興散逸して復筆を秉ること能はず。市中を散歩す。夜平沢哲雄其妻を伴ひ来訪す。

三月十日。鷗外全集第二回配本到着。夜帝国劇場に往く。偶然野口米次郎及夫人に逢ふ。小山内君作息子一幕を見て帰る。

三月十一日。玄文社合評会。帰途春雨霏々たり。

三月十二日。春雨歇まず。終日机に凭る。

三月十三日。松莚君と風月堂に昼餐を食す。風冷なり。

三月十四日。梅花開いて風卻て寒し。東仲通末広にて七草会例会。出席するもの松莚、大伍、紫紅、清潭、錦花、及余の六名なり。

三月十五日。春雨晩晴。泥濘の路を歩み高輪楽天居句会に往く。

三月十六日。信州南安曇郡の人平出氏書を寄せて先人の詩集を求む。直に一部を郵送す。

三月十七日。快晴。新橋の妓鈴乃に逢ふ。

三月十八日。南風頭痛を催さしむ。日暮俄に雨。

三月十九日。春雨烟の如し。草稾用罫紙を摺る。レニヱーの小説 La Double Maitresse

を読む。

三月二十日。春陰。

三月廿一日。松莚子に招がれて風月堂に飦す。

三月廿二日。帝国劇場を観る。深夜雨。

三月廿三日。九穂山人と南佐柄木町に飲む。春風冷なり。

三月廿四日。三年来飼馴らしたる青き鸚哥を籠のまゝ初瀬浪子の家に送る。余近日西京に遊ばむとするに付、小禽の始末をいかゞせむと思ひ煩ひゐたりしに、ふと芝居にて浪子に逢ひ、其家には既に文鳥かなりやなど飼へりとの事に、予が鸚哥を贈りしなり。正午酒井晴次君来談。山形ホテルにて食事を与にす。

三月廿五日。窗前瑞香花開く。

三月廿六日。松莚君と共に羽衣会の舞踊を観る。拙劣にて興味索然たり。

三月廿七日。夜九時半の列車にて京都に向ふ。車中クロオデルの東亜紀行を読む。

三月廿八日。午前十時過京都駅に着し東山ミヤコホテルに投宿す。此日暖気五月の如し。祇園の桜花忽開くを見る。夜島原に遊ぶ。

三月廿九日。午後より雨。気候再び寒冷となる。夜玉川屋に飲む。

三月卅日。終日散歩。夜九時半の汽車にて東帰の途に就く。

三月卅一日。朝十時新橋に着す。風月堂にて食事をなし家に帰る。門前の瑞香依然として馥郁たり。

四月一日。東京の桜花は未開かず。風烈し。夜松莚子に招かれて風月堂に飰す。

四月二日。晴天旬余。風強く塵烟雲の如し。市兵衛町表通の老桜三分通花ひらく。午後四谷のお房来りて書斎寝室を掃除す。夜随筆耳無草を草す。

四月三日。夜有楽座に往き小山内君に逢ふ。風冷なり。

四月四日。微恙あり。筆を秉りがたし。Georges Duhamel著(15) Paul Claudel の評伝を読む。

四月五日。風俄に寒く夜に入りて雨雪に変ず。

四月六日。寒雨霏霏たり。九穂山人と銀座に飲む。

四月七日。雨歇みしが空晴れず風冷なり。富士見町に往き賤妓鶴代と九段の花を見る。

四月八日。夕刻驟雨。

四月九日。午後外国語学校教授山内義雄(16)氏と共に、故上田博士令嬢瑠璃子を扶けて、雉子橋外仏国大使館に至り、大使クローデル氏に謁す。瑠璃子博士の詩集を大使に贈呈す。

四月十日。春風嫋々近巷の桃花李花皆開く。書肆東光閣より二人妻校正摺を送り来る。

四月十一日。快晴。正午松莚子に招かれ大伍清潭の二子と風月堂に往く。夜に至り雨ふる。

四月十二日。雨午後に晴る。

四月十三日。午後東光閣書店主人来談。

四月十四日。正午東仲通末広にて七草会例会あり。出席者松莚、紫紅、大伍、錦花、及余の五人に過ぎず。会散じて後紫紅大伍両君と電車通を歩み高嶋屋呉服店内陳列の絵画を一覧し、南伝馬町四辻の相互館の屋上に登り茶を喫す。春日駘蕩、品海の眺望甚佳し。晩餐の後有楽座に花柳踊さらひを観る。久米秀治と弥生に一酌して帰る。

四月十五日。晴天。風猶寒し。今年花開きてより気候順調ならず。

四月十六日。俄に暑くなりぬ。九穂子と清新軒に飲む。

四月十七日。夕方より風吹き出で大雨となる。枕上露伴子の潮待草を読む。

四月十八日。日の光夏らしくなれり。正午松莚子と風月堂に飰す。風吹出でしが雨にはならず。銀座より芝公園を歩みて帰る。

四月十九日。烟雨濛々たり。再び煖炉に火を置く。

四月二十日。晴れしが風猶冷なり。本年の春ほど気候不順なる時節は罕なるべし。宿痾よからず。深更雨。

四月廿一日。正午風月堂に招かれ松莚子細君及門下の俳優と昼餐を倶にす。曇りて風寒し。春陽堂店員来りて全集第二巻第五版四百九拾部の撿印を乞ふ。

四月廿二日。露伴先生の随筆讕言長語を一読せむと、春陽堂に注文せしが、二十余年ほどむかしの出版なれば品切なりといふに、是非なく神田神保町通の古本屋を尋ね歩みしが獲る所なし。銀座風月堂に飰して帰る。耳無草執筆。

四月廿三日。午前草花の種を蒔く。夜中洲河岸の平沢氏を訪ふ。

四月廿四日。午後散歩。三越呉服店にて洋傘靴足袋を買ふ。実はプラトン社より商品切手を贈られしが故なり。風寒く日暮雨となる。四月末の気候とは思はれず、煖炉に火を焚く。

四月廿五日。雨ふる。夜有楽座にて常磐津文字兵衛さらひあり。

四月廿六日。清元会。

四月廿七日。午後神田の古書肆を見歩き仏蘭西書院に立寄り新着の小説二三冊を求む。

四月廿八日。掃庭半日。ヱミル、ファゲヱ(17)の読書論をよむ。薄暮細雨糠の如く風竹淅瀝たり。耳無草第五回脱稾。

四月廿九日。夜松莚子の家に招がる。大伍、清潭、吉井、小山内の諸氏亦招がる。

四月三十日。曇りて風冷なり。庭の雑草を除く。夕根本氏来談。

五月一日。痔を患ひ午前谷泉氏の病院に徃く。

五月二日。朝台所にて牛乳をあたゝめ居たりしに、頻に表の呼鈴を鳴して案内を請ふものあり。戸を開くに洋服を着たる見知らぬ男、浅草田島町の金貸小室梅次郎といふ者より依頼されたる用件ありとて名刺を出し面談を請ふ。書斎に導くに其男直に折革包より一片の証書を示し、返済の期限は既に過きたり、いつ頃返済の見込なるやと言ふ。証書を見るに債務者の姓名は余と同じなれど、筆跡は全く別人なり。書面の原籍を見て考るに余と同姓同名(18)にて海軍造舩所技師を勤むる人なるが如し。余何故に之を知るやといへば、先年逗子の別荘売却の折、横須賀の登記所にて海軍技師をつとむる人にて余と同姓同名のものあるを知り、不思議の思をなしたる事あればなり。余審にこの事を語り人ちがひなる由を告げむとは思ひしかど、相手の態度甚無礼なれば翻弄するも一興なりと思ひ、此の証書に付きては少しく仔細あれば返金の如何は即答しがたしとて、押問答の末日を定めて再会する事となしたり。余と同名の人は旧幕府瓦解の当時若年寄をつとめし永井玄蕃頭の家を継ぎし人なり。曾て上野桜木町に邸宅ありしが今はいかゞなりしや。

五月三日。雨終日小止もなく降りつゞきたり。庭中の新緑仔細に看れば樹木によりて各趣を異にす。百日紅の若葉は金雞鳥の羽毛の如く、柿の若葉は楓と同じく浅き緑の色いふばかりなく軟なり。石榴の若芽は百日紅と相似たり。どうだんの若葉は楓に同じく、其の花の純白なるは梅花梔子花の如し。かなめの若葉は磨きたる銅の如くに輝きたり。椎樫の若芽は筆の穂に似たり。午後一葉全集の中たけくらべ濁江の二篇を読む。

五月四日。前夜の大雨に洗はれて道路泥濘なし。谷氏の病院より風月堂に赴き松莚子と昼餐をなす。日比谷公園を歩みて帰る。杜鵑花満開。

五月五日。夜帝国劇場に提琴の名手クライスラ(19)の演奏を聴く。生田葵山と電車を同くして帰る。

五月六日。立夏。曇りて夕暮より雨ふる。毎日筆を把れども感興来らず。ミユツセ(20)が世紀の児の告白を読む。深更地震。

五月七日。雨もよひの空なり。風呂場の窓にまつはりし郁子の蔓を解きて軒の棚に結ぶ。大正九年の五月この家に引き移りし時、植木屋福次郎郁子一株を持来りてこゝに植えしが、三年を過ぎたる今日、棚既に狭きばかりに生ひ繁りぬ。小なる白き花あまた咲きたれば今年は実をも結ふべし。

五月八日。終日雨歇まず。

五月九日。浜町阿部病院に往きラヂウム治療の後、毎夕新聞社に啞々子を訪ふ。その後健康次第に頽廃せしものゝ如く顔色憔悴し、歩行も難義らしく、散歩に誘ひしが辞して其家に帰れり。

五月十日。午後三菱銀行に往き、帝国劇場(21)に立寄る。昼夜とも女優劇の興行なり。日出子(22)小春の二女優と日比谷公園を歩み薄暮家に帰る。

五月十一日。内幸町国民図書会社へ車夫を差出し鷗外先生全集四月及五月刊行の分二冊を受取り来らしむ。図書会社は毎月製本出来次第配達する由なれど、我が家女中も留守番もなきため、配達の店員空しく立帰ること屢なりといふ。午後散歩。夜鷗外全集第七巻収載能久親王事蹟を読む。深夜雨声あり。風呂をたきて浴す。

五月十二日。鷗外全集第七巻所載の西周伝を読む。山形ホテル食堂にて夕餉をなし今井谷を歩む。谷町通西側の人家取払ひとなり道路広くなれり。電車やがて通ずるやうになる由なり。

五月十三日。麦藁帽子を購ふ。

五月十四日。築地酔仙亭にて七草会あり。出席者、綺堂、大伍、松莚、錦花、清潭、及予の六人なり。風湿気を含みて冷なること梅雨中の如し。夕刻腹痛を覚ゆ。

五月十五日。昨日の如く曇りて風冷なり。浜町阿部病院に往きラヂウム治療の後、深川辺を散歩せむと新大橋を渡りしが、風甚冷湿なれば永代橋より電車に乗り、銀座にて夕餉をなして家に帰る。此日午前邦枝完二来訪。夜ヱストニヱーの小説L'Appel de la Routeをよむ。

五月十六日。午後金沢市今村次七君来り訪はる。米国遊学の旧事を語り合ひて日の暮るゝを忘る。山形ホテル食堂にて晩餐を倶にす。雨ふり出して寒冷冬の如し。

五月十七日。曇りて寒し。午後東光閣書房主人来談。夜森先生の澀江抽斎伝を読み覚えず深更に至る。先生の文この伝記に至り更に一新機軸を出せるものゝ如し。叙事細密、気魄雄勁なるのみに非らず、文致高達蒼古にして一字一句含蓄の味あり。言文一致の文体もこゝに至つて品致自ら具備し、始めて古文と頡頏することを得べし。

五月十八日。快晴。気候順調となる。玄関の軒裏より羽蟻おびたゞしく湧出づ。

五月十九日。晴れて風爽なり。午後某雑誌記者の来訪に接したれば、家に在るや再びいかなる者の訪ひ来るやも知れずと思ひ、行くべき当もなく門を出でたり。日比谷より本所猿江行の電車に乗り小名木川に出で、水に沿うて中川の岸に至らむとす。日既に暮れ雨また来らむとす。踵を回して再び猿江裏町に出で、銀座にて夕餉を食し家に帰る。大正二三年のころ、五ツ目より中川逆井の辺まで歩みし時の光景に比すれば、葛飾の水郷も今は新開の町つゞきとなり、蒹葭の間に葭雀の鳴くを聞かず。たまく路人の大声に語行くを聞けば、支那語にあらざれば朝鮮語なり。此のあたりの工場には支那朝鮮の移民多く使役せらるゝものと見ゆ。

五月二十日。昨日の散策に興を催せしのみならず、鷗外先生の抽斎伝をよみ本所旧津軽藩邸附近の町を歩みたくなりしかば、此日風ありしかど午後より家を出づ。津軽藩邸の跡は今寿座といふ小芝居の在るあたりなり。総武鉄道高架線の下になりて汚き小家の立つゞくのみなり。緑町四丁目羅漢寺の小さき石門を過ぎたれば、一時この寺に移されたる旧五ツ目羅漢寺の事を問はむとせしが、寺僧不在にて得るところなし。江戸名所の五百羅漢は五ツ目より明治二十年頃この緑町に移されしが、後にまた目黒に移されたり。是予の知るところ也。

五月廿一日。風歇み蒸暑くなりて雨ふり出しぬ。深更に至りていよ〳〵降りまさりぬ。

五月廿二日。日本橋通高嶋屋呉服店三階にて松方幸次郎所蔵浮世絵展覧会[23]あり。欧洲大乱の際松方氏巴里にて有名なる版画蒐集家 Vever[24] 氏より譲受けしものなりと云。会場にて野口米次郎、市川三升、小村欣一[25]に会ふ。細雨歇まず街路沼の如し。

五月廿三日。雨ふりつゞきて心地爽かならず。机に凭りしが筆進まず頭痛岑々然たり。晡時中洲の平沢氏を訪ふ。

五月廿四日。両三年来神経衰弱症漸次昂進の傾あり。本年に至り読書創作意の如くならず。夜々眠り得ず。大石国手の許に使を遣し薬を求む。午後雨の晴間を窺ひ庭のどうだん黄楊の木などの刈込をなす。夜四谷の妓家にお房を訪ひ、帰途四谷見附より赤阪離宮の外墻に沿へる小路を歩みて青山に出で電車に乗る。曇りし空に半輪の月を見たり。

五月廿五日。昨夜大石君調剤の催眠薬を服用して枕に就きしが更に効験なし。松本泰端書を寄す。堀口大学シャールルイフイリツプ(26)の翻訳小説集を贈来る。昼餉の後神田神保町古書陳列売立の会に往く。

五月廿六日。午後小包郵便にて昨日購ひたる書冊到着したれば直に開きて見る。其中に講談速記雑誌百花園二百五六十冊あり。初号は明治二十二年の発行なり。下谷の祖母晩年病床にてこの雑誌を読み居られしことを思浮べ、なつかしきあまりに購ひたるなり。清親芳年等の挿絵の中には見覚あるものも尠からず。燈下耳無草を草す。僅二三枚にして歇む。

五月廿七日。松莚子夫婦と風月堂にて昼餉をなし、再び高嶋屋呉服店に至り、陳列の浮世絵を観る。中村歌右衛門(27)に逢ふ。松莚子は本郷座小雀会(28)を見に行かれしが、予は中途にて別れ、上野に出で、新開の駒込神明町を見歩き、大塚(29)にて鉄道院電車に乗りかへ、品川停車場より歩みて家に帰る。日既に暮る。夜海保漁村の漁村文話を読む。

五月廿八日。黄昏驟雨。

五月廿九日。終日家に在り。風呂場を掃除す。

五月三十日。神田錦町南明倶楽部に浮世絵売立会あり。品物には割合に良きもの多かりしが来会者至つて少し。此日曇りて風涼しく歩むによければ、神田橋より二重橋外に出で、愛宕山に登りて憩ひ、日暮家に帰る。初更雨烈しく降出しぬ。

五月三十一日。陰晴定りなく時々雨あり。三菱銀行より日本橋に出で大石君を訪ふ。夜また雨。

六月朔。松莚大伍の両子と風月堂にて晩餐をなし、銀座を歩みて京橋鴻の巣酒亭に憩ふ。主人奥田氏(30)現代文士画家の墨帖数冊を示さる。帰途大伍子と再び銀座を歩む。

六月二日。正午酒井晴次来訪。

六月三日。明治座(31)初日。大伍君作月佳夏夜話三幕を観むとて夕餉の後車を倩つて往く。帰途岡本綺堂、池田大伍、木村錦花、川尻清潭の諸家と偶然電車を同じくす。款話道の遠きを忘る。河原崎長十郎と桜田門にて電車を降り、歩みて家に帰る。夜静にして薫風嫋々たり。

六月四日。夕餉の後六本木通を散歩し、古本屋にて沢田東江の春宴帖一巻を獲たり。余東江の書風を好み、時々臨写す。墨帖の刊刻せられしもの今大抵蒐集し得たり。昨夜より今朝にかけて地震ふこと五六回なり。

六月五日。快晴。庭の松に毛虫多くつきたり。五月中雨多く晴れたる日稀なりしがためなるべし。此日庭樹に鵯四五羽飛来りて啼く。鵯は冬来りて春去るものなるに、今頃来るは気候年々甚しく不順の故ならむ歟。一昨年は蜩の蟬に先立ちて鳴きしことあり。冬至の頃鶯の鳴きし事もあり。

六月六日。晴。四谷のお房来る。

六月七日。園丁来りて庭樹の刈込をなす。夜谷町の古本屋を見歩きしが獲る所なし。

六月八日。北白川宮御葬儀の当日なりとて劇場休業す。松莚子門弟を従へ箱根に遊ぶ。電話にて同行を勧められしが、昨日より右の眼に物貰ひ出来て痛みあり。辞して往かず。朝より眼を洗ふこと屢なり。読書に堪えざるを以て、午後杖を江東に曳く。深川高橋より行徳通の石油発動船に乗り、中川を横り、西船堀の岸に上り放水路の坡上を歩む。西岸には工場立続きたれど東岸には緑樹欝蒼茅舎の散在するを見る。蘆荻深き処行々子の声騒然たり。船堀橋を渡り小松川城東鉄道停車場に至る時雨に逢ふ。今日見たりし放水路堤防の風景は恰も二十年前の墨堤に似たり。近郊の繁華寔に驚く可し。

六月十日。午後シヤトオブリアンの抜萃集を携へ、澀谷より電車にて玉川双子の渡に至り、沙上に横臥して読書黄昏に至る。夜雨あり。執筆深更に及ぶ。名古屋の人安藤次郎氏、也有、暁台、士朗、三家追善紀念会出品目録を送り来る。

六月十一日。曇りて風冷なり。清元秀梅来る。山内秋生郵書を以て唖々子の病甚軽からざる由を報じ来る。

六月十二日。正午酒井晴次君来談。山形ホテルにて食事をなし、相携へて東大久保村西向天神祠畔の寓居に唖々子の病を問ふ。甚しく気管支を害し、肺炎を起せしなりと云ふ。専心摂生に力めなば恢復の望未全く絶えたりとも言ひがたきやうなり。されど衰弱甚しく見るからに傷ましきさまなり。細君はさして心配の様子もなきやうなるは如何なる故歟。夕陽枕頭に映じ来る頃再見を約して去る。帰途旧宅断腸亭の門前を過ぎ、谷町通善慶寺の墓地に入り平秩東作の墓を掃はむと欲せしが、それらしきものを見ず。東作の建てたる其父母の墓と、又稲毛屋次郎右衛門と刻したるもの二基あり。寺僧不在なりしを以て過去帳をも見ること能はざりき。

六月十三日。雨ふる。

六月十四日。正午七草会新大橋際平田といふ[32]待合に開かる。出席する者綺堂、大伍、松莚、紫紅、鬼太郎、錦花、清潭、吉井、城戸、及予の十人なり。帰路大伍子と新大橋より川舩にて永代橋に至り、越前堀を歩み、鉄砲洲稲荷の境内を過ぎ、明石町に出づ。築地にて大伍子と別れ家に帰る。

六月十五日。夜若松家にて新演藝合評会あり。大伍子新作夏の夜話三幕を合評す。梅雨の空墨を流せしが如し。帰途幸にして雨に逢はず。

六月十六日。市川三升に招がれ築地の錦楽に飲む。

六月十七日。雨ふる。漁村文話を読む。黄昏雨晴れたれば谷町を歩み、西花園にて葡萄の盆栽を購ふ。四谷に往きお房を見る。

六月十八日。雨ふる。市兵衛町二丁目丹波谷といふ窪地に中村芳五郎といふ門札を出せし家あり。囲者素人の女を世話する由兼ねてより聞きゐたれば、或人の名刺を示して案内を請ひしに、四十ばかりなる品好き主婦取次に出で二階に導き、女の写真など見せ、其れより一時間ばかりにして一人の女を連れ来れり。年は二十四五。髪はハイカラにて顔立は女優音羽兼子(33)によく似て、身体は稍小づくりなり。秋田生れの由にて言語雅馴ならず。灯ともし頃まで遊びて祝儀は拾円なり。この女のはなしに此の家の主婦はもと仙台の或女学校の教師なりし由。今は定る夫なく娘は女子大学に通ひ、男の子は早稲田の中学生なりとの事なり。

六月十九日。霖雨初めて霽る。過日錦楽にて三升子より依頼されたる骨董店三登茂(34)開業の引札を草す。是日生田葵山新築の家に移りたる由、葉書を寄す。

六月二十日。雨ふる。二葉亭四迷の小説平凡を読む。秀梅来る。

六月廿一日。市川三升三登茂の主人を伴ひ来り訪はる。午後信託会社(35)に酒井君を訪ふ。

帰途雨。虎の門理髪店にて空の晴るるを待ち薄暮家に帰る。

六月廿二日。風雨一過。夜に入つて雲散じ月出づ。丹波谷に遊ぶ。

六月廿三日。新聞紙諸河の出水を報ず。

六月廿四日。酒井君余の鰥居を憫み、牛込にて其世話する女と其妹を伴ひ来り、家を掃除し、寝具を日に曝し、半日はたらきて去る。夕餉の後、狸穴町を散歩し、家に帰るや直に執筆。夜半に及ぶ。

六月廿五日。二葉亭の浮雲、其面影の諸作を再読す。

六月廿六日。晴れて風涼し。松莚子来り訪はる。

六月廿七日。午後母上来り訪はる。夕方より雨。

六月廿八日。松莚子邸小集。月佳し。

六月廿九日。毅堂集を読む。

六月三十日。松莚子に招かれて風月堂に飲む。

七月朔。淫雨。風邪にて臥牀に在り。駿台雑話を読む。

七月二日。晴。

七月三日。午後清元秀梅と青山墓地を歩む。雨に逢ひ四谷荒木町の茶亭に憩ふ。夜電燈消滅、夜半一時に至りて初めて点ずるを得たり。

七月四日。積雨始めて霽る。四鄰物洗ふ水の音終日絶えず。

七月五日。日暮風雨。丹波谷の女を見る。

七月六日。昼の中雨歇みしが夕刻よりまた降り出しぬ。

七月七日。曇りて風涼し。午後電車にて柳島に至り、京成電車に乗換へ、市川に遊ぶ。帰途人力車を雇ひ江戸川堤を下り小松川橋に至る。途上老車夫と語るに、先年大田南岳の家に出入せし由にて、南岳市川にて溺死の時のことなども能く知りゐたり。小松川橋を渡り、放水路堤防にて車を下り、日暮銀座に飰して家に帰る。

七月八日。午前愛宕下谷氏の病院に往く。待合室にて偶然新聞紙を見るに、有嶋武郎波多野秋子(36)と軽井沢の別荘にて自殺せし記事あり。一驚を喫す。夜松莚君及細君と有楽座に往き藤陰会(37)踊さらひを看る。

七月九日。風雨午後に歇む。森先生の小祥忌なり。墓参の帰途明星社の同人酒亭雲水に会して晩餐をなす。賀古小金井の両先生、千葉掬香(38)氏も来会せられたり。

七月十日。伊沢蘭軒伝を熟読す。夜秀梅を訪ふ。

七月十一日。正午酒井晴次来談。午後速達郵便にて井上唖々子逝去の報来る。夕餉を食して後東大久保の家に赴く。既に霊柩に納めたる後なり。吊辞を述べ焼香して帰る。電車にて西村渚山人に逢ふ。

七月十二日。午後井上君宅にて告別式執行せらる。葬儀は家人のみにてなす由なり。晩間風月堂に往きて松莚子に逢ふ。明朝出発。静岡岐阜より伊勢路を興行し月末帰京の由。

七月十三日。時々驟雨。午後浅利鶴雄(39)帝国劇場用事にて来談。

七月十四日。早朝腹痛甚しく下痢を催す。使を中洲病院に走らせ薬を求む。午後下痢少しく歇む。

七月十五日。梅雨既にあけたれど淫雨猶晴れず。鄰家の人傘さしかけ、雨ふる戸口に盂蘭盆の迎火を焚く。情趣却て晴夜にまさるものあり。

七月十六日。雨やまず、書窗冥々。洞窟の中に坐するが如し。紫陽花満開なり。

七月十七日。曇りて蒸暑し。終日伊沢蘭軒の伝を読む。晩食の後丸の内の劇場に往き女優と談笑す。帰宅の後再び蘭軒の伝を読み暁三時に至る。雨中早くも雞鳴を聴く。

七月十八日。今日も終日蘭軒の伝を読む。

七月十九日。始めて快晴の天気となる。植木屋福次郎来りて庭を掃ふ。夜深驟雨。

七月二十日。山本一郎(40)氏の端書を得たり。予二十五歳初めて亜米利加に渡航せし時、山本氏がタコマの家に寄寓し、一年を送りたり。山本氏はその頃年既に四十を越え、横浜古谷商店の米国支店顧問役なりき。本年日本に帰り鎌倉に卜居したりと云。雨歇み俄に暑し。

七月廿一日。いよ〳〵暑し。夜秀梅を訪ふ。

七月廿二日。浅利生来訪。夜有楽座に往く。

七月廿三日。風あり。暑気稍忍び易し。

七月廿四日。

七月廿五日。伊沢蘭軒読了。

七月廿六日。帝国劇場女優二三人と丸の内東洋軒に晩餐をなす。この夜炎蒸甚し。浅利生と南佐柄木町弥生に少憩し、鈴乃峯龍の二妓と自働車にて上野公園を一周して家に帰る。

七月廿七日。小庭の樹木年々繁茂し、今年は書窗炎天の日中も猶暗きを覚るほどになりぬ。毅堂鷲津先生の事蹟を考證せんと欲す。

七月廿八日。松莚子昨夕帰京。今夕風月堂に相逢ふ。銀座通納涼の人踵を接す。炎熱堪ふべからず。家に帰れば庭樹の梢に月あり。清風竹林より来り、虫声秋の如し。

七月二十九日。午後遠雷殷々。驟雨来らむとして来らず。炎蒸最甚し。

七月三十日。午睡わづかに苦熱を忘る。燈下梧窗漫筆を読む。

七月卅一日。

八月朔。夜帝国劇場に往く。狂言は河合伊井一座の壮士芝居なり。暑気甚しければ廊下にて涼を納め狂言は見ず。長崎(41)小山内の二氏と弥生に飲む。新橋の妓じつ子とかいへるもの、過日有嶋武郎と情死せし秋子の夫波多野に同情し、近日結婚する由。妓輩の談によれば、じつ子は先年英国皇族来朝の際、その枕席に侍し莫大の金を獲たり。之を持参金となし、秋子の良人と結婚せば必世に名を知らるべしとて、名を売りたき一心にて結婚を思立ちしなりとぞ。果して然らば当世の人情ほど奇々怪々なるはなし。

八月二日。芝浦の酒楼いけすにて木曜会酒宴の催ある由聞きしが、時節柄魚類を口にする事を欲せざれば行かず。此日終日涼風あり。夜梧窗漫筆を読む。

八月三日。微恙あり。読書興なし。

八月四日。風ありて涼し。鷲津先生事蹟考證のため春濤詩鈔東京才人絶句を読む。

八月五日。

八月六日。午後遠雷の響を聞き驟雨を待ちしが来らず。七月二十日頃より雨なく、庭の土乾きて瓦の如くになれり。窗前の百日紅夾竹桃いづれも花をつけず。

八月七日。炎暑前日の如し。晩餐の後谷町通を散歩し、古本屋の店頭にてふと文章大鑑なる一書を把つて見る。書中余の文を採録すること二三篇に及ぶ。是今日まで予の知らざりし所なり。此書大正五年再版とあり、書肆は本郷追分町三十番地土屋書店、編輯名義人は鷲尾義直(42)とあり、奸商のなす所憎むべきなり。

八月八日。立秋なり。蔵書を曝す。

八月九日。平沢生来る。山形ホテルにて夕餉をともにす。夜に入るも風なく炎蒸甚し。

五山堂詩話を読む。

八月十日。晩間風歇み電光物すごし。初更雨来る。

八月十一日。夜驟雨雷鳴。秀梅を訪ふ。

八月十二日。岩村数雄浅利鶴男来訪。

八月十三日。夜神田今川小路松雲堂を訪ひ、天保以降梓行の詩文集若干を購ふ。

八月十四日。秋暑益甚し。勉強して筆を把る。夜大沼枕山(43)の詩鈔を繙く。

八月十五日。鷲津貞二郎の返書を得たり。

八月十六日。晩風俄に冷なり。

八月十七日。雑誌女性原稟執筆。夜秀梅を訪ふ。

八月十九日。曇りて涼し。午後谷中瑞輪寺に赴き、枕山の墓を展す。天龍寺とは墓地裏合せなれば、毅堂先生の室佐藤氏の墓を掃ひ、更に天王寺墓地に至り鷲津先生及外祖母の墓を拝し、日暮家に帰る。

八月二十日。終日星巌集を読む。晩間酒井来談。

八月廿一日。午前三番町二七不動祠後岩渓裳川先生の寓居を訪ひ、春濤詩鈔(45)のことにつきて教を乞ふ。

八月廿二日。午後驟雨雷鳴。夕餉の後過日谷中瑞輪寺にて聞合せたる大沼氏の遺族(46)を下六番町に訪ふ。

八月廿三日。腹痛下痢。

八月廿四日。午後三田聖阪上薬王寺に赴き、枕山の父大沼竹渓及大沼氏累代の墓を展す。墓誌を写しゐる中驟雨濺来る。本堂に入り住職に面会し、空の霽るゝを待つ。家に帰れば既に黄昏なり。燈前竹渓詩鈔を読む。

八月廿五日。九段下古書肆松雲堂に赴き、嚶鳴館遺槀(ママ)其他数種を購ふ。

八月廿六日。午前下谷区役所に赴き大沼氏の戸籍を閲覧す。午後堀口大学氏来訪。晩間大久保村母上来り訪はる。

八月廿七日。夕刻驟雨。

八月廿八日。松莚子と風月堂に会す。初更雷雨。秀梅を訪ふ。

八月廿九日。午前下谷竹町なる鷲津伯父(47)を訪ひ追懐の談を聴く。毅堂枕山二先生事蹟考證の資料畧取揃ひ得たり。

八月三十日。午後川尻清潭氏河合演劇脚本選評の謝礼参拾円を持参せらる。夕刻松莚子に招がれ風月堂に往き、其家人門弟と会食す。浅倉書店より豬飼敬所(48)の読礼肆考、小原鉄心(49)の遺稾を送り来る。

八月三十一日。終日鷲津先生事蹟考證の資料を整理す。晩餐の後始めて考證の稾を起す。深更に至り大雨灑来る。二百十日近ければ風雨を虞れて夢亦安からず。

九月朔。曶爽雨歇みしが風猶烈し。空折々掻曇りて細雨烟の来るが如し。日将に午ならむとする時天地忽鳴動す。予書架の下に坐し嚶鳴館遺草を読みゐたりしが、架上の書帙頭上に落来るに驚き、立つて窗を開く。門外塵烟濛々殆咫尺を辨せず。児女雞犬の声頻なり。塵烟は門外人家の瓦の雨下したるが為なり。予も亦徐に逃走の準備をなす。時に大地再び震動す。書巻を手にせしまゝ表の戸を排いて庭に出でたり。数分間にしてまた震動す。身体の動揺さながら船上に立つが如し。門に倚りておそる〳〵吾家を顧るに、屋瓦少しく滑りしのみにて窗の扉も落ちず。稍安堵の思をなす。昼餉をなさむとて表通なる山形ホテルに至るに、食堂の壁落ちたりとて食卓を道路の上に移し二三の外客椅子に坐したり。食後家に帰りしが震動歇まざるを以て内に入ること能はず。庭上に坐して唯戦々兢々たるのみ。物凄く曇りたる空は夕に至り次第に晴れ、半輪の月出でたり。ホテルにて夕餉をなし、愛宕山に登り市中の火を観望す。十時過江戸見阪を上り家に帰らむとするに、赤阪溜池の火は既に葵橋に及べり。河原崎長十郎一家来りて予の家に露宿す。葵橋の火は霊南阪を上り、大村伯爵家(50)の鄰地にて熄む。吾廬を去ること僅に一町ほどなり。

九月二日。昨夜は長十郎と庭上に月を眺めて暁の来るを待ちたり。長十郎は老母を扶け赤阪一木なる権十郎の家に行きぬ。予は一睡の後氷川を過ぎ権十郎を訪ひ、夕餉の馳走になり、九時頃家に帰り樹下に露宿す。地震ふこと幾回なるを知らず。

九月三日。微雨。白昼処々に放火するものありとて人心恟々たり。各戸人を出し交代して警備をなす。梨尾君(51)来りて安否を問はる。

九月四日。叨爽家を出で青山権田原を過ぎ、西大久保に母上を訪ふ。近巷平安無事常日の如し。下谷鷲津氏の一家上野博覧会自治館跡の建物に避難すと聞き、徒歩して上野公園に赴き、処々尋歩みしが見当らず、空しく大久保に戻りし時は夜も九時過ぎなり。疲労して一宿す。この日初めて威三郎の妻を見る。威三郎とは大正三年以後義絶の間柄なれば、其妻子と言語を交る事は予の甚快しとなさゞる所なれど、非常の際なれば已む事を得ざりしなり。

九月五日。午後鷲津牧師大久保に来る。谷中三崎に避難したりといふ。相見て無事を賀す。晩間大久保を辞し、四谷荒木町の妓窩を過ぎ、阿房の家に憩ひ甘酒を飲む。塩町郵便局裏木原といふ女の家を訪ひ、夕餉を食し、九時家に帰る。途中雨に値ふ。

九月六日。疲労して家を出る力なし。横臥して小原鉄臣(ママ)の亦奇録を読む。

九月七日。昼夜猶軽震あり。

九月八日。午後平沢生来訪。

九月九日。午前小山内吉井両君太陽堂番頭根本氏と相携へ見舞に来る。小山内君西洋探険家の如き軽装をなし、片腕に東京日々新聞記者と書きたる白布を結びたり。午後平沢夫婦来訪。つゞいて浅利生来り、松莚子滝野川の避難先より野方村に移りし由を告ぐ。此日地震数回。夜驟雨あり。

九月十日。昨夜中洲の平沢夫婦三河台内田信哉(52)の邸内に赴きたり。早朝往きて訪ふ。雨中相携へて東大久保に避難せる今村といふ婦人を訪ふ。平沢の知人にて美人なり。

九月十一日。雨晴る。平沢今村の二家偏奇館に滞留することゝなる。

電車昨日より山の手の処々運転を開始す。不在中市川莚升河原崎長十郎来訪。

九月十二日。窗外の胡枝花開き初む。

九月十三日。大久保より使の者来り下谷の伯父母大久保に来り宿せる由を告ぐ。

九月十四日。早朝大久保に赴き鷲津伯父母を問安す。夕刻家に帰る。

九月十五日。時々驟雨。余震猶歇まず。

九月十六日。午後松莚子細君を伴ひ来り訪はる。野方村新居の近鄰秋色賞すべきものありとて頻に来遊を勧めらる。松莚君このたびの震災にて、多年集蒐に力めたる稀書絵畫のたぐひ、悉く灰燼になせし由。されど元気依然として潑剌たるは大に慶賀すべし。

九月十七日。両三日前より麻布谷町通風呂屋開業せり。今村令嬢平沢生と倶に行きて浴す。心気頗爽快を覚ゆ。

九月十八日。災後心何となくおちつかず、庭を歩むこともなかりしが、今朝始めて箒を取りて雨後の落葉を掃ふ。郁子からみたる窗の下を見るに、毛虫の糞おびたゞしく落ちたり。郁子には毛虫のつくこと稀なるに今年はいかなる故にや怪しむべき事なり。正午再び今村令嬢と谷町の銭湯に往く。

九月十九日。旦暮新寒脉々たり。萩の花さきこぼれ、紅蜀葵の花漸く尽きむとす。虫声喞々。閑庭既に災後凄惨の気味なし。湖山楼詩鈔を読む。

九月二十日。午前河原崎権十郎、同長十郎、川尻清潭、相携へて来り訪はる。午後驟雨あり。小野湖山(53)の火後憶得詩を読む。門前の椿に毛虫つきたるを見、竹竿の先に燭火を点じて焼く。

九月廿一日。午後酒井晴次来談。夜雨霏霏たり。

九月廿二日。雨後風俄に冷なり。十月末の如し。感冒を虞れ冬の洋服を着る。月あきらかなり。

九月廿三日。朝今村お栄と谷町の風呂屋に赴く。途上偶然平岡畫伯に邂逅す。其一家皆健勝なりといふ。午後菅茶山(54)が筆のすさみを読む。曇りて風寒し。少しく腹痛あり。夜電燈点火せず。平沢夫婦今村母子一同と湯殿の前なる四畳半の一室に集り、膝を接して暗き燭火の下に雑談す。窗外風雨の声頻なり。今村お栄は今年二十五歳なりといふ。実父は故ありて家を別にし房州に在り、実母は藝者にてお栄を生みし頃既に行衛不明なりし由。お栄は父方の祖母に引取られ虎の門の女学館に学び、一たび貿易商に嫁し子まで設けしが、離婚して再び祖母の家に帰りて今日に至りしなり。其間に書家高林五峯俳優河合の妾になりゐたる事もありと平沢生の談なり。祖母は多年木挽町一丁目萬安の裏に住み、近鄰に貸家多く持ち安楽に暮しゐたりしが、此の度の災火にて家作は一軒残らず烏有となり、行末甚心細き様子なり。お栄はもと／＼藝者の児にて下町に住みたれば言語風俗も藝者そのまゝなり。此夜薄暗き蠟燭の光に其姿は日頃にまさりて妖艶に見え、江戸風の瓜実顔に後れ毛のたれかゝりしさま、錦絵ならば国貞か英泉の画美人といふところなり。お栄この月十日頃、平沢生と共にわが家に来りてより朝夕食事を共にし、折々地震の来る毎に手を把り扶けて庭に出るなど、俄に美しき妹か、又はわかき恋人をかくまひしが如き心地せられ、野心漸く勃然たり。ヱドモン、ジャルー(55)の小説 Incertaine の記事も思合されてこの後のなりゆき測り難し。

九月廿四日。昨来の風雨終日歇まず。寒冷初冬の如し。夜のふくるに従ひ風雨いよ〳〵烈しくなりぬ。偏奇館屋瓦崩れ落ちたる後、修葺未十分ならず。雨漏甚し。

九月廿五日。午岩村数雄来る。昨夜の風雨にて庭のプラタン樹一株倒れたり。その他別に被害なし。正松莚子門弟一座の者に衣食の道を得せしめんがため、近日関西に引移る由、岩村生の語るところなり。また清奇水の如し。暦を見るに八月十五夜なり。此日一天拭ふが如く日光清澄なり。夜に入り月光能はず。災後偶然この良夜に遇ふ。感慨なき

九月廿六日。本月十七八日頃の新聞紙に、予が名儀にて老母死去の広告文ありし由、弔辞を寄せらるゝ人尠からず。推察するに是予と同姓同名なる上野桜木町の永井氏の誤なるべし。本年五月同名異人とは知らずして、浅草の高利貸予が家に三百代言を差向けたることもあり。諺にも二度あることは三度ありといへば、此の次はいかなる事の起来るや知るべからず。此日快晴日色夏の如し。午後食料品を購はむとて澀谷道玄阪を歩み、其の辺の待合に憩ひて一酌す。既望の月昼の如し。地震昼夜にわたりて四五回あり。

九月廿七日。心身疲労を覚え、終日睡眠を催す。読書に堪えざれば近巷を散歩し、丹

波谷の中村を訪ふ。私娼の周旋宿なり。此夜月また佳し。

九月廿八日。震災見舞状を寄せられし人々に返書を郵送す。

九月廿九日。中野なる松莚子が僑居を訪はむと家を出でしが、電車雑沓して乗ること能はず。新宿より空しく帰る。

九月三十日。曇りて午後より小雨ふる。植木屋福次郎来りて災後荒蕪の庭を掃ひ、倒れし樹木を起したり。夜豪雨。枕上柳里恭(56)の雲萍漫筆を読む。

十月朔。災禍ありてより早くも一個月は過ぎたり。予が家に宿泊せる平沢夫婦朝より外出せしかば、家の内静になりて笑語の声なく、始めて草廬に在るが如き心地するを得たり。そも〳〵平沢夫婦の者とはさして親しき交あるに非らず。数年前木曜会席上にて初めて相識りしなり。其後折々訪来りて頻に予が文才を称揚し、短冊の揮毫を請ひなどせしが、遂に此方よりは頼みもせぬに良き夫人をお世話したしなど言出だせしこともありき。大地震の後一週間ばかり過ぎたりし時、夫婦の者交る〳〵来り是非にも予が家の御厄介になりたしといふ。情なくも断りかね承諾せしに、即日車に家財道具を積み載せ、下女に曳かせ、飼犬までもつれ来れり。夫平沢は年二十八歳の由、三井物産会社に通勤し居れど、志は印度美術の研究に在りと豪語せり。女は今年三十三とやら。本所にて名ある呉服店の女の由。中洲河岸に家を借り挿花の師匠をなし居たるなり。現代の雑誌文学にかぶれたる新しき女にて、知名の文士画家または華族実業家の門に出入することを此上もなき栄誉となせり。色黒くでぶ〳〵したる醜婦にて、年下の夫を奴僕の如くに使役するさま醜猥殆ど見るに堪えず。曾我の家の茶番狂言などには適切なるモデルなり。凡そ女房の尻に敷かるゝ男の例は世上に多けれど、此の平沢の如きは蓋稀なるべく、珍中の珍愚中の愚と謂ふべし。近年若き学生など年上の醜婦に取入り其の歓心を得ることを喜ぶもの多くなりし由は、予も屢耳にせし所なり。されど其の最醜劣なる実例を日々目睹するに至つては、流石の予も唯驚歎するのみにして言ふべき言葉もなし。

十月二日。午後赤阪麹町の焼跡を巡見し、市ヶ谷より神楽阪に至る。馴染の一酒亭に登り妓を招ぎて一酌す。勘定は凡て前払ひにて、妓は不断着のまゝにて髪も撫付けず、三味線も遠慮してひかず、枕席に侍する事を専とす。山の手藝者の本領災後に至つていよ〳〵時に適したり。日暮驟雨。

十月三日。快晴始めて百舌の鳴くを聞く。午後丸の内三菱銀行に赴かむとて日比谷公園を過ぐ。林間に仮小屋建ち連り、糞尿の臭気堪ふ可からず。公園を出るに爆裂弾にて警視庁及近傍焼残の建物を取壊中往来留となれり。数寄屋橋に出で濠に沿ふて鍛治橋を渡る。到る処糞尿の臭気甚しく支那街の如し。帰途銀座に出で烏森を過ぎ、愛宕下より江戸見阪を登る。阪上に立つて来路を顧れば一望唯渺々たる焦土にして、房総の山影遮るものなければ近く手に取るが如し。帝都荒廃の光景哀れといふも愚なり。されどつら〳〵明治以降大正現代の帝都を見れば、所謂山師の玄関に異ならず。愚民を欺くいかさま物に過ぎざれば、灰燼になりしとてさして惜しむには及ばず。近年世間一般奢侈驕慢、貪欲飽くことを知らざりし有様を顧れば、この度の災禍は実に天罰なりと謂ふ可し。何ぞ深く悲しむに及ばむや。民は既に家を失ひ国帑亦空しからむとす。外観をのみ修飾して百年の計をなさゞる国家の末路は即此の如し。自業自得天罰覿面といふべきのみ。

十月四日。快晴。平沢生と丸の内東洋軒にて昼餉を食す。初更強震あり。

十月五日。曇天。深夜微雨。

十月六日。秋霖霏々。腹痛を虞れ懐炉を抱く。

十月七日。雨歇まず風声蕭条たり。燈下拙堂文話を読む。

十月八日。雨纔に歇む。午後下六番町楠氏方に養はるゝ大沼嘉年刀自を訪ひ、災前借来りし大沼家過去帳写を返璧す。刀自は枕山先生の女、芳樹と号し詩を善くす。年六十三になられし由。この度の震災にも別条なく平生の如く立働きて居られたり。旧時の教育を受けたる婦人の性行は到底当今新婦人の及ぶべき所にあらず。日暮雨。夜に入つて風声淅々たり。

十月九日。曇りて風なし。午後日ヶ窪より麻布古川橋に出で網代町の藝者町を過ぐ。此辺一帯にもとは塵芥捨場にて、埋立地なれば、酒楼妓家或は傾き或は崩れたるもの尠からず。大工左官頻に修復をいそげるが中に、妓は粉飾して三々五々相携へて弘めをなせり。偶然曾て富士見町にて見知りたる女二三人に逢ふ。いづれも火災に罹り此地に移りて稼ぐといふ。毎日十四五人づゝおひろめ有りとの事なり。

十月十日。くもりて時々小雨あり。

十月十一日。午後お栄を伴ひ丸の内三菱銀行に赴き、帰途新富町なるお栄が家の焼跡を見歩き、築地より電車にて帰る。

十月十二日。風雨終夜窗を撲つ。屋漏甚しく舩中に坐するの思あり。

十月十三日。再びお栄を伴ひ三菱銀行に赴く。馬場先門外より八重洲町大通、露店櫛比し、野菜牛肉を売る。帰途東洋軒にて偶然松本錦升子(57)に逢ふ。子の老父藤間勘翁は安政の大地震に逢ひたる経験あれば、此の度は未火の起らざる中早くも人力車に夜具と米味噌とを積み、浜町の家を出で二重橋外へ来りしに、僅に一組の家族の避難せるのみにて、勘翁は第二着の避難者なりしと。錦升子の談なり。錦升子此日米国兵卒の着用するが如き黄色の洋服をきたり。大阪にて購ひしもの、上下一着其価九円なりしと云ふ。

十月十四日。夜微雨。拙堂文話を読む。

十月十五日。積雨午後に至つて霽る。丹波谷の地獄宿中村を訪ふ。

十月十六日。災後市中の光景を見むとて日比谷より乗合自働車に乗り、銀座日本橋の大通を過ぎ、上野広小路に至る。浅草観音堂の屋根広小路より見ゆ。銀座京橋辺よりは鉄砲洲泊船の帆柱もよく見えたり。池ノ端にて神代君(58)に逢ふ。精養軒に一茶す。神代君は曾て慶応義塾図書館々員たり。集書家として好事家の間に知られたる人なり。此の度の災禍にて安田氏が松の家文庫また小林氏が駒形文庫等の書画烏有となりし事を語りて悵然たり。弥生岡に日影の稍傾きそめし頃広小路に出でゝ別れ、自働車にて帰宅す。燈下堀口大学氏翻訳小説青春の焔の序を草す。深夜雨を聞く。

十月十七日。鷲津家の祖幽林翁(59)の事を問はむが為、尾張国丹羽郡なる鷲津順光翁(60)のもとに書簡を送る。午後青山より四谷に出で赤阪を横ぎりて帰宅す。此日天気快晴。高樹町の辺楓樹少しく霜に染むを見たり。本年の寒去年に比して早きを知るべし。

十月十八日。快晴。午後中野村に往き松莚子の僑居を訪ふ。家に在らず。留守居の門弟市川莚八及び莚若の実父某と談話し、日の没せざる中急ぎて中野駅に至る。汽車幸に雑沓せず。

十月十九日。災前堀口氏より依頼せられし序文を浄書して郵送す。

十月二十日。午後河原崎長十郎来り訪ふ。松莚子今朝上野を出発、北陸道をめぐり京都に赴くといふ。夜に入り半輪の月明なるに、時々驟雨来る。

十月廿一日。晴れて蒸暑し。午後書斎を掃ひ、硝子戸を拭ふ。燈下拙堂文話を読む。

十月廿二日。小春の好天気打つゞきたり。黄花馥郁。

十月廿三日。日暮六本木市三阪商家より失火。四五軒焼けたり。

十月廿四日。鄰家の柿葉霜に染み山茶花開く。晩風蕭条。

十月廿五日。曇りて風寒し。この日平沢夫婦吾家を去り下総市川に移る。

十月廿六日。平沢去りて家の内静になりたれば、書斎の塵を掃ひ書架を整理す。

十月廿七日。今村お栄祖母と共に吾家を去り、目白下落合村に移居す。

十月廿八日。久米秀治帝国劇場用務を帯び近日洋行の由。送別の宴を神楽阪上の川鉄に設く。世話人久保田萬。来会するもの水上、小島、宇野、及余なり。

十月廿九日。瓦師来り屋根を修復す。見積書を見るに参百弐拾円なり。午後お栄を訪ふ。

十月三十日。南風吹きて暖なり。午後お栄来る。

十月三十一日。暴暖昨日よりも更に甚し。歩めば汗流るゝばかりなり。初更霞町に火事あり。人々火事といへば狼狽すること少女の如し。近巷弥次馬にて雑沓す。

十一月朔。風烈しく空曇りて暖気初夏の如し。夜高輪楽天居にて木曜会句会あり。参集するもの湖山、渚山、葵山、野圃、夾日、三一、兎生等なり。苦吟中驟雨来る。小波先生震災の紀念にとて、被害の巷より採拾せし物を示さる。神田聖堂の銅瓦の破片、赤阪離宮外墻の屋根瓦、浅草寺境内地蔵堂に在りし地蔵尊の首等なり。地蔵の首は避難民の糞尿うづだかき中より採取せられしなりと云ふ。先生好事の風懐、災後人心殺伐たるの時一層敬服すべきなり。深夜強震あり。

十一月二日。日色晩夏の如し。気候甚順調ならず。春陽堂支配人林氏来りて拙著全集紙型焼失したれば、近日再び排印に取掛りたしといふ。

十一月三日。夕暮に至り風忽寒し。鷲津毅堂大沼枕山二家の伝を起草す。題して下谷のはなしとなす。

十一月四日。快晴。終日机に凭る。

十一月五日。払暁強震。午後丹波谷の中村を訪ふ。震災後私娼大繁昌の由。

十一月六日。午後駒込千駄木町に避難せし大石君を訪ふ。既に去りて札幌に赴き、同地にて当分開業の由。空しく帰宅す。

十一月七日。終日家に在り。執筆夜半に至る。

十一月八日。木曜会。

十一月九日。午前酒井君来談。客月吾家に避難せしお栄を迎へ家事を執らしむべき相談をなす。

十一月十日。目白落合村の僑居にお栄を訪ひ日暮帰宅。下谷のはなし執筆、深更に至る。

十一月十一日。吾家の門前より崖づたひに谷町に至る阪上に道源寺といふ浄土宗の小寺あり。朝谷町に煙草買ひに行く時、寺僧人足を雇ひ墓地の石垣の崩れたるを修復せしめ居たり。石垣の上には寒竹猗々として繁茂せるを、惜し気なく掘捨て地ならしをなす。予通りかゞ(ママ)りに之を見、住職に請ひ人足には銭を与へて、其一叢を我庭に移し植えさせたり。寒竹は立冬の頃筍を生ずるものにて、其の頃に植れば枯れざる由。曾て種樹家より聞きし事あり。午後二時過、酒井君お栄の手荷物を扶け持ち自働車にて来る。お栄罹災後は鏡台もなく着のみ着のまゝの身なれば、手荷物一包にて事極めて簡素なり。書斎の炉辺に葡萄酒を酌み酒井君の労を謝す。山形ホテルに赴き夕餉を倶にし帰り来りて、台処風呂場を掃除し、派出婦を雇ふ。

十一月十二日。終日筆硯に親しむ。深夜大に雨ふる。

十一月十三日。風烈し。

十一月十四日。晴。

十一月十五日。晴。

十一月十六日。夜微雨。

十一月十七日。午後小山内君太陽堂主人と相携へて来り訪はる。浅利鶴男名古屋より帰り来り、松莚子来春麻布十番通末広座にて興行の予定なり。ついては其間吾家の二階を借りたき由相談せらる。余折悪しく家に小星を蓄へ、空室なきを以て遺憾ながら断りたり。浅利生さらば山形ホテル宜しからむとて問合せに赴かる。

十一月十八日。終日執筆。夜お栄を伴ひ三田通を歩み買物をなす。

十一月十九日。微雨晩に霽る。微雲半月を籠め温風春の如し。お栄の鏡台を購はむとて倶に四谷を歩む。

十一月廿日。午後理髪。夕餉の後小星を携へ青山の大通を歩む。月あきらかなり。

十一月廿一日。午後丸ノ内散策。

十一月廿二日。南葵文庫(61)に行き司書高木氏(62)を訪ふ。

十一月廿三日。夜お栄と澀谷道玄坂の夜市を見る。電車にて偶然大伍子に逢ふ。大伍子築地の居邸に蓄へたりし書巻尽く烏有となせし由。今は玉川双子の別業に在りといふ。

十一月廿四日。午前坂井清氏来訪。正午二十分程前大地鳴動す。午後浅利生来訪。

十一月廿五日。雑誌女性のために小品文を起草す。題して十日の菊となす。

十一月廿六日。微恙あり。

十一月廿七日。微恙あり。薬を服す。

十一月廿八日。風邪早く癒ゆ。

十一月廿九日。終日机に凭る。

十一月三十日。南葵文庫司書高木氏来り、文庫蔵書目録を贈らる。厚情多謝。

十二月朔。午後南葵文庫に赴き武鑑を閲覧す。夜大沼芳樹女史を訪ふ。

十二月二日。草稾を大阪太陽堂に郵送す。午後風なく暖なれば、お栄を伴ひ銀座を歩む。松山画伯の咖啡店、銀座通旧西沢旅館(63)焼跡の仮小屋に移り頗盛況なり。但し咖啡の味無きこと従前に異らず。

十二月三日。屋根の霜雪の如し。華氏四十五度の寒さなり。

十二月四日。寒甚し。災後今日に至るも瓦斯稀薄にて炉火暖ならず、火鉢に炭火を置き机に凭る。夜小星を伴ひ銀座に徃く。商舗は皆仮小屋に電燈を点じ、物貨を路傍に陳列するさま博覧会売店の如し。帰途電車にて青青園子に逢ふ。

十二月五日。いつもなれば駿台の松莚子が家に招がれ、冬日の庭に葉雞頭の枯残りたるを眺めて打語らふ日なれど、今年はこの歓会もなし。午後お栄を伴ひ四谷を歩む。平山堂の店頭にて番頭斎藤利助に逢ひ、鏡台を購ふ。

十二月六日。橐陀来り庭を掃ひ、落葉を焚く。薄暮雨ふる。

十二月七日。独居の頃は下女も雇はざりし故、書留速達郵便など配達せらるゝ毎に、二階を上下する事の煩しく、階下の一室に机案を置きゐたりしが、この度家事を執るものを得たれば、移居当初の如く書篋筆硯を階上に運び上げたり。晡時酒井君来り訪はる。微雨須臾にして歇む。

十二月八日。晴れて暖なり。掃塵半日。晩間お栄を携へて神楽阪田原屋に晩餐をなし、自働車を倩ひ其祖母を目白落合村に訪ふ。夜半家に帰る。

十二月九日。日午ならむとする時酒井君来る。微雨須臾にして歇む。

十二月十日。雨ふりて夜静なり。燈下余は星巌集を読む。小星は炉辺に草稾の罫紙を摺る。清福限りなし。

十二月十一日。午後南葵文庫に武鑑を閲覧す。風あり。雨黄昏に至りて霽る。

十二月十二日。夜小星を伴ひ母上を訪ふ。甥郁太郎(64)来る。帰途四谷通を歩む。外濠の電車一昨日十日より運転す。

十二月十三日。午後南葵文庫に往く。時々小雨。

十二月十四日。午後南葵文庫に往く。夜お栄を伴ひ銀座を歩み田屋支店にて帽子を購ふ。金弐拾七円。但し五分引の由。お栄は手巾六枚を買ふ。金八円なり。帰途木挽町の焼跡を歩み本願寺前の電車に乗る。

十二月十五日。午後南葵文庫に松浦北海(65)の北蝦夷余誌其他の著書を撿す。蓋下谷のはなし執筆の為めなり。

十二月十六日。快晴。風静なり。南葵文庫に寺門静軒(66)の痴談を読む。夜銀座散策。川尻清潭子に逢ふ。

十二月十七日。風寒し。終日家を出でず。下谷のはなし執筆。

十二月十八日。尾州丹羽郡鷲津順光翁の返書を得たり。午後南葵文庫に赴く。お栄病む。

十二月十九日。午後南葵文庫にて三縁山志を読みゐたるに、一人の老人あり。椅子に坐し読書する中、突然嘔吐し、顔色土の如くになれり。文庫の役員来り、医師を招ぎ診察せしむる間もなく、息絶えたり。脳充血とのことなり。嗚呼死は何人と雖免れがたし。古書に対して老眼鏡を掛けしまゝ登仙するは寧羨むべし。

十二月二十日。快晴。午後芝公園散歩。旧三縁山学頭寮の跡を尋ぬ。

十二月廿一日。快晴。毎日昼餉の後南葵文庫に赴き、夜は家に在りて執筆す。また余事なし。

十二月廿二日。晩間松莚子細君を携へ山形ホテルに来り宿す。木村錦花、城戸四郎、梨尾某亦来る。談笑深更に及ぶ。此日微雨晩に霽る。

十二月廿三日。夜お栄と銀座を歩む。襟円店頭にて妓山勇(67)俳優登茂江に逢ふ。

十二月廿四日。夜お栄と神田神保町通の古書肆を歴訪す。いづれも仮小屋にて品物もかなり備へたり。大に人意を強くす。松雲堂及村口にて武鑑数冊を獲たり。此夜風死して寒気激甚。道路の水凍る。

十二月二十五日。夜山形ホテルに往き、清潭山勇等と松莚子の居室に款語す。

十二月二十六日。午後松莚子細君と共に来訪はる。夜銀座を歩む。

十二月二十七日。夜お栄と三田通を歩む。赤羽橋の仏書肆にて東江源鱗の千字文を獲たり。

十二月二十八日。午後散歩。麴町を過ぎ猿楽町通の書店を見歩き、雉子橋より城内代官町を過ぎ、平川町に出で葵橋を下り家に帰る。

十二月二十九日。寒気凛冽。厨房の水道凍る。

十二月三十日。晴天旬余に及ぶ。午後赤羽橋に服部南郭(68)が旧居の跡を尋ねしが得ず。森元町新網町辺より新門前町の辺人家多く倒潰するを見る。赤羽川の沿岸土地柔きがためなるべし。夜執筆深更に至る。

十二月卅一日。午後三菱銀行に往き銀座を歩みて帰る。日比谷より下町へかけて塵埃烟の如く、自働車来るや咫尺を辨せず。況んや連日の晴天、路上人馬絡繹、黄塵濛々たり。帰宅の後炉辺に桜痴先生(69)の懐往事談を読む。晩飯を喫して後お栄を伴ひ、山形ほてるに松莚子を訪ふ。荒次郎、長十郎、鶴男等来る。細君福茶を煮る。款語の中除夜の鐘を聞き辞して帰る。

# 断腸亭日記巻之八大正十三年歳次甲子

荷風年四十六

正月元日。晴れて風なけれど寒気の甚しきこと京都の冬の如し。去年の日記を整理し、入浴して後椅子によりてうつら〳〵と居眠る中、日は早くも傾きたり。松莚子と晩餐を共にすることを約したれば、小星を伴ひ山形ホテル(1)に往く。池田大伍子を待ちしが来らず。市川荒次郎、河原崎長十郎、市川桔梗、市川莚八等と、黄金の盃を挙げて災後の新春を祝す。黄金盃は松莚子多年大入袋の金子を貯蓄し、これを純金に替へしものなりと云。去年罹災の際門弟之を取出せしなり。十一時過家に帰る。

正月二日。晴れて好き日なり。お栄を伴ひ先考の墓を拝す。夜五山堂詩話(2)を読む。

正月三日。晴天。終日執筆。

正月四日。午後本村町曹渓寺に藤森天山(3)の墓を展す。門外左側貸家の間に在り。帰途宮村町より十番通に出で日暮家に帰る。

正月五日。今日もまた晴れたり。午後伊皿子の魚籃寺を訪ひ、其境内より台町裏通に出でたれば、薬王寺を訪ひ、大沼竹渓の墓を掃ふ。聖阪の古刹功運寺を尋しがいつか廃寺となりしが如し。他日調査すべし。夜小雨。三更に至つて霽る。

正月六日。午後南葵文庫に赴き青木可笑(4)の江戸外史を読む。大阪の太陽堂葡萄酒を贈来る。

正月七日。松莚子夜八時過には芝居を終り旅館に在りといふ。其時刻を待ちて赴き訪ふに、荒次郎、長十郎、桔梗、団次郎等、居合せたり。談笑夜半に到る。

正月八日。午後執筆例の如し。昼餔の後南葵文庫に往く。

正月九日。晴。午後南葵文庫に在り。

正月十日。雑誌苦楽のために草稾をつくる。題して猥談といふ。半生放蕩の追憶記なり。午後南葵文庫に赴くこと例の如し。

〔欄外朱書〕猥談後ニ桑中喜語ニ改ム

正月十一日。南葵文庫にて探墓会編纂の墓碣余志を見る。編者は大江丸旧竹(5)といふ俳諧師なり。

正月十二日。旬日雨なし。市中塵埃甚しく歩むべからず。虎の門の床屋に赴かむとせしが途中より還る。

正月十三日。快晴。

正月十四日。松莚子明朝山形ホテルを去り、麻布宮村町に仮住居をなす由なれば、夕餉の後往きて訪ふ。

正月十五日。黎明強震。架上の物墜つ。門外人叫び犬吠ゆ。余臥床より起き衣服を抱えて階下なるお栄の寝室に往き、洋燈手燭の用意をなす中、夜はほの〴〵と明けそめたり。此日軽震数回あり。

正月十六日。快晴。

正月十七日。晴。

正月十八日。晴。

正月十九日。南葵文庫にて偶然井阪梅雪君に逢ふ。

正月二十日。晴。麻布一本松近辺散歩。

正月廿一日。晴。東光閣拙著二人妻再版奥附持参。

正月廿二日。晴。

正月廿三日。連宵寒月皎皎。

正月廿四日。小山内君の書に接す。此日また快晴。

正月廿五日。神田松雲堂を訪ふ。

正月廿六日。御慶事。深夜雪。

正月廿七日。雪歇みしが同雲猶黯澹たり。寒気甚し。

正月廿八日。大阪太陽堂より手紙にて、余の旧作新橋夜話中の一篇を雑誌苦楽に掲載したき旨申来れり。十年前の旧作を今日雑誌に載せらるゝは甚迷惑なり。近来雑誌編輯者の心掛甚気に入らず。不愉快なること多き故今回この事を機会として太陽堂と手を切るべき由返事す。

正月廿九日。午後南葵文庫に赴く。阪田諸遠(6)といふ人の手記せし展墓録野辺ノ夕露十三冊あり。前人未考證せざりし逸事を録したり。毎日耽読。閉館の時刻来るを憾む。

正月三十日。晴。

正月卅一日。記すべき事なし。

二月朔。京橋鳩居堂仮店にて細筆二十管ほど購ふ。

二月二日。留爽雪紛々。薄暮に至つて歇む。

二月三日。午後南葵文庫にて詩仏(7)の詩聖堂集を読む。

二月四日。午後松莚子(8)が新居に招飲せらる。子は去月十五日二度目の強震ありし日山形ホテルを去り、麻布宮村町井上侯爵地所内新築の貸家に引移りぬ。近鄰に大谷竹次郎も家を借りて住めり。此日招かるゝもの岡本綺堂、岡鬼太郎、池田大伍、川尻清潭、及余の五人なり。麻布芋洗阪大和田の鰻を馳走せらる。予鰻を食せざること十余年なり。この夜味殊に美なるを覚ゆ。夜十時諸子と共に辞して帰る。此夜節分に当る。松莚子は六日京都を過ぎ讃州高松に赴く由なり。

二月五日。天然痘流行の由。巡査屢来りて種痘を強ゆ。此夜近鄰の町医者を招ぎ種痘をなす。

二月六日。在阪の小山内君手紙にて太陽堂との関係従前通り継続すべき旨言越されたり。承知の趣返書す。午後母上来られ晡時帰らる。

二月七日。風なく暖なり。神田の書店を見歩き九段阪を登り市ケ谷に出づ。外套重く汗出で丶堪えがたければ八幡の岡に登りて憩ふ。境内の石垣甚しく破壊したり。殊に茶の木稲荷社殿のあたり石垣多く崩れ、鳥居も倒れしまゝなり。有名なる茶の木の生垣も今は見えず。但しこれは震災前取り去られしものなるべし。裏門より左内阪に出で電車に乗りて帰る。深夜強風吹起り家屋動揺す。

二月八日。暖気昨日にまさる。華氏七十度なり。強風終日吹き歇まず。夜新月を見る。

二月九日。暖気依然たり。薄暮軽震あり。俄に風雨となる。燈下香亭遺文(9)を読み覚えず深更に至る。風雨ますく烈し。

二月十日。終日風雨歇まず。神田村口書店兼て注文し置きたる武鑑数部を郵送し来る。

二月十一日。南葵文庫に赴きしが祭日にて戸を閉しゐたれば、電車にて牛込横寺町二十三番地長源寺に至り、館柳湾(10)の墓を展す。寺の媼の談に柳湾一家の墓、及森東郭、岡部平仲の墓は先年東京市役所より保存の命ありしと。今は皆無縁なり。此日歩めば汗出る程の暖気なり。雨後道路の泥濘震災後殊に甚し。

二月十二日。曇。

二月十三日。晴。

二月十四日。風なく暖なり。午後牛込袋町光照寺に鈴木白藤父子(11)の墓を展し墓誌銘を写す。折から寺僧墓地に在り。職人を指揮して地震に倒れたる石塔を起させゐたれば、白藤が後裔の事を問ひしに、目下牛込矢来町三番地大村一郎といふ人、鈴木家の後なる由。又寺僧のはなしに過日森潤三郎君白藤の事蹟を取調るとて度々来訪せられたり。白藤の子桃野のものしたる反古の裏書といふ随筆、鈴木家の後裔より借受け来りて書院にありとの事に、早速請うて一覧したり。題名の如く反古の裏に細字にてかきたるものなり。日既に傾き読む暇なき故再見を約して帰りぬ。帰宅の後森氏に手紙を送る。

二月十五日。市河三陽先生(12)わが拙稾下谷のはなしを雑誌にて読みたりとて書柬を寄せられたり。直に返書を送る。

二月十六日。浅草伝法院の住職栄海僧正(13)といふは往年大沼枕山に詩を学びたる由聞きたれば、午後同寺に赴き面会を請ひしに、他出中との事に、境内を一巡し、墨堤白髯神社に至り、毅堂先生の碑を読み、それより長命寺に赴き、宮沢雲山(14)の碑文を写し、更に弘福寺に徃き、鷗外先生の墓を拝す。墓石三基とも別条なし。先生の墓前には新しき白薔薇の花供へられたり。堤上に佇立みて浅草の方を望むに、花川戸の人家地震の後皆仮小屋なれば、観音堂二王門及び五重の塔よく見ゆ。五重塔は上より三層目の欄干まで見ゆるなり。観音堂の大屋根こなたの堤より眺望すれば雄大宏壮言ふばかりなし。曾て巴里セーヌ河上にノートルダムの寺院を仰ぎ見たりし時のことなど思出しぬ。上流の空には筑波山を望み得たり。吾妻橋より上野を過ぎて家に帰る。日全く暮る。夜太陽堂原稾を取まとめ使にて市ヶ谷田町根本氏方へ送り届けたり。

二月十七日。去年よりも暖きが如し。草の芽萌出でゝ青し。

二月十八日。春暖前日の如し。重て浅草伝法院に赴きしが住職震災後殊に多忙の様子にて会ふことを得ず。田原町より下谷を歩みて帰る。

二月十九日。午後南葵文庫に徃く。毎夜月明なり。

二月二十日。小山内君書を寄す。此夜十一時半頃月蝕す。旧暦正月十五夜なり。

二月廿一日。晴。

二月廿二日。晴。

二月廿三日。晩来強風吹起り寒気俄に甚し。

二月廿四日。午下高木井阪の二氏来り、兼子伴雨初七日の法事赤阪円通寺にて営まるゝ由を語らる。倶に同寺に赴き、法会終りし後一木町なる其家に赴き、蔵書画を一覧す。伴雨子は去年十二月半中風にて卒倒し、本月に入りて病いよ〳〵革み、去十八日世を謝したり。円通寺に葬り謚して梨花庵好雨日間居士といふ。

二月廿五日。故兼子伴雨の蔵書若干を購ふ。

二月廿六日。晴天。

二月廿七日。晴天。

二月廿八日。午後理髪の帰途西ノ久保天徳寺の墓地を逍遥す。去秋火災の後、同寺の境内より墓地は人の通行するにまかせたり。雲州高須福岡諸侯の塋域も墓石は倒れ燈籠石墻も砕けたるまゝ打捨てゝあり。松平不昧公の墓は愛宕山裏手の中腹にありて石級幸に崩れず。登りて見る。

二月廿九日。午後南葵文庫に赴く。夜旧稾を添削す。

三月朔。早朝雨雪となりしが正午既に歇む。

三月二日。曇りて寒し。日本橋辺に火災あり。吾家の二階より烟を望み得たり。黄昏地震。

三月三日。午後羽倉簡堂[16]の墓を掃はむとて、三田台町一丁目正泉寺を尋ねしに、桐ケ谷に移転せし由。寺の跡には小学校建ちたり。泉岳寺に赴き牧野鉅野[17]の墓を探りしが、震災にて碑碣大方倒壊して其の所在を知らず。空しく帰る。高輪辺寺院の梅七分通り花開きたり。駒込の神代氏露伴先生の旧著讕言一巻を贈らる。

三月四日。午後南葵文庫に赴き羽倉簡堂の西上録を読む。

三月五日。小庭の福寿草花ひらき、瑞香の蕾綻びむとす。正午地震あり。大地鳴りひゞきしが棚の物墜るほど激烈ならず。

三月六日。夕餉の後木曜会に赴かむとて家を出るに、今まで晴れゐたりし空俄にかきくもり、大粒の雨ばら〳〵と落来り、遠雷の響聞ゆ。書斎に立戻り毎夜の如く机に凭る。驟雨須臾にして歇む。

三月七日。風烈しく寒気甚し。松莚君去月末日和歌山神戸あたりを興行し帰京せし由。山形ホテル食堂にて晩餐を共にす。食後歩みて宮村町の新居に至る。荒次郎長十郎も倶に来る。

三月八日。風歇みて暖なり。

三月九日。快晴。鄰家の紅梅既に開く。午後南葵文庫に敬所先生手柬集を読む。

三月十日。松莚子に招がれ神田明神境内の開花楼に飲む。災後の仮普請なり。岡川尻の二氏も来る。自働車を倶にして帰る。

三月十一日。嘉永明治年間録(18)を読む。

三月十二日。午後北品川二丁目正徳寺を訪ひ、南園上人(19)の墓を掃ふ。住職夫婦に面会し、南園の日記随筆を一覧したり。いづれも慶応以後晩年のものなり。明治八年八十歳寿筵の時の書画二巻をも一覧したり。烏山老侯の題書あり。荒木寛一の秋花、春木南溟の水墨山水あり。猶巻中には浅野栗園、大沼枕山、鱸松塘の壽詩、千浪の歌などありたり。墓は三尺ばかり土を築き石にてかこひたる上に供餅の如き形したる石を置き、台石の下に明治十四年七月当山第廿五世釈理英密乗と刻したり。住職の談に南園上人は大垣の人平松理準といひ、文政の初江戸に来り、東叡山の学寮に学びたりと。法寿八十六歳といへば寛政八年に生れたるなり。他日日誌を借覧せむ事を請うて帰る。

三月十三日。終日風吹きすさみて寒し。

三月十四日。風歇まず。南葵文庫に宕陰存稾を読む。

三月十五日。寒気凛冽。水道凍る。

三月十六日。稍暖なり。牛込小石川辺散歩。

三月十七日。風邪。窗外頻に鶯語を聴く。

三月十八日。風邪未癒えず。枕上露伴先生の讕言を読む。明治の文学者にして其文章思想古人に比すべきもの露伴鷗外の二家のみなるべし。

三月十九日。今朝も鶯の声に眠より覚む。午後松竹活動写真会社の社員来り、旧著すみだ川を写真に仕組みたしと云ふ。驚いて其請を容れず。

三月二十日。臥病。

三月廿一日。臥病。空しく春分を過す。

三月廿二日。病床金森慎徳なるものゝ手記せし温古新聞記を読む。天保より嘉永に至る江戸市中の見聞記なり。興味津々小説を読むが如し。

三月廿三日。臥病。彼岸を過ぎて寒気冬の如し。

三月廿四日。臥病読書。

三月廿五日。風雨。病中読書。

三月廿六日。起き出でしが気分未平生の如くならず。

三月廿七日。午後雨。晩に霽る。

三月廿八日。朝雪ふる。雷鳴りて午後に晴る。南葵文庫に赴く。

三月廿九日。本郷金助町に古本売立の市あり。午後赴き見る。南郭文集及鶉衣を購ふ。本郷座楽屋に松莚子を訪ふ。偶然吉右衛門に逢ふ。夕刻家に帰る。

三月三十日。遽に暖くなれり。旧作を校訂す。

三月卅一日。午後南葵文庫に徃く。連翹桃花開く。

四月朔。午後虎の門理髪店に赴く。

四月二日。市河三陽翁より牧野鉅野墓誌銘を借りて写す。

四月三日。佐藤六石翁を訪ひ其著春濤先生逸事談(20)を借る。

四月四日。菊の根分をなす。

四月五日。曇。

四月六日。雨。

四月七日。午後日暮里経王寺に赴き森春濤の墓を掃ふ。本堂地震にて破損甚しかりしと見え、改築中なり。庫裏玄関の前に一抱にも余りたる桜の古木あり。其幹半頃より折れ朽ちて若き枝両三本出でたるに蕾をつけたり。上野公園を歩みしが花未開かず。

御成街道の文行堂にて武鑑二三部を獲たり。

四月八日。晴。市兵衛町宮様御門前の老桜咲きそめたり。

四月九日。晴。午後曝書。

四月十日。薔薇美男葛を移植す。夜田村成義(21)遺著続々歌舞伎年代記を読む。

四月十一日。午下赤羽陸軍火薬庫裏の法善寺を訪ふ。過日手紙にて住職に面会を求め置きしなり。住職中山理賢(22)氏は北品川正徳寺の南園上人の遺孫なり。法善寺は浅草北清島町に在りしが震災の後赤羽に移転せるなり。詩僧南園の逸事を聴くこと半日。遅々たる春の日影も斜になりし頃辞して帰る。詩集書牘各一巻を借る。此日近郊の桜花方に爛漫たり。電車幸に雑沓せず。苦しまずして家にかへるを得たり。

四月十二日。終日南園上人の書束を写す。

四月十三日。岡不崩先生[23]の本草会に赴かむとせしが雨に妨げられて果さず。此日午前俳優沢村宗之助[24]葬儀谷中斎場にて執行せらる。死去せしは四月七日なりといふ。

四月十四日。晴。書肆松雲堂寺門静軒の詩鈔を送り来る。

四月十五日。外国語学校教授山内義雄来談。その趣は仏蘭西の大使ポオルクロオデル任期既に満ち本国政府より帰国の命を受けゐたりしが、日本の文士画工その留任を希望し、当局に就いて交渉する所あり。遂に氏の留任を見るに至りしかば、書肆新潮社この事を紀念のため諸家の文を集めて出版するにつき、余の卑稾をも徴せんといふなり。新潮社は鷗外先生逝去の際新潮誌上にて先生を嘲罵せしことあり。故に辞して応ぜず。

四月十六日。雨中庭の木の芽日に日に延び行くを見る。椿は早く落ちて山吹の花盛なり。鄰家の八重桜満開なり。燈下南畝の一話一言を読む。

四月十七日。晡時驟雨。車を倩ひ木曜会に往く。小波先生令嬢曩日某氏に嫁せられし由。この夕祝賀の句会あり。

四月十八日。晴。

四月十九日。晴。

四月二十日。午後白山蓮久寺に赴き、唖々子の墓を展せむとするに墓標なし。先徳如苞翁(25)の墓も未建てられず。先妣の墓ありたれば香花を手向け、門前の阪道を歩みて、原町本念寺に赴き南畝先生の墓を掃ひ、其父自得翁の墓誌を写し、御薬園阪を下り極楽水に出で、金冨町旧宅の門前を過ぐ。表門のほとりの榎、崖上の藤棚、碧梧、また裏手なる崖上の榎等、少年の頃見覚えたりし樹木、今猶塀外の道より見ゆ。裏門の傍に大なる桃の木ありしが今はなし。庭内に古松二三株ありしが今はいかゞせしや。北鄰の田尻博士邸は他に引移りしと見えて、門前の様子変りたり。金剛寺阪の中腹より路地を抜け、金剛寺の境内を過ぎ、水道端に出で、江戸川端より電車に乗る。

四月廿一日。午後南葵文庫に南畝の孝義録を読む。

四月廿二日。一昨日小石川を歩みてなつかしき心地したれば、今日もまた昼餉を終りて直に家を出で、小日向水道町日輪寺に往き老婆しんの墓を吊ふ。おしむ婆吾家に在りてまめ〳〵しく働きしこと二十余年なり。予大久保の家を売払ひて築地に移住みし頃宿に下りて遽に病みて歿したり。墓石に彫りたる戒名左の如し。

良心寅久信士　明治十七年七月廿七日 過去帳に俗名寅吉とあり
春光妙寿信女　明治卅六年二月廿七日
久昌光道信士　明治卅一年六月五日 過去帳に俗名久太郎
明心如浄信女　大正八年五月廿九日 此忌日石塔にはなし寺僧にきゝて記す

日輪寺には明治十七八年頃より山田某女史(26)の開きたる幼稚園あり。予が弟貞二郎こゝに遊びし故予も折々行きしことありき。寺僧余の名刺と予の顔とを見くらべ、どうやら見覚ある御人のやうに思ひゐたりとて、旧事を語る。境内に咳嗽の婆さまとて小さき石像あり。咳嗽を病むものこの石像に祈願し、病治する時は甘酒を供るなりとぞ。此日甘酒の徳利五六十本ほども並べてありたり。日輪寺を出で目白不動の祠に賽す。境内には西洋づくりの病院の如きもの普請中にて、東豊山の風致も既に破壊せられたり。関口の滝も数年前セメントにて造り直され、鉄橋を架したれば、今は見る影もなし。椿山荘の新樹は佳なれど、駒留橋は電車の製造場となれり。鶴巻町の汚き町を過ぎ、神楽阪に出で薄暮家に帰る。

四月廿三日。晴。庭を掃ふ。

四月廿四日。夜お栄と銀座を歩み、桜田本郷町の生薬屋にて偶然梔子の実を購得たり。近年薬舗も西洋風になりて草根木皮を蓄ふるもの稀になりぬ。

四月廿五日。午後南葵文庫に名古屋市史を読む。夕刻より風雨。

四月廿六日。晴。松莚子使を以て二十八日小集を其家に開くといふ。

四月廿七日。晴。

四月廿八日。松莚子邸招飲。来る者大伍鬼太郎清潭及予なり。午後三時より夜十一時まで放談豪語歓を尽して帰る。

四月廿九日。晴。

四月三十日。松莚君夫婦山形ホテルの帰途拙宅へ立寄られ十時過るころまで款語す。

五月朔。木曜会。席上小波先生の談に、嘉永年間の板村上仏山(27)の詩鈔及酔古堂剣掃の板下は一六先生の書なる由。

五月二日。堀口君ルーマニヤ国よりヂョルジュ、ヱツクウ(28)の短篇集ケルメス一巻を郵寄せらる。

五月三日。遽に頭痛を覚え読書執筆共に為し難し。左の肩より頸筋へかけ後頭部ずき〳〵と痛むなり。今日まで覚えしことなき頭痛なり。額田博士を招ぎ診察を請ふ。特に薬を用るほどの病にはあらずといふ。お栄日夜介抱に怠りなし。

五月四日。頭痛昨日の如し。されど幸にして今日は読書に堪ゆ。終日安積艮斉(29)の紀行を読む。

五月五日。尾州丹羽の鷲津順光翁父祖四世の詩文稾を郵送せらる。之を読むに、余が下谷のはなしの前半は改作の必要なるを知る。予今日まで鷲津幽林の遺稾は下谷竹町の土蔵と共に、去年の火災に焼失せしものとのみ思ひゐたりしに、突然之を得て欣喜に堪えず。頭痛を忘れて読む。

五月六日。頭痛岑々然たり。

五月七日。植木屋来り門墻の下及び勝手口へ煉瓦を敷く。去年震災家屋の古煉瓦一個二銭ヅヽ、との事なり。

五月八日。雨。

五月九日。雨歇みて北風烈し。嫩葉吹破らるゝさま哀なり。南郭文集の虫喰を裏打ちす。

五月十日。頭痛未痊えず。春陽堂より新著麻布雑記の校正摺を送り来る。

五月十一日。晴艮斎文畧を読む。

五月十二日。頭痛少しく去る。沐浴午睡。

五月十三日。晴。

五月十四日。曇りて風あり。午後電車にて千住小塚原に至る。刑場跡の地蔵尊は猶汽車線路土手下に立ちてあり。回向院別院を訪ひ鼠小僧と直侍との墓を掃ふ。箕輪電車にて王子に至る。三河嶋尾久あたりの水田壠圃悉く細民の棲息する所となれり。飛鳥山を踰へ大塚に至り、新宿澀谷を過ぎて家に帰る。夜雨。

五月十五日。草稾を太陽堂の根本氏に送る。

五月十六日。頭痛尚去らず。時々悪寒を覚ゆ。

五月十七日。竹田書店主人来る。竹田は予が築地独居の際家具運搬の世話をなせし人なれば予は常にその親切を忘れず。

五月十八日。午後南葵文庫に大谷木純堂(30)の随筆を読む。

五月十九日。晴。

五月二十日。風雨歇まず。佐藤一斎(31)の愛日楼文を読む。

五月廿一日。午後南葵文庫に在り。

五月廿二日。始めて快晴の天気に遇ふ。五月中気候不順。風冷なる日多かりき。午後南葵文庫に赴く。

五月廿三日。晴。

五月廿四日。晴。

五月廿五日。晴。

五月廿六日。晴。

五月廿七日。赤阪氷川社の境内を歩む。

五月廿八日。小星を携へて銀座を歩む。

五月廿九日。松莚子邸招飲。この日竹田屋枕山書幅及江戸鹿子持参。江戸鹿子価四拾円なり。

五月三十日。午後南葵文庫に在り。

五月卅一日。午後松莚君来訪。西ノ窪骨董舗を見歩き銀座風月堂に至り晩餐を馳走せらる。風月堂震災後休業せしが当月二十五日より再び開業すといふ。以前の店の向側に仮店を建てたり。この夜銀座通雑遝甚しく、日比谷霞関の辺巡査憲兵手に手に提灯を携へ路を警しむ。宮中にて祝宴あるが為なりと云。

六月朔。徹宵風雨。

六月二日。微恙あり。松莚子本郷座稽古の帰途風月堂に立寄るべき由言越されしが、往くこと能はず。病床慊堂遺文(32)を読む。

六月三日。病臥卻て読書に好し。

六月四日。晡時松莚子来訪ふ。本郷座稽古の帰途なりといふ。小星を伴ひ山形ホテルに往き晩餐の馳走に与る。

六月五日。夜松莚子を訪はむと欲せしが気分例ならず、雨を恐れて家に留まる。風吹き出で電燈消ること屡なり。

六月六日。竹田屋東野遺稿(33)を持ち来る。病床に在りて繙読す。遺稿中中川に遊ぶの記最興あり。為に病苦を忘る。

六月七日。病床東野遺稿をよむ。

六月八日。堀口大学レニヱーの新著を郵送せらる。

六月九日。再び額田国手の来診を請ふ。

六月十日。臥病。

六月十一日。臥病。

六月十二日。病稍よし。

六月十三日。松雲堂主人錦城文録其他持参。

六月十四日。午後南葵文庫に赴く。

六月十五日。

六月十六日。南葵文庫閉館の日なれば牛込赤城辺を散歩す。

六月十七日。微陰。晡下驟雨雷鳴。

六月十八日。南葵文庫に往き大谷木醇堂の筆乗を写す。

六月十九日。快晴。

六月二十日。晴。

六月廿一日。時々驟雨。

六月廿二日。陰晴尚定まらず。

六月廿三日。夜お栄を携へ銀座を歩み築地に出づ。籾山氏邸址の一隅に築地小劇場(34)なるもの建てられたり。土方与志小山内薫二氏の経営する所なり。之に鄰接して活動写真館の如きものあれど夜中にて判明せず。震災前籾山氏の屋敷には樹木欝然たりしが今は倉庫の如きもの建連りて見るかげもなき処となれり。庭後君曽てこゝに住せし時その庭を眺めて、枝かはすなつめざくろや庭の秋。また枇杷の木によき小禽来る冬日哉など吟じられたり。子が令閨もいまは亡し。庭後子が遅日鶯など題したる著作は皆この築地の邸にて筆執られしなり。某等の事を思へば滄桑の感に堪えず。

六月廿四日。鄰家の石榴花紫陽花ひらく。

六月廿五日。雨なけれど風冷なり。

六月廿六日。曇りて風冷なり。午後御成道古書肆文行堂を訪ひ、湯嶋天神を過ぎ、本郷座に松莚君を訪ふ。部屋の床の間に一立斎広重団扇画美人の錦絵を額にしてかけたり。

六月二十七日。晴。

六月廿八日。陰。

六月廿九日。陰。松村操(35)の近世先哲叢談を読む。

六月三十日。竹田屋来る。此日市兵衛町大掃除なり。

七月朔。晩景高橋君来訪。山形ホテルにて晩餐を馳走せらる。

七月二日。蔵書目録を作る。

七月三日。松莚子邸招飲。大伍、鬼太郎、清潭の諸子と款語す。

七月四日。炎暑甚し。読書晩涼を待つ。

七月五日。松莚子に招がれて風月堂に飰す。倶に銀座を歩み、築地三丁目池田大伍子の家を訪ふ。災後の仮普請なれど壁に支那の虎皮紙を張り、万事清洒の趣あり。近鄰の待合茶屋も追々普請をなし、庭に樹木を植え込みし処もあり。十時頃帰る。

七月六日。晴。炎暑甚し。

七月七日。曝書。

七月八日。暑気日に日に甚し。

七月九日。森先生の忌辰なれば日盛に家を出で向嶋に赴く。弘福寺焼跡は一面の花畑となり、孔雀草、千日草、天竺葵など今をさかりと咲乱れたり。堂宇再建の様子もなし。帰途浅草公園松竹劇場前を過ぎしが開場は夕刻なれば電車にて帰宅す。

七月十日。木曜会俳席に赴かむとて、車を倩つて行くに、車夫道不案内とおぼしく六本木より広尾祥雲寺門前に出で、それより白金三光坂を上り二本榎へ廻り、高輪南町に出でたり。祥雲寺門前には商店櫛比し活動写真の小屋もあり、早稲田鶴巻町辺の光景と相似たり。此夜初更五反田辺に火災あり。楽天居楼上より烟見えたり。

七月十一日。風ありて稍涼し。春台の紫芝園稾を読む。[36]

七月十二日。春台の湘中紀行を読む。

七月十三日。連宵月明なり。

七月十四日。酒井晴次来談。

七月十五日。終日驟雨歇む時なし。松本泰来談。[37]

七月十六日。風涼しく月よし。山王の境内を歩む。

七月十七日。曇りて風なく溽蒸堪ふべからず。

七月十八日。曇天。驟雨来らむとして来らず、六月末より一滴の雨なし。

七月十九日。神代氏来訪。その雑誌書物往来売行好しといふ。

七月二十日。炎暑甚し。

七月廿一日。夾竹桃満開。

七月廿二日。炎暑連日。記すべきことなし。

七月廿三日。神代氏編輯書物往来に原稿を郵送す。

七月廿四日。曝書洒落本を再読す。

七月廿五日。市村座々主田村寿二郎(38)去廿二日夕六時逝去の報至る。

七月廿六日。夜神田を歩み山本書店にて綾瀬遺文栗山文集を購ふ。今川小路風月堂新築。清洒に見えたれば一茶す。

七月廿七日。洒落本深川の遊里に関するものを拾読す。

七月廿八日。松莚子邸招飲。この夜岡君痔疾の由にて来らず。大伍清潭二子来る。放談劇飲例の如く夜半に至る。

七月廿九日。午前巌谷三一君来談。午後春陽堂主人和田氏来談。

七月三十日。午前金沢の今村君来訪。二十年前亜米利加遊学の時、ミネソタ州カアクウッドといふ田舎にて撮影したる余の写真を見出したれば、引伸して複写したりとて示さる。

七月卅一日。午前田村氏葬儀代々木正春寺にて執行。夜木曜会。

八月朔。夕刻帝国ホテルにて松莚子満洲興行の送別会あり。

八月二日。終日曝書にいそがはし。

八月三日。松莚子に招がれ小星を伴ひ風月堂に往く。大伍君も亦来る。帰途松莚子の家に至る。此夜炎蒸甚し。

八月四日。此日松莚子夫人同伴京都を過ぎ六日神戸より舩に上るといふ。午後驟雨。人皆蘇生の思をなす。七月半より一滴の雨もなかりしなり。

八月五日。陰又晴。蜩の声頻なり。

八月六日。暁大雨滝の如し。

八月七日。雨後わづかに新涼あり。

八月八日。立秋。

八月九日。暑気甚しく宿疾亦発す。

八月十日。秋となりて紅蜀葵まづ花さきぬ。

八月十一日。百日紅満開。

八月十二日。月佳し。未虫語を聞かず。

八月十三日。残暑甚し。日中華氏九十二三度なり。

八月十四日。夜涼風俄に颯々たり。

八月十五日。曇りて風涼し。

八月十六日。今日も曇りて風涼し。午後銀座に用事あり、それより電車にて本所猿江に至る。新大橋を渡る時、遥に浅草寺の塔と日暮里あたりかと思はるゝ樹影とを望み得たり。是によりて往昔江戸の風景及眺望の如何を想像し得たり。猿江より錦糸堀に出で、城東電車に乗り、小松川に至り、堤防を下りて蘆荻の間を散歩す。水上舟を泛べて糸を垂るるものあり。蒹葭の間に四手網を投ずるものあり。予は蘆荻の風に戦ぐ声を愛す。嘈々雨の如く切々私語の如し。黄昏来路を取りて家に帰る。

八月十七日。午後四谷杉大門の某寺に、本姫の墓を展せむとせしが、常州笠間へ移されたりとの事に空しく帰る。

八月十八日。時々驟雨あり。午後御成道文行堂を訪ひ、写本喇家系譜を得たり。電車にて田村西男(39)に逢ふ。夜電燈消ること数次なり。

八月十九日。栗山文集を繙く。

八月二十日。春陽堂小著麻布襍記校正摺を送達す。

八月廿一日。晩涼牛込に飲む。

八月廿二日。窗外虫声あり。

八月廿三日。日中金星顕るゝとて人々騒ぎあへり。

八月廿四日。竹田屋今四家絶句其他持参。

八月廿五日。鷗外全集第九巻成る。北条霞亭の伝を収む。終日閲読。

八月廿六日。昨来の風雨夜に入りて益烈し。電燈点ぜず。石油ランプの下に霞亭伝を読む。

八月廿七日。風雨来りては又歇む。秋蟬雨の歇む時一斉に啼出で、雨来れば直に声なし。時々雲散じて青空を見る。江東の陋巷例の如く出水甚しと云。

八月廿八日。午前服部源三郎氏来り山彦栄子墓銘の撰を請はる。服部氏の談に薗八節家元宮薗千春も去月廿六日市川の侘住居にて死去せし由。地震の際は既に病褥に在り。築地電車通鄰家理髪舗の主人に扶けられて逃れしなりと云ふ。此日風雨漸く歇む。

八月廿九日。虫の声一夜ごとに繁くなりゆけり。

八月三十日。河東節師匠山彦栄子墓誌を草して郵送す。百五十字位とのことなれば殆書くべきことなし。

八月卅一日。午後華氏八十七八度の暑なり。下澀谷辺に火事あり。六本木通にてポンプ自働車電車と衝突し消防人足三人即死せしと。門外にて人の噂なり。風なく夜に入りても蒸暑昼の如し。小著麻布襍記校正終了。

九月朔。去年此日震災あり。都人戦々兢々。銀行会社門を鎖し八百屋肴屋亦業を休む。此日天気快晴。秋風颯々たり。午後竹の落葉を掃ひプラタンの枝を伐る。北条霞亭の伝を読了す。鷗外全集の製本形大きく重くして活字細小なれば精読に便ならず。

九月二日。日短くなりて夕方六時夕餉の膳に向ふに箸を措かざる中家の内早くも暗くなりゆくなり。昨夜より秋風吹きつゞきて窗外の樹木をうごかす。繊月低く鄰家の屋上に在り。薄暮の光景何ともつかず物哀れなり。門を出で電車にて永代橋に至り、紙舗太刀伊勢屋を訪ひ、河上の景を見て帰る。

九月三日。山彦栄子建碑の事につき門人山田舜平来談。午後小山内薫根本茂太郎二氏同道来談。薄暮佃島を歩む。風涼し。

九月四日。曇りて風涼し。午後目黒駅に至り蒲田行の電車に乗る。去年震災の頃より開通せしものゝ如し。目黒不動尊に参詣するには此電車最便宜なりと云ふ。丸子渡場のあたりに調布といふ停車場あり。数十歩にして玉川の河原に出づ。あたりには農家なく電車の会社にて経営する西洋料理店及水泳場あり。双子の渡の如く釣客雑沓せざるを以て電車を下り、道に従つて漫歩す。水に臨みて丘阜あり。古松亭々たる処浅間神社の小祠あり。石級垣墻の壊倒したるは去年の震災によれるなるべし。祠後松林欝蒼。酒亭あり。松の茶屋といふ札をかゝげたり。此辺一帯の閑地は田園都市会社所有(40)の売地なる由。処々にペンキ塗の榜示杭を立て見すぼらしき西洋家屋も既にちらばらと建てられたり。今は松林猶欝蒼として野草萋々たれど、二三年を出でずして澀谷千駄谷辺と択ぶところなきに至るべし。来路を電車にて家に帰れば日は既に没す。燈下机辺の記を草す。雷雨夜半に至るも歇まず。

九月五日。終日執筆。夜、雨瀟瀟たり。

九月六日。微恙。腹痛あり。終日懐炉を抱く。此の宿痾も早く既に十年とはなれり。

九月七日。大阪太陽堂主人中山某及小山内君に招がれ銀座風月堂に餠す。帰宅の後執筆深更に至る。

九月八日。今年暮春のころ書綴りし礫川徜徉記を浄書し、昨夜かき終りし机辺之記に拙き挿絵を添へ、裒撥して篋底に蔵む。

九月九日。ことしは如何なる故にや秋草凡て生茂らず。萩も虫つきて花未なし。芒も中秋に近づきて猶穂を出さず。尤これは我が小庭に於て見るところをしるすなり。

九月十日。屋後日当りよきところに茂りたる麦門冬を取り来りて、表入口の階除に移し植ゆ。日中秋熱尚熾なり。

九月十一日。八月中楽天居句会休みなりしが今宵開会と聞き、車を倩つて往く。月明かにして風なく蒸暑き夜なり。明後日の夜は中秋なりと云。

九月十二日。昨日二百廿日に当りしが故にや今朝より大粒の雨ふり来れり。風はさして烈しからず。夜に入りて雨中虫の声いよ〳〵多し。

九月十三日。午後強いて筆を秉る。感興索然たり。日くるゝや中秋の明月鱗雲の間に顕る。電車にて澀谷に至り、更に玉川電車にて双子の渡に徃きて月を看る。水辺の酒楼煌々と電気燈を点じたれど、観月の客なく、唯三々五々書生の卑し気なる流行唄を唱ひつゝ河原を歩めるのみ。停留場の傍に村の者の催せる相撲あり。鎮守の祭礼なるが如し。月は雲に掩はれしが、帰途澀谷に着する頃再び月を見る。帰宅の後古学先生文集を読む。

九月十四日。春陽堂店員来り麻布襍記二千部の撿印を請ふ。初版印税は一割二分、再版以後は一割五分とのことなり。初版二千部印税六百弐拾四円なり。既望の月皎々たり。

九月十五日。税務署より大正十三年分所得金額四千壱百八拾四円との通知状来る。空曇りて風冷なり。午後永代橋を渡り八幡宮境内災後の光景を見歩き、木場を過ぎ、洲崎遊廓を歩む。鉄の大門焼残りて在り。門柱に花迎喜気皆知笑。鳥識歓心亦解語。(41)の文字も明に読まれたれば其背面を見るに、録唐王摩詰句。鳴雀老人。明治四十一年十二月建とありたり。遊廓の左右以前は海なりしところ、今は埋立地に工塲建ち、煤烟雲の如し。木材の置塲遠く砂村の方につゞきたり。台湾檜株式会社などかきたる榜示杭ところ〴〵に立ち、埋立地の堤防セメントにて築かれたるが一直線に限りなく延長したり。電車にて家に帰れば日既に昏く。雨亦来る。

九月十六日。日午ならむとする頃大雨濺来る。風次第に加はり薄暮に及んで雨更に激しくなれり。窗を開き見るに、空気室内よりも暖く、靄の如きもの濛々として天地を籠め、雨の降りざますさまじき勢なり。十二時頃枕につきしが風雨の声に眠ること能はず。うつら〳〵として黎明に至る。夜明けて風雨歇むや、虫声一時に湧起り遠近呼応するが如し。本年立秋の節を過ぎて数日、未だ蟋蟀の声を聞かざりしが、それより又数日にして始て鄰家の竹林に喞々の声をきゝたり。蟋蟀窗に近く声をかぎりに啼きしきるは中秋の頃彼岸前後最盛なるが如し。備忘のため実見する所を記す。

九月十七日。朝の中風尚歇まず。雲過る時小雨霧の如し。午後に至つて空次第に霽る。庭に出でゝ落葉を掃ふ。

九月十八日。朝十時頃地震(42)ふこと稍強し。戸外に走出るもの少からず。正午頃再地震あり。午後世田ケ谷の植政といふ植木屋に赴き、青木数株を註文す。震災後本年に至り市中新築の家多きがため庭樹三割方騰貴せりと、植政のはなしなり。此日購ひたる植木の値段次の如し。

一金拾五円也　さんご樹五本六尺物
一金参拾円也　青木弐拾弐本四五尺物
一金六円也　むべ一株丁字かつら一株
一金参円也　植込み職人手間代

一金六円也　　運送代金

九月十九日。植政の職人来りて昨日注文したる庭樹を植ゆ。

九月二十日。山彦豊、山田舜平来訪。過日依頼の墓銘撰文の謝礼なりとて金参拾円恵贈に与かる。甚気の毒なれど辞するもいかゞと思ひ納め置きぬ。

九月廿一日。秋霖霏々たり。日吉町庄司理髪舗に赴き、帰途風月堂にて晩餐をなす。給仕人の持来る夕刊の新聞紙を見るに、松莚君一行支那内乱のため北京に赴くこと能はず、今朝帰国したりし由。

九月廿二日。微雨午に近く霽る。今年は是非にも六阿弥陀詣をなさむと思ひ居たりしが、雨後の泥濘をおそれて空しく家にとゞまりぬ。亡友唖々子と朝まだき家を出で、まづ亀戸村の常光寺に赴き、それより千住に出で、荒川堤を歩み、順次に六阿弥陀を巡拝せしは大正三年甲寅の秋なりき。荒川堤に狐の腰掛と俗にいふ赤き雑草の花おびたゞしく咲きたるさま今も猶目に残りたり。滝野川のとある人家に柹の老樹の枝も折れむばかり実を結びたる、又西ケ原無量寺の庭に雁来紅の燃るが如く生茂りたるさま、倶に記憶を去らず。次の年大正四年春の彼岸には病みて独り大久保の家に在り。其年の秋分には吾健かなりしが、唖々子病みて歩みがたしとの事に、独り築地一丁目の僑居を出で田端より西ケ原まで歩みしが、唯一人にては興なくて王子より汽車に乗りて空しく帰り来りぬ。その後は数年にわたりて腹痛治せざりしため、遠く歩むこと能はず、病やゝ快くなりて後も年々何事にか妨げられて再遊の願は遂に果すの期なく今日に至れり。啞々子は既に世を去り、西ケ原田端あたり近郊一帯の風景も塵土にまみれて、十年前の趣は再び尋るによしなし。曾て撮影せし写真去年の大火以後一層珍らしきものになりぬ。

九月廿三日。午後広尾辺散策。祥運寺本堂の庭に白萩さきこぼれたり。

九月廿四日。久しく洋書を手にせざりし故書架に載せ置きたるヱミルフアゲヱの En Lisant les beaux vieux livres(43) をよむ。

九月廿五日。陰晴定りなし。夜木曜会に往くに来会者は葵山子一人のみ。主人及令嗣三一君と主客四人卓を囲みて款語す。二更の頃電燈消ゆ。燭を剪つて閒談すること須臾。電燈再び点ずるを待ちて帰路につく。此夜葵山の談に文士相馬御風(44)某校教師の依頼に応じ講演をなせしところ、聴講者中の一婦人御風と情を通じ密会するに至りしを、教師聞知り、文士の敗徳を憤慨し発狂自殺したりと云ふ。文士の行なきは今に始りしことにあらず。徂徠南郭の如き先儒も亦放蕩不羈の謗を受けたり。教師の自殺は憫むべし。其の迂愚なるに至つては更に一層憫むべきなり。

九月二十六日。風なく曇りて静なる日なり。午後神田明神下鈴木医師を訪ひ消化剤を乞ふ。鈴木氏は曾て中洲病院の医員なりしが、大石院長震災後東京を去り、札幌に滞留するに至りしかば、千駄木町の避難先より目下の所に卜居せしなり。名高き鰻屋神田川の近傍なり。講武所の藝者家待合地震後この処に移転を命ぜられしと見え、明神裏阪の下より台所町へかけて仮普請のトタン屋根を連ねたり。明神の崖は一本の樹木もなくセメントにて固められ、堤防を見るが如し。文行堂に立寄り山の手電車にて澀谷に出で家に帰る。日は忽暮る。

九月廿七日。曇りて風なし。芒の穂も動かず。促織の声終日歇まず。夏の盛りに刈り込みたるカナメ椎楓などの枝より若芽萠えいでたり。午後麦門冬を移植す。夜南郭文集を読む。

九月廿八日。昨夜より風俄に冷なり。

九月廿九日。雨。夜初更の頃歇む。星の光冬の如し。

九月卅日。秋陰漫歩によければ越前堀を歩む。災後の隙地に糸瓜唐茄子を植る家多し。

十月朔。沼波瓊音(45)君先徳鉞之助翁の咏草を編纂し一本を寄贈せらる。又亡児澄子の記念帖一巻をも印刷しミカヅキサマと題して知友に頒たる。此日淫雨濛々たり。

十月二日。快晴の空雲翳なし。午後電車にて井頭ノ池に赴見たり。池の周囲は公園となり宿屋を兼ねたる料理屋散在せり。明治廿九年の頃井上啞々其他数人の学友と相携へて、初てこの池に遊びし時は一同草鞋脚半掛にて夜のあくる頃、新宿を立出でしなり。当時目に見たりし風景にして今日記憶に留るもの殆無ければ今と昔とを比較する事能はず。されど停車場近傍の小料理屋に三絃の声を聞き、ペンキ塗のカッフヱーに粉飾の女の歌うたふさまを見ては、誰か桑滄の感なからむや。家に帰りて蜀山人が井頭源に遊ぶの記を読む。

十月三日。

十月四日。日本橋通三丁目東美倶楽部(46)にて古書売立の会あり。岡鬼太郎神代種亮氏等に逢ふ。此日途上俄に腹痛を催し、苦しむこと甚し。

十月五日。晴雨定まらず。溽暑甚し。

十月六日。風雨歇まず。腹痛あり。枕上李笠翁(47)の閒情偶寄をよむ。

十月七日。風雨霽れず。病中執筆。

十月八日。雨歇まず、夕暮に至り電光閃き雷声烈しく雨はます〳〵降りまさりて、屋根をも貫くかと思はるゝばかりなり。初更地震あり、空忽霽れ月光蒼然たり。

十月九日。晴また陰。上田柳村先生遺女瑠璃子嘉治隆一氏に嫁し、当月廿八日帝国ホテルにて披露の宴をなす由。

十月十日。陰。

十月十一日。竹田屋主人寺崎士監の梅坡誌鈔を持ち来る。此夜十三夜なれど雨なり。

十月十二日。晴れて風静なり。積雨の後近鄰の家雨漏などつくらふにや大工の出入する処多し。小春の午後木の間に鑿の音の聞ゆるはいかにも山の手らしき心地して長閑なり。

十月十三日。晴。午後鈴木国手を訪ふ。

十月十四日。快晴。石蕗花ひらく。

十月十五日。快晴。午後白金瑞聖寺を訪ふ。

十月十六日。大工来りて門の柱の朽ちたるを根つぎす。夜木曜会。

十月十七日。西北の風吹きすさみて寒し。

十月十八日。松莚子帰京。歓迎の宴帝国ホテルに開かる。

十月十九日。曇りて暮方より雨となる。

十月二十日。巌谷三一松竹合名会社文藝部に入りし由書信あり。此夕松莚子邸醼集。招かるゝ者松葉、鬼太郎、大伍、清潭、及余の五人なり。帰途雨に遇ふ。

十月廿一日。寒雨霏々。茶梅の花ひらく。

十月廿二日。雨歇まず。松莚子夫妻に招かれ銀座風月堂に往く。過日小宮文学士欧洲より帰朝の由。給仕人のはなしなり。

十月廿三日。曇りて後に晴る。木曜会運座に赴く。帰途雨。

十月廿四日。晴。牛込若松町なる杉村幹氏頃日坊間にて予が先人の印顆一篋を獲たれば、箱書きせられたしとて、使の者に印箱をもたせ遣はさる。是七年前売宅の際書画と共に平山堂に售りたるものなれば、其の事を書して返璧す。(48)

十月廿五日。松莚子夫妻と共に上野韻松亭に開かれたる浮世絵古本売立の会に往く。此日寒冷。冬の朝の如く手足の冷ゆること甚し。

十月廿六日。寒冷昨日の如し。襟巻をまとふものもあり。

十月廿七日。晴。鈴木医師を訪ふ。

十月廿八日。朝南葵文庫に赴く。文庫は本年の夏より帝国大学の附属図書館となりたるを以て、定めて学生雑沓する事ならむと思ひ、以後一たびも赴かざりしが、今日たま〳〵来り見るに閒静なること旧の如し。窗外の後園を見るに主を替へてより未半歳ならざるに、落葉を掃ふものもなきと見え、既に荒蕪の状を示したり。書庫の傍なる中庭に籬菊秋草折からの雨に倒れ伏したるさまいよ〳〵哀れに見えたり。

十月廿九日。微恙あり。薬を服用して羅山文集をよむ。酒井晴次氏来談。お栄の事につきてなり。

十月三十日。快晴。巌谷三一氏船来ビスケツト二缶を恵贈せらる。山形ホテルに赴きを聞く。

午餐を倶にす。

十月卅一日。曇りて風なし。午後門外の表通を歩むに、大礼服をつけたる官人陸続として綱曳の人力車を走らせ過るを見る。始めて天長節なるを知る。晡下頻に烟火の響を聞く。

十一月朔。土曜日。曇りて静なる日なり。午前執筆。午後代々木練兵場を歩む。平原曠々。遠樹烟の如し。人馬来らざる一隅の林間を歩み潦水のほとりに憩ふ。東京の近郊悉く市街となれるの時、こゝに此の荒草落葉の一仙境を存するは、盖し軍隊の余沢なること、曾て戸川秋骨君が戸山ヶ原に遊ぶの記に言へるが如し。代々木停車場に至る頃薄暮雨となる。

十一月二日。日曜日。正午颱風驟雨。須臾にして歇む。竹田屋鵬斎先生詩鈔を持参す。晩間松莚子に招がれ風月堂にて晩餐をなす。既に牡蠣の料理を出す。頗風味あり。

十一月三日。晩間池田高橋の二君前後して来り訪はる。款語三更に及ぶ。

十一月四日。午後松莚子を訪ふ。倶に其門前の売地二三箇所を視察す。この辺一帯の地もと井上世外公の邸園なりし由にて桜の老樹多し。松莚子震災の前年より専番町辺へト居の意ありしかどふさはしき売邸を見ず、災後も荏苒として今日にいたれるなりと云。夕刻池田大伍子亦来る。

十一月五日。本郷座初日なれど食事の都合あしき故行かず。水上瀧氏小説勤人を郵寄せらる。此日好く晴れて暖なり。

十一月六日。微陰。近郊の黄葉を見むとて午後玉川電車にて世田ケ谷に下車し、道のゆくがまゝに阪を下り、細流を渡り、野径を歩みて陸軍獣医学校の裏手に出でたり。路傍に生田葵山君の閒居遠からざるを思起し、道を問ふて遂に尋到ることを得たり。路傍に風呂屋あり。その側より小径に入り行くこと二三十歩。檜の生垣を囲らしたる二階づくりなり。門前に花壇あり。薔薇コスモスの花咲乱れ、屋後には一叢の竹林あり。蒼翠愛すべく、幽禽頻に鳴く。日暮相携へて道玄阪に至り、鳥屋に上りて飲む。帰途百軒店と称する新開町を歩む。博覧会場内の売店を見るが如し。支那雑貨を鬻ぐ店あり。水筆四五管を購ふ。

十一月七日。午前執筆。午後快晴の日を空しくせまじとて電車にて澀谷に至り、上目黒村の野径を歩むこと半里あまり。曠漠たる馬場に出でたり。枯れたる荒草の間より雲雀の如き小禽人の足音に空高く飛去る。路人に問ふに騎馬練習場なりといふ。世田ケ谷の停留場に出で、電車に乗りて帰る。

十一月八日。午後神代君来訪。談話たま〳〵鷗外先生蔵書のことに及ぶ。先生蔵書の一部は南総の別墅にあり。一部は千朶山房の書庫に収められ、他日帝国大学に寄附せらるべき筈なりと云ふ。然るにこの書庫はセメントづくりにて湿気甚しく書巻腐蝕の虞なきに非らずと云。この日立冬なり。

十一月九日。日曜日。久しく雨なし。風烈しく塵烟濛々門を出ること能はず。終日家に在り机に凭る。

十一月十日。早起筆を乗る。午後鴻の台に遊ばむとて本所業平橋停車場に赴きしが、風吹出でたれば向嶋より浅草を歩みて家に帰る。食後忽然悪寒を覚ゆ。いつもの瘧なるべしと薬を服して臥す。一睡して覚むれば悪熱既に去れり。夜は三更を過ぎ、四壁蕭条。月光窗を照す。再び眠らむとすれども得ず。枕頭に柳湾漁唱あるを見、把りて第一集を読み、第二集の半に及ぶ。時に月落ちて崖下の人家に雞鳴を聞く。枕頭の燈火を滅して始めて眠に入る。

十一月十一日。午前酒井君来訪。小星今年夏の頃より病あり、今に癒えず、殊に生来多病にて永く箕帚を乗るに堪えざれば、一時家に還りて養生したき由。酒井君を介して申出でぬ。熟談してその請ふにまかせ、祖母の家に還らしむ。お栄酒井君の周旋にて予が家に来りしは、恰去年の今月今日なり。其日を同じくして去る。奇ならずや。此夜月また明なり。陰暦九月または十月の望なるべし。枕上柳湾漁唱を読むで眠る。

十一月十二日。お栄の事につき市ケ谷薬王寺前酒井君の居宅を訪ふ。

十一月十三日。木曜会句会。課題は来春御題山色連天なり。予が駄句に曰く品川におがむ初日や安房上総。

十一月十四日。客月脱稾の短篇小説ちゞらし髪を訂正して太陽堂に送る。

十一月十五日。十月下旬より雨なく、街路乾燥して砂塵濛々たり。酒井を京橋南伝馬町東京信託会社に訪ひしが、不在にて空しく帰宅。

十一月十六日。日曜日。快晴。都下の新聞紙一斉に大書して難波大助(49)死刑のことを報ず。大助は客歳虎之門にて摂政の宮を狙撃せんとして捕へられたる書生なり。大逆極悪の罪人なりと悪むものもあれど、さして悪むにも及はず、又驚くにも当らざるべし。皇帝を弑するもの欧洲にてはめづらしからず。現代日本人の生活は大小となく欧洲文明皮相の摸倣にあらざるはなし。大助が犯罪も亦摸倣の一端のみ。洋装婦人のダンスと何の択ぶところかあらんや。

〔欄外朱書〕難波大助死刑大助ハ社会主義者ニアラズ摂政宮演習ノ時某処ノ旅館ニテ大助ガ許婚ノ女ヲ枕席ニ侍ラセタルヲ無念ニ思ヒ腹讐(ママ)ヲ思立チシナリト云フ

十一月十七日。晴れて風なく暖なり。午前春陽堂の林君麻布襍記初版再版合計の印税金八百拾九円持参。

十一月十八日。天気牢晴。

十一月十九日。午後小園の落葉を掃ふ。竹田屋宝暦武鑑を持参す。夜宮村町松莚子の家にて、岡、池田、川尻の三家相会し、本郷座十二月狂言仮名手本忠臣蔵上場に関する相談あり。予もまた与かる。

十一月二十日。曇りて風なし。庭樹に鶯のさゝ啼聞ゆ。

十一月廿一日。昨夜深更より大に雨ふり、今朝に至りて歇む。午餉の後氷川神社の境内を歩む。見渡すかぎり銀杏の落葉に埋れたり。額堂神楽堂の屋根も黄金の瓦にて葺きたるが如し。

十一月廿二日。快晴。酒井氏来談。

十一月廿三日。快晴。午後澀谷道玄阪の麓にて偶然葵山子に会ふ。倶に駒場大学の庭園を横ぎり、代々木村大山園と称する林泉を巡見す。近傍に火葬場あり。上水に沿ひ歩みて角筈村に出づ。道を路人に問ひ吉井伯の新邸を訪ふ。燈火点ずる頃辞して去り、十二社の境内を過ぎて新宿に出で、四谷見附外三河屋にて食事をなし帰宅す。深更微雨。

十一月廿四日。午前新潮社の番頭来りて拙稾の出版を請ふ。固く之を辞す。新潮社は予が三田文学を編輯せし時雑誌新潮にて毎号悪声を放ちしのみならず、森先生に対しても人身攻撃をなしたり。又先生易簀の際にも更に甚しく罵詈讒謗をなしたり。余いかで斯くの如き悪書肆よりわが著作を出版する事を得べきや。

十一月廿五日。快晴。お栄わが家に在りし時金銭を私せし事露見し、酒井氏厳談に及び、幸にして損害を償ひ得たり。

十一月廿六日。快晴。鈴木医師を訪ふ。

十一月廿七日。快晴。風あり。茶梅の花未散りつくさず。

十一月廿八日。快晴。

十一月廿九日。晴。羽根沢より恵比須の新開町を歩む。

十一月三十日。南風烈しく薄暮雨。夜に至つて霽る。

十二月朔。松莚子に招がれ山形ホテルに往く。大伍清潭の二子亦招がる。晩餐を畢りて後一同草廬に来り炉辺に款語す。

十二月二日。午後鈴木医師を訪ふ。

十二月三日。予が四十六年の誕辰なり。恰好し松莚子に招がれ銀座風月堂に飲む。

十二月四日。正午厳谷三一来り其作江口の里一幕を示して是正を請ふ。夜お栄の件につき酒井氏来談。

十二月五日。立冬以後日々快晴。気候温和なり。午後世田ヶ谷村三軒茶屋を歩み大山街道を行くこと数町。右折して松陰神社の松林に憩ひ、壠畝の間を行く。朱門の一寺あり。勝園寺の匾額を見る。門前の阪を下り細流を踰え豪徳寺の裏門に至る。老杉欝然。竹林猗々。幽寂愛すべし。本堂の檐に参世仏及び天谿山の匾額あり。豪徳寺は井伊掃部頭の菩提所なること人の知る所なり。松陰神社を去ること遠からず、又祠後の松林に頼三樹等の墓碑を見る。呉越同舟の感なきを得ず。

十二月六日。去年大沼氏の家より借来りし書籍を使の者に持たせて返付す。正午大阪中山豊三(50)来訪。午後駒場大学の園林を歩む。曩日神代氏来りて予が著作中に見る所の樹木の名称には謬多き由語られたり。是夙に心つける所なれば此日農科大学園中の樹木と其下に掲げたる名称とを照合して得るところあり。夜、雨降る。

十二月七日。午前雨歇みしが空くもりて風寒し。

十二月八日。正午坂井清氏来訪。近日神戸へ転任の由。

十二月九日。朝雨にまじりて雪ふる。夜、枕上竹田(51)の山中人饒舌をよむ。

十二月十日。晴。新演藝社本郷座観劇合評会に招待せられしが辞して行かず。予震災を機として当分劇場には赴かざる心なり。月刊の文学雑誌と興行物を目にせざること早くも一年あまりになりぬ。

十二月十一日。晴。夜木曜会に行く。忘年句会にて句相撲の催あり。

十二月十二日。晴。

十二月十三日。午後風なければ落葉を焚く。夜母上の安否を問ふ。母上の許には威三郎の幼児二人あり。行儀悪しく育てたりと見え、母と予と対坐する傍に走り来り、椅子に攀ぢ、茶をくつがへし、菓子を奪ひ、予に向つて早く帰れなど〻面罵す。世に悪童は多しといへども大久保の子供の如きは未曾て見ざる所なり。威三郎夫婦は野猿の如き悪児二人を年老いたる母上に托して、朝鮮の某処に居住せるなり。是人の親たる務を尽さず、又子たるもの〻道にも反けるものと謂ふべし。威三郎は曾て余の妓を納れて妻となせしを憎み、爾来十余年義絶して今日に及べり。此夜悪童の暴行喧騒に堪えず、母上とは長く語ること能はず、初更辞して帰る。吾家の戸を推して内に入れば闃として音なく、机上に孤燈の熒熒たるを見るのみ。余は妻子なき身の幸なるを喜ばずんばあらず。枕上柳湾漁唱第三集を読んで眠る。

十二月十四日。晴。不良屯(プラトン)社の社員来りて雑誌苦楽の原稿を催促す。

十二月十五日。午後白金三光町周旋宿松苗某を訪ふ。

十二月十六日。晴れて暖なり。芝山内を歩む。

十二月十七日。午後不在中長崎図書館司書増田廉吉(52)氏来訪はる。氏は曾て慶応義塾文科に在り、予に就いて仏蘭西語を学ぶ。夜草稿をプラトン社に送る。

十二月十八日。晴れて寒し。

十二月二十日。晴。東美倶楽部古書売立会。

十二月廿一日。晴。白金三光町松苗を訪ふ。

十二月廿二日。晴。園奴福次郎来りて庭を掃ふ。此日冬至。柚湯に浴す。

十二月廿三日。午後鈴木国手を訪ひ、浅草公園を歩む。

十二月廿四日。晴。午後白光の松苗を訪ふ。夜松莚子に招がれて其邸に往く。大伍、清潭、鬼吟の三子亦招がる。

十二月廿五日。快晴。午後蒲田矢口辺散策。

十二月廿六日。大石国手書を寄せられ、出京中深川八幡祠前知人某の家に宿すと云ふ。午後赴き訪うて健康診断を請ふ。帰途木場の溝渠を歩む。家に達する頃雨ふり出しぬ。

十二月廿七日。雨。

十二月廿八日。晴。

十二月廿九日。午前中執筆、日課の如し。曇りたれど温暖春の如し。午後川崎の大師堂に賽し、裏門より野径を歩み、細流に沿ひて塩浜の海辺に出づ。沖の方より海苔をつみたる小舟列をなして帰り来り、折柄の上汐に乗じて細流を上り行けり。水辺の漁家皆籬辺に海苔を干したり。雞鶩を養ひ卵を売るものあり。又盆梅を栽培するものあり。水村の生計羨むべし。日暮烏森に下車し、銀座にて西班牙のシェリイ酒を購ひ帰る。

十二月三十日。曇天。晩間松莚子に招がれ銀座風月堂に飲む。大伍、清潭、錦花の三子も亦招がる。歳暮の市を見て家に帰れば細雨霏霏たり。燈下執筆深更に至る。

十二月卅一日。午後白光の松苗を訪ふ。帰途南葵文庫門前にて偶然松莚子夫妻に会ふ。赤阪溜池活動小屋に徃く途中なりといふ。夜松莚子を家に待ちしが来らず。浴後執筆。忽ち除夜の鐘を聞く。

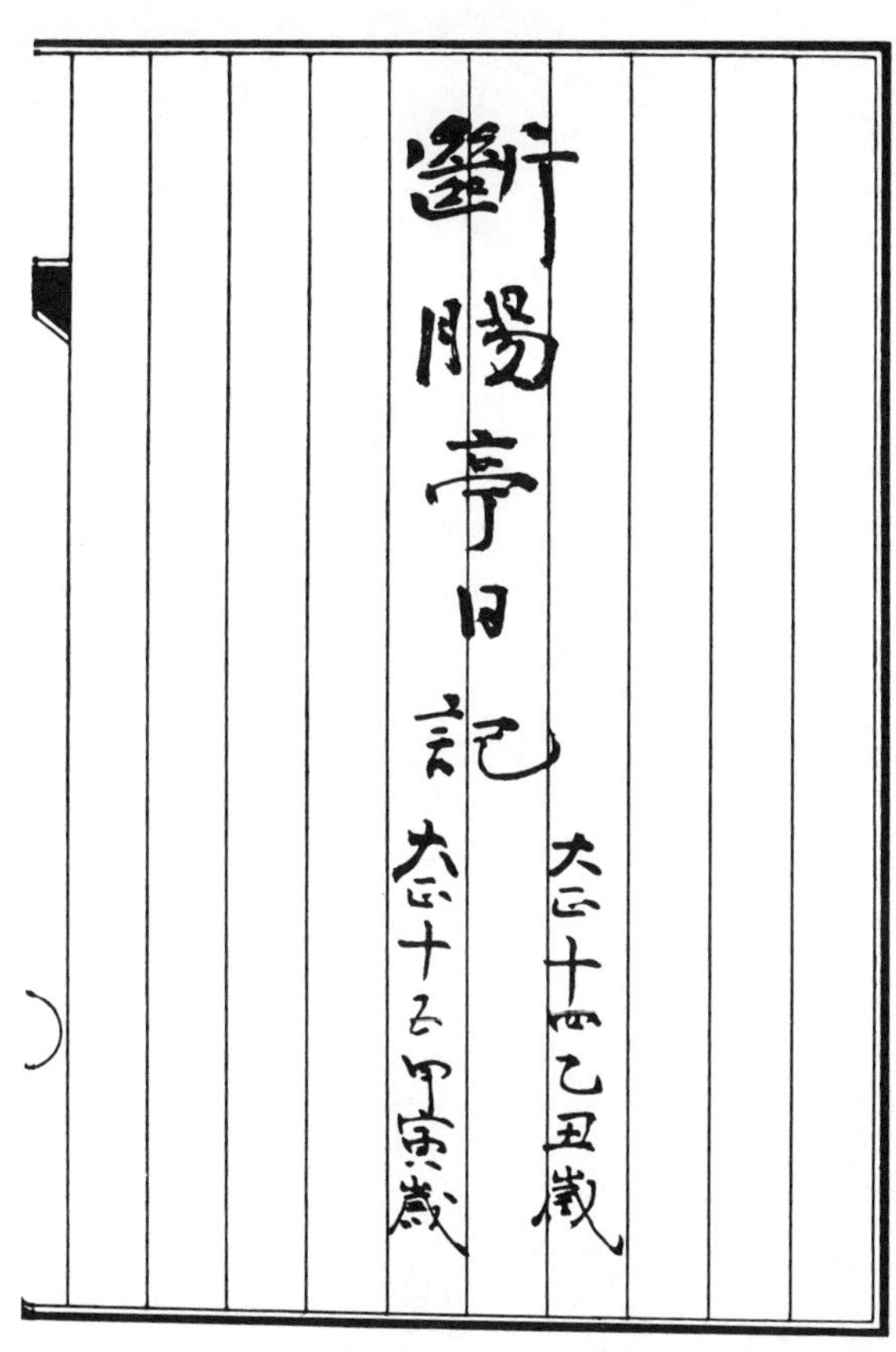

大正十四乙丑歳

# 斷腸亭日記

大正十五丙寅歳

# 断腸亭日記巻九大正十四年歳次乙丑

荷風年四十七

正月元日。快晴の空午後にいたりて曇る。風なく暖なり。年賀の客は一人も来らず。午下雑司谷墓参。帰途関口音羽を歩む。音羽の町西側取りひろげらる。家に帰るに不在中電話にて久米秀治氏急病。今朝九時死去せし由通知あり。老少不常とはいひながら事の意外なるに愕然たるのみ。

正月二日。快晴温暖三月の如し。午下愛宕下岩島病院(1)に赴き久米氏の住所を問ふ。震災後久米氏洋行し、帰朝後其住所を聞漏らしたれば弔問せむとするにも行くべき処を知らず。岩嶋病院について問ふに、今朝十時病院より葬式を出したり。住処は荏原郡矢口村の辺なりと。受付の看護婦が答に、今は如何ともすること能はず銀座を歩みて帰る。

正月三日。快晴。

正月四日。陰。雪ふる知らせにや腹痛む。

正月五日。快晴。

正月六日。快晴。寒の入。

正月七日。陰。

正月八日。快晴。今川小路三才社を訪ふ。

正月九日。くもりて風寒し。午後霊南阪上澄泉寺に林鶴梁の墓を展す。梅一株を栽へたり。夜雨ふる。

正月十日。午前雪ふる。正午既に歇む。午後青山墓地斎場にて久米君葬儀執行。

正月十一日。晴。太陽堂の根本氏来談。

正月十二日。晴れて風寒し。鈴木医師を訪ふ。

正月十三日。快晴。風あり。巌谷三一君来訪。午後軽震二回あり。

正月十四日。今日も北風吹きすさみて寒し。炉辺読書。

正月十五日。午前兜町片岡といふ仲買の店を訪ひ、主人に面会して東京電燈会社の株百株ほどを買ふ。去年三菱銀行の貯金壱万円を越へたれば利殖のため株を買ふことになしたるなり。仲売片岡は磊落なる相場師肌の男にて、余の小説を愛読せり。曾て築地僑居のころ相識りしなり。夜木曜会新年句会。

正月十六日。故押川春浪(2)の友人数名発起人となり、墓碑建立の寄附金を募集す。そも

〳〵予の初めて春浪と相識りしは明治三十二三年の頃、生田葵山が下宿せし三番町の立身館なり。春浪その頃神楽阪のビーヤホール某亭の女中お亀といふものと親しかりき。今日神楽阪右側演藝館(3)の建てる処なり。余亡友啞々子と外神田の妓を拉し、根津の温泉宿紫明館に泊りゐたりし時、春浪子おかめを伴ひ、同じく泊りに来りしことありき。余が外遊中春浪子はおかめを妻とし、女子を挙げたり。余帰朝の後日吉町のカツフヱープランタンにて、生田葵山、井上啞々、妓八重次、有楽座女優小泉紫影等と、観劇の帰途茶を喫しゐたりしに、春浪別の卓子にて余等の知らざる壮士風の男二三人と酒を飲みゐたりしが、何か気にさはりしことありしと見え、啞々子に喧嘩を吹きかけし故、一同そこ〳〵にプランタンを逃げ出したり。其夜春浪余等一同待合某亭に在りと思ひ、二三人の壮士を引連れ、其家に乱入し、器物戸障子を破壊し、三十間堀の警察署に拘引せられたり。春浪は暴飲の果遂に発狂し、二三年ならずして死亡せしなり。余はプランタンの事件ありてより断然交を絶ちたれば死亡の年月も知らず。

正月十七日。風吹きてさむし。

正月十八日。快晴。

正月十九日。風邪の気味にて頭痛甚し。早く寝に就く。

正月二十日。快晴。夜九時溜池演伎座興行中失火。

正月廿一日。午前林敏氏来談。多年慶応義塾教務係をつとめたる人なり。目下は出版商国民文庫刊行会の事務員なる由。翻訳小説訂正のことにつき来談せらる。

正月廿二日。戯に石印二三顆を篆刻す。夜木曜会に赴く。小波先生今昔物語を朗読せらる。明治文壇往昔の逸事を記したるものなり。三一君戯曲二篇を朗読せらる。

正月廿三日。快晴。

正月廿四日。快晴。日暮地震。

正月廿五日。今日もまたよく晴れたり。この月十日頃に少しく雪降りしのみにて、晴天旬余におよびぬ。水道水切れのおそれありと云ふ。

正月廿六日。くもる。

正月廿七日。快晴。午後散歩。御成道文行堂にて狂歌若葉集を獲たり。金五円なり。

正月廿八日。夜松莚子の邸に招がる。岡池田川尻の三子亦招がるゝこと例の如し。この夜寒気甚し。

正月廿九日。くもりて風なく、寒気甚し。午後散策。不在中川尻子来訪せられしと云。

正月三十日。暁方より雪降り出で、薄暮にいたりて歇む。半輪の月雪を照し崖地の眺望甚佳し。

正月卅一日。午後川尻清潭子を歌舞伎座に訪ふ。歌舞伎座昨年新築竣成。今年正月五日より興行せり。

二月朔。晴れて寒し。屋根の雪尚解けず。

二月二日。新富町浅利河岸貸席某亭にて本郷座稽古あり。松莚君鶴屋南北の作歯入屋権助(4)に扮するにつき、稽古取締を依嘱せられ、午後より赴き見る。風月堂にて晩餐を共にし家に還る。此日寒気甚し。

二月三日。午後重ねて稽古場に徃く。帰途池田大伍子と銀座の茶亭に少憩し、家に還るに日未暮れず。春方に来れるを知る。夜深くして風あり。庭樹窗竹騒然たり。

二月四日。立春。

二月五日。本郷座稽古附立につき正午家を出づ。稽古終りて後松莚大伍の二子と風月堂に飲む。夜俄に暖く雨来る。家に帰り下谷のはなしを浄書す。初更地震あり。

二月六日。微雨。本郷座舞台稽古。

二月七日。本郷座初日。街路泥濘沼のごとし。十時過芝居打出しとなる。帰途春月朧たり。

二月八日。近郷の梅花既に開く。

二月九日。快晴。春寒料峭。深夜大雨。

二月十日。午前中山豊三来訪。原稿の催促なり。

二月十一日。快晴。高橋君使にて餅菓子を贈らる。本郷座より稽古監督の礼金弐百円を贈来れり。意外の巨額一驚すべし。

二月十二日。木曜会。

二月十三日。午後散策。赤阪豊川稲荷に賽す。薄暮地震。

二月十四日。快晴。午後銀座第百銀行に往き、本郷座楽屋に松莚子を訪ふ。

二月十五日。快晴。

二月十六日。夜春雨瀟々。

二月十七日。雨凍りて雪となる。下谷のはなし脱稾。改めて下谷叢話と題す。午後雪歇む。巌谷三一来訪。

二月十八日。細雨糠のごとし。

二月十九日。午後より雨また雪となる。久しく慈顔を拝ぜざれば夜電話にて安否を問ふ。微恙ありと云ふ。

二月二十日。曇りて風さむし。昨夜の微雪凍りて解けず。

二月廿一日。午後物買ひにと銀座に往くに、普通選挙運動員自働車にて紙片をまき捨て行く。雪後泥濘の街上、紙片散乱、不潔甚し。夜九時頃より電力不足のため電燈黯澹たること燭影の如し。石油ランプを点じて草稿をつくる。

二月廿二日。朝九時頃睡よりさむるに雪紛々たり。正午小歇みしてまた降りつゞき、夕暮に至りて歇む。電燈昨夜に比すればやゝ明るし。

二月廿三日。雪後牢晴。暖気俄に催す。下谷叢話の中考證に必要のことあり。午下麴町区役所に赴き、戸籍簿を閲覧す。この夜小山内君より書信あり。大阪太陽堂と関係を断ちたりと云。

二月廿四日。春漸く暖なり。巌谷三一来訪。倶に築地松竹事務所に往く。錦花清潭鬼吟の諸子折好く事務所に在り。閑談半刻ばかりにて家に帰る。

二月廿五日。午後神田明神下鈴木医師を訪ふ。帰途本郷電車通書舗琳琅閣に立寄りしが獲るところなし。

二月廿六日。くもりてさむし。酒井晴次来談。

二月廿七日。今日もくもりて風寒し。北向の屋根には残雪尚消えず。

二月廿八日。本郷座千秋楽。晩食後赴き見る。松莚子と自働車を共にして帰る。この夜寒気甚し。枕上随園文粋をよむ。

三月一日。松莚子邸招飲。主人さる処にて抱一宗因二古人の短冊を獲たりとて示さる。宗因の句に曰くいもよ／＼先月を売る夕かな。抱一の句に曰く人の気もほころびそめて初ざくら。

三月二日。風はげしく春未暖かならず。川尻清潭子に拍子記一巻を送る。往年歌舞伎座楽屋にて狂言方竹柴七造(5)より借りて写せしものなり。

三月三日。松莚子に招かれ風月堂にて晩餐をなす。芝鶴莚若も共に来る。食事中適三升子の来るに逢ふ。

三月四日。快晴。

三月五日。歌舞伎座舞台ざらひを見る。松莚子シーザー及富樫に扮す。風はげしく寒気甚し。午後深川遊廓焼亡すといふ。

三月六日。風収りて暖なり。

三月七日。松莚子細君使の者に豆腐料理を持たせつかはさる。

三月八日。晴れて風寒し。

三月九日。風はげし。終日家に在り、旧稾を裒輯す。

三月十日。春の日うらゝかなり。郊外の梅を探らむとて澀谷まで行きしが、荷馬車の往復激しく、砂塵甚しき故、中途より帰る。此日澀谷停車場にて、偶然上田敏先生未亡人に会ふ。今猶白光三光町の旧邸に住はるゝ由なり。

三月十一日。巌谷三一来訪。相携へて世田ヶ谷の生田葵山を訪ふ。款語半日。一同帝国劇場に往き歌劇ヱルナニを聴く。帰途女優明子等と日比谷のカツフヱーリヨンに飲む。偶然林和氏に遇ふ。三更家に帰る。月明なり。

三月十二日。朝雷鳴り霰降り、やがて雪となる。須臾にして晴る。夜木曜会なり。帰途月明なり。

三月十三日。春風嫋々たり。菊の根分をなす。

三月十四日。松莚大伍の二子と銀座風月堂に会食す。松莚子は歌舞伎座に出勤し、令閨は池上本門寺に墓参すべしといふ。梅花満開の頃なれば、余は大伍子と共に令閨に随ひ、本門寺に往く。高嶋屋累世の墓は楼門を入りて右側なる墓地の入口にあり。曾て深川浄心寺に在りしをこゝに移したるなり。

三月十五日。細雨。傘さすほどにもあらず。食後銀座の庄司にて髪をかる。

三月十六日。竹田屋来る。

三月十七日。西北の風寒し。世田ケ谷村の植政を訪ひ、瑞香と業平竹を註文し、玉川双子の渡に至る。橋普請の最中なり。

三月十八日。正午七草会。築地二丁目の八百善に開かる。八百屋善四郎の家は癸亥震災後、浅草山谷を引払ひ、籾山氏の邸址に普請をなせしなり。この日勝手の方にて家人頻にウアイオリンのけいこをなす。来客の迷惑をも顧みざるものゝ如し。帰途大谷(6)氏に誘はれ、近鄰の待合金龍亭に立寄り、間取普請の様子を見る。万事薬研堀の大又が指図をなせし由なり。午後根岸金杉辺大火。夜九時頃まで焼けつゞけたり。御行の松は幸にして災を免れしと云。

三月十九日。快晴。風猶冷なり。

三月廿日。世田ケ谷植政の植木職人荷車にて瑞香と竹とを運び来り、庭に植ゆ。

三月廿一日。掃庭半日。

三月廿二日。岡不崩先生の邸に催さるゝ本草会に赴かむと欲せしが、此日恰日曜日にして、好く晴れたれば、電車の雑沓をおそれて家に留る。花壇に肥料を施しゐたりし時、葵山君来り訪はる。風月堂に浅酌して、倶に歌舞伎座に行く。錦花、清潭、城戸の三子と築地の金龍亭に至り、更に一酌す。

三月廿三日。微雨。午前十時松莚子と共に神田錦町一誠堂楼上に開かるゝ、絵本売立入札会下見に赴く。午後帰宅。

三月廿四日。曇りて風なし。草花の種を蒔く。

三月廿五日。竹田屋東都歳事記持参。

三月廿六日。快晴。

三月廿七日。微陰。白金辺散歩。

三月廿八日。晴。

三月廿九日。雨。夜に入りて風も吹添ひたり。松莚子邸雅集。

三月三十日。葵山君に誘はれ、歌舞伎座に松竹社舞蹈団の演技を看る。(7) 孤島に漂流して蕃女の乱舞を看たるが如き心地したり。

三月卅一日。松莚大伍二家を御成道の古書肆竹田屋にて待合せ、自働車にて千住大橋より荒川堤をめぐり、百花園に憩ひ、銀座風月堂にて晩餐をなす。

四月朔。新橋演舞場会場式に招がる。帰途築地の金龍に飲む。妓鈴尾、峰龍、稲代、里奴、等数人を招ぐ。市川猿之助花月画伯もおくれてまた来り会す。

四月二日。くもる。夜木曜会に赴く。会するもの葵山野圃二人のみ。

四月三日。軽陰。花未開かず。

四月四日。春雨霏々。深夜雪となる。

四月五日。時ゝ雨ふる。風寒し。

四月六日。空猶霽れず。風寒きこと冬の如し。

四月七日。風猶寒し。甌北詩話を読む。(8)

四月八日。晩間雨。根本氏来訪。

四月九日。木曜会運座。この夜寒風冬の如し。

四月十日。寒風前日の如し。

四月十一日。風稍暖なり。桜花忽開く。

四月十二日。成駒屋悴福助の羽衣会(9)。午後歌舞伎座にて開催す。松莚子に誘はれて赴き看る。夕方より雨。

四月十三日。時〻驟雨。

四月十四日。午後酒井晴次君来訪。

四月十五日。雨終日歇まず。風亦冷。

四月十六日。注文の書物到着したりとの知らせにより、午後今川小路三才社に赴く。この日天気牢霽。九段の桜花爛漫たり。

四月十七日。晴天。記すべき事なし。

四月十八日。晴れて風なし。郁子の花開く。

四月十九日。晴天。シヤガの花ひらく。

四月二十日。鄰家の八重桜ひらく。風あり。砂塵甚し。

四月廿一日。日色夏の如し。どうだん、青木、かなめなどの若芽舒ぶ。晡下空かきくもりて風絶え、夜に入りて大粒の雨はら〱と降り来れり。

四月廿二日。昨夜より降つゞきたる雨、午ごろに歇む。食後銀座を歩み夏の襯衣を購ふ。

四月廿三日。時々微雨。

四月廿四日。晴れて暑し。三菱銀行に用事あり。帰途山の手線の電車に乗り、郊外の新緑を看る。燈下René Boylesve[10]の小説Les Nouvelles Leçons d'amour dans un parcを読む。

四月廿五日。巌谷三一君来訪。日本橋三越前不二屋といふ洋食屋に案内せられ、昼餐を馳走せらる。歌舞伎座に立寄り帰宅。

四月廿六日。午後南葵文庫に赴く。夕刻松莚君麻布邸例会なり。雨ふりしきり夜半に至るも歇まず。

四月廿七日。晴れて風なし。南葵文庫に赴く。夕刻より両国薬研堀鳥屋末広にて七草会あり。歌舞伎座七月盆興行相談。

四月廿八日。招魂社祭礼にて南葵文庫休みなり。夜歌舞伎座にて俄国人管絃楽演奏あり。但し日本人も打交りたれば面白からず。外国のものは外国人ばかりにて為すがよし。帰途巌谷三一君と銀座の茶店に少憩す。園池宇野[11]の二氏に逢ふ。夜半豪雨。

四月廿九日。午後南葵文庫に赴く。夜重ねて歌舞伎座に音楽を聴く。

四月三十日。雨ふりて寒風冬の如し。歌舞伎座舞台げいこを看る。

五月朔。雨歇みしが風猶寒し。歌舞伎座初日。

五月二日。晴。南葵文庫に在り。

五月三日。午後巌谷三一来談。夕刻松莚子に招がれ、風月堂に往く。帰途細雨煙の如し。

五月四日。晴。午前中執筆。午後南葵文庫に往く。

五月五日。晴。午前中執筆。午後来訪者を避けむがため南葵文庫に往く。

五月六日。晴。巌谷関(12)両君来談。倶に山形ホテル食堂にて昼餉をなす。

五月七日。曇りて風涼し。夕刻松莚子来訪。細君同伴なり。山形ホテルにて夕餉の馳走にあづかる。竹田玩古堂また来る。帰途拙宅にて款語。十一時を過ぐ。

五月八日。岡野知十翁柏如亭(13)の詩本草を贈らる。過日旧著腕くらべを贈呈したれば、其の返礼にとて恵贈せられしなり。燈下一読するに、明清名家の文をよむが如し。蓋し江戸詩人詩話中の白眉なるべし。終日雨霏々たり。

五月九日。曇りて風寒きこと冬の如し。松莚君夕刻五時頃歌舞伎座しまひに付き、それより自働車にて、向嶋土手をめぐり、千住より浅草に出で、金田にて夕餉を食す。大伍子竹田屋また同行す。帰宅の後暖炉に火を焚いて臥す。新緑の時節此の如き寒気に遇ふ。奇と云ふべし。

五月十日。曇天。気温常に復す。宮城に御慶事ありとて市中国旗をかゝげ、日比谷あたりにて爆竹の響す。点燈の頃より雨。

五月十一日。岡村柿紅氏当月六日身まかりし由。葉書にて通知あり。明治三十二三年のころ、栁紅子中央新聞社に在り、小波先生の木曜会にも来られし事あり。子が細君は新吉原江戸町一丁目成八幡楼にて勤めせしもの。子が亡友啞々子が馴染の女なりき。現在の未亡人はその人なるや否や、予栁紅子とは交さして深からざれば知らず。此日また河原崎長十郎の母俄に世を去りし由。癸亥の秋、地震の夜、長十郎一家偏奇館に来りて庭上に露宿せしも早や三年前のことゝはなりぬ。

五月十二日。風吹きて砂塵甚し。午後南葵文庫に往く。夜松莚子に招がれ、御成道竹田の店にて相逢ふ。広重江戸会席尽十葉ほど購ひ帰る。

五月十三日。風やみて静なる日なり。南畝が後裔を調査せむとて牛込区役所に赴き、戸籍簿を見たれど得るところなし。

五月十四日。木曜会に往く。小波先生仙台に赴きて在らず。渚山秋生来る。深夜枕上雨の来るを聞く。

五月十五日。午前高橋君より電話あり。相携へて楽天居に往く。色紙短冊を見んとてなり。過般小波先生信州の某氏より購はれしものゝ由。貞徳、千代、蕪村、闌更、暁台、沾徳、蜀山、蓼太、橘洲など、品数少からず。市川三升、久保田米斎、川尻清潭の三子も来る。三一君と雨中銀座に往き帰宅す。

五月十六日。雨やみしが雲の行来おだやかならず。夜青山南町に三村竹清(14)翁を訪ひ、南畝が親類書を借覧す。帰途麦藁帽子を購ふ。家に帰りて帽子の裏にいたづら書をなすこと左の如し。

新しきその当座こそよかりけれ。女房に似たるむぎわらの帽。

折れやすき名はむぎわらの夏ぼうし。拭ひかねたる雨のけがれに。

五月十七日。日曜日なり。朝来細雨糠の如し。木曜会の諸子利根河畔の新緑を見むとて、午前九時上野に集り、栗橋に遊ぶと云ふ。三一君電話にて頻に同行をすゝめられしが、腹具合心にかゝりしかば家に留りぬ。雨日暮に歇む。

五月十八日。午後歌舞伎座に松莚子を訪ふ。清潭子と風月堂に往く。途上大伍子に逢ひ、倶に晩餐を喫す。帰途驟雨。

五月十九日。晴れて暑し。夕刻より鬼吟、大伍、清潭、三一の諸子と、松莚子の邸に会合し、東街道四谷怪談正本の読合せをなす。蓋この正本には異本尠からず。いづれをよしとも定めがたきを以てなり。伊原青々園蔵本と松竹蔵書文政八年興行正本とは同一のものにて、南北が原作なるが如し。頃日春陽堂の刊行せし渥美氏(15)編纂の大南北全集と称する活字本は寅悪本なり。これにつけても大正今日の出版物の信用しがたきを知るべし。深夜諸子と自働車を倶にして帰る。

五月二十日。夜松莚子の家に招がれ晩翠軒支那料理の馳走に与かる。電池商八井某吉原の太鼓持二名を伴ひ来る。清潭子も亦来る。下谷の妓二三人酒を侑く。

五月廿一日。午後沐浴して眠りを催す折から葵山子来り訪はる。旧帝国劇場女優小原小春この頃浅草公園にて人気ある由。引幕へ贈主の名前入用につき予と生田氏の名を借用したしとの事なり。驟雨の晴るゝを待ち銀座風月堂に往きて飰す。

五月廿二日。午後牛込仲町辺を歩む。大田南畝が旧居の光景を想像せむとてなり。南畝が家は仲御徒町にて東南は道路、北鄰は北町なりしとの事より推察するに、現時仲町と袋町との角に巡査派出所の立てるあたりなるべし。

五月二十三日。曇りて風なし。午後庭のどうたん、かなめ抔の刈込みをなす。夜三更強震あり。

五月廿四日。午後南葵文庫に往き鈴木桃野が反古の裏書活版本を読む。夕刻雷雨。富士見町相模屋にて夕餉をなす。

五月廿五日。曇りて蒸暑し。午後南葵文庫に往く。夜原稿執筆。

五月廿六日。夕刻松莚子夫婦に招かれ神田明神社内開花楼に飲む。清潭大伍小山内の三君また招かる。

五月廿七日。松莚子芝居のけいこ休みなれば向嶋に遊ぶべしとて、午後より大伍子玩古堂等を誘ひ、百花園に往く。この日朝より空くもりて小雨歇みてはまた降る。されど傘さすほどにもあらず。園中人なく、梅は既に枯死し、池水は濁り、見渡すかぎり夏草生茂りしさま曠野の如くにて、寂寥卻て愛すべし。園中唯はこねうつ木の一樹花ひらくを見るのみ。園主出で来り楽焼の茶碗に句を請ふ。已むことを得ず、秋草やむかしの人の足の跡とかきて与ふ。薄暮土手を歩み雲水に飰す。乗合自働車にて吾妻橋に至る。銀座に出で更に茶を喫して家に帰る。

五月廿八日。昨日竹田玩古堂松莚子方へ狂言正本二部持来りしを、余が方へ取寄せたり。一は傾城吾嬬鑑。一は婦将門といふ。倶に劇神仙寿阿弥[16]の解題ありて、幕医澀江抽斎[17]の蔵書なり。此日朝倉屋より古今雑話写本随筆二十巻を送り来る。終日雨。

五月廿九日。過日来毎朝下山某[18]といふ髯をはやしセルの行燈袴はきたる男訪来り、短冊一葉につき一円ヅヽ進呈すべければ、是非とも揮毫なされたしと言ふ。窃に聞くに此男は文士連の短冊を五円ヅヽにて田舎者に売りつけあるく者なる由。再三断りても承知せざればその中暇あらばと言葉を濁して挨拶せしに、忽短冊五六十枚持来れり。世にはあきれ果てたる男もあるものなり。

五月三十日。曇る。夕刻玩古堂来る。

五月卅一日。晴。木挽町舞台稽古の帰途松莚子と風月堂に飯す。

六月一日。歌舞伎座初日。夕餉の後赴き見る。帰途銀座通にて米国より帰京せし近藤経一氏に逢ふ。

六月二日。午後南葵文庫に在り。茶窗閒話[19]を読む。夜微雨。

六月三日。小雨折々降る。午後南葵文庫に往き菊池元習[20]の三山紀畧を読む。竹田玩古堂来り近日商用にて朝鮮に赴くといふ。扇子に送別の一首を書して曰く。


　行先は雞の林ときくからに卵のからと身をなくだきそ

六月四日。小雨ふりてはまた歇む。

六月五日。松莚子南畝自筆の壬申掌記[21]といふものを岡野知十翁より譲り受けたり。随筆見聞録なり。もと松戸の堀越氏といふ人の蔵書なりしを、近頃知十翁文行堂より百金にて購ひしと云ふ。早朝雨を冒して松莚子を訪ひ右の珍書を借覧す。燈下抄写夜半にいたる。

六月六日。花柳章太郎、巌谷三一、田中総太郎（ママ）、田嶋醇（ママ）の四子余を銀座風月堂に邀えて昼餐を供せらる。四子は昨夜深川洲崎に遊びたる帰りなりと云ふ。

六月七日。今日はめづらしく晴れたり。植木屋福次郎来りて松樹のみどりを摘む。

六月八日。曇りて風冷なり。草稾を太陽堂に送る。

六月九日。風冷にして微恙あり。

六月十日。高橋君来遊。山形ホテルにて午餐をなす。夜歌舞伎座にて新橋の妓峯龍に会ふ。新橋にては藝者洋服をきるときは見番にて罰金を取る由。

六月十一日。高橋君に招がれ昼飯の馳走になる。午後一睡。夜木曜会に往く。

六月十二日。七草会。薬研堀鳥屋末広に開かる。松莚君自働車にてむかひに来らる。会散じて後、三一君と本郷座に往き葵山子に会ひ夕刻家に帰る。此夜南畝の壬申掌記を写し畢る。

六月十三日。晴れて風涼し。午後富士見町相撲家に飲む。二十年来なじみの家なり。内儀のはなしに此地の藝者にて目下閨中の秘戯に巧みなるもの。小せん、玉龍、松葉、かの子、常勇、奴、半子、高千代、小てつなどなりと。

六月十四日。再び七草会、麻布芋洗阪鰻屋大和田にて開会。七月木挽町興行の狂言東海道四谷怪談のことにつき相談あり。岡鬼太郎君帰途三一子と共に草廬に立寄らる。夜四谷怪談の正本を読む。深更雨。

六月十五日。雨ふりつゝきたり。午後一時歌舞伎座事務室にて今日も亦四谷怪談上場に付き会談。晡時大伍子と風月堂にて晩餐をなし家に帰る。雨晴れて夕陽明媚なり。

六月十六日。午後三一子来る。又もや誘れて歌舞伎座に往く。予震災を好機となし、芝居其他の興行物には成るべく関係せじと思ひ居りしが事情ゆるさず、この頃は殆梨園の人の如き有様とはなれり。

六月十七日。松莚子に誘はれ其自働車にて目白台新坂旧前嶋氏邸址[22]の売地を見る。一株の古松あり。名木なるが如し。晡時家に帰る。下谷叢話其他二三冊の製本をなす。

六月十八日。大同生命保険会社々員来り養老保険金満期になりしとて、金参百円を持参せり。思へば廿五年前一番町にありし時、小波先生の門人にて向井大放といふ人、護国生命保険会社の社員なりしかば已むことを得ず養老保険とかいふものに金参百円の掛金をなせし事あり。向井は日露戦争の際旅順口にて戦没したり。月日のたつこと夢のごとし。

六月十九日。雨やみてはまた降る。

六月二十日。松莚大伍の二子と風月堂にて昼餔す。雨滝の如し。歌舞伎座に赴き大伍子と共に木村錦花氏を訪ひ、歌舞伎座々付立作者に岡君を推挙したき考なれど、楽屋裏の事情いかゞなるや、腹蔵なく御意見を伺ひたしと言ひしに、岡君はあまり気むづかしき人なれば、役者との折合もいかゞなるや知るべからず、適任にはあらざるべしとの返答なり。歌舞伎座には榎本破笠氏[23]歿後、今日に至るも未その後を継ぎて立作者となるものなく、目下木村錦花氏松竹社々員として作者部屋をあづかり居れるなり。

六月廿一日。羽倉簡堂の小四海堂叢書を購ふ。

六月廿二日。淫雨霽れず。

六月廿三日。雨。

六月廿四日。陰。薔薇花満開。

六月廿五日。曇りて風なく蒸暑し。夜となりても暑さ退かず。梅雨中かくの如き暑さ近年覚えざることなり。

六月廿六日。午後巌谷氏来訪。山形ホテルにて昼餔し、世田ケ谷の生田葵山を訪ひしが在らず。此日溽暑昨日の如し。夜松莚子邸招飲。

六月廿七日。古本売立の市ありしかど炎暑を虞れて行かず。

六月廿八日。頭痛読書に堪えず。庭に出で木斛の枝を刈込みゐたりし時、一人の品好き老紳士門扉を排きて入り来り、名刺を示さる。手にとりて見るに、高瀬代次郎(24)とあり。是細井平洲佐藤一斎の詳伝を著したる学者なり。氏は予が先人とは旧知の由にて、また近頃拙著下谷叢話をよみたれば一度お目にかゝりたく、幸近鄰を通りたれば突然おたづねせしなりとの事なり。

六月廿九日。高橋君より晩餐に招かれしかど時間の都合あしくて赴くこと能はず。

六月三十日。晴れて風爽なり。正午歌舞伎座舞台ざらひを見る。初めて三田村鳶魚林若樹(25)二氏に会ふ。松莚大伍三一の諸子と銀座通不二屋に餔して帰る。

七月朔。雨中鷲津貞二郎来訪。山形ホテルにて倶に昼餉をなす。予久しく大久保へ無沙汰なれば、母上の安否を問ひしに本年暮春の頃より威三郎大久保に在り。母上恙なき由。鷲津君の談なり。

七月二日。松莚子抱一が花街十二ケ月書画帖(26)を獲たれば、見に来よと電話にて招かる。大伍三一の二子も亦前後して来る。一同かれいの煮肴冷やつこにて昼餉の馳走になる。松莚子直助権兵衛の役夕五時頃より出場との事なり。共に木挽町に往き七時頃独風月堂に至る。偶然柳田国男氏(27)の来るに会ふ。此夜月明に風涼し。

七月三日。風あり。暑甚しからず。人より依頼せられ四谷怪談の発句を短冊に書す。次の如し。

　初潮に寄る藻の中や人の骨
　榕売る小家のまどや秋の風
　悪人の兄持つ妹や破団扇
　　行く秋や置く質草も人のもの

七月四日。時〻雨あり。

七月五日。松莚子を訪ひ昼餉の馳走になる。

七月六日。午後巌谷三一来談。

七月七日。雨。

七月八日。雷雨。燈下夕陽黄葉村舎文(28)をよむ。

七月九日。森先生三回忌なれば墓参に赴かむとせしが事に妨げられて行くこと能はず。夜木曜会なり。席上の談話に文士山本有三(29)この程松竹キネマ会社にて、山本が旧著阪崎出羽守を活動写真に仕組み替へたりとて、其の興行を差留め、遂に松竹より金三千円の賠償金を獲たりとの事なり。近時文士の悪風恐るべし。山本は以前壮士役者川上音次郎(ママ)に随従せしものゝ由。曾て帝国劇場にて其脚本を上場せし時にも何やら事を構へてゆすりがましき所業をなしたりと云ふ。

七月十日。昨夜深更より大雨ふりつゞきて終日歇まず。

七月十一日。巌谷三一君葡萄酒二壜を贈らる。

七月十二日。終日雨。

七月十三日。曇天。午後巌谷三一生田葵山来訪。相携へて歌舞伎座に松莚子を訪ふ。市村可江子に旧著おかめ笹を請はるゝがまゝ贈る。

七月十四日。曇りて風凉し。午後松莚子を其邸に訪ふ。巌谷三一君縁談のことにつきてなり。三一君この程より岡野知十翁の季女千枝子を娶りたき心あり。始婦人雑誌に掲載せられし女の写真を見て恋慕の心起りしとの事なり。松莚子は幸知十翁とは相識の間なれば斡旋するところありしが不調に畢りしなり。

七月十五日。両三日前より袷着たきほどの冷気なり。風邪の気味にて頭痛む。腹具合亦よろしからず。

七月十六日。快晴。風さはやかなり。門前の石榴花開きはじむ。

七月十七日。松莚大伍の両子と風月堂に餔す。

七月十八日。快晴。

七月十九日。風あり。暑気甚しからず。

七月二十日。午近き頃母上来らる。実は両三日前久しく御無沙汰したりし故手紙を出せしところ、今日突然来り訪はれしなり。健康の御様子何よりも芽出度し。この日土用に入る。

七月廿一日。晴れて風涼し。画帖扇面揮毫。

七月廿二日。ぎぼしの花散り石榴の花開く。

七月廿三日。松莚子、夫人及書賈竹田を伴ひ来り訪はる。夜雨。

七月廿四日。炎暑甚し。

七月廿五日。葵山君と歌舞伎座に行く。

七月廿六日。松莚子邸招飲。涼風秋の如し。

七月廿七日。午後松莚大伍清潭の三子と墨隄百花園に遊ぶの約ありしが、腹痛甚しく家に留まる。

七月廿八日。午前車にて鈴木医師を訪ひ診療を請ふ。夜竹田屋見舞に来る。

七月廿九日。終日家に在り。病を養ふ。幸に風ありて涼し。裏庭の鳳仙花おしろい花開く。夾竹桃また花開かむとす。

七月三十日。風涼し。書を曝す。夜松莚子細君を伴ひ来り訪はる。

七月卅一日。涼風颯々。百合の花ちる。

八月朔。午後遠雷の響歇まず。雨を待ちしが来らず。夜三村竹清子を訪ふ。南畝が狂歌草稾七々集(30)を借りて帰る。

八月二日。日曜日。大磯なる小波先生僦居にて、午後より木曜会運座あり。予腹痛のため行かず。時々驟雨。

八月三日。曇りて風涼しきこと彼岸頃の天気の如し。

八月四日。今日も風涼しければ、午後西ノ久保光明寺に往き、市川寉鳴(31)の墓を掃ひ、墓誌を写す。墓誌は予が家の遠祖星渚先生(32)の撰なればなり。碑面には江損疾とあり。江は本姓大江氏を修したるもの。損疾は字なり。通称は永井襲吉なるべし。光明寺は癸亥の災に焼亡したれど、市川氏累世の墓石は裏手の岡の上に在るを以て破損せざりしなり。雲室上人の墓は尋ねしかど見当らざりき。この夜月蝕す。

八月五日。黎明。雷雨の響に睡を破らる。予は雷鳴をおそれざる性なれど、この暁ばかりは硝子戸にひゞきわたる音のあまりに物凄ければ、窗掛をおろし夜具を頭より引きかぶりてその静まるを待ちたり。

八月六日。天候尚恢復せず。時々雨あり。

八月七日。涼風颯々。明日立秋なり。今年の夏は暑気甚しからず。午前堀口大学氏来訪。本年三月ルーマニヤ国より帰り目下大森望水館(33)に宿泊せるなりと云ふ。

八月八日。午前巖谷関二君来訪。夜に入り西風頻に窗前の竹林を動かす。欧陽修が秋声賦を想起しぬ。

八月九日。日中残暑盛なれど夜は涼風颯颯たり。九段より神田を歩む。

八月十日。午後曝書。ウエルレーヌの恋愛詩篇をよむ。

八月十一日。秋暑甚し。未虫を聞かず。

八月十二日。雲重く溽暑甚し。時々驟雨あり。竹清君より借来りし蜀山人七々集を写終りて装釘す。

八月十三日。昨夜深更人定るの後、窗外初めて蟋蟀の鳴くをききぬ。今年虫声を聞くこと去年よりも早きが如し。

八月十四日。昨日より今日にかけて豪雨歇みてはまた降る。蒸暑くして汗居ながらにして湧くが如し。午前森銑三[34]氏来訪。尤も初対面なり。石田醒斎[35]の事蹟を調べらるゝ由なり。予が下谷叢話をよみたりとて種々教へらるゝ処あり。

八月十五日。豪雨未歇まず。諸国出水鉄道不通例年の如し。但し市内電燈は猶無事なり。

八月十六日。紅蜀葵初めて花ひらきぬ。この花立秋後両三日にして必花開く。予五年来実見する所なり。今年は立秋の節後八日にして始て花開きぬ。梅雨の後雨多かりしが故なるべし。

八月十七日。十二日頃より降りつゞきたる雨今日に至りて漸く霽る。山本書店清音楼集其他二三種を送り来る。

八月十八日。午後より又雨となる。物のしけること甚し。

八月十九日。今日は晴れたり。秋蟬頻に啼く。曝書の旁拙堂文話第一巻を読む。

八月二十日。軽井沢より松莚三一両子の葉書来る。彼の地も雨多かりしといふ。松莚子本日帰京の由。

八月廿一日。残暑甚し。

八月廿二日。正午竹田屋来る。松莚子毎日歌舞伎座稽古場に赴かるる由。竹田屋語る。

八月廿三日。残暑甚し、夜本郷通の古書肆を見歩き、根津の陋巷に某女を訪ふ。千駄木に出で、森先生旧邸の門前を過ぐ。団子阪上の通りにも商舗追々増加し、場末の新開町の如き光景となれり。池の端に出で電車にて帰る。

八月廿四日。日中楼上に曝書す。

八月廿五日。豪雨歇まず。人々二百十日の災厄を憂ふ。

八月廿六日。兼て片岡商店に依頼し置きたる郵舩会社旧株五十株買ふ。一株七拾一円九拾銭也。この日朝より雨ふりゐたりしが正午頃より弥甚しく、夕刻に至り虎門より溜池電車通潦水激流をなし、電車一時不通となれり。夜半に至り雨歇む。

八月廿七日。午頃三一子来り訪はる。高輪楽天居修葺の由。

八月廿八日。炎蒸最甚し。夕刻松莚子招飲の約に赴く。清潭鬼太大伍の三子亦招かる。夜半に至るも風なし。

八月廿九日。残暑弥々甚しく、雨後蚊の湧出ること夥し。窗の竹には毛虫多くつきたり。夜溜池を過るに、去二十六日の大雨に溝渠の水溢れ人家の床下に流入りし由、路傍に塵芥山の如く、糞尿汚水の臭気鼻を突く。氷川明神の境内を歩みて帰る。半輪の月よし。

八月三十日。風ありて稍涼し。曝書の旁久しく見ざりし書物何といふことなく読みあさるほどに、暑き日も忽ち西に傾き、つく〲法師の啼きしきる声せはしなく、行水つかふ頃とはなるなり。予は毎日この時刻に至り、独り茫然として薄暮の空打ながめ、近鄰の家より夕餉の物煮る臭の漂ひ来り、垣越しに灯影のちらほら輝き出るを見る時、何とも知らず独無限の詩味をおぼえて止まざるなり。

八月卅一日。八月中は人皆避暑に赴きし後にて来訪者少く、閒居には最好き時節なり。毎日曝書。薄暮行水の湯をわかし、夕餉の粥を煮て庭を歩み、燈下に嗜読の書をよむほどもなく、いつか初更の鐘を聞く。病余の生涯唯静安を願ふのみ。

九月朔。歌舞伎座初日なれど、暑ければ往かず。

九月二日。午前森銑三君来訪。南畝の尺牘を写来りて示さる。

九月三日。午前井阪梅雪君来訪。新橋演舞場十一月大ざらひの事につきてなり。午下雨ふる。久しく雨なかりし故、竹藪に濺ぐ雨の声、涼しさ言ふばかりなし。

九月四日。麻布永坂上に松雲堂といふ貧し気なる筆屋あり。筆つくり居るは品好き老人にて、其の娘とも見ゆる三十あまりの女、同じく筆つくり居れり。去年杪冬、散歩の途次初めてわが近巷にこの筆屋あるを知り、折々買ひ求るなり。以前は神田今川小路玉川堂、または銀座鳩居堂にて買ひたり。夕刻雨。

九月六日。雨霽れて残暑甚し。

九月七日。横浜の悪疫芝神田辺に曼衍せりと云。

九月八日。早朝三村竹清子来訪。

九月九日。都下の教科書出版商無断にて文士の小説を択び、教科書を編纂すること、近年一般の悪風なり。頃日本石町の金港堂(36)、予が写真を教科書に掲載したき旨度々手紙にて申来れり。尤差出人の氏名を記せず。金港堂編輯部の名義なり。金港堂は贈賄を以て名高き本屋なり。予甚不快に感ずるが故返書を送らず。

九月十日。午前森銑三氏来り石田醒斎の伝を脱稾したりとて示さる。午後大雨車軸の如し。

九月十一日。早朝より西南の風烈しく雲の行来穏ならず。夜に入りて風歇む。

九月十二日。飯倉二丁目にコレラ病患者ありし由。残暑甚し。

九月十三日。曇りて残暑少しく退く。氷川神社祭礼。早朝より近巷太皷の音鼕鼕たり。夜谷町通り人出盛なり。

九月十四日。日中残暑猶甚し。紅蜀葵鳳仙の花漸く尽きんとす。牽牛花高く樹頭に這ひ上りぬ。

九月十五日。予が家の北鄰にトタン葺の小家両三軒あり。一軒は救世軍の人にてもあるにや、折々破れたる風琴を鳴し、児女数人讃美歌を唱ふ。其のとなりは法華宗の信者にて、朝夕木魚打鳴して経をよむ。そのまた鄰りの家にては、猿を飼ふ、けたゝましき鳴声絶間なし。此日残暑殊に烈しき午後、法華信者の家にあまたの男女集ひきたり、大声に読経をなす。喧騒言はむかたなし。曾て大久保余丁町に在りし頃、裏門のほとりに天理教伝道者きたり住み、ついで三味線の師匠来り、日夜喧騒なるにこまり果てたることありき。予清元をけいこせし頃も鄰人の迷惑を慮り、家にて三味線を手にせしことは罕なりき。人この世に生れ物音を立てず静に日を送ることは難きものと見ゆるなり。

九月十六日。昼の中は残暑依然たり。夜半涼味頓に生ず。徂徠集を第一巻より読始めたり。

九月十七日。朝より雨ふる。秋涼肌に沁む。十時頃三一君来訪。

九月十八日。秋雨瀟々。風邪の気味にて臥す。

九月十九日。雨霽れて再暑し。大正八年秋築地の路地に住みし時、彼岸に至るも秋暑甚しく、コレラ病流行せしことあり。今年の秋暑また斯くのごとし。

九月十八日。日曜日。彼岸の入。松莚子に招がれ大伍子と共に山形ホテルに昼餐をなす。松莚子劇場に赴きたる後、大伍子草廬に来り斜陽窗に映ずる頃まで文事を談ず。

九月廿一日。空晴渡りて風なく残暑去る。彼岸の好天気なり。但し行くべき処もあらねば家に在りて庭の雑草を除く。

九月廿二日。快晴。野菊満開。

九月廿三日。午前春陽堂主人和田氏来訪。文士菊池寛(37)和田氏を介して予に面会を求むといふ。菊池は性質野卑奸獝、交を訂すべき人物にあらず。午後三村君を訪ひ、去月借覧せし蜀山人七々集を返還し、玉川行の電車にて世田ケ谷を過ぎ、高井戸村に至る。この電車今年の春頃より開通せしなり。高井戸より歩みて豪徳寺に至る。路傍竹林深き処、柴門に竹久といふ名札かゝげたる家あり。一時流行したる雑誌板下絵師竹久夢二(38)子の寓居なるべし。雑木林の間を行くこと三四町。六所神社の祠前に出づ。恰祭礼にて村の者笛太皷を吹き鳴し、境内には見世物小屋もできたり。一対の大なる幟を見るに安政二年乙卯九月穀旦雪斎□□謹書とあり。このあたり低き岡多く、人家稀にして、水田、甘藷畠、孟宗の竹林、櫟の林つらなりて虫の声雨の来るがごとし。されど電車既に開通したれば、両三年を出ですして、厭ふべき郊外の巷となる事なるべし。日歿せざる中急ぎ家に帰る。

九月廿四日。曇りて風なく陰欝なる日なり。頭重く読書に堪えざれば、郊外を歩まむとて家を出でしが、電車の雑遝甚しき故、氷川のあたりを歩み家に帰りて眠る。雨の音に寤むれば既に黄昏なり。

九月廿五日。夜来の秋雨晡下に至りて霽る。夕陽燦然たり。

九月廿六日。午後日本橋東美倶楽部古書即売会に徃く。遠山雲如(39)の晃山遊艸、及武鑑

二三部を獲たり。会場にて松莚鬼太郎の二子に逢ふ。帰途中将湯薬舗カツフヱーとなれるを見、入りて咖啡を命ず。出がらしにて香味なし。二時頃家に帰るに、快晴の空俄に曇り、雷雨来る。六時過雨の歇むを待ち、松莚子招飲の約に赴く。此夕招かるゝ者鬼太郎、大伍、清潭、小山内の諸子なり。談笑尽きず夜半を過ぎて後辞して帰る。露蕭々たり。

九月廿七日。午前岩渓裳川先生来談。先生が知人の子弟に小説をつくる者あり。近日連れ来るべしとの事なり。先生も大分年取られ、巻煙草喫する手先も顫へるやうになり玉へり。午後松莚子細君を伴ひ、清潭子と共に自働車にて来る。昨夜席上百花園に遊ぶべき事を約したればなり。此日天気快晴。墨陀の堤上ボートレースを見るもの群集し、塵埃甚し。百花園の庭中も定めし俗客雑遝するならむと気遣ひつゝ行きしが、思ひしほどにもあらず。秋花猶咲きみだれたり。黄昏銀座風月堂に至りて飲む。適市村可江子の来るに逢ふ。

九月廿八日。くもりて風なく静なる日なり。Benjamin Cremieux(40): XX$^{e}$ Siècle の第一巻を読む。

九月廿九日。秋雨瀟々。新寒肌を侵す。午前太陽堂編輯員川口松太郎(41)なる者来る。午後三一子来り鶴屋南北が敵打亀山鉾改作のことにつき予の意見を問はる。夜風雨。

九月三十日。風雨午後に至りて歇む。銀座通第百銀行に往く。雨再び盆を顚すがごとし。其辺の喫茶店に入りて晴るゝを待つ。何心なく卓上の新聞紙を取りて見るに、両三日前の新聞なり。子爵浜尾新翁邸内を逍遥中誤つて落葉を焚く坑中に転び落ち、全身焼け爛れて遂に世を去りし由しるされたり。浜尾子爵は先考の知人なるのみならず、其邸宅は小石川新阪の半程なりし故、予は少年のころ屢子爵の姿を見しことあり。人間一生の運命固より測るべからず。思はぬ奇禍に遇ひて命を失ふものありとはいへど、七十余歳の高齢に及びおのが庭中に焚く落葉に焼かれて死するとは、いかにも傷ましき次第なり。いつぞや貴族院議員某氏丸の内辺にて工事中の大溝に陥りて死したる椿事もあり。往年陸奥伯の令嬢飼犬に手をかまれて死せしこともあり。人の命はもろきものなり。エミルゾラ(42)が著述に終焉の光景のさま〴〵なるを仔細に描写せしものあり。たしか Comment on meurt? と題せしやに覚ゆれど定かならず。風雨夜に入りて益烈しく枕につきても眠りがたし。

十月朔。昨夜の風雨近年に罕なる大雨の由。芝愛宕山裏手の崖、飯田町辺、芝田町、麻布我善坊ケ谷の岨崖くづれ落ち下なる人家を埋めたりと云ふ。此日雨後の日光烈しく土中の湿気蒸発し溽暑甚し。夕刻より暗雲空を走り雨再び来らむとせしが幸にして雲の断間より明月を仰ぎ得たり。幾望の月なり。

十月二日。午前驟雨来る。天候猶穏ならざりしが日暮に至り断雲の間に一抹の晩霞微紅を呈するを見る。今宵は中秋なれど到底月は見るべからずと、平日より早く寝に就きぬ。ふと窓紗の明きに枕より首を擡げて外を見るに、一天拭ふが如く、良夜の月は中空に浮びたり。起き出でゝ庭を歩む。去年の中秋は半雲に妨げられたり。又一昨年は震災の後人心恟々たりし際にて秋分と中秋と同じ日に当りしことなど思返すほどに、いつか夜半の鐘声きこえたれば、家に入り、此の記を書きつけて眠につきぬ。

十月三日。鴻巣山人奥田氏(名駒蔵)本月朔病死。本日午後赤阪台町報土寺にて葬儀執行の由。葉書の通知あり。山人は京橋南伝馬町二丁目西洋料理屋鴻ノ巣の主人なり。大阪の人にて始外国軍艦の料理人なりしと云ふ。明治四十二三年の頃始て小網町の河岸にさゝやかなる二階家を借り、洋食屋を開業せしに、当時新進文士の結社なりし昴社の人々の眷顧を受け、鴻ノ巣の名忽ち世に知らるゝに至りしかば、数年の後現在の処に三階づくりの大厦を築き、又近傍に大阪風のすつぽん料理を開店し、俄に富を興したり。かくて業務の余暇丹青の技をまなび、自ら鴻巣山人と号し、時々自作の展覧会を催して娯みとなせり。山人の如きは啻に貨殖の才あるのみならず、亦能く風流を解したるものと謂ふべし。年歯未だ知命には至らざるべきに、惜しむべきことなり。此日北風吹きすさみて気候俄にさむくなりぬ。十六夜の月あきらかなり。

十月四日。今川小路の古書賈松雲堂の主人足利学校見聞記を郵送し来る。是広瀬旭荘(43)が日間瑣事備忘録中足利学校に関する記事を抄録して印刷せしものなり。松雲堂主人貲を捐てゝ印刷せしなり。主人名は野田文之助といふ。読書を好み頗博学にて又筆札をよくす。去年五十歳に近きころまで妻を娶らず、独身にて酒を好みし奇人なり。

十月五日。軽陰。後に雨ふる。

十月六日。曇りてしづかなる日なり。松莚子細君を伴ひ山形ホテルにて昼餉をなすとの電話あり。松莚子の談に、歌舞伎座廻舞台の心棒、過日の大雨にて潦水コンクリートの下に流入りしため、心棒の木材浮上り廻舞台は心棒を中心にして傘をひろげたるが如く中央突起し、道具をかざる事不便になりたりといふ。

十月七日。午後巌谷三一氏来訪。敵討亀山鉾改作につき重て卑見を問はる。積雨霽れず新寒脉々たり。

十月八日。今日も空晴れず。折々雨ふる。午後食料品を購はむと溜池に出でたる帰途、その辺の喫茶店に憩ひしに、曾て築地の路地に住みしころ洗湯にて懇意になりし自働車運転手に会ふ。此の男のはなしに霊岸島新川の河岸に荒川といふ表札出せし家あり。隠売女（カクシバイヂヨ）の周旋宿なり。赤坂見附対翠館といふ旅亭の裏鄰に中村といふ花の師匠あり。又芝白金三光町大正館といふ寄席の裏にも島崎といふ宿あり。娘二人ありていづれも客を取る。姉娘は年廿二三。跛者なる上に片手も自由ならざる身なれど客をあやなすこと壮健の女にもまさりたり。以前芝田村町に居たりしが地震後今の処に移りしなり。されど近頃市中は取締りきびしき故鶴見の新開町に銘酒屋を出す筈なり。鶴見には亀戸向嶋浅草辺より移り来れるもの多し。又赤阪新町の路地に野谷といふ女あり。年は三十あまりなれど二十四五にも見ゆる若づくりにて、下女もつかはず一人住ひをなし、自由に客を引込むなり。祝儀を過分に取らすれば閨中の秘戯をも窮ひ見せしむるといふ。以上運転手の談話を聞くがまゝにしるす。

十月九日。秋霖歇まず。窗際の机にも燈火ほしきほどの薄暗さに、昼の中より門外にも人の往来は絶え、表通を過る車の音も聞えず、残蛩雨中の庭に啼きしきるのみ。午後三一子世田ヶ谷なる葵山子を訪はむと電話にて誘はれしが、郊外の道路泥濘甚しきをおそれて辞したり。

十月十日。今日も空晴れやらず。午後より驟雨滂沛たり。今年の秋ほど雨多き年は罕なり。九月末より快晴の空を看ること殆ど一日もなし。

十月十一日。曇りしが雨ふらず。日の暮るゝや淡き星影をも仰ぎ見たれば、車を倩ひて楽天居句会に赴く。尤今日は木曜日にはあらず。されど七月以来楽天居修葺のため久しく休会せし故、今夕臨時の俳席をひらきし由なり。苦吟半にして蕎麦切の馳走にあづかる。予胃を病みてより十余年、一たびも之を口にせず。此夜おそる〳〵箸を取りしに風味絶佳なり。蕎麦切は古来俳諧師の嗜みて措かざるもの。予は今夕始て其の真味を解したるが如き思をなせり。

十月十二日。乍晴乍陰。法華宗会式の当日なれば夕暮より町々到るところ万燈の光太皷の響盛なり。赤阪新町の野中といふ女を伴ひ神楽阪田原屋に飲む。阪上商舗の光景も震災後年年に変り行けり。鷗外先生が寿阿弥の手紙に記載せられし、袋町へ登る角の半襟屋は時計屋となり、菓子屋紅谷(44)はその二階を喫茶店となし、薬舗尾沢(45)も咖啡店を開きたり。三階建の牛込演藝館の入口に何やら片仮名にてかきたる歌劇の看板かゝりて、怪し気なる合唱と楽隊の響漏れ聞ゆ。西洋藝術中の精華とも称せらるゝ歌劇も日本の地に移さるゝや、忽野鄙聴くに堪えざるものとなる。日本語に訳せられたる西洋の歌謡はまことに侏儷鴃舌と謂ふべきなり。

十月十三日。曇りし空に無数の蜻蜓落花の飛ふがごとし。鄰家の柿既に熟し、竹藪には烏瓜も色づきたり。わが家の近巷篳篥町より谷町辺の家には、柿、無花果、石榴などの古木を存する処少からず。是によりて見るも麻布の地近年に至るまで村園の趣を失はざりしを知るべし。大正三四年の頃井川滋氏と雑誌三田文学を編輯せし頃、始めてこのあたりの崖道を散歩せし時には茅葺の家をも見たりしが、一昨年震災の後は悉くトタン屋根となりぬ。

十月十四日。陰天旬余の後始て快晴の碧空を仰得たり。菊花に先立ちて茶梅の花将に開かむとす。四十雀庭樹にむらがり来りて鳴く。晩風急に寒し。此夜瓦斯煖炉に火を点ず。

十月十五日。朝寒ければ此日より盥漱するに湯を用ゆ。医師は常に予を戒めて、毎年秋の末頃より冷水にて全身を拭ひ、厳冬の朝も湯にて顔を洗はぬがよしと言ふ。されど尫羸の身今朝の如き遽かの寒気に遇ひては、奈何せむ冷水は口漱くにも歯にしみて堪難し。

十月十六日。大阪プラトン社去八月以来何の挨拶もなく、謝礼も送り来らず、当月も既に半を過ぎしに一言の断りもなし。思ふに雑誌の経営困難に陥りし為なる可し。予プラトン社発行の婦人雑誌女性と称するものに筆執ることを諾したるは、大正十一年の暮なれば、早くも三年とはなれり。其頃小山内氏松竹合名社を退き、専プラトン社の事務を執りゐたり。予小山内氏の懇請により、毎月女性に寄稿することを約し、又社主中山氏の希望により他社の雑誌には一切寄稿せざる事となしたり。与謝野氏編輯の明星に寄稿する事を中止せしも之がためなり。中山氏は初毎月金壱百円、次の年には弐百円、本年に至り参百円を送り来りしが、雑誌女性は固より文学専攻の雑誌にあらず、婦女子の玩具にもひとしきもの、且は又文壇一般の風潮年年野卑俗悪に流れ行くを以て、予は既に文壇より退隠せむことを思うて已まず。中山氏の礼金を送り来らざるは何よりの幸なり。

十月十七日。朝まだきより雨烈しく西北の風も吹き添ひたり。斯くの如き風雨の折には、吾家の二階裏側のハメと、平家建台所の家根のつぎ目に、雨水流れ入りて漏ること屢なり。今日もいかゞなるやと気遣ひしが幸にして事なきを得たり。風雨徹宵歇む時なし。

十月十八日。くもりし空夜に至りて纔に晴る。

十月十九日。午前松莚三一の二子相携へて来り訪はる。三一子過日執筆の脚本を朗読せらる。予高橋君と討議して更に改訂増減せむことを乞ふ。脚本は南北が亀山敵討の狂言二種の中より各一二齣を採りて之を緝成したるもの。盖し高橋君の依嘱に因れるなり。三一子は年猶少しと虽、才筆尊大人小波翁に劣らず。藍より出でゝ藍より青きもの歟。前途属意すべし。午砲のひびきを聞き一同山形ホテルの食堂に赴き昼餐をなす。此日空くもりて夜初更また雨となれり。

十月二十日。去七月雇入れたる下女去りたるを以て、電話にて近鄰の口入宿二三箇所へ代りの女中をたのみしかど連れ来る様子もなし。四谷のさる知人の家に頼み、試に日々新聞案内欄に女中入用の広告を出せしところ、応じて来るもの十八人の多きに及べりと云ふ。近頃の女中桂庵には手数料を取らるゝことを厭ひて行かず、新聞を見て直接奉公に行くものと見ゆ。是亦時勢変移の一例なるべし。午後三一子と相携へて世田ヶ谷なる葵山子を訪ひしに、玉川なる貞奴女優養成所に講義のため赴かれしと云ふ。澀谷停車場にて三一子とわかれ家に帰る。此日快晴。徒歩すれば汗いづるほどの暑さなり。

十月廿一日。快晴。百舌鳴き石蕗花ひらき、菊花馥郁たり。美男かつらの実既に赤し。市兵衛町曲角交番の巡査関口某来りて短冊を請ふ。この巡査五年前余の麻布に来りし当日訪ひ来りてより一年に両三度短冊を持来りて句を請ふ。商估にあらざれば請はるゝまゝに駄句を書して与ふ。

十月廿二日。松莚子及細君に招かれて銀座風月堂に昼餐を食す。風月堂震災後料理人変りたるにや、料理従前の如く美味ならず。この日牛肉のパテイ一皿を食するに塩辛きのみにて滋味に乏し。野菜の料理殊に劣れり。松莚子の言ふところも亦同じ。此日九段招魂社祭礼なり。

十月廿三日。晴れて風もなきに日の傾きかけしころより俄に寒くなりぬ。窗前の楓樹霜に染む。

十月廿四日。晡時太陽堂の中山豊吉訪ひ来り、プラトン社発行の雑誌に従前の如く寄稿せられたしとて、頻に礼金のことを語り、余の固辞するをも聴かず、懐中より金五百円一封を出して机上に置き去れり。近来書賈及雑誌発行者の文人に向つて其文を求むる態度を見るに、恰大工の棟梁の材木屋に往きて材木を注文するが如し。そも〳〵斯くの如き悪風の生じ来りしは独書賈の礼義を知らざるに因るのみならず、当世の文人自らその体面を重せず、膝を商估の前に屈して射利を専一となせるに基くなり。されば中山の為す所も敢て咎むべきにあらず。悪むべきは菊池寛の如き売文専業の徒のなす所なり。

十月廿五日。この頃雇入れたる老婆東京のものにて心きゝたり。惣菜の煮方もわが口に合ひ、麦の引割飯もわが命ずるがごとく軟なり。この日昼餉の箸をとるに、葱の味噌汁、金柑の砂糖煮、蕪の香の物、皆食するに足る。外祖父毅堂先生が七律の作中、特喜厨婢諳食性。香蔬軟飯薦槃飧。(46)の語もおのづから想起されたり。晡下冬のもの買ひとゞのへむとて銀座に往く。八月以来一たびも歌舞伎座を訪はざりし故、立寄り、清潭子と夕餉を食して帰る。

十月廿六日。昨夜家に帰る頃、夜もさして深からざるに、露時雨身に沁みて堪えがたく覚えしが、今朝はまた夜具の襟の冷なるに、いつよりも蚤く眠よりさめたり。朝日は斜に窗外の山茶花に照りそひたれど、崖下なる竹藪の間、人家の屋根には霧猶立ちこめたり。立冬の節には猶間もあるべきに、何とはなく初酉の夜明けの空模様など思出されぬ。

十月廿七日。晴れて暖なり。槖駝師来りたれば、朝より庭に出でて倶に落葉を掃ひゐたりしに、結び髪の醜き婦人記者体の者訪ひ来れり。病中なればとて会はず。午後家に在らば又もや如何なる者の来るやも図りがたしと、門を出で氷川の林間を歩む。銀杏の老木未だ黄葉せず。石磴を下り仲ノ町より新町に出るに、桐畠の溝に沿ひたる貸家の庭に、見馴れざる果実のみのりたるを見たり。其形より推察するに、橘の如くなれど、余は本草に精しからされば果して然るや否や審ならず。此夜松莚子邸招飲の約あり。暮靄街を罩むる頃車を買つて往く。鬼吟大伍の二子既に在り。酒間松莚子新に獲られたる南畝の書幅、文晁の短冊を示さる。南畝の書は石楠花を咏じたる五言絶句にて、緑情含夏色。□□□□□。似帯佳人笑。叢叢簇玉簪(47)。南畝覃とあり。承句は失念したり。文晁の短冊にて予の記憶に留れるは、帰りには舟脚かりる梅見かな。

十月廿八日。午前書賈竹田屋の丁稚安永天明の武鑑二三部を持来れり。午頃聞馴れぬ女の声にて電話をかけ来りしものあり。誰なるやと問へば、先年新橋にて松林家といふ藝者家を出しゐたる松菊といふものなり。松菊は予が狎妓と親しかりしものにて、其頃より世話になり居たりし富商の本妻となりて、今は代々木の家に在りといふ。突然電話をかけ来りし用向は、近頃心やすく徃来する家の令嬢、小説家になりたしとて、是非にも予の教を請ひたき趣、たび〳〵頼まれたるにより、今日午後御差閊なくば烏森の相模家といふ家にお出で下されたしとの事なり。刻限をはかりて赴き見れば、令嬢といふは年の頃二十四五とも見え、色白く眼涼しき大柄の女にて、髪はハイカラ結びなれど、厭ふべき流行のちゞらし髪にはあらず。著物もさして流行を追はず、先は無難なり。予は令嬢に向ひ小説家などにならむとするは心得違ひなりと、意見したく思ひしが、松菊がその後の身の上ばなし尽きもやらぬ中、日は早く暮れかゝりしかば、辞して去りぬ。此夜半輪の月明に、虫の声いつか絶果てたり。燈下徂徠集を読み畢りぬ。

十月廿九日。松莚子既に震災前より頻に宅地を索めゐたりしが、漸くこの頃に至り駿河台の某所に坪当り弐百五拾円にて弐百坪の地を購ひたり。予が家に出入する大工勇之助に普請を請負はしむる由。其等の相談にとて夜松莚子の家に徃く。

十月三十日。天気牢晴。庭の竹に虫多くつきたれば伐りて棄つ。午後三一君より木挽町舞台稽古なればとの電話に、日既に斜なるころ家を出づ。松莚子の部屋に入るに、乃木大将二幕目の扮装既に成れり。床の間より鏡台のあたりには将軍の写真幾葉も立てかけられてあり。抑この狂言は座元この度明治神宮大祭執行を当込み、松居翁に嘱して作らしめたるもの、固より批評に値すべき戯曲にはあらず。松莚子も甚迷惑らしき様子に見えたり。この日序幕稽古の折、下廻役者一同と作者松居翁との間に争起り、大部屋連中携持ちたる銃剣にて、危く狼籍に及ばんとしたりしを、楽屋頭取の尽力にて纔に事なきを得たりしと云ふ。三幕目大詰の稽古終りし時既に初更に近かりしかば、中幕忠臣蔵九段目は見ずに帰りぬ。帰途月明なること昼の如し。古暦九月十三夜の月ならむとは思へど、家に古暦の月日を記したるものなければ明ならず。唯月輪を仰見て其形によりて推するのみ。

十月卅一日。今日もまた好く晴れたり。昼の中より花火の響はるかに聞ゆ。天長節祝日なり。凡て今日の如き祭日には電車の雑沓を虞れて必家に留る。明月初更の頃雲に蔽はれたり。風暖なれば驟て雨となるべし。

十一月朔。朝より雨ふる。楓柿などの霜葉雨に潤ひて色増しぬ。今日も花火の響折々雨中の空に轟きわたれり。

十一月二日。岡君調布移居の書に接す。玉川丸子の渡に近き処にて、近年田園都市会社の開拓せし宅地なりと云ふ。岡君先年麻布の旧居を去り、浅草今戸の河岸に徙り棲むこと数年、癸亥の災禍に遭ひ蔵書を烏有となせり。災後麻布広尾町二番地に僑居せられしが、此の程調布村に数百坪の宅地を獲、二階建の居邸を築かれしなりと云。雨終日歇まず。

十一月三日。曇りたれど雨とはならずして日は暮れたり。去年読残したる南郭文集中の一巻を手にして睡房に入らむとする時、崖下に町の夜廻太皷打鳴して、永阪辺失火ありと呼び行けり。窗を開きて見たりしが烟を見ず。夜半の月雲の間に浮び出づ。

十一月四日。快晴の空暮方に至り驟にかきくもり、雹ふり、須臾にして雨となる。一時間ばかりにして雲散じて月明かになりぬ。

十一月五日。曇りし空より薄き日の光漏れ落ち風冷なり。松莚子のもとにて午餐を馳走せらる。久しぶりにて青刀魚を食しぬ。大工勇之助書賈玩古堂主人同道にて来り、駿河台普請の図面を示す。この日玩古堂国芳の東都名勝の中、大森海苔採りの図を示す。価を問ふに弐百五拾円ならでは手放しがたしと。

十一月六日。早朝地震ありて後空晴れわたり。日の光暖なり。夜風。

十一月七日。晴れて暖なり。午後庭に出でゝ花壇を耕しゐたりしに、電話の鈴鳴りひゞくこと頻なり。鋤投棄て、土まみれの手にて受話機を把るに、元新橋にて知りたる山勇の声なり。山勇はもと洲崎の引手茶屋秀八幡の娘にて、新橋に出でゝより今もつて市川寿美蔵とわけありとの噂専らかくれなきものなり。今年二十八なりと云ふ。美人にはあらねど風姿軽快にて男好きのする細面なり。竹を破りたる如き気性さすがに深川の生れなり。数年前明治座にて予が拙作夜網誰白魚を演ぜし時、初日の夜大雨となり、予帰るに車なく困卻しゐたりしに、山勇其の頃清潭子の贔屓になりゐたりし由にて、予と清潭子とを新橋より呼寄せたる自働車に載せ、金春通の家に案内したり。それより懇意になり、芝居の帰りなど折々酒の相手に招ぎぬ。癸亥震災の後、山勇は兼てより世話になり居たる京都の骨董商何某に身を寄せ、嵯峨の里に旅亭を営み、折々東京に来れり。此日晡時風月堂にて茶を喫し、倶に松莚子を楽屋に訪ひ、それより新橋演舞場に赴く。山勇の妹愛香[48]、この夜清元累[49]の与右衛門に扮して舞台に出るが故なり。場内にて偶然松莚子の細君に逢ふ。喫茶店に入るに老妓おゆふの営める店の由。以前風月堂にて見知りたる給仕人店をあづかりゐる由にて咖啡を馳走せり。十時頃山勇と倶に自働車にて赤阪溜池の待合清村[50]に上る。川尻君既に予を待てり。茶漬を食し二時過家に帰る。待合清村の女主人はもとこの地の妓にて、哥沢芝加津、清元梅吉の家にて懇意になりしものなり。待合を開業したるは近き頃の事なるべし。予東京狭斜の巷には到るところ知人あるは笑止の至りと云ふべし。

十一月八日。快晴。日中は煖炉に火を焚くにも及ばず。昨日のごとく庭に出で花壇を耕し、肥料を施す。画人有元馨寧氏来訪。

十一月九日。午頃山勇また電話をかけ来りぬ。午後洲崎の家に赴き、一泊して翌日の夜は新橋の演舞場に在れば来たまへかし、幸に今日は酉の市なれば八幡境内の賑を見物したまふも一興なるべしとの事なり。予遊意禁ぜざりしが、松莚子のもとに行くべき約ありし故辞したり。昼餉を畢り車にて宮村町に行く。棟梁勇之助書賈玩古堂既に来合せ、駿河台普請の相談この日漸くまとまりたり。松莚子は芝居へ出勤し、予は玩古堂の主人を伴ひ家に帰りて、雑談すること須臾にして日は全く暮れたり。客月烏森相模屋にて相識りたる宇佐川千代子来る。書斎に引見し、一時間あまり文学の研究に関する予が平生の持論を説きぬ。まづ外国語のみならず、和漢文の素養をなすべし。文章は言文一致の体のみならず、正確なる国文を草することに勉むべし。新潮文藝春秋の如き当世の文学雑誌は一切手にすることなかれ。此の三箇条は小説を作らむとする者の必守らざる可からざる所なり。是予が平生の持論なり。

十一月十日。天気好し。山吹、胡蝶花、麦門冬などを移植す。氷川神社の禰宜大正十五年丙寅の暦を持ち来れり。夜虎の門金毘羅の縁日を歩む。

十一月十一日。正午松莚子より電話あり。山形ホテルにて午餐を供せらる。大伍三一の二子も亦招かれ来る。食後一同自働車にて歌舞伎座に赴く。乃木大将の狂言大当にて、連日売切の由。この日東郷大将看劇に来れりと楽屋中の噂なり。廊下にて妓山勇に逢ひたれば川尻巌谷の二子を誘ひ、溜池の酒亭清村に往く。寿美蔵の弟子市川登茂恵といふ女形男色を好むとの噂あり。愛嬌あるものなれば此夜山勇と共に招ぎて飲む。

十一月十二日。曇りて風なし。落葉を掃ふ。晡時机に凭りて睡りゐたりしに、下女書斎の戸を敲き、勝手口に唯今女中体の女来り御主人にお目に掛りたしと言ひ居れりと云ふ。何人なるやと降り行きて見るに、年頃二十七八とも思はるゝ見も知らぬ女なり。その語るところによれば、元新橋新翁家富松が義妹にて、震災後不仕合打続き今はその日のものにも差しつかゆるとて助けを乞へり。信偽はもとより測り知るべきかぎりにあらざれど金子若干を包みて与ふ。夜雨を冒して楽天居句会に赴く。

十一月十三日。紙巻煙草値上げとなる。敷嶋一袋二十本入十五銭なりしが、このたび十八銭となれり。最初煙草官営となりし当時は敷嶋一袋たしか八銭なりしと記憶す。その後十銭となり、十二銭となり、遂に二倍の価となりぬ。予家に在る時は巻煙草を喫せず。長煙管にて刻煙草を喫するが故、敷嶋の値上はさしてわが生計には影響せず。この日風雨終日歇まず。窗外落葉狼籍たり。鹿塩秋菊君訪来りて、雑誌歌舞伎に掲載すべき俳句を需めらる。十句ばかり持合せの駄句を録して責を塞ぎぬ。三時頃雑誌文藝春秋の記者斎藤某、主筆菊池なる者の書簡を持参し面会を求む。来意を問ふに予の草稾を獲たしと言ふ。菊池は曾て歌舞伎座また帝国劇場に脚本を売付け置き、其上場延期を機とし損害賠償金を強請せしことあり。品性甚下劣の文士なれば、その編輯する雑誌には予が草稟は寄せがたしとて、くれ〴〵も記者の心得違ひを戒め帰らしめたり。

十一月十四日。一昨夜より雨ふりつゞきて風寒し。風邪の心地なり。午後海老茶の袴はきたる婦人訪ひ来りて面会を求む。取次の下女に来意を問はしむるに、いつぞや草稟に手紙を添へて郵送したる者なりと言ふ。風邪に托して面談を避けたり。かの草稟といひ書簡といひいづれも西洋帋にペンを以て走り書きにしたるもの。又書簡は殆文体をなさゞるものなれば、面会したりとて、斯くの如き婦人とは文学の事を談るべきよしもなし。今の世の婦人にして、もし文学に志す所あらんとせば、まづ一葉女史の著述を諳じて、然る後人を訪うて其意見を叩くべきなり。日常の手紙をも書くこと能はずして、小説を作らむとするは、無謀の至と謂ふべし。夜九時頃帝国劇場女優春日明子日本橋某処に開演中なる某劇団の観覧席にて葵山子に会ひたりとて、電話かけ来りしが、霜露の冷なるを恐れて家にとゞまりぬ。

十一月十五日。区会議員選挙運動員四五人ヅヽ一団となり、時を択ばず猥に門内に入り来りて、大形の名刺或は活版摺の紙片を撒きちらし行けり。午後より門扉に鍵をかけ、冬青樹の枝の枯れたるを伐り、落葉を掃ふ。此日南風烈しく日の光の強きこと残暑の日の如し。

十一月十六日。小春の好き日なり。書斎の窗に照添ふ朝日の暖さに、今朝は煖炉も用なし。窗悉くあけ放ちて睡房書室の塵を掃ひ、つやぶきんにて書篋几案を拭ふ。これ十余年来、八重次わが家を去りてより、予が日々のつとめとはなれるなり。書斎と庭との掃除は躬ら箒を秉るに若くはなし。毎朝二階を掃除して後、暇あれば庭に出で草を抜き葉を掃ふ時、必思出すは伊沢蘭軒が掃庭の絶句なり。この事既に小槀葦斎漫筆に録したれば贅せず。晡下山形ホテル食堂に赴く。晩餐の卓子につきし時給仕人東京日々新聞夕刊紙を持来りし故、スープを啜りつゝ紙上を一見するに、狂言作者竹柴秀葉翁今朝病を以て目白落合村の寓居に終りしとの記事あり。秀葉翁はたしか其水の門人にて、明治座以来今日に至るまで左団次一座に属したる狂言方なり。されば予が拙作の上塲せられし時は、必翁の手を煩したり。翁姓は永谷氏。東奥の人にて、始仮名垣魯文の声名を慕ひ上京して其門人となりしが、中頃俳優にならむとて、九世団十郎の家に寄寓しゐたり。筆札に巧みなりしかば、団洲人より揮毫を迫まらるゝ時、翁に代筆せしめたりと云。今日世に団洲の筆蹟と称せらるゝもの、過半は翁の代作なりと、翁自ら笑つて予に語られたることあり。新聞紙の伝るところによれば、享年六十五歳なりといへど、先月頃歌舞伎座にて見たりし時には、髪もさして白からず、五十歳位に見へたり。眼鏡をかけ、鼻下に八字髭を蓄へたる風貌、いかにも物堅く芝居の作者とは見えざる人なりき。

十一月十七日。曇りて風絶え、茶梅の白き花浮立ちて見ゆるばかり薄暗き日なり。朝まだきより椎檜などの枯れたる枝を伐り、午後より掃寄せて落葉を焚きつゝ、樹下の椅子に坐して書をよむほどに、冬の半日はわけもなく暮れ果て、門外の家に灯の見えそむるころ雨となりぬ。

十一月十八日。細雨霏々たり。午後有元馨寧氏その作画数葉を携へ来り、題賛を需む。予悪筆を愧ぢ固辞すれども聴かず。已むことを得ず塗鴉を試む。有元氏は初和田英作氏につきて洋画を学びたる由。七八年前馬場孤蝶の紹介状を携へ大久保の旧廬に来り訪はれしなり。この度京阪より満韓に向ひ絵行脚をなすといふ。

十一月十九日。市河三陽氏其著燼録一巻を寄与せらる。癸亥の年飯田町の邸宅罹災の事を漢文にて記述せられたるものなり。文中日常の事を記するに当り、間々近世小説体の俗語を用ひ、文勢頗自由奔放なり。予老来漢文の妙味を窺ひ知るにつけ、この日誌の如きも、漢文にて記したく思へど、悲しい哉、学力なければなすこと能はず。午前三一子電話にて今夕の木曜会中止の趣を報じ来る。深更雨。

十一月二十日。このころ小説の腹案を得たり。其の参考にせむとて、数年前既に一読したりしヱドモン、ジャルーの小説 L'Incertaine を再読し、今暁は枕上に早くも雞鳴を聞きしかば、午後眠りを催し、臥牀に横り何やら夢を見てゐたりしに、忽鳴りひゞしと言ふ。十年前なりせば即刻走せ往くべきに、今は老いてその気力なし。殊に今日は折悪しく朝より雨ふりつゞきたれば、泥濘と寒風とを恐れて家に留りぬ。されど日暮れて雨歇み、弦月出るを見ては、さすがに遊意禁しがたく、車に乗りて赴き訪ふに、予の来ることおそかりしかば、人に誘はれて他に赴きたりと、取次に出でし雛妓が言葉に、何やら安堵したるが如き心地して、家に還るに、間もなく電話の鳴ること頻なり。此度は過日訪来りし宇佐川氏の令嬢、明日小金井の村荘に来遊あれかしと言ふなり。これも老脚雨後郊外の泥路を歩むことの苦しかるべきを慮りて、同じく辞したり。尫羸早老の身、美人の厚誼に酬ること能はざるは、実に痛嘆の至といふべし。王次回が索笑追歓意不窮。風流日々事重重。(53)の語空しく想ひ出さるゝのみ。

十一月廿一日。晴れて暖なり。午後庭に出でゝ雨後の落葉を焚く。日晡ならむとする頃山勇また電話をかけ来りしかば、金春通の妓家を訪ひ、歌舞伎座楽屋に松莚子を見る。劇場内の支那料理屋にて山勇市川登茂恵の二人と夕餉をなし、数寄屋橋にて山勇と別れて家に帰る。山勇は洲崎の見世に赴きしなり。この夜二の酉なりといふに電車も更に雑沓せず、また熊手を携へたる人もなし。

十一月廿二日。連日天気快晴なり。今日も風静なるを幸落葉を焚きて半日を消す。毎年立冬の後、風なき日を窺ひ落葉を焚きつゝ樹下に書をよむほど興趣深きはなし。松檜竹などの枯葉は乾きて燃えやすく、榎、柳、桜、木斛、石榴などの枯葉は露にしめりて燃えにくし。庭中の落葉をかきあつめて焚く時は、燃易きものと、燃難きものと、よき程に混じ合ひ火勢甚しく猛烈となる虞なく、濃き烟は雲の峰の如く立昇りつゝ、湿りたる土の臭を放つなり。この臭をかぐ時、身はおのづから山中の隠士なるが如き心地して幽興限りなし。

十一月廿三日。天気牢晴。松莚子より銀座風月堂にて午餐を与にせむとの電話あり。外出の支度する時、巌谷三一君来る。三一君数年来徴兵猶予出願中なりしが、本年はいよ〳〵一年志願兵となり、来月朔より竹橋の兵舎に入るとてわざ〳〵暇乞に来られしなり。相携へて風月堂に赴く。松莚子の談に川尻清潭子数日来急性肺炎に罹り、門を閉ぢ客を謝し養生中とのことなり。歌舞伎座楽屋に立寄り、日暮帰宅の途次、素絹を購ひ燈下に悪画二三葉を描く。蓋し書賈竹田の需に応じて、予が悪画に松莚子発句を題する筈なり。画筆を洗ひ煙草を一服すれば、鐘声忽三更を報ず。

十一月廿四日。午前庭に出でゝ落葉を焚く。午後微雨。夜に入りて歇む。半月雲の間に出づ。

十一月廿五日。木挽町芝居近年になき大当りにて、昨日千秋楽となれり。興行中乃木大将の書幅遺品等を所蔵家より借受け、二階大廊下に陳列し、毎夜閉場の後盗難を慮りて仕切場へはこびおろし居たりしところ、一夜誤つて乃木夫人遺愛の茶碗を破損せしめたりと云ふ。仕切場の者毎夜のことにて面倒なればと、其夜は下足番の男に陳列品の持運びをなさしめたりとの事なり。破損の茶碗は仕切場の者骨董屋に出入する焼つぎ屋に頼みて巧に焼つぎをなしたりと言ふ噂もあり。或は贋物をつくりてさり気なく所蔵家に還付したりと言ふ噂もあり。兎に角その場は事なく済みたるものゝ如し。此夕松莚子其邸に岡池田久保田米斎の三家及予を招く。川尻氏は病みて来らず。酒間の談話乃木大将遺品破損の事に及びしに米斎子曾て三越呉服店に通勤せられし頃、同店にて絵葉書展覧会をなせし時、店員広瀬中佐戦地より通信の絵葉書を毀損せし事あり。支配人日比翁助即刻所蔵者の家に走せ至り、あからさまに事の次第を告げて罪を謝したれば、所蔵家もその誠意に免じて深くは咎めざりしと、語られたり。岡君過日岐阜漫遊の奇談あり。秘して記さず。

十一月廿六日。朝来寒気遽に加はる。近鄰の公孫樹大抵揺落したれば、氷川神社の庭は落葉嘸ぞかし美麗なるべしと思ひて赴き見たり。電話料金を最寄りの郵便局に納め、霊南阪を上る。大村伯門前の空地には西班牙公使館の建築工事半終りたり。この地何の故にや久しくお化屋敷跡と呼ばれ、今年の春頃まで草茫々たり。霊南阪上震災後の焼跡には森村牧野など呼べる富家の新邸既に竣成し、街路のさま稍旧に復したり。福吉町電車通裱匠の店に立寄りて帰る。

十一月廿七日。快晴。裱匠来りたれば鷲津毅堂先生題扇梅花七律。清人王一亭の書。(54)及先考新歳竹枝の草稾に森槐南先生の加筆せられしもの。其他の装潢を命じぬ。予この日裱匠の談話によりて、始めて麻布区会議員候補者篠原大吉といへるは、曾て紅葉山人の門生たりし嶺葉子なることを知りぬ。日々行商人の如く町々を徘徊し、人家の勝手口に来り腰を屈して投票を請ふさま気の毒の至りなり。地下の紅葉山人若しこれを知らば果して何の言をかなすべき。日暮松莚子の電話に促され山形ホテルに往き晩餐を倶にす。帰途月よかりしかば松莚子と別れて後、赤阪氷川町に住める山田お浪といふ私窩子を訪ふ。今年六月の頃或処にて知合となり、其後折々訪ひ行きて身の上のはなしを聞きしが、そは宛然春本を読むに異らず、諺にも事実は小説よりも奇なりといへど、お浪が身上話ほど奇なるは蓋稀なるべし。お浪今年二十八になりし由。相州茅崎なる農家の女にて、十六歳の時始て上京し、一条家の小間使となりしが程なく其妾となり、解雇の折二千円貰ひ、それより日陰町の帽子問屋、何某が隠居の妾となりぬ。隠居年七十七八にて、冬の中は真綿にて総身を包みて寝床に入り、又厠に行く時にも必お浪に扶けられて歩むほどの老体なるに、房事のみは毎夜殆欠かしたる事なかりしとぞ。此の隠居一年ばかりにて死したりし後、お浪は或会社の重役何某の外妾となりて、小石川水道町辺に住ひたり。この重役も亦人並はづれし好色者にて、日日肉汁と鶉の卵とを飲み、毎朝会社への出掛けに一回、午後帰宅して直に又一回試み、夜就床して翌朝までに二回ヅヽ行ふを常となしたり。されば此れまで幾人となく妾を抱えしかど、皆其強淫に堪えやらず、短きは唯の一夜にて暇を請ひ、長きも一二箇月とはつゞくものなかりしに、お浪のみは三年あまりも世話になり居たりと云ふ。よく辛抱ができたものと問へば、或時はさすがにうるさくなりて、独静に寐たしと思ふこともありしが、馴れてしまへばさして苦しくもなかりしとの事なり。さて重役は癸亥九月の地震に横死をなし、お浪は本妻より三百円ばかりの金を貰ひ、暫く茅ヶ崎なる生家に帰りてゐたりしが、所持の金も残りすくなくなるにつれ、兄の厄介になりゐるも心憂くなりて、其年の暮に再び東京に来り人の家の二階を借り、良き縁を求めむものと、新聞の広告をたよりに結婚媒介所を彼方此方と訪ひあるきしが、兎角する程に貸間の代にも差しつかへるやうになりしかば、媒介所の勧むるまゝに、身を切売の価多き時は一回百円、少き時も二三十円を獲るものから、遂に家一軒貸り、小女を使ひて安楽に日を送るやうになりしと云ふ。是お浪が口づから語りし身の上ばなしなり。およそ斯くの如き世渡りをなすものは藝娼妓の別を問はず、放埒懶惰なるが常なるに、お浪は予の見る所にては良家の妻女にも劣らず、家内の拭掃除も更に怠らず、針仕事も上手にて、性質も至つて柔順にて正直なるやうなり。さるにても不可思議なるは、お浪が色を売る時の心掛なり。お浪はその身の色香を慕ひて訪来る男と、一度枕交はせし上からは、いやといふ程飽くが上にも男を満悦せしめて見ねばどうも気がすまぬと言へり。又人に問はるゝ時は更に耻る色もなく、あの客にはかうしてやりました、彼の男とはこんな事もして見ましたと、閨中の戯を仔細に語りつゞけて打興ずるなり。予二十歳のころより今日まで三十年間、放蕩のかぎりを尽したれど、このお浪の如き女に出会ひしことはなかりき。お浪は世に珍しき淫婦にてありながら、田舎に育ちし故か性質善良にて、又愚鈍ならず。世にはまことに珍奇なる性行の女もあるものなり。造化の戯れとも言ふべきにや。

十一月廿八日。両三日寒気甚し。未冬至に到らずしてこの酷寒に会ふ。近年覚えざることなり。朝より雨ふりしが、夜初更の頃より南風吹き起り、雨やみて寒気ゆるやかになりぬ。

十一月廿九日。西南の風吹きつゞきて暖く、空も晴れたり。巌谷三一氏いよ〳〵来月朔、一年志願兵にて入営するにつき、送別のため午後南鍋町風月堂にて喫茶会の催あり。来会するもの岡本綺堂、江見水蔭、生田葵山、小山内薫、巌谷小波、久保田米斎、市川左団次、市川寿美蔵、河原崎長十郎、市川莚升、岡田八千代、田中総一郎、田嶋淳、松竹合名社々員黒川某、栗嶋小夜の良人某、其他二三十人なり。巌谷三一氏は小波先生の嫡子にして一六先生の孫なり。予が外祖父と先考とは倶に一六先生とは詩文の交ありき。されば予に及びて巌谷氏とは文事の交遊二世に渉るなり。風流の縁亦深しと謂ふべし。送別茶会散じて後、松莚子と銀座を歩み、山形ホテルにて晩餐をなす。電話にて池田大伍子を招く。食後二子を吾廬に誘ひ、炉辺に番茶を喫して款語す。松莚子令閨車夫に命じて菓子を贈り来らる。盖しわが草廬平生邀客の設なきを以てなり。予曾て築地に僑居せし頃庭後菴主人吾家に訪来るや、其夫人必下女に菓子を持たせつかはされたり。鰥居の身にとりては友情の温きを感ずる程嬉しきことはなし。二更二子の帰るを送りて倶に門を出るに、明月皎々昼の如し。古暦十月の幾望なるべし。忽蘇東坡が物薄くして情厚しの語を想ひ起しぬ。二子が友誼の厚きに比して、草廬蕭然。茶菓の設なきを思ひてなり。

十一月三十日。快晴。午下京橋第百銀行に往き、庄司理髪店に立寄り、愛宕下を歩みて帰る。兼てより三一子に依頼せられし其の作綴合亀山縞の序詞を草す。

十二月初一。旧南葵文庫司書高木文氏其近業明治全小説戯曲大観一巻を贈与せらる。明治年間出版の小説戯曲の年表なり。往々遺漏なきにあらざれど編纂の労多とすべし。

午後三一子電話にて、今朝竹橋内兵営に赴きしに、健康再診の結果心臓強健ならざるにより、来年四月のころまで入営を見合せ帰宅療養すべしとの事にて、まづは半免役となりたる由、報じ来れり。夕刻松莚子と電話にて打合せをなし、三一子の入営延期を賀せんとて山形ホテル食堂に会して晩餐をなす。食後席をわが草廬の炉辺に移し款語二更に至る。

十二月初二。西南の風烈しく気候暖なり。福寿草の芽地上に出づ。

十二月初三。昨日の烈風に落葉庭を埋む。掃うて焚く。今日は予が生れし日なり。四十七年の歳月空しく過ぎたりと思へば感慨窮りなし。燈下関根博士の史談俗談を読む。過日巌谷氏送別会の席上、小山内君この書中蜀山人に関する記事あれば参考にせらるべしとて貸与せられしなり。夜暖にして月よし。

十二月四日。満洲某処の赤木某氏昨年来手紙或は葉書を以て短冊の揮毫を迫り来ること頻なり。過日何やら物品を贈り来りしとおぼしく、麻布郵便局より度々物品受取證及び税関納税命令書を送り来りしかど、予は見も知らぬ人より物品を邀く可きいはれなく、且は又後難をおそるゝが故にそのまゝ打棄て置くなり。近年一面識もなき田舎者より短冊を請はるゝこと尠しとせず。されど予は書家にもあらず。俳諧師にもあらざれば、知友にあらざる人の需に応じて厚かましく筆を揮ふ心なし。且又過日無礼なる書画商下山某の一件ありてより、短冊揮毫のことは相互の迷惑となること多きを以て、いよ〳〵警戒して返簡すら一切したゝめざることゝなせり。文筆の業は固より世間外のものなるに、情実のために意を枉げざるべからざる事多きを思へば、世の顕職劇務に在る人々の煩累さぞかしと察するに余りあり。午後白金辺散歩。

十二月五日。曇りて風暖なり。庭を掃きゐたりし時紙屑買入来りし故、押入の中に投込み置きし寄贈雑誌の類を売払ひぬ。予平生雑誌を手にすることを好まざれば、毎月郵送し来る中央公論、解放、女性、新小説、文藝春秋等、幾多の寄贈雑誌は受取るや否や、押入の中に投込むなり。予時人の為す所を見るに、新聞雑誌の閲覧には時間を空費して悔る所なきもの ゝ如し。されど雑誌より得る所の知識果して何ぞや。予は雑誌閲読の時間を以て、古今を問はず学者のまとまりたる著書を熟読することゝなせり。中央公論の増大号の如きものを通読する時間を以てせば、史記通鑑の如き浩瀚なる史籍をよむことも亦容易なるべし。昼餉して後雨はら〳〵と降り来りしが、須臾にして歇みたれば、西大久保村に母上を訪ふ。夏の頃より消息なければ、如何と案じゐたりしが此日取次の女中御隠居様は御不在とのことに、其の恙なきを知り、安堵して再び新大久保の停車場に歩みを運びぬ。この一筋道の両側には往年植木屋多くあり。名高き躑躅園もありしなり。今は見るかげもなき新開町となり蓄音機の音騒然たるのみ。

十二月六日。快晴の空風もなく暖なりしかど、今日は日曜日なるを以て終日門を出でず。日曜日には電車街衢倶に雑遝すること平日より甚しきのみならず、洋装の女の厚化粧したる姿など、眼に見て快からぬもの多ければなり。夜ひそかに氷川町なるかのお浪といへる怪しき女を訪ふ。いつもの如くさま〴〵なる話の中に今宵もめづらしきことを聞きたり。さる処の後家、年は四十ばかりなるが、男の子の教育費に差閊へしより、二十ばかりになれる其長女と相談の上、一夜の春を鬻がしめむとて、日頃お浪が親しく往来する結婚媒介所に連れ行きしに、其折来合せたる客、若き娘よりは後家と聞きてはその方が面白かるべし、諺にも四十女の泣きづめとやら行きづめとやらいふ事もあれば、是非にも今宵は母親の方を買つて見たしと無理な注文に、媒介所の婆もせむ方なく、物は相談なりとて母親を別室に招ぎ、同じく金のためにすることなれば、母親みづから客の望むがまゝになりたまへ、行末ある娘御を堕落させんよりはましなるべしと、馴れたる家業の言葉たくみに説きすゝめて、遂に納得させしかば、其夜はさり気なく娘を先に立返らせ、後家一人居残りて情を売りしに、後家はそれより男ほしさのあまり三日に上げず媒介所に来りて世話をたのむやうになりしと云ふ。仏蘭西自然派の社会劇ママンコリブリ(55)など想起さるゝはなしなり。

十二月七日。曇りて風なき日は雨にもならで静に暮れたり。暖きこと暮春の夜の如くなるを怪しむほどもなく果して軽微なる地震あり。

十二月八日。晴れて暖なり。午後目黒辺散歩。留守中大工勇之助雞卵一箱を持参せり。歳暮のしるしなるにや、或はこの度高橋君屋敷普請の請負をなせし返礼の心なるにや、いづれにしても気の毒なることなり。

十二月九日。快晴。温暖昨日の如し。午後母上来らるべき由、前以て通知ありければ、書斎を掃除して後香を焚きぬ。室内定めし煙草の煙くさかるべきを慮りてなり。人の家を訪ひて案内せらるゝ時、物の臭のかゞるゝは甚快からぬものなり。殊に襁褓干す悪臭、又は枯魚焼きし後その臭気の残りしなど、胸あしきかぎりなるべし。晡時飯倉片町電車通まで母上を送り、帰途植木屋にて福寿草を購ふ。芽生一本四銭づゝなり。

十二月十日。一昨日あたりの東京日々新聞紙上に尾州知名の士に関する記事(56)ありて、其中に予が一族のことも見えたりとて、新聞の切抜を送り来れるものあり。予は十余年前若気の過ちにて妓を家に納れし時、不幸にして弟威三郎とは墻に鬩ぐなかとなりしより、引つゞきて親族一同とも交を断ち、佯狂自ら快なりとなし、いつか今日に至りしものなれば、たま〳〵世人の予が族人のことを語りて、予のことに及ぶを聞けば、心甚悲しまざるを得ざるなり。日々新聞の記事を見るに、予が叔父に当る阪本三蘋翁、新聞の記事には遺漏ありしとて、折角世人の心つかざる予が事をわざ〳〵投書して補ひたまへり。実ににが〳〵しきことなり。この叔父明治十一二年のころ初めて上京し、先考が礫川の家に寄寓せしことあり。其頃の日誌一冊いかなる故にや、先考が廃篋中に残り居たりしを、余売宅の際図らず発見し、今猶之を蔵せり。日誌を見るに、叔父は屢北里南品の遊廓に遊びしことあり。後立身して地方官となり、茶屋女を孕ませ私世児を生ませたりしを、実子の如くに届出でたり。即今の嫡子某とよべるものにて、目下外務省の役人なる由なり。叔父三蘋先生は若い時の事は誰も知らぬと思ひて棚に上げ、老後は貴族院議場にて世人の知れるが如く国民教育の事など鹿爪らしく論じたまへるなり。其の口吻往々有田ドラツグの広告文に似たるものあり。世には偽君子多し。己の過去を自ら省み身の耻を知るが如きものは、到底世に立つこと能はざるなり。これにつけて思ひ起さるゝは、いつぞや尋ねし氷川町の私窩子お浪が述懐なり。お浪は一度人の妾となりては最早や身分ある人の正妻とはなりがたければ、色香の失せやらぬ中夜々春を鬻ぎて金を蓄へ、やがて小商ひでもして人の厄介にならず、静に一生を送りたしと云へり。匹婦にして猶且廉恥の心あるを思へば、白昼堂々として仁義道徳を説いて世を欺く偽君子ほど憎くむべきものはなし。宜しく其面上に唾するも可なり。予漫に尊長の人を誹謗するの罪軽からざるを知る。然れども郷愿は徳の賊なれば、爰に人知れず平生の義憤を漏すのみ。

十二月十一日。両三日異例の暖気なり。人々地震を憂ひしに果して午後四時半頃稍強き地震あり。戸外に走出るもの多し。洗湯にては女の衣をまとはずして街上に走出しものもありしと、夕刻来りし牛乳配達夫の話なり。

十二月十二日。晴れて暖なり。坤宮に御盛典あり由。家々国旗を掲ぐ。夜に入り淡烟模糊たり。

十二月十三日。昨夜就床の後胃の消化不良の故にや、腹鳴りて眠ること能はず、硝子窗薄明くなりしころ漸く睡につきしに、忽旧妓八重次に逢ひたる夢を見たり。およそ夢といふもの覚むると共に思出さむとするも得ざるが常なるを、昨夜の夢のみいかなる故にや、寤めたる後もあり〳〵と心に残りたり。かの女静なる庭を前にしたる中二階の如き家の窗に倚りゐたるを、われ木の間がくれに見て忍び寄り、頻に旧情を温めむと迫りしかど、聴くべき様子もなかりし故悄然として立去りぬ。余かの妓と馴れそめし昔といへども、さまで心を奪はれゐたるにはあらざりしを、況んや別れてより十余年を過ぎたるに、突然かくの如き夢を見んとは、誠に思ひもかけぬことなり。八重次震災の後羽根沢のあたりに僦居なせる由人より聞きしが、今はいづこに住めるや、それさへ定かには知らざるなり。重ね〳〵笑ふべき夢なりけり。此日日曜日にて、且は又宮中盛典の翌日なれば、市中の雑遝甚しかるべきを思ひ、終日家に在り。

十二月十四日。快晴にして暖なり。十一月末より雨なし。

十二月十五日。曇りて風絶え、終日狭霧立迷ひたり。掃き清めたる庭に山吹と楓の落葉すこしばかり散りたるを、昼餉の後掃寄せて焚く。常磐樹の木陰に酢漿、その他無名の草多く生じたり。扳取りて落葉と共に火中に投ず。無名の雑草霜雪を凌ぐこと松柏の如し。古人の詩にも言はずや。歳暮山園嬾再行。蘭衰菊悴頗関情。青青多少無名草。争向残陽暖処生。[57] とこの絶句もと諷刺の作なるべけれど、亦実景たるを失はず。十余年前庭後啞々子等と雑誌文明を刊行せし頃、金詩選の中よりこの絶句をとりて、表帋の面に和歌俳句などゝ共に掲げしことあり。之が為に今猶記憶に存せしなり。唐人羅鄴[58]が作にも、芳草和烟暖更青。閒門要路一時生。年々点検人間事。唯有春風不世情。[59] といへるものあり。寓意の作としては前者優りたるが如し。此日夜半疾風急に起り、雨の窗を撲つ音烈しきまゝ戸を排きて見るに、空には星斗爛々たり。白昼晴天の雨なれば狐の嫁入する時ともいふべきに、晴夜の驟雨は何と言ふべき歟。

十二月十六日。旭日窗に照添ひて、夜具の中暖なること春暁の如し。怪しみて机上の寒暑計を見るに、華氏六十度を越えたり。午後に至り暖気ます／＼加り、頭痛を催さしむ。物買ひ[60]にと銀座に出でたる後、三一子来訪せられしと云。夜マルセルプルーストの長篇小説を読む。プルーストは近年歿したる仏蘭西の小説家なり。

十二月十七日。快晴。午後三一子また来訪。歌舞伎座作者部屋をあづかり居れる木村錦花子、この程より屢三一子を説き、ゆく〳〵は必同座の立作者に推挙すべければ、当分の中作者部屋に日勤し、拍子木の打方を始めとして狂言方のなすべき事、万端一応、仕来の通り練習したまはずやと言ひたる由につき、いかゞせむと予の意見を問はれたり。予それには定めしいろ〳〵の事情も伏在すべければ賛同しがたき由を陳べたり。斜陽早くも窗前の樹頭に映ずるころとなりしかば、相携へて一まづ歌舞伎座に赴く。場内殆空席なきほどの好況なり。清潭子と風月堂に登りて晩餐をなす。街上衣香燈影燦爛として花のごとし。別れてひとり新橋の方に歩み行きし時、偶然千疋屋の楼上より下り来れる某女に逢ふ。以前或咖啡店の女給仕人にて目下は芝桜川町に住み、人の妾となり、又折々男を引入れて春を鬻ぐ女なり。帰りの道筋同じきがまゝ、誘はれて其家に立寄りしに、二階六畳ばかりの一間に西洋ベッドを置き、枕頭に紅色の電燈をつけ、石油ストーブを据えたるさま、宛然巴里の魔窟を想起せしむ。抑もかくの如き装置は何人の教へたるものにや。今は新聞牛乳等の配達夫も口笛にカルメンの進行曲など吹鳴し行くことを思へば、何事も西洋模倣の東京に、かくの如き私娼の生じたるは、盖し怪しむには足らざることなるべし。いつぞや自働車運転手の語るをきけば、赤阪辺には閨中の戯を窺ひ見せしむる女もありとの事なれば、やがては昔両国の見世物場にありしと聞く、やれ突けそれつけの戯も再興せらるゝに至るべき歟。江戸のむかしと西洋今日両処の悪風、偶然一処に集り来りしもの。是大正現今の世相といふべし。

十二月十八日。昨夜深更に及び寒気俄に烈しく、枕上に書冊をひらき持つ手先の冷なるに堪えざりしが、今朝起出るに崖下なる人家の屋根に霜凍りて雪のごとし。終日西北の風吹きすさみ、路傍の水日暮には早くも凍りたり。過日小山内君より借りたる史談俗談を返送す。

十二月十九日。郵便脚夫板塀に取付けたる郵便受入函の中に、折々大きなる郵便物を無理やりに押込み行くがため、今秋修繕したる板塀の切口又々破損せり。近年郵便物には雑誌新聞のみならず、商店会社の営業案内、又芝居興行物の広告雑誌など年と共に増加し、且又雑誌社より問合せの往復端書多き時は一日に七八通も来ることあり。されば此等の郵便物を受取るべき函は、麦酒箱ほどの大さにても猶足らざるべし。郵便物と云へば、斯くの如く活字にて印刷せられしものにあらざれば、西洋形の状袋にペンを以て書したるものばかりにて、外封の筆蹟一見欣慕の情を催さしむるが如き尺簡に接することは殆罕なるに至りぬ。十年前、大久保に住みし頃には折々庭後唖々子などの書に接することありし故、毎夜就眠前、庭下駄はきて郵便函をあけに行くことも楽しみにてありしが、今は老いて懶く、二三日も打捨てゝ函をあけざることもあるなり。此日風吹出でしかど空晴れ寒気も和ぎたれば、午後東仲通貸席東美倶楽部に開催せられし古書売立会に赴く。岡鬼太郎君に逢ふ。吉原細見及浄瑠璃稽古本を聚めらるゝ由なり。予は武鑑を索め歩みて数部を得たり。亀田鵬斎古賀精里の文集は数年前より索むれども未獲ず。此日会場にて見たりし書物の中、其価の著しく貴くなりしもの、焉馬の歌舞伎年代記帙入八拾五円。黄表紙百種（帝国文庫）弐拾五円などなり。歌舞伎年代記の如きは十余年前予仲橋松山堂にて購ひし時は金八円なりしと記憶せり。北斎漫画も二十冊ほどにて同じく拾円を出でざりしに（尤も明治初年の再版なり）今は百円に近き価となれり。

十二月二十日。日暮楽天居忘年句会に赴く。句会は新に建増しをなしたる十畳ばかりの離座敷にて開かれたり。是主人の画室なる由。三方折廻して肱かけ窗なり。六尺の床の間に、三尺の戸棚、秋田蕗の襖なり。中庭を隔てゝ書斎は四畳半の由。丸窗あるを見しのみにて座敷の内は未見ず。普請は今年の秋より取掛りしが猶竣成に至らず。表の西洋造及門墻には足場猶かゝりたるまゝなり。庭の模様も変りたる由なれど、課題の句を考る中夜となりて見ることを得ざりき。此夕来会するもの冬生、夾日、湖山、紫草、致軒、秋生、沖舟、兎子、渚山、撫象、雪蕉、荷風等なり。二階座敷にて支那料理の馳走に与りし後、再び元の席に還り句相撲の余興あり。十時半頃散会せり。晩餐の卓上一座の談話たま〳〵紅葉山人のことに及びし時、小波先生の曰く、紅葉山人の実父は赤羽織と綽名せられし柳橋の幇間にて、彫刻を善くせし谷斎といふ者なるは、既に世人の知る所なれど、其実母はいかなるものなるや詳ならず。思ふに藝者なるべし。山人は生るゝと共に祖父母の許に引取られ、実父谷斎に引逢はされしは成人の後なり。祖父は寒暖計の管に水銀を流し込むことを内職となしゐたる程なれば、山人の学費は某所税関の役人なりし其叔父の仕送りしものなり。山人は幇間谷斎の私生児なることを深く愧ぢ、劇場相撲場等に行くことを好まざりしと云ふ。人生の一悲惨事といふべし。予窃に思ふに、若山人にして自らその出生のことにつき、憚る所なく憂悶の情を筆にしたらむには、恐らくは其小説に劣らざる不朽の文字を世に伝へしなるべし。又この夜の談話に、頃者広津柳浪先生中央公論といふ雑誌に、硯友社樹立の頃の懐旧談を掲載せられしが、記憶の誤謬からず、江見水蔭(61)翁大に奮激せりとの事なり。当時の消息は丸岡九華(62)氏の手記するもの寂精細なり。されど氏は之を篋底に秘して世に示さゞるを以て知る者なしと。是亦小波先生の談なり。聞くがまゝにしるす。帰途雨に値ふ。

十二月廿一日。風雨と共に寒気亦甚しく書窗黯澹たり。午後に至るも手足の冷るを覚えたれば、臥牀に横りてプルーストの長篇小説を読む中、いつか華胥に遊べり。既にして鄰家読経の声に夢寤るや、空霽れわたり、窗前の喬木に弦月懸りて、暮靄蒼然、崖下の街を蔽ひたり。英泉が藍摺の板画を見るが如し。是同じ山の手にても、大久保の如き平坦の地に在りては見ること能はざる光景にして、予の麻布を愛する所以なり。抑今日のごとき寒雨の日、雞犬も屋外に出ることを好まざる時、終日独炉辺に間坐し、心のまゝに好める書を読むことを得るは、人生無上の幸福にあらずや。是畢竟家に恒産あるがためと思へば、予は年と共にいよ〳〵先考の恩沢に感泣せざるを得ざるなり。昨宵楽天居句会に赴かむとする途次、品川停車場の雑遝を見し時にも、予は日々斯くの如き修羅の巷に奔馳する人に比して、つく〴〵無為閒散の身の幸なるを思ひて止まざりき。古来の道徳文教蕩然として地を払ひたる今日の如き時勢にありては、功業学術倶に皆糞土の如し。人間若し晏然として草木の腐朽するが如く一生を終ることを得ば、卻て幸なりと謂ふ可きなり。夜初更を過ぎし頃、忽然門扉を敲くものあり。出でゝ見るに、過日銀座にて偶然見たりし桜川町の女にて、今宵は流行の洋装をなしたり。女子紅粉を施し夜窃に独居の人を訪ふ。其意問はずして明なり。炉辺に導き葡萄酒を暖めキュイラツソオを加味して飲む。陶然酔を催し楽しみ窮りなし。酔中忽然として仏蘭西漫遊のむかしを想出したるは、葡萄酒の故にはあらず、洋装の女子其衣を脱して椅子の上に掛け、絹の靴足袋をぬぎすてむとするの状、宛然ドガ画中の景に似たるものありしが為ならずや。帰路の自働車代を合算して十五円を与ふ。一刻の春夢寤むれば痕なしと雖、偶然二十年のむかしを回想し得たる事を思へば、其価亦廉なるかな。

十二月廿二日。風あり。晴れて暖なり。午後国民文庫刊行会の編輯員来り、用談の末に、慶応義塾の井川君も気の毒なることなりきと言ふ。予その故を問ふに、腸ちぶすに罹り肺炎を起し、去十九日世を去りしとの事なり。予平生新聞を見ざるを以て何事をも知らず日を過したるなり。井川君は予の始めて慶応義塾に招聘せられて教鞭を秉りし時、恰業を卒へ、普通部英語の教員となり、傍予を助けて三田文学の編輯をなしたり。予が大久保の家に新妻を伴ひて訪来られしこともありき。上田敏先生の著作を愛読し頗文才ありしかど、客気なきを以て今日の文壇には名を成さずして終りぬ。平素は極めて細心寡言の人なるに、一酔する時は屢意外の奇行をなしたり。尤是は予が三田に在りし時のことにて、晩年は交遊稀なりしを以て知らず。そも〳〵予が慶応義塾教室にて相識りたる書生の中、久米秀治は去年正月に世を去り、今亦忽然井川君の訃を聞く。二子倶に其年歯予よりもわかきこと二十年を越えたり。而も亦平生頗強健の人なりしにいづれも妻子を遺して病歿せり。予の如きは幸に家あるも無用の淫書を蓄ふるのみにして、妻孥の繫累なく、身には宿痾を抱くこと十年に逮びて猶死せず。

天命のなす所唯不可思議といふべきのみ。

十二月廿三日。快晴。日将に午ならむとする時、宮村町より電話かゝり、風月堂にて午餐を倶にすべしと云ふ。松莚子両三日前勢尾の興行先より帰京。直に来春興行の稽古に取かゝり、今日もその帰りがけなり。三一子亦おくれて来る。食後打連れて銀座を歩み、出雲町東角に震災後開店したる松阪屋陳列館に入る。予元来この種の勧工場に出入することを好まざるを以て、銀座を過るも未曾て館内に入りしことなかりしなり。館内は幾層の楼上悉く寄木細工、或はモザイックにて床を張りたるに、顧客は下駄ばきのまゝヱレベーターに乗り、其上を歩行するを以て屐声戞戞として館内に反響し、塵埃濛濛として瘴霧の如く、人をして長く留るに堪えざらしむ。是亦和洋二重の生活より生じたる奇態の一例なり。虎の門にて松莚子に別れ歩みて家に帰れば、日将に没せんとす。不在中大阪太陽堂歳暮の礼物化粧品一函。書賈竹田屋紙巻煙草一函を送り来る。

十二月廿四日。朝書斎の掃除をなしゐたりし時、某新聞の記者刺を通じて面会を求む。例によつて病と称して会はず。記者手荒く門扉を開閉し、奮然として去りたるが如し。予心中記者の職業を憫まざるにあらず。然れども一度面会する時は以後頻々として訪ひ来り、次第に面倒なる事を依頼し、遂に一旦これに応ぜざれば、忿慣懣の色をなす。

是今日までの経験によりて明なれば、未知の操觚者に対しては事の奈何に関らず、一切面晤せざるなり。倨傲褊狭の譏りは予の甘受する所なり。正午福吉町裱匠千鶴堂、客月誂へ置きたる書幅を仕立て持参す。食後客室の塵を掃ひ、先考新歳竹枝の草稾と、清人王一亭の書とを壁上に懸く。王氏の書は下の如し。読罷来青十巻詩。騒壇不媿大宗師。千金白傅争求集。一幅平原欲繡絲。徳有達人存手沢。目無余子想襟期。他年若到蓬萊嶋。還訪韓陵片石碑。永井壮吉先生出其所刻先徳来青閣詩集。恵贈。読罷為動高山之仰。因率成律詩一章。以誌欽佩。乙卯孟春。王震。(63)

十二月廿五日。尾州丹羽郡丹陽村九日市塲の人、石黒萬逸郎氏その所著有鄰舎と其学徒一巻を寄贈せらる。是予が母方の家なる鷲津氏の旧学塾有鄰舎の事蹟を考證したるもの。予の曾て雑誌女性に寄稾せし下谷のはなし(後に下谷叢話と改む)聊石黒氏が考證の資料となり得たる所あるが如し。而して石黒氏の新著は其考證の細密遥に予が一時の随筆なる下谷叢話に優れるものあり。是寔喜ぶべきなり。炉辺に耽読すること半日。夕陽早くも窗に映ず。この夕五時頃より七草会忘年の宴に招がれゐたれば、倉皇人力車を倩ひ、会塲なる新橋花月楼に赴く。大谷竹次郎、川尻清潭、木村錦花、吉井勇、池田大伍、岡鬼太郎、小山内薫、巌谷三一の諸家既に座に在り。市川松莚山崎紫紅の二氏ついで来り会す。松居松翁は大阪に在るが故来らず。酒酣なる時、一妓あり、予の傍に来り、曾て喜久の家久米香と共に予が大久保の旧居に来りしことありと云ふに、始めて心つけば、その頃十二三歳なりし雛妓久米若なり。今は細腰柳の如き美妓とはなれり。是につけても光陰矢の如きを思ひて、心中老来の歎禁ずること能はず。二更の頃宴散ず。巌谷君と銀座を歩み、築地金龍亭に登り更に歓を尽して帰る。枕上復石黒氏の著述を読む。此日快晴。夜明月皎々たり。

十二月廿六日。午後銀座第百銀行に赴き、神田明神下鈴木医師を訪ひ、健康診断を請ふ。帰路電車にてお茶の水を過ぐ。旧聖堂前の架橋工事未畢らず、水道橋に近き水道の懸樋は取壊されて、其跡なく、両岸の岨崖も焼けたる喬木の一二本、悄然として立てるを見るのみ。癸亥の災禍に罹りし東京市内の勝地にして、到底旧観に復すること能はざるもの、今戸の待乳山、神田の明神、及この茗渓なるべし。此日薄晴風寒し。初夜の頃霧散じて寒月昼の如し。

十二月廿七日。日暮松莚子の約に赴く。岡、池田、川尻の三子亦招がるゝこと例の如し。酒間松莚子の談に、浅草公園の小料理店大増より、過日地方興行の留守中、可江子の辨天小僧松莚子の南郷二人立の羽子板を贈り来りし処、其後突然電話にて右羽子板の代金はいかゞなされしや、橘屋よりは既に若干金を受取りたりと、代金の催促に及びし故、金参拾円ばかりを遣したりと云ふ。無断にて人の家に物品を送り、後より其代金を請求するは押売同然の所業と謂ふ可し。大増といふ小料理屋は魚河岸にて売残りの魚を買込み、魚河岸料理などゝ称へて暴利を貪る家なりと云ふ。此夜松莚君、過日伊勢松阪にて骨董商より購ひし蜀山人狂歌の竹の聯を示されたり。狂歌は照る月の鏡をぬいて樽まくら雪もこん〳〵花もさけ〳〵。夜半十二時まで談笑し、自働車に送られて帰る。此日天気澄霽。寒気甚しからず。夕方より曇りて雨となる。

十二月廿八日。曇りて暖なり。昨夜醼集に夜をふかしたるが故にや、今朝は十時ころまで熟睡せり。二階の掃除を畢れば、忽午となりぬ。食後虎の門理髪店に往き、桜川町なる女の家に立寄り、歳暮の心附をなし、漫歩江戸見阪を登りて帰宅す。燈下石黒氏の有鄰舎と其学徒を読了したれば返書を裁して郵送す。深更細雨烟の如し。

十二月廿九日。朝霧午頃まであたりを籠めたり。書斉の窗より箪笥町の低地を隔てゝ市兵衛町二丁目の崖裏を望見たるさま今朝は頗画趣あり。薄暮桜川町の女訪来りければ、山形ホテル食堂にて晩餐をともにす。満月の光に夜は昼の如く風なくして暖なり。女の誘ふがまゝに浅草公園に赴く。ペンキ塗の雷門新に出来、仲店は旧の如く新築せられたり。此夜公園内到処人出少くして静なり。帰途電車も更に雑遝せず。

十二月三十日。痔疾再び発す。午前谷氏の病院に往く。この病院も大正改元の頃よりの馴染にて、年に二三回治療に赴かざることなし。今は会計の男より下足番に至るまで予の面を見知りたり。病院と古本屋と藝者家とに顔馴染多き生涯も亦奇ならずや。午後巖谷三一氏歳暮のしるしにとて葡萄酒を持参せらる。厚情謝するに辞なし。この夜歌舞伎座舞台ざらひの由きゝしかど寒気をおそれて行かず。燈下旧稾を删訂す。

十二月三十一日。快晴。寒風午後に至りて歇む。日暮谷病院の帰途桜川町の女を訪ふ。折好く洗湯より帰来りしところなり。銀座通除夕の賑ひを見むと、女の勧むるがまゝまづ銀座食堂(64)に入りて飲む。この店の主人はもと麴町山王社内に在りし酒楼星岡茶寮を営みし者なりとか聞けり。震災後茶寮旧の如く営業すれど主人は別人なりと云ふ。銀座街上の雑遝例年の如し。松屋呉服店々飾りの活人形を観る者堵の如し。電車にて水天宮に賽し、歩みて日本橋に出で、自働車にて家に帰る。倶に炉辺に茶を喫し、雑談する程もなく除夜の鐘聞えはじめしかば、女は予が新春を賀し、再会を約して、独り明月を踏みて帰れり。予今年六七月の頃より執筆の気力遽に消磨し、心欝々として楽しまず。淫蕩懶惰の日を送りて遂に年を越しぬ。この日記にその日その日の醜行をありのまゝに記録せしは、心中慚悔に堪えざるものから、せめて他日のいましめにせむとてなり。

# 注解

多田蔵人

## 大正六(一九一七)年

(1) **壁上の書幅**　江戸東京博物館蔵永井家コレクション蔵『来青閣蔵書目録』に見える(現物の所在は不明)。「姜逢元」とされる書幅は『蔵書目録』に「姜逢元堂幅」とある一幅だが、詩は趙嘏「宛陵館冬青樹題」。訓読「碧樹　烟の如く晩波を覆ふ。清秋　尽くること無し　客　重ねて過ぐ。故園　今即　烟樹の如し。鴻雁　来らず　風雨　多し」。「王一亭」は清末から中華民国の画家・詩人の王震の幅。訓読「世事を等閑にして沈浮に任す。万古　滄桑　眼底に収む。偶ま心期を□図画に帰せば、□□　蘆荻　一群の鷗」。永井家の『来青閣蔵書目録』に「王一亭蘆雁」が見える。王震は上海で永井禾原久一郎と交わり、大正以後も日本と交流を続け関東大震災の際には義援金を募った。

(2) **先考**　荷風の父、永井久一郎(一八五二―一九一三)。禾原、来青閣主人などの号がある。尾張出身で文部省、日本郵船上海支店長などの要職を歴任。荷風の母方の祖父、鷲津毅堂を漢詩の師とし、『雪炎百日吟稿』ほか多くの詩集あり。詩の多くは『来青閣集』に収める。

(3) **大石国手**　大石貞夫(一八八三―一九三五)。冬牆とも。荷風の主治医。日本橋の中洲病院を開いた

（嶋田直哉「大石貞夫小伝―永井荷風の主治医」、「図書」令和四年一〇月）。

（4）**富豪高嶋氏**　高島徳右衛門。高島易学の創始者、高島嘉右衛門の甥。木挽町五ノ五。

（5）**北鄰は待合茶屋**　木挽町五ノ五に南部こうが営んだ待合「深雪」。

（6）**啞々子**　作家の井上精一（一八七八―一九二三）。九穂、不願醒客、玉山とも。東京高等師範学校附属尋常中学校以来、荷風の最も親しい友人。「木曜会」メンバーで、「文明」「花月」にも多く寄稿。小説『濹東綺譚』『梅雨晴』ほか、荷風の作品にもしばしば登場する。荷風を描いた『小説道楽』（明治三八）がある。

（7）**久米秀治**　小説家（一八八七―一九二五）。新福亭主人。慶應義塾哲学科。「三田文学」に多く寄稿し、卒業後有楽座に入り、帝国劇場の経営に携わる。荷風旧作の再演をはじめ、荷風と大正演劇の密接な関わりを演出。「文明」「花月」寄稿者（「演劇新潮」大正一四年二月、久米秀治追悼号）。

（8）**庭後子**　籾山仁三郎（梓月、一八七八―一九五八）。米刃堂とも。慶應義塾出身。出版社俳書堂を高浜虚子から譲り受け、籾山書店を開業、「ホトトギス」派の俳人でもある。雑誌「三田文学」、荷風『すみだ川』をはじめ、三田派の著作を多く刊行、荷風の個人誌「文明」「花月」も発行した。

（9）**文明**　荷風が籾山書店から発行した雑誌「文明」（大正五年四月―七年九月）。

（10）**南岳**　大田南岳（一八七三―一九一七）。画家・俳人。巌谷小波の「木曜会」メンバーで、同人誌「饒舌」にて共に活動した。大田南畝（蜀山人）の後裔（「木太刀」大田南岳追悼号）。

（11）**湖山**　黒田湖山（一八七八―一九二六）。作家・記者。「木曜会」メンバー。荷風『戯作者の死』の根本資料『水野越前守』を貸与した。

(12) **隔水双峰雪未銷…馬上思君過断橋**　訓読「水を隔つる双峰　雪　未だ銷えず。白堤の寒柳晩に蕭蕭たり。三杯　傾け尽くす　兪楼の酒。馬上　君を思ひて断橋を過ぐ」。禾原が西湖(浙江)行を詠んだ詩集、『来青山人浙游草』(明治三二成立、江戸東京博物館所蔵)と同文。題「飲兪楼有懐曲園大史(兪楼に飲し曲園大史に懐有り)」。曲園は清朝の考証家、兪樾(曲園は号)。

(13) **三十間堀寿々本**　京橋区銀座二ノ一四の船宿。当時の女将は岡崎かめ、のち、かめの娘である岡崎栄が経営した(秋庭太郎『考証永井荷風』(昭和四一)、吉屋信子「岡崎えん女の一生」)。

(14) **清元延園**　篠田鉱造『銀座百話』(昭和一二)に伝あり。後掲『万象録　高橋箒庵日記』記事にも登場。

(15) **毅堂先生**　荷風の母方の祖父、鷲津毅堂(一八二五―八二)。尾張出身で藩校明倫堂督学、登米県権知事、宣教判官を歴任。森春濤、槐南の父子とともに明治漢詩壇の重鎮。

(16) **葵山子**　作家の生田葵山(一八七六―一九四五)。「木曜会」メンバーの一。

(17) **太刀伊勢屋**　江戸以来の紙屋。紺に太刀を染め出した暖簾が有名。

(18) **義昌堂**　京橋区尾張町二ノ五の中国雑貨店。

(19) **吉原河内楼**　吉原の中店。新吉原京町二ノ一六。

(20) **上野の忍川**　上野三橋町(『東京名所図会』(明治四一)下谷区、上野公園之部)の料理屋。

(21) **母上**　荷風の母、恒(一八六一―一九三七)。鷲津毅堂の娘。ユニテリアン教会の教徒でもある。

(22) **松莚君**　二代目市川左団次(一八八〇―一九四〇)。本名高橋栄次郎。小山内薫とともに自由劇場を旗揚げした。以後の活躍は本巻に見る通り。荷風の親友で、玄文社の雑誌「新演芸」演劇合評会をはじめ多くの場を共にした。古書、錦絵、煙管などの当代一流のコレクター。荷風『日和下駄』の挿入写真は左団次が荷風に貸した写真機で撮影したことを、左団次が「ベニスの風俗」(「演芸画報」大正一一年六月)で述べている。

(23) **花月主人** 新橋の料亭「花月」を経営した洋画家の平岡権八郎(一八八三—一九四三)。松山省三が経営したカフェ・プランタンにも関わり、小山内薫の舞台装置を手がけている。

(24) **紅箋堂佳話** 内容未詳。『雨瀟瀟』に、同名の文章を書きかけて止めるエピソードが載る。

(25) **築地の梅吉** 三代目清元梅吉(一八八九—一九六六)。本名松原清一。明治四四年より三代目清元梅吉を名乗る。荷風の清元の師で、清元一枝会を主宰した。談話「清元新曲の節附」(「みやこ趣味」大正七年一二月)で、「荷風さんは六七年のお稽古」で得意な曲は『落人』『お染の道行』など、「お声は好いし、節は甘し、三味線も弾きます」と述べる。

(26) **バルザックのイリユージヨンペリユデイ** *Illusions perdues*(1837-43、邦題『幻滅』)。

(27) **栄寿太夫** 四代目清元栄寿太夫(一八九五—一九三九)。五代目延寿太夫の子。

(28) **島田洋紙舗** 島田洋紙店。京橋区銀座三ノ六。

(29) **沢田東江**(とうこう) 江戸中期の書家・戯作者(一七三二—九六)。王羲之を尚ぶ唐様の書風で知られる。「唐詩選」は『東江先生書唐詩選』(天明四刊)。

(30) **深川八幡前の鰻屋宮川** 江戸の考証家、宮川曼魚(渡邊兼次郎)が営んだ鰻屋。深川区富岡門前町三一。文壇の句会なども多く開かれた。曼魚は雑誌「花月」の寄稿者の一人。

(31) **落葉　薄田泣菫著…霜夜鐘十時辻占　默阿弥著**　薄田泣菫は詩人、大阪毎日新聞社学芸部長。『落葉』(明治四一)は近畿の風物を描くエッセイ。鏡花再評価のきっかけは荷風が雑誌「三田文学」に泉鏡花の作を積極的に載せたこと。広津柳浪は荷風の師。『今戸心中』は樋口一葉とともに随筆「里の今昔」で言及された。成島柳北は幕末明治の漢詩人、荷風は「柳北仙史の柳橋新誌につきて」などの文を残した。為永春水は荷風鍾愛の江戸戯作者で、人情本と称する恋愛小説によって一世を風靡した。森鷗外『即興詩人』(明治三五)は荷風『昼すぎ(対話)』に言及あり、荷風は零落の美を見てとったらしい。蜀山人(大田南畝)は戯作者・漢詩人など多方面に活躍した文人。『雨瀟瀟』では蜀山人の狂文が横井也有『鶉衣』と並称し絶賛される。河竹黙阿弥『霜夜鐘十字辻占』(明治一三初演)は明治開化期を舞台にしたいわゆる散切狂言で、同題の草双紙も刊行された。

(32) **入蜀記…随園詩話**　漢文の書名。『入蜀記』は南宋の詩人陸游が四川に赴任した際の紀行。『菜根譚』は洪自誠の随筆集。明末の成立。『入蜀記』とともに、明治大正期にも多く注釈書が出た。『紅楼夢』は清代の曹雪芹による長篇恋愛小説。『西廂記』は元の王実甫による雑劇。唐代才子佳人小説を源流とし、明治期漢文学に多く参照された。『随園詩話』は袁枚の書。清詩の理論的支柱。永井久一郎は上海で袁枚の孫、袁祖志(翔甫)と親交を持った。

## 大正七(一九一八)年

(1) **入江子爵**　入江為守(一八六八―一九三六)。東宮侍従長。牛込の永井家売却後、同地に住んだ人。

（2）**新橋堂主人**　野村鈴助。徳冨蘆花『蘆花日記』にたびたび登場する。

（3）**堀口大学**　翻訳家・詩人(一八九二―一九八一)。訳詩集『月下の一群』など。雑誌「三田文学」出身。雑誌「花月」寄稿者。『昨日の花』(大正七年四月)は大学のはじめての訳詩集。

（4）**馬場孤蝶**　作家・翻訳家の馬場孤蝶(一八六九―一九四〇)。北村透谷や島崎藤村などと「文学界」グループを結成。慶應義塾では荷風より以前から文学部教授をつとめ、「三田文学」にも創刊準備から関わった。

（5）**三才社**　神田区一橋通町一七、堀川柳助が営んだ書店・出版社。洋書を取り扱い、「天地人」、「創造」、「ヴァリエテ」などフランス文学・宗教関連の重要誌も発行した。

（6）**延寿太夫**　五代目清元延寿太夫(一八六二―一九四三)。本名岡村(斎藤)庄吉。もと三井物産社員、明治三〇年に清元延寿太夫襲名。清元改良と拡大につとめ、清元会を主宰した。

（7）**今村次七**　明治三六年に荷風がアメリカに渡った船・信濃丸で同室であり、渡米後も交わった。銭屋五兵衛関係文書の蒐集家でもある。

（8）**八重次**　内田八重(ヤイ、一八八〇―一九六六)。荷風の元妻。この頃は本巴家の芸者八重次。藤間静枝。日本舞踊「藤蔭流」創始者、藤蔭静枝。静樹。「思凡」によって新舞踊の道を開いた。『東都の名妓』(大正六)に写真掲載。塩浦彰『荷風と静枝』(平成一九)。

（9）**来青閣集**　永井禾原(久一郎)の漢詩集。大正二年刊。既刊の詩集に基づいて編まれた集。

（10）**東洋印刷会社**　春陽堂などの本を多く印刷した印刷会社。発行所名「十里香館」は、荷風の曽祖父永井士前の法名「十里香院釈泡影」による。

(11) **雑誌花月**　大正七年五月五日に創刊号を発行(新聞広告は五月二日)。

(12) **木挽町田川**　木挽町九ノ三一。「田川の女将」は待合政治時代の名物女将(武者小路公共「読者通信」、「銀座百点」昭和三〇年五月)。

(13) **富士見町の妓家**　荷風は馴染みの待合のひとつに「相模家」(富士見町一ノ二五、小林サト経営)を挙げる(『桑中喜語』)。

(14) **玄文社懸賞脚本**　玄文社の雑誌「新演芸」の新脚本懸賞。当選作は高田浩三『再生』。

(15) **服部歌舟**　服部源三郎。合資会社服部紙店代表。五月一〇日の「関口の邸」は本郷区切通坂一五。十寸見(ますみ)歌舟と名乗り河東節をよくした。荷風は『鳰鳥柳花鈔』に序文を寄せている。

(16) **野間翁**　野間五造(いつぞう)(一八六六―一九四六)。新聞記者、衆議院議員。『立法一元論』(大正一五―一六)などで貴族院無用論を唱えた。文学者・江見水蔭の幼なじみ。音曲諸流に抜群の腕前を示した。

(17) **山彦栄子**　本名大深(藤岡)てい(一八三六―一九三三)。河東節三味線方。

(18) **訪諏商店**　正しくは諏訪商店。京橋区畳町二。諏訪松之助が明治二三年に設立し書画や古本を商い、英米独仏とも取引を行った。この日の売立会に坪内逍遥も赴いた(『逍遥日記』)。

(19) **春陽堂主人和田氏**　和田利彦(一八八五―一九六七)。和田篤太郎・むめの娘婿。

(20) **井阪梅雪**　伊坂国太郎(一八七一―一九四九)。「時事新報」演芸記者として知られ、『尾上菊五郎自伝』(明治三六)がある。帝国劇場顧問。

(21) **横井時冬(ときふゆ)著園藝考**　『園芸考』は明治二二年刊。横井時冬は歴史学者(一八六〇―一九〇六)。博士号取得に際して荷風の父・久一郎の世話にあずかったことを謝する書簡が残る(江戸東京博物館蔵)。

(22) **韓渥が迷楼記**　韓渥は正しくは韓偓(かんあく)。晩唐の詩人(八四四-九二三)。艶体詩を集めた『香奩集(こうれんしゅう)』で知られる。『迷楼記』は隋・煬帝の、一度入ったら出てこられないほどの奇巧を凝らした宮殿をめぐる物語。

(23) **瀧田樗蔭(ちょいん)**　滝田樗陰(一八八二-一九二五)。雑誌「中央公論」の名物編集者。

(24) **疑雨集(ぎうしゅう)**　明末の漢詩人、王次回の漢詩集。『来青閣蔵書目録』にあり、荷風もたびたび引用している。

(25) **荷風全集**　春陽堂から刊行された『荷風全集』。

(26) **政府は此日より…禁止したり**　「騒擾の報道禁止　昨夜突如命令発せらる」(「東京朝日新聞」大正七年八月一五日)。一七日に春秋会の申入れを受けて禁止取消。

(27) **春日**　京橋区南金六町一二。代表は清水ミヨ。

(28) **吉右衛門**　初代中村吉右衛門(一八八六-一九五四)。大正一〇年まで市村座。大正一〇年六月から松竹歌舞伎に所属。

(29) **宮薗千春**　本名高橋よし(一八六一-一九四四)。宮薗節(薗八節)の二代目宮薗千寿の弟子。のちに三十間堀に「ボルドー」を営む(樋口修吉『東京老舗の履歴書』)。清元節をよくしたとされ、大正六年十月二三日記事の「おりき」も同一人物か。

(30) **東京新繁昌記の類**　服部撫松(ぶしょう)『東京新繁昌記』(明治七―九)など、主に漢文で書かれた都市案内記。成島柳北『柳橋新誌』二編(明治七)もこのうちの一つ。

(31) **築地の桜木**　京橋区築地一ノ五。代表は飯島こう。
(32) **禾原先生渡洋日誌**　「花月」大正七年一一月、一二月(七―八号)掲載「禾原先生遊学日誌」。
(33) **古着問屋丸八**　日本橋川瀬石町七、齋藤喜一郎の古代織物商。
(34) **井筒屋**　京橋区南伝馬町二ノ一、黒部勇次郎の呉服店。日本橋呉服町・左内町にもある。
(35) **坂井清**　鉄道省から昭和二年(「断腸亭」では大正一三年一二月八日「近日」)神戸製鋼へ、のち日本エヤーブレーキ取締役。
(36) **市川三升**(さんしょう)　一〇代目市川団十郎(一八八二―一九五六)。
(37) **建物会社**　東京建物株式会社。日本橋呉服町一。
(38) **酒井好古堂**　神田区淡路町二ノ四、浮世絵販売・浮世絵画集出版。荷風・左団次・小山内薫がよく買いに来たと、「役者としての好事家」(「新演芸」大正八年七月)で述べている。
(39) **南明倶楽部**　表神保町の貸席。もと勧工場南明館。『姿記評林』は野郎評判記の一。
(40) **安田平安居**　安田善雄。安田善次郎の四男。原石鼎を中心とする句会「みなつき会」主宰。
(41) **浜野茂**　実業家(一八八九―?)。異名「新宿将軍」を取り、水道疑獄「鉄管事件」の当事者であった浜野茂の子(幼名一郎)。大正九年浜野繊維工業設立。
(42) **竹田書房主人**　竹田玩古洞主人竹田泰次郎。荷風の浮世絵・古書蒐集を支えた本屋。
(43) **モレアス**　Jean Moréas (1856–1910)。詩人、批評家。*Esquisses et souvenirs* (1908)は「小品と回想」というタイトルながら、内容はロマンティシズムの起源や文体論など。
(44) **明治史要武江年表**　『明治史要』(明治九―一九)は明治初期の政治史年表。『武江年表』(嘉

永二—三)は斎藤月岑著、江戸市中の出来事の歴史。岡本綺堂は震災後これを急いで買い直した(『岡本綺堂日記』)。

(45) **諸藝新聞**　明治一三—同一六年まで現存。岡本勘造が編集、芸能のニュースや新作が載る。

(46) **戸川秋骨**　「文学界」メンバー(一八七〇—一九三九)。英文学紹介のほか、ユーモア溢れる随筆がある。

(47) **五来素川**(ごらいそせん)　五来欣造(一八七五—一九四四)。「読売新聞」に斬馬剣禅の筆名で寄稿。フランス留学経験あり。「大観」の主筆は大隈重信、荷風は五月創刊号に「仏蘭西留学の頃」を寄稿した。

(48) **小山内氏**　小山内薫(一八八一—一九二八)。劇作家・演出家・作家。大正期演劇運動の中核にあった人。荷風とは慶應文科の同僚であり、自由劇場の旗揚げ以来長く交際をもった。吉井勇や久保田万太郎とともに親しく交歓した時期もある。築地小劇場にいたる小山内の活躍は本巻に見る通り。

(49) **平山堂**　四谷尾張町一の書画骨董商。伊藤平蔵が営み、宮崎三昧、志賀直哉、岸田劉生のほか、朝吹英二や小林一三といった紳商が訪れている。

(50) **種彦の…玉装伝**　『水揚帳』は当時柳亭種彦作とされた春本。『玉装伝』は、現在渓斎英泉作・画とされる(板坂則子『戯作と艶本』)『画図玉装譚』であれば、同じく春本。

(51) **寒檠璅綴**(かんけいそうてつ)　幕末の浅野長祚(梅堂)の随筆。

(52) **竹家といふ旅館**　芝区桜田本郷町一五の「竹屋旅館」。

(53) **高橋箒庵**(そうあん)　高橋義雄(一八六一—一九三七)。慶應義塾から時事新報を経て三井銀行、明治四四年に隠退。大正期の清元節を支援し事実上の相談役となった。永井久一郎とは日本郵船会社上海支店長の時期に相知り、漢詩の添削を受け、葬儀にも参列した。『万象録　高橋箒庵日記』当日記事では三味線は延園、曲は「保名」で、「風邪の気味なれば午後八時頃退出」。

(54) **吉井長田**　吉井勇(一八八六―一九六〇)と長田幹彦(一八八七―一九六四)。吉井勇は歌人・小説家。「三田文学」にも寄稿し、『祇園歌集』など当時の花柳文学流行と深く関わり、荷風を詠んだ歌が複数ある。長田幹彦は花柳文学の中核的書き手。京都を舞台にした『祇園夜話』など。長田秀雄の弟。

(55) **石亭画談**　竹本石亭の画論集。明治初年の画壇流行を記す。序文は大沼枕山。

(56) **無父無妻…無人望倚門**　訓読「父無く妻無し　百病の身。孤舟　風雪　銅墪を阻つ。残冬尽きんと欲して　帰るに猶ほ嬾し。料るに是れ　人の門に倚りて望む無からん」。第二句末の「墪」は原文「墩」。誤記か(荷風「初硯」では「墩」に作る)。

## 大正八(一九一九)年

(1) **色里三世帯**　『色里三所世帯』。稀本。

(2) **グールモンの小説シキスチン**　Remy de Gourmont (1858-1915) の *Sixtine: roman de la vie cérébrale* (1890)。グールモンは、堀口大学が好んだことでも知られる詩人。

(3) **沢木梢、井川滋**　いずれも「三田文学」関係者。沢木梢(本名四方吉、一八八六―一九三〇)は美術史家、慶應義塾文学部教授。井川滋(一八八六―一九五五)は慶應義塾普通部英語教員。三田の学生としてはじめて「三田文学」に小説を寄稿した人で、同誌の編集に携わった。

(4) **内海電話屋**　日本橋蠣殻町二ノ一五、内海亮爾の電話商行ハクライ社。

(5) **哥沢芝金家元芝金姉妹**　哥沢芝金は四代目、本名柴田錦子(一八九二―一九八一)。芝金の姉は二代目哥沢芝勢以(一八八三―一九七一)、本名柴田清。

(6) **小玉亭**　京橋区新富町四ノ七の待合「おたま」。小玉は藤間流。新橋玉中村から芸妓として出た。のち、女優に転じた(『日本映画俳優名鑑昭和五年版』)。

(7) **電話**　永井壮吉(京橋区築地二ノ三〇)の電話番号は京橋三三六。

(8) **播磨屋兄弟**　初代中村吉右衛門と三代目中村時蔵(一八九五―一九五九)。狂言は『彦山権現誓助剣』。六助吉右衛門、お園初代沢村宗之助、時蔵は三之丞。

(9) **菊五郎**　六代目尾上菊五郎(一八八五―一九四九)。

(10) **笹屋**　京橋区西紺屋町二の和洋酒食料品商。階上は齋藤芳の喫茶店「ささ屋」。メゾン鴻の巣やプランタンとならんで、文学者連が出入りした。齋藤芳は大正六「東都の名妓」に載る照近江屋の芸妓桃吉。公爵岩倉具張が出資した(野口孝一『銀座カフェー興亡史』)。

(11) **市川猿之助**　二代目市川猿之助(一八八八―一九六三)。後の市川猿翁。左団次の自由劇場に参加。

(12) **片岡商店**　日本橋兜町に片岡辰次郎が営んだ株式売買業。現在の山二証券ビル。片岡辰次郎は山二証券初代社長の父、「兜町の大久保彦左衛門」と渾名された人物。映画配給会社「ヤマニ洋行」を設立(『日本映画事業総覧　昭和二年版』)、牛込区袋町の映画館・牛込館を所有した(「キネマ旬報」昭和九年一月)。

(13) **朝鮮国王**　李氏朝鮮第二六代国王、高宗(一八五二―一九一九)。二月二一日没、三月三日に国葬。

(14) **明治座初日**　荷風が懸賞審査に関わった高田浩三『再生』が上演された。

(15) **芳幾**　落合芳幾(一八三三―一九〇四)。明治初期草双紙・新聞挿絵の常連。『今古実録』表紙など。

(16) **松居松葉**(まついしょうよう)　劇作家・小説家(一八七〇―一九三三)。大正七年に松竹顧問。座付作者以外が歌舞伎脚本を手がけた先駆者の一人。小山内薫とならんで演劇演出の指導者となった。舞台稽古の際に怒号する姿を複数の人が回想している。

(17) **漱石**　夏目漱石(一八六七―一九一六)。荷風に『冷笑』の「東京朝日新聞」連載を依頼し、また小宮豊隆の慶應赴任について相談した手紙が残る。この頃すでに漱石遺墨展覧会が開催されていた。

(18) **入金亭**(いりきん)　南葛飾郡寺島町一一五九、入山きんの料理店。

(19) **有馬温泉**　金子元助が営んだ向島有馬温泉。

(20) **ピヱールロチ**　Pierre Loti(1850–1923)。小説家、詩人。来日経験あり、小説 *Madame Chrysanthème*(「お菊さん」)などが日本でよく読まれた。芥川龍之介『舞踏会』、荷風『濹東綺譚』に名前が見える。*Quelques Aspects Du Vertige Mondial*(1917、『世界戦争の諸相』)。

(21) **西村渚山**(しょざん)　小説家(一八七八―一九四六)。木曜会の一員。外遊中の荷風と多く書簡をやりとりした。博文館などでジャーナリストとしても活躍した。「解放」は労働問題を扱う総合雑誌。

(22) **八丁堀の講釈場**　八丁堀に向かいあって営業した聞楽亭か寿亭。吉井勇も講談を好んだ(小島政二郎『場末風流』)。典山は錦城斎典山(本名青山嶽次郎)、英昌は二代目清草舎英昌(本名上條初太郎)。

(23) **シャールゲラン**　詩人の Charles Guérin (1873-1907)。荷風の訳詩集『珊瑚集』に入集。ここで挙げられた詩集の題は *L'Homme Intérieur*。

(24) **和田屋**　和田金蔵が営んだ人力車屋。日本橋を中心に支店を展開した。

(25) **稲垣**　浅草区瓦町二八、稲垣平十郎が営んだ待合茶屋兼船宿。稲垣亭。稲垣は戦後、柳橋花街主催の「みどり会」に三島由紀夫『艶競近松娘』『室町反魂香』を採用した。

(26) **常磐津文字兵衛**　三代目常磐津文字兵衛(一八八八―一九六〇)。本名鈴木広太朗。

(27) **松山**　松山省三(一八八四―一九七〇)。荷風をはじめ文壇関係者の集まったカフェ「プランタン」の店主。

(28) **梅蘭芳**(メイランファン)　京劇の名優(一八九四―一九六一)。この年の来日公演は梅蘭芳ブームを捲き起こした。荷風が観た一二日の公演は、当初一〇日までの予定だったところ、二日分の追加公演が行われた最終日。

(29) **宗十郎**　七代目沢村宗十郎(一八七五―一九四九)。

(30) **改造主筆山本氏**　山本實彦(やまもとさねひこ)(一八八五―一九五二)。改造社社長。「改造」は「中央公論」と並び立つ総合誌へと成長し、荷風と改造社のあいだには以後、虚虚実実の関係が続く。

(31) **岡村柹紅**　劇作家(一八八一―一九二五)の岡村柿紅(しこう)。玄文社「新演芸」主幹。市村座の一員として劇作、舞踊劇に力を尽くした。荷風や小山内薫と「古劇研究会」を組織した。

(32) **玄文社新演藝観劇合評会**　これより荷風は左団次を中心とした観劇連「七草会」に入り劇評を「新演芸」に寄せる(神山彰「雑誌「新演芸」に見る大正演劇」、『近代演劇の脈拍』)。

(33) **帝国劇場**　尾上梅幸の中幕狂言は『摂州合邦辻』、梅幸は玉手御前。六月五日の歌舞伎座も同じ演目を観る。

(34) **笹川臨風**(りんぷう)　評論家・俳人(一八七〇―一九四九)。本名種郎。大野洒竹、佐々醒雪などの帝国大学人脈とともに江戸趣味を標榜した。

(35) **錦水**　伊藤耕之進が日本橋倶楽部内で経営した料理店。岸田劉生は「中々立派で気の利いた家」「第一流の料理屋」と評する(『岸田劉生絵日記』大正一一年八月二七日)。

(36) **宇野**　宇野四郎(一八九三―一九三二)。「三田文学」に小説『彼と多田の死』などを載せた後、久米秀治とともに帝国劇場・有楽座で舞台演出に活躍。

(37) **鶴賀若太夫**　鶴賀本家九代、四代目若狭太夫(一八九五―?)か。

(38) **岡野栄**(さかえ)　画家(一八八〇―一九四二)。木曜会メンバー。白馬会の後継洋画会「光風会」を組織した。

(39) **岡本綺堂**　劇作家・小説家(一八七二―一九三九)。荷風は「やまと新聞」雑報記者時代、綺堂によって江戸の文芸に親しんだ。劇『修禅寺物語』などのほか、『半七捕物帳』シリーズで有名。

(40) **露伴先生**　幸田露伴(ろはん)(一八六七―一九四七)。明治期に『五重塔』をはじめ多くの小説を発表し、明治末から大正期には『国訳漢文大成』の訳注など、膨大な知識に基づく考証で知られる。

(41) **国民文藝会**　外務省の小村欣一が中心となり、床次竹二郎を顧問として立ち上げた会。国民文芸賞の授与や国立劇場設置運動を行った。

(42) **岡鬼太郎**(おにたろう)　劇作家・劇評家(一八七二―一九四三)。慶應義塾卒業後新聞に劇評を書き、左団次一座に参加。左団次による岡本綺堂作品の演出も行った。小説『四つの袖』は傑作。七月有楽座の人形は、鬼太郎は観ていないという(鬼太郎「新富座の文楽連」、「新演芸」大正八年九月)。

(43) **牡丹燈籠**　三遊亭円朝原作『怪談牡丹燈籠』。菊五郎は下男伴蔵。

(44) **池田大伍**　劇作者(一八八五―一九四二)。京橋区元数寄屋町三ノ一で天ぷら「天金」を営んだ池田金太郎の弟。大正七年には水谷不倒とともに新文芸協会の設立を試みた。劇評の厳しさは岡鬼太郎に次ぐ。国文学者にして『日本橋私記』の著者・池田弥三郎の叔父。

(45) **新富座**　演目は『本朝廿四孝』『夕霧阿波鳴渡』『桂川連理柵』。

(46) **岡田画伯**　岡田三郎助(一八六九―一九三九)。妻は小山内薫の妹で小説家の岡田八千代。

(47) **右田寅彦**　劇作家(一八六六―一九二〇)。帝国劇場立作者。「新演芸」合評会メンバーの一。

(48) **谷崎潤一郎**　小説家(一八八六―一九六五)。青年期に荷風を愛読し、荷風は初期作『刺青』を絶賛した。第二次「新思潮」同人、震災前までは映画制作にも関わった。

(49) **北寿**　昇亭北寿(しょうていほくじゅ)。洋画風の遠近法をとりこんだ浮世絵で知られる。

(50) **楽府雑録**(がふざつろく)　段安節による唐代音楽に関する書。

(51) **オペラ**　ロシア帝室歌劇座専属オペラ団。歌手はブルスカヤ、プレオブラジエンスキー他。以下、連日の感想は『秋田雨雀日記』が詳細。トラキヤタ(『椿姫』)は荷風『橡の落葉』、トスカ(プッチーニ作)は『濹東綺譚』に言及あり。『ボリス・ゴドゥノフ』はプーシキン原作・ムソルグスキー作曲。小山内薫が「劇場茶話」(「新演芸」大正八年四月)で言及。

(52) **レニエー**　Henri de Régnier(1864–1936)は荷風鍾愛の詩人・小説家。この時期の読書にも、レニエの推薦する作家・詩人の名が見える。詩集の題は *Le Miroir des Heures*(1911)。大正一二年三月一九日記事で言及の小説は *La Double Maitresse*。

(53) **与謝野寛**　与謝野鉄幹(一八七三—一九三五)。妻の晶子とともに歌誌「明星」を主宰した。渡仏は明治四四年。第二次「明星」の創刊と『鷗外全集』刊行の経緯は本巻に見る通り。

(54) **自由劇場**　九月二六日初日、ブリウ原作小山内薫訳『新興』五幕。左団次はサトニ。これをもって自由劇場は解散した。

(55) **楽天居**　童話作家の巌谷小波(一八七〇—一九三三)の邸宅。小波主宰の木曜会が開かれた。

(56) **思案外史石橋先生**　小説家の石橋思案(一八六七—一九二七)。尾崎紅葉や巌谷小波の結社・硯友社の一員。

(57) **歌舞伎座**　狂言は坪内博士(逍遥)改修『桐一葉』浄瑠璃『すみだ川』『艶姿女舞衣』『忠臣連理廼鉢植』。

(58) **仏蘭西書院**　神田区錦町一ノ一〇で宮坂栄一が営んだ書籍輸入商。文房具や画材も扱った。音楽雑誌「ラミュジカ」を発行。有島生馬が出資した。宮坂は「白樺」の最後の編集もつとめ、店には岸田劉生や武者小路実篤が訪れた(『岸田劉生絵日記』大正一一年三月一二日)。

(59) **ミルボオ**　Octave Mirbeau (1848-1917)。「ピープドシードル」は *La pipe de cidre* (1919)、ミルボーの Conte cruel(残酷なコント)一五〇作から二三作を選んだ短篇集。

(60) **光代**　鷲津光代。鷲津貞二郎の長女。浅草七軒町の女学校は東京府立第一高等女学校。

(61) **貞二郎**　鷲津貞二郎(一八八三—一九一七)。荷風の弟、永井威三郎の兄。鷲津家と養子縁組し、母恒、祖母美代の信じたユニテリアン教会の牧師となった。下谷明星教会牧師。

(62) **威三郎**　永井威三郎(一八八七―一九七一)。荷風、鷲津貞二郎の弟。農商務省海外実業練習生として留学後農事試験場技師、のち東京高等農林学校教授。大正五年、兄荷風の家から分家。『風樹の年輪』(昭和四三)は鷲津家・永井家の歴史を知る上で重要。

(63) **李商隠**　漢詩人(八一二?―八五八)。「登楽遊原(楽遊原に登る)」中の「夕陽　限り無く好し　只だ是れ　黄昏に近し」は、唐の滅亡を予感する詩としてしばしば引用される。

(64) **ヱストニヱー**　Édouard Estaunié (1862–1942)。*L'Empreinte* は荷風が「極印」と訳す通り、ジェズイット教会による教育の青年への影響を描いた小説。

(65) **黄調**　未詳。交趾はベトナムのこと。

(66) **清新軒**　京橋区槍屋町一四、清水正治の西洋料理店。店内に噴水をしつらえていたという。

(67) **帝国劇場**　一〇月狂言は高安月郊『関ヶ原』右田寅彦『姑獲鳥』、『五大力恋緘』。

(68) **後藤春樹**　童話作家。巌谷小波門下にあって「お伽口演」を広めた。雑誌「幼年画報」に寄稿。『日曜おとぎ絵ばなし』(大正一〇)がある。

(69) **帝国劇場**　一一月狂言は『妹背山婦女庭訓』『桜鍔恨鮫鞘』『名工柿右衛門』。

(70) **ノワイユ夫人**　Anna de Noailles (1876–1933)。*La Nouvelle Espérance* (1903) は夫や恋人のあいだで苦しむ女性を描く。

(71) **秋霖…掩二戸居一**　訓読「秋霖纔かに過ぎて市渠を成す。泥履声中戸を掩ひて居す」。

(72) **細川風谷**　作家・実業家・講談師(一八六七―一九一九)。硯友社の一員で講談を好み、講談師に転じた。木曜会の俳席にも連なっている。

(73) **大彦老人**　呉服商大彦の野口彦兵衛(一八四八―一九三五)。大彦染の考案者。

(74) **水上瀧太郎**　小説家(一八八七―一九四〇)。「三田文学」同人。小説『山の手の子』など。随筆集『第二貝殻追放』扉には「永井荷風先生に捧ぐ」とある。

(75) **河原崎権十郎、川尻清潭、瀬戸英一**　河原崎権十郎は二代目河原崎権十郎(一八八〇―一九五五)。川尻清潭(一八七六―一九五四)は劇評家、演出も多く行う。瀬戸英一(一八九二―一九三四)は劇作家。明治座狂言作者から松竹に移る。『瀬戸英一脚本選集』とともに『瀬戸英一情話選集』も佳作多し。

(76) **南部秀太郎**　南部修太郎(一八九二―一九三六)。小説家。当時「三田文学」編集責任者。

(77) **新富座**　『伊賀越道中双六』『土蜘蛛』『本朝廿四孝』『雪暮入谷畦道』『教草吉原雀』。

(78) **帝国劇場**　綺堂『奇兵隊』『安宅関』『松平長七郎』『鳴神』『京人形』。

(79) **Laurent Vineul**　正しくは Laurent Vineuil(生没年未詳)。*L'Erreur*(1919)はレニエ撰「文学長篇(Le Roman littéraire)」叢書の一。アルバン・ミシェル刊。

(80) **野圃　沖舟　木舟**　いずれも小波の門下生。野圃は綾部野圃(致軒)。沖舟は小島沖舟。木舟は石川木舟。有楽座に入り「家庭劇協会」を起こした。後、新橋演舞場支配人。

(81) **米斎**　久保田米斎(一八七四―一九三七)。画家。久保田米僊の長男。「新演芸」合評会メンバー。

(82) **国民劇場**　国民座。花田偉子が主宰した。一三日有楽座の演目は荷風『煙』額田六福『鐘』。観劇記事は『秋田雨雀日記』同日の記述にも見える。

(83) **春陽堂の林氏**　林保広。春陽堂編集者。

(84) **花田偉子**　石川木舟の家庭劇協会から、伊藤松雄(久米正雄)の新劇研究会(国民座)を主宰。

伊井蓉吉郎「女優病患者」(『黄金病患者』昭和九)参照。『岡本綺堂日記』に来訪記事あり。

(85) **フロオベル**　Gustave Flaubert (1821–80)。小説家。荷風がフローベールを愛読したことは「正宗谷崎両氏の批評に答ふ」に見える。尺牘は *La correspondance de Flaubert*。

(86) **コレツト・ウヰリイ**　Sidonie-Gabrielle Colette (1873–1954)。初期は夫のペンネーム Willy を用いた。*La Retraite sentimentale*(『愛の隠れ家』)は一九〇七年刊。荷風は『つゆのあとさき』(昭和六)を書く頃、コレットを熟読している。

## 大正九(一九二〇)年

(1) **アナトオル・フランス**　Anatole France (1844–1924)。*L'Anneau d'Améthyste* (1899、『紫水晶の指輪』)は作家による長篇小説「現代史」第三巻。ドレフュス事件の時期を扱う。

(2) **おさく**　四谷荒木町二七ろ一八号に待合「月の家」を営んだ「山田さく」か。

(3) **フオガツアロ**　Antonio Fogazzaro (1842–1911)。イタリアの小説家。「マロンブラ」は *Malombra* (1881)、デビュー作。一八九九年に Madame Charles Laurent の仏訳あり(ただし部分訳)。

(4) **梅沢和軒**(わけん)　梅沢精一(一八七一–一九三一)。古典・美術研究者。『日本南画史』は大正八年刊。

(5) **東洋軒**　西洋料理店。伊藤耕之進が三田の牛鍋屋「今福」からはじめ、現在三重県津市と東京・元赤坂にて続く。この頃日本橋・新橋停車場・有楽座内に支店を拡大している。

(6) **クロオデル**　Paul Claudel (1868–1955)。詩人・外交官。大正一〇年一一月より来日、日本では能や音曲に理解を示した作が多く知られる。

(7) **丸善書店**　日本橋通町三ノ一四。芥川龍之介『歯車』に描かれる。

(8) **八百善**　浅草区吉野町二一。店主は代々栗山善四郎を名乗る。江戸以来の料亭で、日本料理中最上とされた。荷風と八重次の結婚披露の場。

(9) **新富座**　『勢平家物語』『紅葉狩』『染模様妹背門松』『閻魔小兵衛』『二人猩々』『越後獅子』。

(10) **金子元助**　向島有馬温泉主人。坂東秀調の父。荷風と八重次(藤間静枝)の結婚の際、藤間勘右衛門と縁戚にあたる金子が八重次の仮親となった。

(11) **河合武雄**　新派俳優(一八七一—一九四二)。伊井蓉峰・喜多村緑郎・井上正夫と「新派第二陣」を組んでいる。

(12) **歌舞伎座**　狂言は『伽羅先代萩』『勧進帳』榎本虎彦『都一中』新古演劇十種中『羽衣』。

(13) **Claude Farrère**　ファレールは海軍士官・小説家(一八七六—一九五七)。ロチの影響を指摘される。一三日記事の「バツタイユ」は *La Bataille* (1909)、大正一二年に早川雪洲がフランスで映画化した。

(14) **巌谷冬生**　巌谷小波の弟。四緑。日本銀行行員。牧野信一を見いだした人。

(15) **ライオン酒館**　京橋区尾張町新地角のカフェー・ライオン。

(16) **日下部鳴鶴**(くさかべめいかく)　幕末・明治の書家(一八三八—一九二二)。

(17) **窪田空々**　俳人。木曜会会員、木村小舟編『お伽花籠』(明治四一)に童話『魔法の森』を掲載。

(18) **帝国劇場**　一六日からの替り狂言。女優劇十周年記念口上の後、『三千両黄金蔵入』邦枝完二『篠原一座』荷風『三柏葉樹頭夜嵐』あづま家『井筒』。

(19) **山崎**　山崎紫紅（一八七五―一九三九）。劇作家。「三田文学」にもたびたび寄稿した。

(20) **麻布に移居**　麻布区市兵衛町一ノ六、電話は芝五一一（大正四年より青山一四七三）。

(21) **谷泉病院**　芝区桜川町三の東京肛門病院。

(22) **児島献吉郎**　中国文学研究者（一八六六―一九三一）。支那散文考は『支那文学考』第一編『散文考』（大正九）。

(23) **竹友藻風**　英文学研究者・詩人（一八九一―一九五四）。一月にイギリスより帰国、訳書『ルバイヤット』、著書『詩学と修辞学』など。

(24) **新富座**　『由井正雪』『勢州阿漕浦』岡本綺堂『番町皿屋敷』『紙衣仕立両面鏡』『人買船』。

(25) **山本氏**　山本久三郎（一八七四―一九六〇）。山本の旧蔵資料は現在慶應義塾メディアセンター所蔵。

(26) **尾上梅幸**　六代目尾上梅幸（一八七〇―一九三四）。帝国劇場専属、座頭。芸談『梅の下風』あり。

(27) **高見沢といふ人**　高見沢遠治（一八九〇―一九二七）。高見沢木版を経営し、浮世絵復刻と新版画の普及につとめた。

(28) **麻布四ノ橋の新劇場**　明治座。もと末広座。左団次一派が昼夜二部興行を行った。『神霊矢口渡』『京の友禅』。

(29) **邦枝**　邦枝完二（一八九二―一九五六）。小説家・劇作家。「三田文学」同人。時事新報を経て帝国劇場文芸部所属。小説『おせん』。偏奇館に出入りするようになる。

(30) **歌舞伎座**　左団次の役は中村吉蔵『井伊大老の死』(七月新富座上演の撤回が劇作家協会・国民文芸会の批判を受けた)の井伊掃部頭直弼、『極附幡随長兵衛』の水野十郎左衛門。

(31) **帝国劇場初日**　『夜討曽我狩場曙』『茅野三平』『時鳥水響音』『秋色艸昼夜咲分』。

(32) **守田勘弥**　一三代目守田勘弥(一八八五―一九三二)。第四次「新思潮」、「人間」同人と関係が深く、菊池寛の戯曲をはじめて上演した。

(33) **有楽座総見物**　狂言は武者小路実篤『その妹』岡本綺堂『蟹満寺縁起』。

(34) **露国人**　エリヤナ・パブロワ(一八九九―一九四一)。

(35) **旧売茶亭の主人関口翁**　売茶亭は芝久保町(明治に芝区桜田本郷町一に移転)。会席料理、西洋料理も兼ねた。主人・関口翁は未詳。

(36) **田村女史**　田村百合子。本名田村智子。芸名白鳩銀子。のち、伊藤熹朔夫人。本間雅晴の妻だった。

(37) **田口桜村**　松竹キネマ撮影所初代所長。

(38) **玄文社観劇会**　新富座。狂言は『蝦夷の義経』『琵琶名所月景清』『今様薩摩歌』『勢獅子』。

(39) **紫草**　金子紫草(一八七六―?)。小説家。木曜会メンバー。

(40) **春秋座**　二代目市川猿之助が小山内・二代目市川左団次を相談役とし旗揚げ。二五日から二七日まで新富座で公演、狂言は谷崎潤一郎『法成寺物語』菊池寛『父帰る』岡本綺堂『名立崩れ』。第四次「新思潮」メンバーが揃って観劇した。

(41) **研究座**　同日から帝劇で五日間公演した「文芸座」か(「研究劇団文芸座」とも)。山本有三

『津村教授』中村吉蔵『淀屋辰五郎』。「研究座」は二四日から三日間、明治座で邦枝完二『金井工作場』ワイルド作・本間久雄訳『フロオレンスの悲劇』などを公演。

(42) **帝国劇場** 『吾妻五人男』『勤王遺聞』『国性爺合戦』『艶姿女舞衣』『寿靱猿』。

(43) **ジュール・ロマン** Jules Romains (1885–1972)。「欧羅巴」は *Europe* (1916, 1919 NRF)。大正一一年二月一九日記事の *La Vie unanime* (1908) はいわゆるユナミニスム運動のために出版された。

(44) **山形ホテル** 麻布区市兵衛町二ノ四、山形巌が営んだホテル兼西洋料理業。大正六年創業。巌の子は俳優の山形勲(川本三郎『荷風と東京』)。

(45) **郡虎彦**(こおりとらひこ) 小説家・劇作家(一八九〇―一九二四)。「白樺」同人。戯曲『鉄輪』など謡曲の改作があり、「三田文学」にも戯曲『道成寺』を寄稿。この年英国より帰国、翌年再渡英。後年、三島由紀夫に絶賛された。

(46) **岡野知十**(ちじゅう) 俳人・考証家(一八六〇―一九三二)。俳誌「半面」主宰。『玉菊とその三味線』は吉原の名妓玉菊と玉菊燈籠の考証。

## 大正十(一九二一)年

(1) **仏蘭西新画家制品展覧会** 一月一三日からの「仏国名家絵画展覧会」。

(2) **杵屋勝四郎** 長唄師匠。本名中山貞。

(3) **明治座初日** 倉田百三作・小山内薫舞台監督『俊寛』『神霊矢口渡』『曽我譚』松居松葉

『雪のふる夜』荷風『夜網誰白魚』坪内逍遥『一休禅師』。『俊寛』には小山内薫に入門直後の土方与志が演出に加わる。

(4) **文芸座**　森鷗外『静』武者小路実篤『ある日の事』ウイドウ作・鷗外訳『ねんねえ旅籠』。

(5) **明治座**　狂言は坪内逍遥『桐一葉』菊池寛『順番』岡本綺堂『阿蘭陀船』『嫗山姥』岡鬼太郎『其姿団七縞』『三軒長屋』。

(6) **山内秋生**　童話作家(一八九〇―一九六五)。巌谷小波の楽天居に書生として住む。

(7) **青楓**(せいふう)　津田青楓(一八八〇―一九七八)。夏目漱石等の著書を装幀。随筆集『雑炊』(昭和九)あり。

(8) **明治座**　メエスフイルド作・小山内訳『忠義』『御所桜堀川夜討』『橋弁慶』岡本綺堂『尾上伊太八』。

(9) **シユンマンハインク**　Ernestine Schumann-Heink (1861–1936)。声楽家。

(10) **ビクトル・オルバン**　Victor Orban (1868–1946)。ポルトガル語・英語の翻訳家、文学史家。*Littérature brésilienne* (1914)。

(11) **ミゲル・ザマコイス**　Miguel Zamacoïs (1866–1955)。作品は *Les Rêves d'Angélique* (1919)。

(12) **鰻屋小松**　京橋区鈴木町八、前田ヌイの蒲焼商小満津。竹葉、大黒屋と並ぶ鰻の名店。

(13) **小糸**　小絲源太郎(一八八七―一九七八)。洋画家。「三田文学」に小品展覧会の紹介が載る。木下杢太郎『食後の唄』の装幀者。生家は下谷池ノ端の料理店「揚出し」。

(14) **伊東橋塘**(きょうとう)**、花笠文京**　伊東専三(一八五〇―一九一四)と二代目花笠文京(一八五七―一九二六)はともに新聞記者・戯作者。橋塘は歌舞伎と、文京は花柳界と関わる作が多い。

(15) **久保田萬太郎**(くぼたまんたろう) 小説家・俳人(一八八九—一九六三)。「三田文学」同人。『朝顔』(明治四四)には荷風『すみだ川』の影響が濃い。小山内薫の交遊圏のなかで芝居に進出し、「新演芸」合評会メンバーにも入る。
(16) **アンドレヱヂイド** André Gide (1869-1951)。小説家。戦間期日本文学に大きな影響をあたえた。荷風『濹東綺譚』にはジイド『贋金つかひ』などの影響が指摘される。
(17) **帝国劇場** 一六日初日の二の替りは林和『公暁』『弁慶上使』岡本綺堂『切支丹屋敷』鈴木善太郎『水車小屋の一夜』。
(18) **帝国劇場** 『苅萱道心』『髑髏舞』『釣女』『因果小僧六之助』。
(19) **歌舞伎座初日** 『雷鳴』『大久保彦左衛門』『播州皿屋敷』岡本綺堂『村井長庵』『かつぽれ』。
(20) **新俳優花柳一座の演劇** 久米正雄『牧場の兄弟』瀬戸英一『夜の鳥』。花柳は花柳章太郎(はなやぎしょうたろう)(一八九四—一九六五)。
(21) **帝国劇場** 末松青萍(謙澄)推薦・堀美雄『信玄の恋』岡本綺堂『邯鄲』太郎冠者『極楽の鬼』チエホフ作・小山内薫訳と舞台監督『犬』。小山内はこの月松竹合名会社に移る。
(22) **有嶋生馬**(ありしまいくま) 洋画家(一八八二—一九七四)。有島武郎の弟、里見弴の兄。小説も『蝙蝠の如く』など傑作が多い。
(23) **有楽軒** 芝日陰町一ノ一に吉川兼吉が営んだ西洋料理店。吉川は帝国ホテル初代料理長。
(24) **石井柏亭、高村光太郎、平野萬里**(ばんり) 石井柏亭(一八八二—一九五八)は洋画家。「パンの会」メンバー。高村光太郎(一八八三—一九五六)は詩人・彫刻家。平野萬里(一八八五—一九四七)は歌人。「明星」の実務に力を尽くした。歌集『わかき日』。

(25) **長唄研精会**　明治三五年、四代目吉住小三郎と三代目杵屋六四郎によって創設された、歌舞伎と長唄を切り離した演奏会。

(26) **小三郎**　四代目吉住小三郎(一八六六―一九七二)。長唄唄方。日本橋区箔屋町一五。長唄研精会を主宰した。

(27) **マルセルブーランヂヱー**　Marcel Boulenger (1873–1932)。ジャーナリスト・小説家・フェンシング選手(一九〇〇年オリンピック銅メダリスト)。架空の人物を主人公にする「贋の伝記」で知られた。「マルグリツト」は *Marguerite* (1921)。

(28) **俄国人歌劇**　「俄国」はロシア。講演予定のシュンマン＝ハインクが来日中止、ブルスカヤ他の歌劇公演に代わった。

(29) **カツフヱーウクライナ**　麹町有楽町一ノ四、E・A・コロミヱツが経営した西洋料理店。コロミヱツ(コロミー)は後に上海に渡り、村松梢風『上海』に登場する。

(30) **有嶋武郎**　小説家(一八七八―一九二三)。有島生馬・里見弴の兄。この日の狂言は『死と其前後』、ボン・シュミット作伊藤松雄訳『ピグマリオン』。

(31) **歯科医山形氏の家**　京橋区元数寄屋町三ノ四、山形朔郎の歯科医院。

(32) **有楽座**　前月の帝劇に続く、第二回露国大歌劇公演。

(33) **帝国劇場**　小野清子『本朝王昭君』坪内逍遥『お夏狂乱』池田大伍『名月八幡祭』。

(34) **文藝座私演**　帝国劇場。菊池寛『或る兄妹』近藤経一『玄宗と楊貴妃』。

(35) **原首相** 原敬(一八五六―一九二一)。原の政友会は国民文芸会を支援していた。

(36) **Appollinaire** Guillaume Apollinaire(1880–1918)。*Alcools*(1913、邦題『アルコール』)は詩集。なおジイドの *La Symphonie Pastorale*(1919)は邦題『田園交響楽』。

(37) **有楽座** 長田秀雄『信玄最期』真山青果『先夫の子』『椀久松山』岡本綺堂『仁和寺の僧』。

(38) **長田秀雄** 詩人・劇作家(一八八五―一九四九)。長田幹彦の兄。「新詩社」同人、「パンの会」メンバー。戯曲『午前二時』などがある。

(39) **三越楼上素人写真展覧会** 「文士画家俳優写真会」は「東京日日新聞」一一月三〇日広告と『株式会社三越八五年の記録』では一二月一日から。

(40) **帝国劇場** 市川左団次一座、岡本綺堂『増補信長記』小山内薫『第一の世界』『奥州安達原』岡本綺堂『鳥辺山心中』田島醇『拾遺太閤記』。

(41) **理髪舗庄司** 京橋区宗十郎町一〇、荘司(坂本)岩三郎の理髪店。

(42) **春祥堂** 京橋区銀座四ノ一二、近藤音次郎の近藤春祥堂。近藤は北村透谷の父方の従兄で『楚囚之詩』を出版した先代音次郎の子。

(43) **小泉** 小泉信三(しんぞう)(一八八八―一九六六)。慶應義塾で荷風と同僚。

(44) **偕楽園** 日本橋区亀島一ノ二九、笹沼源之助の中国料理店。笹沼は谷崎潤一郎の同級生。

大正十一(一九二二)年

(1) **ブラスコ、イバネス** スペインの作家Blasco Ibáñez(1867–1928)。郷土芸術の提唱によって日本にも知られる。「湖心の悲劇」は Renée Lafont による仏訳 *La Tragédie sur le Lac* (1921)。

(2) **女優養成所**　大正一〇年、左団次の肝煎りで、小山内を所長として出発。

(3) **第百銀行**　京橋区銀座二ノ一〇の第百銀行京橋支店。偏奇館時代、荷風のメイン・バンク。

(4) **長谷川病院**　神田区今川小路二ノ四、長谷川基の病院(内科婦人科)。

(5) **中村某**　中村不二尾。辰巳屋を営み、大正末から昭和にかけての荷風の古本蒐集を支えた。

(6) **フランシス、ヂヤム**　Francis Jammes (1868-1938)。詩人。

(7) **帝国劇場**　羽衣会舞踊公演。羽衣会は五代目中村福助が立ち上げた新舞踊劇集団で、この日第一回公演。岡鬼太郎作詞・杵屋佐吉作曲『潯陽江』本居長世作詞作曲『移り行く時代』『月顔最中名取種』本居長世作詞作曲『夢』坪内逍遥作詞『鉢かつぎ姫』。『潯陽江』は荷風『秋の別れ』に基づく曲、白楽天は猿之助、淪落の女は福助、「三味線主奏楽」は杵屋佐吉。

(8) **猿之助の通小町**　帝国劇場二月初日から、『女親』武者小路実篤『一日の素戔嗚尊』『通小町』『女殺油地獄』が上演された。『通小町』は前半は歌舞伎舞踊、後半はバレエ式振付。荷風は一月三一日の稽古の折に観たか。

(9) **春寒…迷二帰鶴一**　そのまま訓めば「春寒くして早花かと誤り、雪暝くして帰鶴を迷はす」。原詩は僧善珍の作で句の順番が逆。「松間の燈　夕べに過ぐ　影を顧みれば天涯に在り　雪暝くして帰鶴を迷はし　春寒くして早花かと誤る　艱難に世味を知り　貧病に年華を厭ふ　故国風塵の外　人の家を問ふ可き無し」。

(10) **新富座** 『一谷嫩軍記』岡本綺堂『俳諧師』『傾城阿波鳴門』。

(11) **芥川龍之助** 作家の芥川龍之介(一八九二―一九二七)。同年九月二六日にも荷風と会ったことが小穴隆一「荷風さんの言葉」に見える。荷風の江戸趣味に陶酔した一時期をもち、初期作『老年』(大正三)は荷風の影響が指摘される。この後発表した『一夕話』(「サンデー毎日」大正一一年七月一〇日)には荷風『雨瀟瀟』とそっくりなエピソードを批判的に語る人物が登場する。

(12) **田原屋** 牛込区肴町三五、高須宇平が営んだカフェー兼果物店。牛込における荷風の拠点。

(13) **メーボン** Albert Maybon (1878-1940)。Temps 紙記者。有島武郎『或る女』等を仏訳。岸川俊太郎「荷風とメーボン」(岩波版『荷風全集』二刷月報、平成二二年)参照。内藤濯「巴里に於ける日本劇の要求」(「演劇新潮」大正一三年五月)に帰国後のメーボンへの言及あり。

(14) **鈴木三重吉**(みえきち) 作家(一八八二―一九三六)。「新小説」編集長。『返らぬ日』(明治四五)などの三重吉の写生文は高浜虚子『俳諧師』(明治四一)、荷風『すみだ川』との相互の影響が指摘される。

(15) **浮世絵展覧会** 赤門倶楽部にて二五・二六日に開催された「錦絵聯合展覧即売会」。

(16) **ギュスタフ、カン** Gustave Kahn (1859-1936)。詩人・批評家。荷風『珊瑚集』に「四月」入集。「市街美観論」は *L'Esthétique de la rue* (1900) か。

(17) **木挽町商品陳列館** 農商務省商品陳列館。「仏蘭西画家の製作品」は黒田鵬心編『仏蘭西現代美術展覧会目録』(大正一一)にて確認可能。

(18) **小宮豊隆** 作家・独文学者(一八八四―一九六六)。荷風が小宮の師・夏目漱石に依頼する形で慶應義塾独文科講師となった。花柳文学(情話文学)に筆を染めたことがある。

(19) **仏蘭西評論** *La Nouvelle Revue Française*(NRF)。一九〇九年創刊の雑誌。第一次世界大戦の休刊を挟んで一九一九年再度発行開始。一九二二年四月号はヴァレリー・ラルボーのJ・ジョイス論ほか。

(20) **明治座** 『小田原陣』『素襖落』『大盃』『湯殿の長兵衛』。

(21) **酔仙亭** 京橋区築地三ノ一五の「花本」は星野有米の経営として大正一三年版以降も『職業別電話番号簿』に記載、同じ経営主か。酔仙亭では文壇劇壇のほか黒龍会も宴を張った。

(22) **福森久助** 狂言作者(一七六七—一八一八)。鶴屋南北と並び称された。

(23) **藤間勘翁**(ふじまかんおう) 二代目藤間勘右衛門(一八四〇—一九二五)。七代目松本幸四郎の養父。

(24) **市村可江** 一五代目市村羽左衛門(一八七四—一九四五)。六代目尾上梅幸とのコンビで有名。「可江」は俳名。

(25) **帝国劇場** 『仮名手本忠臣蔵』荷風『旅姿思掛稲』河竹黙阿弥『入梅晴間空住吉』。

(26) **本郷座** 『日本戦史賤ヶ嶽』『夜の宿』『賀の祝』岡本綺堂『箕輪の心中』『勢獅子』。

(27) **竹柴晋吉**(たけしばしんきち) 歌舞伎作者(一八六七—一九四五)。明治の劇評家集団六二連の一員。黙阿弥門下、新派作者、歌舞伎座(松竹社員)から帝国劇場に入る。逍遥『桐一葉』『名残星月夜』を脚色。

(28) **正宗白鳥** 小説家(一八七九—一九六二)。自然主義の代表的作家。小説『微光』『何処へ』など。二年後の大正一三年から『人生の幸福』をはじめ戯曲を次々に発表する。

(29) **近藤経一** 小説家・劇作家(一八九七—一九八六)。

(30) **初瀬浪子** 帝国劇場附女優(一八八八—一九五一)。帝劇附属技芸学校第一期卒業生。悲劇を得意とした。

(31) **明治座**　花柳章太郎・伊井蓉峰の新派芝居。『新訳椿姫』『大尉の娘』『悪魔の鞭』。『新訳椿姫』はスモールウッド監督の映画が大正一三年日本公開。

(32) **土方**　土方与志(ひじかたよし)(一八九八―一九五九)。演出家。小山内薫とともに築地小劇場の運動に携わり、のち、プロレタリア前衛演劇の旗手となる。

(33) **東都六阿弥陀縁起**　常光寺(六阿弥陀六番目)の板行した『東都六阿弥陀略縁起』か、無量寺(三番目)の『六阿弥陀第三番目畧縁起』か。後者を大東急記念文庫蔵本に見るのみ。

(34) **帝国劇場**　荷風作『伯爵』小寺融吉『真間の手児奈』谷崎『お国と五平』中内蝶二『栄華物語』。

(35) **小林延**　小林延子(一八九三―?)。帝国劇場附女優。帝劇附属技芸学校第二期生。

(36) **小嶋**　小島政二郎(まさじろう)(一八九四―一九九四)。「三田文学」同人。慶應義塾教授。荷風についての追想を多く書いた。

(37) **賀古翁**　賀古鶴所(かこつるど)(一八五五―一九三一)。医師。東京大学医学部以来、鷗外の親友。

(38) **上田敏(うえだびん)先生未亡人令嬢**　上田敏の妻上田ヱツと娘の上田(嘉治)瑠璃子。

(39) **市村亀蔵**　三代目市村亀蔵(一八九〇―一九三五)。

(40) **新富座**　岡鬼太郎『敵討亀山話』岡本綺堂『薩摩櫛』川尻清潭『恋の魔術』。

(41) **アベル、シユワレイ**　Abel Chevalley (1868–1933)。「現代英国小説史」は *Le Roman Anglais De Notre Temps* (1921)。

(42) **ロスタン**　Edmond Rostand(1868–1918)。劇作家。戯曲『シラノ・ド・ベルジュラック』は日本で多く訳された。「ドンフワンの最期」は *La Dernière Nuit de Don Juan*(1921)。

(43) **ジャン、ドルニス**　Jean Dornis(1864–1949)。ロスタンとともにルコント・ド・リールのサロンに出入り。「現代伊太利亜小説史」は *Le Roman Italien Contemporain*(1907)。

(44) **松茂登**　日本橋中洲河岸七号に和島ヨシが営んだ待合。

(45) **紅葉山人**　尾崎紅葉(こうよう)(一八六八–一九〇三)。巌谷小波や泉鏡花を擁する文学グループ「硯友社」の総帥。

(46) **明治座**　岡鬼太郎『釣天井』『尼ヶ崎』鶴屋南北作・小山内薫補綴『謎帯一寸徳兵衛』。

(47) **酒井晴次**　荷風の父・久一郎の門下生(一八七一–?)。東京信託株式会社社員。久一郎の葬儀、恒の葬儀など折にふれて永井家を世話した。

(48) **太陽堂主人**　中山豊三。プラトン社を創設し、雑誌「女性」「苦楽」を発行した。小山内薫は震災後プラトン社に勤務する頃から荷風との不協和音がめだちはじめる。

(49) **小泉八雲(やくも)**　Lafcadio Hearn(1850–1904)。荷風『濹東綺譚』に *Chita*(1889)や *Youma*(1890)に言及があり、平井呈一訳『怪談』(昭和一五)には、荷風に添削を受けた旨が記してある。

(50) **露国人**　アンナ・パブロワ(一八八一–一九三一)。舞踏家。六代目菊五郎や藤間静枝と交流し舞踊を学び、新舞踊にも影響を与えた。この公演は芥川はじめ多くの人が書き残している。

(51) **島華水(かすい)、渡辺霞亭(かてい)**　島華水(一八七一–一九四五)は漢詩人野口寧斎の弟で英文学者の島文次郎。渡辺霞亭(一八六四–一九二六)は「大阪朝日新聞」文芸部長、多く新聞小説を残し、左団次洋行の際に同船。

江戸文芸の大コレクターでもある。

(52) **屋外劇**　松居松葉作のページェント劇『織田信長』。

(53) **大谷竹次郎**　松竹合名会社代表社員(一八七七—一九六九)。松竹を創業、東京進出を担当した。

(54) **万亭**　祇園に杉浦治郎右衛門が営んだ料亭。「一力」として忠臣蔵などに登場し有名。

(55) **南座**　『心中浪華春雨』『勢平家物語』『尾上伊太八』。

(56) **西村家**　木屋町三条上ル、前田ミネが営んだ旅館西村家。宗教家の西田天香が出入りした。

(57) **荒次郎長十郎**　荒次郎は二代目市川荒次郎(一八八九—一九五七)。長十郎は二代目河原崎長十郎(一九〇二—一九八一)。両者とも左団次一座で小山内に師事、左団次新作物に多く出る。長十郎はのち前進座座頭。回想「永井先生寸談」がある(「三田文学」荷風追悼号)。

(58) **成嶋柳北**(なるしまりゅうほく)　幕末明治の儒者・文人。柳橋風俗を漢文で描いた『柳橋新誌』で知られる。『京猫一斑』は京都の芸者を描いた漢文風俗誌。

(59) **タゴル**　Rabīndranāth Tagore (1861–1941)。インドの思想家・詩人。大正五年にはじめて来日した。詩集 *La Fugitive* は Renée de Brimont 訳が一九二二年に出版された。

(60) **内田魯庵**(ろあん)　作家・翻訳家・考証家(一八六八—一九二九)。大正期には愛書家・蒐集家として活躍した。「江戸趣味の第一人者永井荷風」にて荷風を絶賛している。

(61) **吉田増蔵**　漢学者(一八六六—一九四一)。号学軒。鷗外の推挙によって宮内省図書寮編修官となる。

(62) **中塚某**　中塚栄次郎(一八七四—一九七〇)。国民図書株式会社代表。

(63) **明治座**　『恵江戸劇顔見世』『夜叉丸』『修禅寺物語』『黒手組曲輪達引』『山姥』。

(64) **松莚君令閨**　左団次の妻・高橋登美(?—一九五九)。

(65) **入沢博士**　入沢達吉(一八六五—一九三八)。東京帝国大学医学部長。『鷗外拾遺』(昭和八)編者。

(66) **鈴木春浦**(しゅんぽ)　劇評家(一八六八—一九二七)。雑誌「歌舞伎」編集者であり、鷗外の口述筆記者。

(67) **近松秋江**(しゅうこう)　作家(一八七六—一九四四)。『黒髪』『別れたる妻に送る手紙』など、情話文学の旗手。荷風の花柳小説を一貫して肯定的に評価した。

(68) **村幸書房**(むらこう)　村田幸吉の、江戸軟派中心の古書店。大正四年七月七日、成覚寺の恋川春町追善法要の芳名帳(新宿区歴史博物館蔵)では、荷風と村田幸吉が隣りあって記帳している。以降、東京の古書肆は荷風「古本評判記」、反町茂雄『紙魚の昔がたり』に詳しい。

(69) **山田孝雄**(よしお)　国語学者(一八七三—一九五八)。当時、日本大学文学部国語科主任。鷗外は国語問題に関して山田を信頼し後事を託した。

(70) **浜野知三郎**　漢学者(一八七〇—一九四一)。鷗外の史伝小説に材料を提供した。

(71) **木村錦花**　劇作家(一八七七—一九六〇)。昭和二年、荷風を舞台監督として『梅暦』を上演した。

(72) **梅原龍三郎**、**藤嶋武二**(ふじしまたけじ)、**田中半七**　梅原龍三郎(一八八八—一九八六)と藤島武二(一八六七—一九四三)は洋画家。藤島は与謝野晶子『みだれ髪』(明治三四)表紙絵や「三田文学」の表紙絵を描いた。田中半七(松太郎、一八六三—一九四九)は田中半七製版所社長、木曜会メンバー。荷風とはフランス遊学時代にも親しく交わり、『小波身上噺』(大正一二)所載木曜会集合写真では隣りあって写っている。

(73) **岩村生**　岩村和雄(かずお)(一九〇二—一九三二)。土方与志と演劇集団「TOMODACHI」を結成しドイツで表現主義を学び、帰国後小山内の新劇運動に加わった。築地小劇場メンバー。

(74) **帝国劇場** 岡本綺堂『室町御所』荷風『秋の別れ』古河新水『名大島功誉強弓』『本朝廿四孝』。
(75) **東京会館** 麴町有楽町一ノ一、帝国劇場専務の山本久三郎、伊藤耕之進が設立。記事は伊藤が経営する東洋軒や錦水をめぐった荷風の、伊藤のデザインへの回答でもある。
(76) **伊原青青園** 伊原青々園(せいせいえん)(一八七〇—一九四一)。劇作家・劇評家。劇作のほか『団菊以後』(昭和一二)以下の貴重な回想も残した。「新演芸」合評会メンバー。
(77) **中村春雨**(しゅんう) 作家・劇作家の中村吉蔵(一八七七—一九四一)。『無花果』などキリスト教色の強い家庭小説で人気を博した。荷風の師・広津柳浪の家に寄寓した。
(78) **中内蝶二**(ちょうじ) 小説家・作詞家(一八七五—一九三七)。『日本音曲全集』(昭和二—三)など音曲に関する編著も多い。
(79) **坪内博士** 坪内逍遥(しょうよう)(一八五九—一九三五)。『小説神髄』(明治一八—一九)を著し近代日本に「美術」としての小説概念を移植し、一貫して文学改革に従事。とりわけ戯曲創作と指導に力を入れた。
(80) **素川子** 永井素川(そせん)(松三、一八七一—一九五七)。外務省通商局長。荷風の叔父・永井松右衛門の子。アメリカ外遊時の荷風と親しく交わり、父・久一郎に荷風のフランス行を助言した。
(81) **根本氏** 根本茂太郎(?—一九三六)。中山太陽堂の雑誌「女性」「苦楽」編集者。
(82) **御国座** 大正九年に火災で全焼した御国座の再建興行。『会稽曽我』『石橋山』『劇の賑ひ』『一谷嫩軍記』『吉田屋』。
(83) **秀葉**(しゅうよう) 竹柴(永谷)秀葉(一八六一—一九三五)。劇作家。初代左団次の座付作者であり、二代目左団次一座にも参加した。荷風との関係は大正一四年一一月一六日記事参照。

(84) **カッフヱーアメリカン**　浅草区東仲町三。もとの料理屋松田は明治文芸に多く登場する名店。

(85) **松崎天民**(てんみん)　ジャーナリスト(一八七八―一九三四)。『淪落(りんらく)の女』など探訪記事で知られる。

(86) **パンタライ社**　黒瀬春吉が営んだ、お座敷へのダンサー・女優「派出」業。花園歌子が所属した。黒瀬は当時、ダダ・アナキズムに接近し辻潤と交わっている。

## 大正十二(一九二三)年

(1) **アルフレット、モルチヱー**　Alfred Mortier(1865-1937)。*Dramaturgie de Paris*(1917)。

(2) **帝国館**　浅草区公園六区四号の映画館。松竹直営。

(3) **管野吟平**　正しくは菅野。西山亀助。後の都秀太夫。一中節師匠。音曲の五線譜採譜などに先鞭をつけた(木村菊太郎『増補小唄鑑賞』昭和五六)。

(4) **平沢哲雄**　「婦人画報」主幹(一八九八―一九三五)。『直現芸術論』あり、同年一〇月二九日の日本文学創刊記念講演会で「新舞踊美術」を講演。妻は吉村せい子。(Kamikawa Takashi 氏の年譜による。)

(5) **三田東光閣**　神田区表神保町四(震災後小石川区原町一〇)、内藤加我の出版社。

(6) **帝国劇場**　カーピ伊太利亜歌劇団の公演。

(7) **巖谷三一**　巖谷慎一(一九〇〇―一九七五)。劇作家。巖谷小波の長男、小山内門下で松竹に入社。

（8）**モリス、ラヴヱル** Maurice Ravel(1875–1937)。作曲家。『亡き王女のためのパヴァーヌ』『ダフニスとクロエ』など。ラヴェルの最初の伝は Roland Manuel の *Ravel et son œuvre*(1914)。

（9）**永井建子** 軍人、作曲家(一八六五―一九四〇)。

（10）**帝国劇場** 河竹黙阿弥『岩戸だんまり』山本有三『指鬘縁起』武田正憲『一人旅の女』『傾城入相桜』袖ケ浦人『女中難』。

（11）**阿部病院** 日本橋高砂町の阿部病院は阿部喜市郎、ラジウム治療の第一人者。

（12）**桑木文学博士…江南文三** 以下、鷗外の知友。桑木は桑木厳翼(一八七四―一九四六)、哲学者。森潤三郎(一八七九―一九四四)は鷗外の弟、考証随筆でも知られる。江南文三(一八八七―一九四六)は詩人、歌人。詩誌「スバル」編集に携わった。

（13）**帝国劇場** 有島武郎『断橋』『神霊矢口渡』篠田金治作詞『保名』小山内薫『息子』福地桜痴『侠客春雨傘』。二二日には『息子』以外の作も観たか。

（14）**野口米次郎** 詩人(一八七五―一九四七)。ヨネ・ノグチとも。長い米英経験をもとに、英語と日本語の双方で詩を発表し、浮世絵に関するエッセイも書いた。

（15）**Georges Duhamel** 作家・詩人(一八八四―一九六六)。*Mercure de France* 誌主筆。評伝は *Paul Claudel, Le Philosophe, Le Poete, L'écrivain*(1919)。

（16）**山内義雄** フランス文学研究者(一八九四―一九七三)。クローデルの来日講演会を組織し、プルースト紹介の端を開いた。

（17）**ヱミル、ファゲヱ** Émile Faguet(1847–1916)。作家・批評家。読書論は *L'art de lire*(1912)。

(18) **余と同姓同名**　永井壮吉(生没年未詳)。共立学校に学び、共立学校『第一定期試業表』同『第二定期試業表』(明治二一)に名前がある(架蔵)。

(19) **クライスラ**　Fritz Kreisler (1875-1962)。五日は最終日、プログラムはベートーヴェン『ソナタC短調三〇番』バッハ『シャコンヌ』ゴールトマーク『歌調』カルティエ『狩(狂想曲)』ドヴォルザーク『二つのスラヴ舞曲四十六番』サン・サーンス『ロンド・カプリチオーソ』(『クライスラー帝劇演奏曲目解説』)。

(20) **ミユツセ**　Alfred de Musset(一八一〇–五七)。詩人。上田敏『海潮音』(明治三八)以来、日本に膾炙した。

(21) **帝国劇場**　昼の部はシエーエン作・窪田十一訳『人肉の市』右田寅彦『紀国文左大尽舞』。夜の部は菊池寛『義民甚兵衛』谷崎潤一郎『白狐の湯』久米正雄『夏の日の恋』。

(22) **日出子**　東日出子。帝劇附属技芸学校第二期生。

(23) **松方幸次郎…展覧会**　松方幸次郎(一八六五–一九五〇)は実業家。美術品の収集で著名。この大正一二年展覧会は浮世絵展の画期。目録『仏国アンリ・ヴェヴェール氏(旧蔵)松方幸次郎氏蒐集浮世絵版画展覧会』は東京文化財研究所所蔵。

(24) **Vever**　Henri Vever (1854-1942)。宝石商。C・モネなどとともに日本美術愛好会(Les Amis de l'Art Japonais)メンバー。一九二〇年、松方に浮世絵コレクションを売却した。

(25) **小村欣一**(きんいち)　外交官(一八八三–一九三〇)。国民文芸会を設立。長唄協会会長。日比谷野外音楽堂設立にも関わる。

(26) **シャールルイフイリップ**　Charles-Louis Philippe (1874–1909)。『ビュビュ・ド・モンパルナス』で知られる。大学の訳書は『シャルル・ルヰ・フィリップ短篇集』。

(27) **中村歌右衛門**　五代目中村歌右衛門(一八六五―一九四〇)。逍遥『桐一葉』などの淀君が当たり役。

(28) **小雀会**　小壽々女座。少年俳優による童話劇団。本郷座は第二回公演。

(29) **海保漁村**　漢学者(一七九八―一八六六)。『漁村文話』は漢文の文体論としてよく読まれた。

(30) **奥田氏**　奥田駒蔵(?―一九二五)。京橋区南伝馬町二ノ一二、メゾン鴻の巣主人。

(31) **明治座**　夜の部は『義経腰越状』池田『月佳夏夜話』『罷越路江戸一諷』。

(32) **城戸**　城戸四郎(一八九四―一九七七)。松竹キネマ合名会社から松竹蒲田撮影所長、戦後社長に就任。

(33) **音羽兼子**　帝国劇場附上諭(一八九五―?)。帝劇附属技芸学校第一期生。

(34) **三登茂**　名古屋・堀田時計店の堀田八二郎が市川三升、杉本僖平と語らって開店した道具屋。前後の事情は湯朝竹山人『小唄漫考』(大正一五)に詳しい。

(35) **信託会社**　京橋区南伝馬町二、千代田館五階の東京信託株式会社。

(36) **波多野秋子**　中央公論社記者(一八九四―一九二三)。邦枝完二は荷風が日記から、波多野の来宅した箇所を読んでくれたと回想する(「偏奇館去来」)が、『断腸亭』現行本にその記述なし。

(37) **藤陰会**　第十二回藤蔭会。『吹雪の花』『紅薔薇』『若水』『汐くみ』『乱髪夜編笠』『孝夫懺悔』。藤間静枝(八重次)が中心。

(38) **千葉掬香**　翻訳家(一八七〇―一九二八)。『ヘダ・ガブラア』などイプセンの戯曲の訳がある。

(39) **浅利鶴雄**　俳優(一八九九―一九八〇)。小山内とともに築地小劇場に参加。

(40) **山本一郎**　実業家。渡米した荷風がタコマで住んだ山本の居宅の外観は、偏奇館に似る。

(41) **長崎**　長崎英造(一八八一—一九五三)。実業家。国民文芸会代表。

(42) **鷲尾義直**　伝記作者、編集者(一八八七—一九五五)。『現代文章大鑑』は大正三年刊。

(43) **大沼枕山**(ちんざん)　漢詩人(一八一八—九一)。荷風『下谷叢話』(初出題『下谷のはなし』)において、荷風の祖父・鷲津毅堂とともに中心に置かれる。枕山の父・竹渓は毅堂の曾祖父・鷲津幽林の長男であり、毅堂と枕山は(当然荷風と枕山も)縁戚にあたる。

(44) **岩渓裳川**(いわたにしょうせん)　漢詩人(一八五五—一九四三)。荷風・井上唖々の漢詩の師であり、荷風の父永井禾原とは結社・随鷗吟社の詩友。『岩渓裳川自選稿』に禾原との唱和が残る。『下谷叢話』では裳川の直話とともに、著書『詩話感恩珠』の記述が活かされている。

(45) **春濤詩鈔**　禾原・裳川の入った随鷗吟社を主宰する森槐南(かいなん)の父、森春濤(しゅんとう)の詩集。

(46) **大沼氏の遺族**　枕山の娘、大沼嘉年(かね)。芳樹と号し、裳川とともに『東京十才子詩』(明治一三)に入集。(合山林太郎「大沼枕山・鶴林の一族は『下谷叢話』をどう読んだのか」)。

(47) **鷲津伯父**　鷲津精一郎(一八五五—一九四一)。鷲津毅堂の長男で、漢詩集『親燈余影』を校訂した。鷲津貞二郎の養父。

(48) **猪飼敬所**(いかいけいしょ)　儒者(一七六一—一八四五)。毅堂の「三礼の学」(『周礼』『儀礼』『礼記』)の師。

(49) **小原鉄心**(おばらてっしん)　美濃大垣藩城代(一八一七—一八七二)。毅堂・枕山と交遊。

(50) **大村伯爵家**　麻布区市兵衛町一ノ六、大村純雄本邸。

(51) **梨尾君**　名塩武富(正平)。京橋区木挽町一ノ一一四部三号、京屋印刷所経営者。のちに荷風『濹東綺譚』私家版を印刷し荷風に廃棄を宣言される。

(52) **内田信哉**　内田信也(一八八〇-一九七一)。政治家。

(53) **小野湖山**　漢詩人(一八一四-一九一〇)。枕山が出入りした梁川星巌の玉池吟社に入る。「火後憶得詩」は安政五年の江戸大火によって散逸した詩稿のうち、湖山が記憶していた詩を録した書。

(54) **菅茶山**　儒者(一七四八-一八二七)。『筆のすさみ』は篇中「和漢合意」が『雨瀟瀟』の一節に似る。

(55) **エドモン、ジャルー**　Edmond Jaloux (1878-1949)。小説家。荷風『浮沈』にジャルーの影響が指摘される(中村真一郎)。*L'Incertaine* (1918) は Laurent Vineuil の作と同じく、レニエ撰「文学長篇」叢書の一。

(56) **柳里恭**　柳沢淇園(一七〇四-五八)。画・詩・戯文に通じ、随筆『ひとりね』は艶な内容と文体混淆で知られる。『雲萍漫筆(雲萍雑志)』を淇園自作とするか否かは議論あり。

(57) **松本錦升**　七代目松本幸四郎(一八七〇-一九四九)。二代目藤間勘右衛門の養子。

(58) **神代君**　神代種亮(一八八三-一九三五)。校正者・考証家。「校正の神様」と称し芥川や佐藤春夫、そして荷風と交遊を結んだ。『濹東綺譚』余篇『作後贅言』に登場する。

(59) **幽林**　鷲津幽林(一七二六-九八)。鷲津毅堂の曽祖父。

(60) **鷲津順光**　鷲津毅堂の甥(一八七一-一九四一)。名古屋の鷲津家を継いだ。

(61) **南葵文庫**　紀州徳川家の徳川頼倫が一般開放した私設図書館。徳川家蔵書とともに坂田諸遠・島田篁村の旧蔵書が二大根幹コレクション。荷風は篁村の息・翰と親交があった。

(62) **高木氏**　高木文。南葵文庫主事。「南葵文庫の興廃」(『好書雑載』昭和七)あり。

(63) **旧西沢旅館**　京橋区南金六町一〇。プランタンは同所に松山英子の名で届け営業した。

(64) **甥郁太郎**　鷲津郁太郎(一九〇九―七九)。鷲津貞二郎の次男。衛生試験所、宮内省侍医局に勤め、出征の後理工協産常務。

(65) **松浦北海**　松浦武四郎(一八一八―八八)。北海道探検で知られる。鷲津毅堂の親友でもある。

(66) **寺門静軒**　儒者(一七九六―一八六八)。『江戸繁昌記』の都市描写によって後代に影響を与えた。『痴談』は東大南葵文庫所蔵。

(67) **山勇**　「荷風における女と金の研究」(「週刊文春」昭和三四年五月一八日)に写真掲載。

(68) **服部南郭**　漢詩人(一六八三―一七五九)。荻生徂徠門下において、太宰春台と双璧をなした。

(69) **桜痴先生**　福地桜痴(一八四一―一九〇六)。荷風が歌舞伎座座付作者見習いとなったころ、作者として名を馳せた。『懐往事談』は桜痴による幕末維新期の回想。

## 大正十三(一九二四)年

(1) **市川桔梗**　もと新派俳優(一九〇五―?)。井上・伊井の一座から一四歳で左団次門下となる。

(2) **五山堂詩話**　江戸後期漢詩壇の領袖、菊池五山の詩論集。

(3) **藤森天山**　藤森弘庵(一七九九―一八六二)。土浦藩藩校郁文館教授。水戸学に影響を与えた。

(4) **青木可笑**　儒者・文人の青木樹堂(一八五三―八八)。『江戸外史』は幕末維新の江戸を表情ゆたかに描く文。

(5) **大江丸旧竹**　林旧竹(?―一九一〇)。俳人。三代目大江丸旧竹。

（6）**阪田諸遠**　坂田諸遠(一八一〇―九七)。国学者。篁蔭とも。平野国臣の師。『展墓録野辺ノ夕露』は現在、『野辺廼夕露』として南葵文庫所蔵、写本か。

（7）**詩仏**　大窪詩仏(一七六七―一八三七)。字は天民。柏木如亭と結社二痩社を開き、やはり詠物詩が知られる。

（8）**松莚子が新居**　麻布区宮村町四一。この日のことは『岡本綺堂日記』同日記事に見える。

（9）**香亭遺文**　中根香亭(一八三九―一九一三)の遺稿集。香亭(淑)は漢学者だが俗文芸の考証に長じた。

（10）**館柳湾**　漢詩人(一七六二―一八四四)。『柳湾漁唱』は鷲津毅堂が高く評価し、随鷗吟社同人も好んだ。

（11）**鈴木白藤父子**　儒者の鈴木白藤(一七六七―一八五一)とその子、鈴木桃野(一八〇〇―五二)。白藤は蔵書家として知られ鷗外史伝にも登場。桃野の随筆『反古のうらがき』は幸田露伴『幻談』の典拠となった(野口武彦「近代小説の懐胎――幕末の旗本文士・鈴木桃野のこと」、「群像」平成一〇年一一月)。

（12）**市河三陽**　書家(一八七九―一九二七)。漢学者・市河米庵の孫、市河三喜の兄。荷風は『燼録』(大正一四)を賞賛している。

（13）**栄海僧正**　救護栄海(一八五一―一九二八)。浅草寺大僧正。

（14）**宮沢雲山**　漢詩人(一七八一―一八五二)。長命寺の碑は市河米庵撰、雲山の反古を埋めた「故紙塚」。

（15）**兼子伴雨**　演芸記者。雑誌「錦絵」や「浮世絵」に寄稿。荷風との関係は本日記昭和一五年一二月一日記事を参照。『踊の秘訣　花柳界名家』(大正元)も出した。

(16) **羽倉簡堂**　儒者(一七九〇―一八六二)。翌日の「西上録」は天保一四年、簡堂が大坂を視察した記。

(17) **牧野鉅野**　漢詩人(一七六八―一八二七)。大沼竹渓の友人。

(18) **嘉永明治年間録**　吉野真保編。明治一六年刊。幕府の歴史と奇事を録した『泰平年表』を継ぐ本。

(19) **南園上人**　僧・漢詩人の平松理準(一七九六―一八八一)。小自在庵南園。大窪詩仏門生。

(20) **春濤先生逸事談**　佐藤六石(一八六四―一九二七)は本書を含む逸話集を『文芸雑俎』(明治二六)として翻刻出版した人。

(21) **田村成義**(なるよし)　歌舞伎座・市村座経営者(一八五一―一九二〇)。

(22) **中山理賢**　南園上人の孫。明治期には雑誌「心の鏡」を発行した。

(23) **岡不崩**(ふほう)　荷風の高等師範時代の美術の師(一八六九―一九四〇)。荷風は画家志望で、不崩の家でも絵を学んだ。

(24) **沢村宗之助**　初代沢村宗之助(一八八六―一九二四)。左団次・小山内一座の一員。

(25) **如苞**(じょほう)　井上如苞。前田家家扶。荷風の最初の結婚の仲人(秋庭太郎『永井荷風伝』昭和五一)。

(26) **山田某女史**　山田千代子(一八五一―一九二三)。日輪寺幼稚園を作った。永井久一郎と親しく、東京婦人協会で子育てに関する講演を行っている(「女学雑誌」六九号)。

(27) **村上仏山**(ぶつざん)　村上仏山(一八一〇―七九)は漢詩人。『仏山堂詩鈔』は、陸紹珩(りくしょうこう)の選による箴言集『酔古堂剣掃』和刻本とともに嘉永五年刊。

(28) **ヂヨルジユ、ヱツクウ** George Eccles(1900-82)。ベルギーのフランス語作家。自然主義作家ながら、ジョルジュ・ローデンバックなどとフランスの地域主義を受けたベルギーの文学運動に参加した。ケルメスは *Kermesse* 三部作の最終刊、*Dernières Kermesses* (1920) か。

(29) **安積艮斎** 安積艮斎(一七九一―一八六一)。儒者。艮斎の紀行はアンソロジー『艮斎文略』に収める。

(30) **大谷木純堂** 大谷木醇堂(一八三八―九七)。漢学者。南葵文庫には『醇堂叢書』『醇堂手抄』などの随筆稿本が収まる。いずれも醇堂と親交をもった坂田諸遠の、坂田文庫の印あり。

(31) **佐藤一斎** 儒者(一七七二―一八五九)。「愛日楼文」は『愛日楼文詩』のうち文の部分。

(32) **慊堂遺文** 儒者・松崎慊堂(一七七一―一八四四)の遺稿集。

(33) **東野遺稿** 漢詩人・安藤東野(一六八三―一七一九)の遺稿集。

(34) **築地小劇場** 大正一三年六月一三日設立、小山内薫と土方与志が設立。広く天井が高い建物はなるほど倉庫のよう。翻訳劇を中心に上演し、後にプロレタリア劇の上演に移った。

(35) **松村操** 戯作者(?―一八八四)。学者の逸事『近世先哲叢談』ほか、多くアンソロジーを編んだ。

(36) **春台** 太宰春台(一六八〇―一七四七)。儒者。荻生徂徠門下で服部南郭と双璧をなし、経世の学に明るい。

(37) **松本泰** 作家(一八八七―一九三九)。都会風の推理小説で知られる。「三田文学」同人で荷風の門下生。

(38) **田村寿二郎** 田村成義の子(一八七八―一九二四)。成義の跡を継いで市村座経営者となる。

(39) **田村西男** 演芸記者(一八七九―一九五八)。雑誌「笑」創刊、「中央新聞」記者。花柳小説の名手、

「タニシ」の渾名で愛された。女優田村秋子の父。

(40) **田園都市会社**　田園都市株式会社。田園調布の開発デベロッパー。後に鷲津恒が住む。

(41) **花迎喜気…亦解語**　訓読「花は喜気を迎へて皆な笑ふを知る。鳥は歓心を識りて亦た語を解す」。本来、「語」は「歌」。鳴霍老人は日下部鳴鶴。

(42) **植政**　荏原郡世田谷村若林二四、横溝政吉。植政は後の東京植木株式会社。

(43) **En Lisant les beaux vieux livres**　「古く美しい本を読みながら」。一九一一年刊。

(44) **相馬御風**　評論家(一八八三—一九五〇)。「早稲田文学」に拠り、自然主義評論と翻訳を行った。

(45) **沼波瓊音**　俳人(一八七七—一九二七)。井上唖々と子規門下で親しんだ(『噫瓊音沼波武夫先生』昭和三)。

(46) **東美倶楽部**　東美倶楽部は日本橋区新右衛門町四、通三丁目にあった出張所。

(47) **李笠翁**　李漁(一六一一—八〇)。明末・清初の文人。伝奇小説によって知られ、曲亭馬琴などの「読本」に影響を与え、荷風の小説の師である広津柳浪も『笠翁十種曲』の記憶を書いている。『閒情偶寄』は李漁の戯曲論や文明論を集めた文集。

(48) **杉村幹**　牛込区若松町一〇二、戸山脳病院院主、もと警視庁幹部。著書『脳病院風景』(昭和一二)。

(49) **難波大助**　虎ノ門事件犯人(一八九九—一九二四)。摂政宮裕仁親王(のちの昭和天皇)暗殺に失敗。

(50) **中山豊三**　大阪太陽堂社長(一八八九—一九四六)。雑誌「女性」「苦楽」を刊行。

(51) **竹田**　田能村竹田(一七七七—一八三五)。文人画家。『山中人饒舌』(天保六)は日田の「山中」から当時画壇の「市気」を痛罵しつつ東洋画の伝統を説く漢文随筆集。

（52）**増田廉吉**（ますだれんきち）「三田文学」同人。奥田敬市（けいいち）（童山）の後任として長崎県立図書館に着任。

## 大正十四(一九二五)年

（1）**岩島病院** 芝区南佐久間町二ノ一、岩島寸三の岩島病院。

（2）**押川春浪**（おしかわしゅんろう） 小説家(一八七六―一九一四)。木曜会メンバー。『武俠艦隊』など空想冒険小説で知られる。

（3）**演藝館** 牛込区袋町三の牛込館か。以下、牛込に関しては谷口典子氏ご示教による。

（4）**歯入屋権助**（はいれやごんすけ） 本郷座二月狂言は吉田絃二郎『西郷吉之助』『鎌倉三代記』鶴屋南北『勝相撲浮名花触』(左団次の歯入屋権助)。

（5）**竹柴七造**（たけしばしちぞう） 荷風が歌舞伎座座付作者見習となった折の座付作者。河竹黙阿弥の直弟子。九代目団十郎の付け人として拍子木を打った。

（6）**大又**（おおまた） 奥村金之助。日本橋区薬研堀二八に料理屋大又を営み、和泉流狂言と建築設計に手腕を示した。

（7）**松竹社舞踏団** 二九日と三〇日の歌舞伎座はマクレツオワ婦人舞踊公演並びに大阪松竹学劇部の初東上公演。『幻想』『白鳥の湖』『草人』『火の鳥』など。

（8）**甌北詩話**（おうほく） 趙翼(一七二七―一八一四)の詩話。『来青閣蔵書目録』に入る。

（9）**羽衣会** マチネ公演。南北作・岡鬼太郎加筆『雪振袖山姥』田辺尚雄『与那国物語』『京鹿子娘道成寺』。

(10) **René Boylesve**　作家・批評家(一八六七―一九二六)。*Les Nouvelles Leçons d'amour dans un parc* (1924)は小説、一九〇二年に出た *La Leçon d'amour dans un parc* の続編。

(11) **園池**　園池公功(一八九六―一九七二)。白樺派の作家園池公致の弟。帝国劇場文芸部に入る。

(12) **関**　関秀一。東京帝国大学文学部生。雑誌「荷風研究」に荷風との思い出を多く執筆。

(13) **柏如亭**　漢詩人の柏木如亭(一七六三―一八一九)。『訳注 聯珠詩格』など、雅と俗の間をゆく詩風で近年高い評価を得ている。『詩本草』は食の記憶をうたう詩文集。

(14) **三村竹清**　書誌学者(一八七六―一九五三)。三田村鳶魚・林若樹と並ぶ、大正期江戸考証家。同日のことは若樹日記『不秋草堂日暦』(三村竹清日記研究会校訂・編集、「演劇研究」平成二一年三月)に見える。

(15) **渥美氏**　渥美清太郎(一八九二―一九五九)。劇評家。『日本戯曲全集』(昭和三―八)など戯曲全集の編纂につとめた。『大南北全集』の際に参看した本の一は、黒木勘蔵蔵本(『岡本綺堂日記』大正一三年六月二七日)。

(16) **寿阿弥**　長島寿阿弥(一七六九―一八四八)。劇神仙とも名のる。渋江抽斎の観劇の師。鷗外『寿阿弥の手紙』に描かれる。

(17) **澀江抽斎**　考証家(一八〇五―五八)。『傾城吾嬬鑑』『男哉婦将門』はいずれも稀本。

(18) **下山**　下山霜山。大正中期から短冊の蒐集・展覧会開催が流行した。

(19) **茶窗間話**　近松茂矩『茶窻間話』(享和四)は茶に関する逸話を編纂した書。

(20) **菊池元習** 『三山紀略』(天保一四)は熊野三山を遊歴した漢文紀行。

(21) **壬申掌記** 大田南畝『壬申掌記』。現在、天理大学附属天理図書館蔵。

(22) **前嶋氏** 郵便制度の創設者・前島密(一八三五―一九一九)。

(23) **榎本破笠** 榎本虎彦(一八六六―一九一六)。荷風が歌舞伎座座付作者部屋に入った際の師。

(24) **高瀬代次郎** 教育家。『細井平洲』(大正八)『佐藤一斎と其門人』(大正一一)など。

(25) **三田村鳶魚林若樹** いずれも現代の江戸研究に影響を及ぼす考証家。鳶魚(一八七〇―一九五二)は「新黙阿弥劇」(「日本及日本人」大正一三年四月)で荷風作に言及。若樹(一八七五―一九三八)は木曜会の俳席に連なった。

(26) **花街十二ケ月書画帖** 酒井抱一『吉原月次風俗図』か(井田太郎「抱一と其角――「吉原月次風俗図」をめぐって」)。

(27) **柳田国男** 民俗学研究者(一八七五―一九六二)。口承文学研究の祖で、国木田独歩や田山花袋とも親交があった。

(28) **夕陽黄葉村舎文** 菅茶山『黄葉夕陽村舎詩』のうち文の部分。正しくは「黄葉夕陽村舎文」。

(29) **山本有三** 劇作家・小説家(一八八七―一九七四)。「阪崎出羽守」は『坂崎出羽守』。

(30) **七々集** 『七々集』は文化一二―一三年成立。七夕七首と竹林七賢に趣向をとった狂歌七首を劈頭に置く。南畝自筆本所在不明。

(31) **市川雀鳴** 市川鶴鳴(一七四〇―九五)。徂徠学を尾張に広めた。

(32) **星渚先生** 永井星渚(一七六一―一八一九)。鶴鳴との関係は川島丈内『名古屋文学史』(昭和三)に詳しい。

(33) **望水館**　荏原村入新井、新井宿一五〇〇の望翠楼ホテル。堀口大学や佐藤春夫が好んだ。

(34) **森銑三**(せんぞう)　考証家(一八九五―一九八五)。江戸文人の伝記を多く残した。この頃名古屋市立名古屋図書館を辞し文部省図書館講習所入学。翌年東京帝国大学史料編纂所図書係。

(35) **石田醒斎**(せいさい)　呉服商・蔵書家(一七八〇―一八二四)。

(36) **金港堂**　原亮三郎の出版社。「都の花」「文芸界」などの雑誌を発行し、荷風『地獄の花』は金港堂から出た。荷風は「金港堂の子息の家」を訪れて吉原を眺めたと述べる。

(37) **菊池寛**　作家(一八八八―一九四八)。第四次「新思潮」同人。戯曲『父帰る』ほか。「文藝春秋」を創刊。

(38) **竹久夢二**　画家(一八八四―一九三四)。当時、荏原郡松沢村大字松原字菅原七九〇の家を「少年山荘」と名づけて住んだ(世田谷文学館『詩人画家・竹久夢二展』)。『夢二日記』当日は記事なし。

(39) **遠山雲如**(うんじょ)　漢詩人(一八一〇―六三)。大窪詩仏と親交を持つ。梁川星巌の玉池吟社に入る。『晃山遊艸』は安政二年、雲如が日光に遊んだ際の詩。

(40) **Benjamin Cremieux**　Benjamin Crémieux (1888-1944)。バンジャマン・クレミュー。作家・批評家・文学史家。一九二〇年からNRFに寄稿。*XXe Siècle* は一九二四年刊。第一巻 *Première Série* の論述対象はM・プルーストなど。

(41) **川口松太郎**(まつたろう)　新派劇作家(一八九九―一九八五)。久保田万太郎門下。関東大震災後、太陽堂(プラトン社)入社。『明治一代女』。

(42) **エミルゾラ** Émile Zola(1840–1902)。自然主義文学論・ゾライズムを提唱。初期荷風が甚大な影響を受け『女優ナナ』他を訳したこと、荷風『花火』におけるドレフュス事件時の官憲攻撃声明 *J'accuse!* への言及などが有名。*Comment on meurt* は一八七六年発表。

(43) **広瀬旭荘** 漢詩人(一八〇七–六三)。私塾咸宜園を設け、全国から留学生が集まった。

(44) **菓子屋紅谷** 牛込区肴町二九、小川茂七の紅谷支店。本店は小石川区水道町、西岡金太郎の店。小川茂七が創業。三階建ての二・三階が喫茶店(三階は震災前ダンスホール)。

(45) **薬舗尾沢** 牛込区上宮比町一、井上源之丞の尾沢薬舗。喫茶店は薬舗隣のカフェー・オザワ。一階は食堂、二階がカフェで、アナキストたちも集まった。『つゆのあとさき』参照。

(46) **特喜…薦槃飡** 訓読「特だ喜ぶ厨婢の食性を諳んじて。香蔬軟飯槃飡に薦むることを」。

(47) **緑情…簇玉簪** 訓読「緑情夏色を含む。□□□□□。佳人の笑ひを帯ぶるに似たり。叢玉簪簇がる」。『南畝集』九によれば二句は「紅意春陰を擅まにす」、「帯」は「発」。

(48) **愛香** 京橋区日吉町一八、君叶家の芸妓、大正一一年五月「新演芸」に名前がある。

(49) **喫茶店** 新橋演舞場には東洋軒出張所とエビス食堂あり。

(50) **清村** 田町六ノ一一、堀つたの待合。つたは大正一一年に尾張町で「清村」を営んだ。

(51) **宇佐川千代子** 学習院女学部卒業、黒田清輝に絵を習った(『黒田清輝日記』)。「婦人画報」に寄稿し「令嬢かゞみ」欄にも掲載された。

(52) **鹿塩秋菊** 演芸記者。川尻清潭の弟、深川三十三間堂主。「歌舞伎新報」「歌舞伎」を発行。怪談に長じた(東雅夫『江戸東京怪談文学散歩』)。

(53) **索笑…事重重**　訓読「笑ひを索め歓びを追ひて意窮まらず。風流日々事重重」。

(54) **鷲津毅堂…王一亭の書**　いずれも『来青閣蔵書目録』にあり。

(55) **ママンコリブリ**　Henry Bataille(1872–1922)の *Maman Colibri: L'enchantement*(1904)。大正三年、島村抱月の芸術座によるトルストイ『復活』はバタイユの脚色にもとづくとされる。

(56) **尾州知名の士…記事**　一二月五日の「郷土名物　わしが国さ(廿八)尾参の巻(一二)」。阪本釤之助の一門を紹介。阪本釤之助の投書は一二月九日、永井威三郎・阪本瑞男を加えるよう要請。

(57) **歳暮…向残陽暖処生**　訓読「歳暮の山園再行に懶し。蘭衰へ菊悴けて頗る情に関はる。青青たり多少の無名草。争ひて残陽暖かき処に向いて生ず」。趙仲常ではなく、金代の詩人辛愿の七言絶句。諷刺の言とした荷風は、文化四年刊『金詩選』の頭注を踏まえたか(堀川貴司氏ご示教)。

(58) **羅鄴**　唐代の詩人(八三五–?)。

(59) **芳草…唯有春風不世情**　訓読「芳草烟に和して暖更に青し。閑門要路一時に生ず。年々人間の事を点検するに、唯だ春風の世情ならざる有るのみ」。

(60) **マルセルプルーストの長篇小説**　Marcel Proust(1871–1922)の *À la recherche du temps perdu*(『失われた時を求めて』)。この時点で第六巻『逃げ去る女(*Albertine disparue*)』までが出版された。

(61) **江見水蔭**　小説家(一八六九–一九三四)。『女房殺し』(明治二八)など。『自己中心明治文壇史』(昭和二)稿本は早稲田大学図書館蔵。

(62) **丸岡九華**　小説家(一八六五―一九二七)。『硯友社文学運動の追憶』を出版。稿本『初蛙』(明治三九)は早稲田大学図書館蔵。

(63) **読罷…王震**　訓読「読み罷へたり来青十巻の詩。騒壇大宗師たるに媿じず。千金の白傅争ひて集を求め。一幅の平原絲を繍はんと欲す。徳に達人有り手沢を存し。目に余子無し襟期を想ふ。他年若し蓬莱嶋に到らば。還た訪ねん韓陵片石の碑。永井壮吉先生其の刻する所の先徳来青閣詩集を出だして恵贈せらる。読み罷はりて為に高山の仰を動かす。因て率に律詩一章を成して以て欽佩を誌す。乙卯孟春。王震」。永井禾原『来青閣詩集』を荷風に贈られた王一亭が、読後の感懐を述べた詩および後書。

(64) **銀座食堂**　京橋区尾張町二ノ八、奥清房の店。奥は昭和三年『味の銀座』などに紹介される。宇野浩二「永井荷風の印象」(「文芸」臨時増刊『永井荷風読本』昭和三一)が、「銀食」での荷風を描いている。

※「注解」の漢詩漢文では、堀川貴司氏の御教示を得た。記して謝意を表します。

※本巻の注解について、住所と電話番号は東京中央電話局『大正六年四月改　電話番号簿』など年ごとの電話番号簿、演劇の題目は雑誌「演芸画報」「新演芸」の「役割一覧」「興行一覧」のほか、『帝劇ワンダーランド：帝国劇場開場１００周年記念読本』とＡＲＣ番付ポータルデータベースを主に参照した。

総解説
# 『断腸亭日乗』について

中島国彦

## 荷風日記の意味

『断腸亭日乗』は、永井荷風(一八七九〈明治一二〉年一二月三日—一九五九〈昭和三四〉年四月三〇日)が一九一七(大正六)年九月一六日から、七九歳四か月で亡くなる前日の一九五九年四月二九日まで、ほとんど間断なくつけていた日記である。それは、牛込余丁町に住んでいた荷風が、一時築地に住み、一九二〇(大正九)年五月から麻布市兵衛町に移住(九月に本籍を移す)、その後戦災で焼け出され、疎開生活ののち、戦後市川に定着し晩年を迎えるまでの時期にあたる。一人の文学者が四一年半にわたり日記を残していたことは、稀有のことであろう。夏目漱石の日記は飛び飛びで記述にもむらがあり、森鷗外の日記は六〇年の生涯の約半分の行動を簡潔に伝えるのみである。芥川龍之介や太宰治では、日記らしいものはわずかである。「日乗」の「乗」は記録の意味で、荷風は自身の日記原本で「断腸亭日記」とも記しているが、荷風がよく記していた「断腸亭日乗」の名は、荷風の日記を意味するものとして、これまで親しまれてきた。作品以上に荷風を伝える文章として、注目されてきたのである。

『断腸亭日乗』の名がよく登場するものの一つに、新聞のコラムがある。今から何年前の今日、永井荷風は、という形で言及されるのも、長年休むことなく世相を書き記してきたことによるだろう。話題の広さは、新聞のコラムで紹介、言及するのに便利だからである。確かに簡潔な文語体で書かれた世界は、天候、植物や鳥や虫、月など季節を伝える事柄をはじめ、自分の生活の様子、体調や外出先、来訪者、食事や読書の記録、聞き書きや世相の観察記録、文壇や時局への批評、肉親や知人との人間関係をめぐる思い、さらには関わり合った女性の記録など、その話題は広範囲に広がっている。庭の草花を愛でるかと思えば、不合理な世相への嫌悪をあらわにするといった自由な視点での心情の動きが、印象的なのである。

### 荷風と日記の関係

荷風と日記の関係については、次の一節が記憶される。

曾て大久保なる断腸亭に病みし年の秋、ふと思ひつきて、一時打棄てたりし日記に再び筆とりつゞけしが、今年にて早くも十載とはなりぬ。そも〳〵予の始めて日記をつけ出せしは、明治二十九年の秋にして、恰も小説をつくりならひし頃なりき。それより以後西洋遊学中も筆を擱かず。帰国の後半歳ばかりは仏蘭西語のなつかしきがまゝ、文法の誤りも顧ず、蟹行の文にてこま〴〵と誌したりしが、翌年の春頃より怠りがちになりて、遂に中絶したり。今之を合算すれば二十余年間の日乗なりしを、大正七年の冬大久保売邸の際邪魔なればとて、悉く落葉と共に焚きすてたり。

よく知られた一九二六(大正一五)年元日の日記の一節である。日記をつけていた自己の歴史を、公開を前提とした日記の中で振り返るという表現だが、そこには作り話や文飾はないだろう。東京高等師範学校附属学校尋常中学科五年の一七歳の荷風の日記がどのようなものであったかはわからないが、小説作品執筆を試み始める時に日記による表現も生まれたのは、自己省察の位相を思うと興味深い。

アメリカの三年間、フランスの一年間の外遊中に日記をつけていたことが語られているが、それは『西遊日誌抄』として残されており、外遊時代の感情の起伏が見事に定着されている。興味深いのは、現地でつけていた手帳の一冊が現存しており(全集では『西遊日誌稿』と命名されている)、比べてみると手帳に書き留められたことを、文章を磨きながら一つのまとまりとして組織化し、作品として仕上げようとしていることがわかる。また、帰国後半年以上フランス語で日記をつけていたという事実も、見落とせない。帰国後の日本に没入できない思いの中で、帰国後に書かれた『ふらんす物語』(一九〇九年三月、博文館、発禁)の作品群の世界は、フランス語による日記の記述と背中合わせだったようだ。この時期に日記を書くというのは、内部にどこかわだかまりがある、屈折した行為だったかもしれない。

日記をつけたいという自然な思いが生まれたのが、『断腸亭日乗』起筆の一九一七年秋だったようだ。慶應義塾の教授を辞し、「三田文学」から手を引いた翌月、一九一六(大正五)年四月から荷風は雑誌「文明」を創刊して自己独自の世界を守る方向に向かうが、「文明」誌上で無署名で掲げられていたのが『毎月見聞録』であった。日付けの後に東京の世相が、体言止めを交え簡潔な文語体で描かれる。一九一八(大正七)年一一月に至る内容は必ずしも豊富ではないが、日々の記録として、荷風個人の日記執筆への助走としての側面も見られた。外遊時につけていた日記を『西遊日誌抄』として「文明」誌上で整理発表したのもこの時期で、それは漢文でつけられていたという『在徳記』を、文語体の『独逸日記』として再構成し、小倉時代に書き直し公表した、鷗外の営為と同じである。『毎月見聞録』から『断腸亭日乗』への深化は、かなり大きい。『断腸亭日乗』起筆の後まで、「花月」誌上で『毎月見聞録』が続いていることを考えると、書き始められた『断腸亭日乗』の練れた文体、バランスの取れた事実の再現と、そこから生まれる想念の言語化は、いかにも荷風の自立した表現として印象深い。表現することで状況を組織化し、それを領略して行く緊張感が見られるのである。

## 浄書本のたたずまい

荷風は、『断腸亭日乗』浄書本第一冊の初めのはしがき（本書一〇ページ）で、「折々鉛筆もて手帳にかき捨て置きしもの」を「この罫帋本に写直せしなり」とその成り立ちを語っている。『西遊日誌稿』を基にし、作品『西遊日誌抄』が生まれたのと同じように、榛原製の一〇行罫の雁皮紙の冊子（縦一八・二センチ、横一二・七センチ）に、細い筆で丹念に墨書され、客観的な文学表現として自立したものが、わたくしたちの前に置かれている『断腸亭日乗』なのである。ただ、そうした浄書された形で全てが伝わっているわけではない。日記の副本を作ったり（一九三八〈昭和一三〉年）、まとまった浄書本を収める帙を池上幸二郎に作ってもらったり（一九四三〈昭和一八〉年）、時折の対応はある。また、戦時中の日記には未製本のものもあり、戦中戦後においては大学ノートにペン書きのものが残されている。このように、さまざまな位相のものとして現在に伝わっているのである。

浄書本においても、墨書や朱書による修訂が見られるところもあり、時勢を考慮して抹消したり、一部を切り取った部分も見られる。一九六二（昭和三七）年から刊行された没後の岩波書店『荷風全集』で初めて原本の翻刻が実現したが、原本の位相については単一ではなく、さまざまな形態があることを念頭に置かなければならない。

荷風は、戦時中書き溜めた『断腸亭日乗』浄書本を鞄に入れ、空襲の折にも持ち出して守り続けた。そうして伝わった原本は、今なお荷風の遺産を受け継いだ遺族の元に保管されている。それは時折開かれる文学展などに出品され、わたくしたちに強い印象を与えているのである。

## さまざまな刊本から

荷風の日記は、その一部分が雑誌などに紹介されたことがあるが、ある程度まとまった形で活字化されたのは、戦中戦後の部分からであり、次のような刊本に収録されているその日記公開の詳しい経緯については、最も新しい岩波書店『荷風全集』(第二刷)第二一巻—第二六巻(二〇一〇年一二月—二〇一一年五月)各巻の「後記」を参照されたい。

『罹災日録』(一九四七年一月、扶桑書房)　＊一九四五年の部分

『荷風日暦』上・下(一九四七年六月、扶桑書房)　＊一九四一—一九四四年の部分

戦後、荷風が日記をつけていたことが知られ、その公開が望まれていたが、それが実現したのが次の書物である。

中央公論社版『荷風全集』第一九巻—第二二巻(一九五一年七月—一九五二年四月)　＊一九一七—一九四五年の部分

いずれも、著者生前の出版であり、字句を修正し原本を改変した本文であることは言うまでもない。とりわけ、GHQによる検閲がなされたことが知られており、プランゲ文庫の資料によってその実態が判明している。修訂の概略(用字の変更、文章の簡潔化、説明の正確化など)については、岩波書店新版『荷風全集』の「後記」で紹介されている。

この本文は、その後増補され、例えば、次の出版物に引き継がれる。

東都書房版『永井荷風日記』全七巻(一九五八年一一月—一九五九年五月)

＊一九一七—一九四八年の部分

各巻には相磯凌霜(あいそりょうそう)の「永井荷風日記の栞」という小冊子が付され、簡単だが初めて注が付された。それらは相磯凌霜の文章を集成した『荷風余話』(二〇一〇年五月、岩波書店)に収録されている。

荷風没後の岩波書店版第一次『荷風全集』第一刷(全二八巻、一九六二年一二月—一九六五年八月)では、日記に第一九巻から第二四巻の六冊を当て、初めて日記原本からの忠実な翻刻がなされた(旧字旧仮名。わずかだが伏せ字にした部分がある)。もとより、原本にあった絵の部分もそのまま紹介されている。のち同全集第二刷(一巻を増補し全二九巻、一九七一年二月—一九七四年六月)が刊行された。『断腸亭日乗』全七巻(一九八〇年九月—一九八一年三月)は、全集の日記部分をそのまま単行本化したものである。磯田光一編の岩波文庫『摘録断腸亭日乗』上・下(一九八七年七、八月)は、日記を抄出し、『西遊日誌抄』を付載して普及に役立った。ルビを新たに付し、作品名や書名に『 』を付けて、読みやすく本文を整えている。

次いで、新版『荷風全集』全三〇巻（新字旧仮名、一九九二年五月―一九九五年八月）が刊行された。第一次全集は荷風の手が入った最終の仕上げ本文を底本にする原則をたてたが、この新版は初版単行本ないし初出のテキストを底本にすることが原則で、第一次全集と違った本文作りであった。新版全集の日記の巻では、第一次全集の本文を引き継いだ原本の翻刻本文の下に、生前手入れがなされた中央公論社版全集の本文との主要な異同を、脚注のような体裁で示している。一九四五年三月九日の東京大空襲の記述では、「火焔の更に一段烈しく空に上るを見たるのみ、是偏奇館楼上少なからぬ蔵書の一時に燃るがためと知られたり」（原本）が、「火焔の更に一段烈しく空に舞上るを見たるのみ。これ偏奇館楼上万巻の図書、一時に燃上りしがためと知られたり」（中央公論社版）とのちに修訂されており、少しでも完成された文体にしようとするさまを、うかがうことができる。

さらに、新版『荷風全集』第一刷の第三〇巻（一九九五年八月）において、「『断腸亭日乗』索引」（中村良衛編）が付されたことは、忘れられない。「書名・作品名」「人名」「事項」に分けられた索引項目は、荷風理解に役立つ。『新版断腸亭日乗』第七巻（二〇〇二年三月）に、その索引は引き継がれる。

没後五〇年を機に、新版『荷風全集』の第二刷（二〇〇九年四月―二〇一一年一一月、全三

〇巻に別巻一を付す)が刊行されたが、第二六巻(二〇一一年五月)に全面的に追加増補した『『断腸亭日乗』索引」が収録されている。その達成が、本文庫でも最終巻第九巻に、多田蔵人によりさらに増補修訂されて収載される。

こうした経緯の後、待たれていた岩波文庫版『断腸亭日乗』の完本が刊行される。原本の表現を再吟味し、なるべく原本の面影を残すよう心がけたが、詳細な注記を付すなど、新しい読者のためにも配慮した。詳しくは「本文について」を参照していただきたいが、この九冊本の岩波文庫『断腸亭日乗』が、多くの読者の荷風理解に資するよう願ってやまない。

第一巻 解説

# 大正時代の「奥座敷」

多田蔵人

大正一四年五月一六日のことである。永井荷風は江戸文化の考証家、三村竹清(みむらちくせい)のもとを訪れた。あとから考証仲間の山田清作も現れた席上、荷風は出版を準備していた『下谷叢話』の内容などを、書かなかったエピソードも含めて大いに談じたようだ。竹清は荷風が去ったあと、山田が話したこんな噂ばなしを書きとめている。

荷風さん仏国へゆき大分遊ひ　帰りても遊び　とう(ママ)身体も身上もわるくし　余丁町の地は三分一は入江さんニうり　おふくろさんか一部の処へ小ちんまりと住まつて居り荷風さんハ市之原町へ震災前のバラツク二階をたてゝ　独身にて目かねをかけた女中一人を置いてゐました(竹清「不秋草堂日暦(十七)」、「演劇研究」平成二一年三月)

放蕩のせいか体をいため（「断腸亭」命名の所以である）、慶應義塾を去り大久保の邸宅も手ばなして、下町の小家に住んだり引き払ったりしながら何か書いている――アメリカ・フランスへの外遊後に文壇を席巻し、雑誌「三田文学」を発行した新帰朝者のイメージは、ここにはあまりない。この頃荷風は自ら「隠居」のイメージを描きはじめているが、世人の眼に映る姿はそれ以上にうらぶれた、放蕩児の末路のような趣だったかもしれない。たしかに、この巻に収録した『断腸亭日乗』の最初の期間――大正六年から大正一四年――、荷風の創作ペースは、「沈滞期」と呼ばれるほど落ちた。しかし近年の研究は、この間に発表された短篇群が時代の水準を抜く作だったことを指摘している。文学者たちは時を追うほどに、『雨瀟瀟』や『雪解』、『おかめ笹』といった作品を傑作として思い返すことになった。昭和期に入ると荷風はいわゆる「文壇返り咲き」をはたし、さらに充実した作品を発表してゆくのである。

『断腸亭日乗』本巻には、第一次世界大戦後の時代をしたたかに持ちこたえた荷風の足どりを読むことができる。東京の変貌を描きながら偏奇館の静寂を聴き、新風俗を罵りながらじっと見つめている荷風の言葉は、歴史の「前線」ばかり追う眼を制し、一歩さがったところで大正時代をながめる視点へと読者を誘う。たしかにこの時代には、そんな風に見てみることで、かえって明瞭に見えてくる相があったようだ。

明治期に浅草と吉原を歩きまわった荷風がふたたび浅草に出没しはじめるのは、昭和に入ってからのこと。大正時代に彼が多く出入りしたのは銀座界隈、それも「待合」と呼ばれる座敷だった。料理を出し芸者を呼ぶこともできる待合は饗応に便利で、いわゆる「待合政治」のほか芸術家の会合にもよく利用された。周囲に多く待合をひかえた築地木挽町に住んだころの荷風は、すでに相当の腕だったらしい江戸の音曲、清元節をしきりに稽古している。

当代の名手・清元梅吉の近所に住んで直接稽古を受ける荷風の姿には、好きとなれば文化の奥深くに切りこんでゆく実行力が垣間見えるだろう。ただし稽古やおさらい会の記事が示すのは江戸音曲への親しみだけではない。大正七年までの『日乗』にはしばしば野間五造（いつぞう）や高橋箒庵（そうあん）といった三井・政友会系の名士や安田財閥の安田平安居との交遊記事が見えるが、この人々はやがて小村欣一が中心となり床次竹二郎を顧問として小山内薫などと「国民文芸会」を設立してゆく、いわゆる「民衆娯楽」統制の機運を共有する人でもあった。第一次大戦を通じて列強に認識された「民主主義」は、音曲や芝居を「民衆娯楽」の名のもとに行政が管轄し民衆の趣味を改良する政策として、日本で受容された（三谷太一郎「「大正デモクラシー」期の権力と知識人」『大正デモクラシー論　第三版』）。小村は国民文芸会設立以前、最近の役者は勝手放題の芸に走るから、しかるべき劇評家が彼らの趣味を正すべきだとも語ったらしい（『万象録　高橋箒庵日記』大正六年七月二四日）。こうした発想は演劇において俳優よりも演出監督の「アート・ダイレクション」を重視する小山内薫の持論と相通ずるところがあったわけで、彼らの牙城となった雑誌「新演芸」には俳優本位の劇を排撃する論がしばしば載っている。「新演芸」編集者の結城礼一郎は新聞による国民統制を説く雑誌「新聞研究」を発行してもいた。

荷風が加わった「新演芸」の演劇合評会(七草会)もまた、こうした構想の一環だった可能性は十分にある。そもそも荷風は西園寺公望が組織した文学者懇談会「雨声会」で、西園寺ともっとも意気投合したと言われる一人でもあった。ただし『日乗』を見るに、荷風は「芸」をコントロールすべき対象と捉える人々とも、貴顕紳士の説諭をだまって聞いていた芸人たちとも、席を共にし語りあっていたことがわかる。待合に出入りし時代の趣味を語る「士大夫」の言葉も、彼らが聞こうとさえ思わない人々の言葉も等しく遠く聴く、そうした言語感覚を持つ人だったからこそ、時代のさまざまな「声」を集めて切り子細工のように多面的な世界を構成する、『雨瀟瀟』のような作品が生まれたのだろう。

音曲の時代は大正九年五月の偏奇館移住の頃に終わり、次に観劇の時代が来る。この時期、国民文芸会はもちろん、愛弟子の島村抱月をスペイン風邪で失ったばかりの坪内逍遥もまた、貪欲に台詞の改良につとめページェント劇の可能性を探っている。菊池寛を中心とする劇作家協会は、一三代目守田勘弥と組んで次々に新作物の上演を成功させた。『日乗』の観劇記録は多く劇場名だけを書きとめるスタイルだが、あらためて追跡してみると、荷風が小山内と二代目市川左団次の一座以外にも、合評会などで痛罵していた人々の劇、菊池寛や久米正雄、山本有三などの『現代脚本叢書』や『現代戯曲選集』に載った作品を、実によく見ていることがわかる。大正後期の文壇は空前の脚本流行時代でもあって、総合誌「中央公論」や「改造」の創作欄には多くの演劇脚本が掲載されていた。『日乗』本巻には知友の本以外の近代文学作品は八年半にわたってほとんど登場していないけれども、荷風はこうした文学動向を、劇場で目におさめつづけていたわけである。

大戦後の好景気をうけてロシア・オペラや梅蘭芳(メイランファン)やバレエ団が招聘され、演劇人の洋行が相次いだ一九二〇年前後において、芸術の最前線は舞台にあった。芸術の統制を試みる紳士たちの思惑はともかく、若い世代は新しい機軸を打ちだそうと試みている。とりわけアンナ・パブロワ来日が象徴するロシア・バレエの影響は強く、歌舞伎では二代目市川猿之助の春秋座、五代目中村福助の羽衣会、七代目尾上栄三郎の踏影会と、バレエ様式を取り入れた「新舞踊」の試みが行われた。歌の言葉にとらわれず、身体の動きによって意味を作りなそうとする試みである。

新舞踊に対する荷風の評は手厳しいが、たとえば新舞踊のもう一つの核となったのがかつての妻・八重次、すなわち藤間静枝の主宰する藤蔭会だったことに注目してみると、自作『秋の別れ』が再演され、浄瑠璃所作事『旅姿思掛稲(たびすがたおもいのかけいね)』を依頼されたりした荷風の位置も、別の形で浮かびあがってくるようだ。動きと言葉が少なく、背景と動きによってムードを醸しだしていた荷風の劇は、新舞踊隆盛期には「祖」の一つに数えられていたらしい。新舞踊のもう一方の動因はおそらく映画の流行であり、新舞踊と小説家の戯曲執筆、三越の「文士画家俳優写真会」が象徴するカメラの流行、北原白秋『金魚経』や萩原朔太郎『猫町』などの詩人たちの小説執筆といった個々の現象には、深いところで通底するものがある。当時の文壇と劇壇は、映画が言葉の特権性をゆるがすことで生まれた視覚と言葉の乖離状況にどう向きあうかという、共通の課題に直面していたのである。

左団次に招かれて最先端の料亭やレストラン、中華料理店をまわり、帝劇女優と晩餐を共にする荷風の歩みには、だから複雑なところがある。たしかに荷風は『旅姿』の上演でも江戸の振付にこだわりバレエ様式など断固排したことを強調し(「作者より」)、小山内が立ち上げた築地小劇場の実験性にも付きあっていない。しかし当時の荷風は、江戸に親しむクラシックの人というだけではやはりなかった。フランス語文学の読書記録を見ると、荷風が訳詩集『珊瑚集』を出版する以前から愛読したアンリ・ド・レニエのセレクションを軸としつつ、第一次大戦後の文学を熱心に摂取したさまがうかがえる。読書の趣味を雑誌のレベルで見れば、一九世紀末パリの文学流行を支えた「メルキュール・ド・フランス」から戦間期前衛的文芸の拠点となった「ラ・ヌーヴェル・ルヴュ・フランセーズ」(NRF)への推移がある。バンジャマン・クレミュー『二十世紀』のプルースト論や『失われた時を求めて』の読書記事などは日本におけるプルースト受容の相当に早い記録であり、「小説」の枠組みをなし崩しに壊しながら遊んでゆく、新たなデカダンス文学の形も既に視野に入っていた。

大正一一年の森鷗外の死と『鷗外全集』編纂作業によって着想を得た『下谷叢話』(初出題『下谷のはなし』)が、こうした時期に執筆された作品であることは見逃せない。『下谷叢話』はよく鷗外の『渋江抽斎』などと比べて学殖の多寡を論じられるのだが、そうした評価の方法には、どこか教養幻想のようなものにとらわれた物の見方があるのではないだろうか。むしろ『日乗』では、着想から一年たらずの間に(しかも関東大震災を挟みながら)関係者を一通り訪問し、基本文献を取りそろえて執筆にかかってしまう荷風のスピードが印象的だ。それは荷風の健脚や情熱と同時に、明治漢詩の雄・永井禾原(ながいかげん)の子であり友人も多く漢学の家に育っていた、荷風の東京漢詩壇ネットワークの稠密さを証しだてているのである(荷風は『梅雨晴』という文章で、鷗外の『抽斎』執筆より前に渋江家資料が友人間の噂になったことを、さりげなく書きとめている)。日記冒頭に永井禾原と王一亭の書幅を掛ける記事があるように、荷風の漢詩観には父・禾原が上海で身を浸した清詩の影響がある。『下谷叢話』の行文が、いわば上海詩壇から眺めた江戸後期文苑といった趣をもつ所以だろう。

重要なのは、荷風が鷗外史伝を「言文一致」文体の尖鋭な試みとして捉えていたことだ。漢詩文の引用によって構成され言外に多くの意味を含ませた『下谷叢話』は、口語文という伝達手段がどれほど意味の負荷に耐えられるかを試す、映像時代の文章実験だったのである。こうした試みは、やがて『つゆのあとさき』や『濹東綺譚』などの、文章に過剰なイメージを忍びこませ、あるいはエピソードを映画のフィルムのようにつなぎ合わせる手法へと結実してゆくのである。

簡潔だが決して覚え書きではない『日乗』の文体もまた、日々言葉を選んでゆく試みだったはずだ。実は『断腸亭日乗』は当時の文語文の日記としても記事が短い方だが、そう思えないのは雨の表現だけでも数えきれないほどの表現の豊かさ、そして書かれなかった事柄を示唆する力によるのだろう。追跡を重ねてもなお不明である固有名の数々に嘆息しつつ、本巻の注解は紙幅の許す範囲で、なるべく荷風の日々の細部が見えるようにつけた。劇場や店に足を運んで人に会い、買い物をして髪を切り病院に通い、そして書物を手にとる。そんな場所やタイトルの選びかたの一つ一つに――書かれなかったことを想像しながら――、荷風と大正時代の姿を探していただけたらと思う。

# 本文について

本文庫（全九巻）は、『荷風全集』（第二刷、岩波書店、二〇〇九年四月—二〇一一年一一月、第二十一巻—第二十六巻）所収の「断腸亭日乗」の本文を、底本とした。

- 今回、変体仮名、合字は、おおむね通行の字体に改めた。

　[illegible]　→　候

- 漢字は、新字体のあるものは原則としてそれを採用する方針とした。ただし、以下のような正字、異体字、慣用字体は、残した。また、本来は別字であるものでも同義の漢字として使用されているものもある。用例として一部を掲げた。（　）に、漢字に対応する通行の字体、現在の通常に使用される漢字を示した。

證（証）　蟲（虫）　窗（窓）　决（決）　凉（涼）　塲（場）　恊（協）　膓（腸）　莭（節）
枩（松）　羣（群）　藂（叢）　帋（紙）　舩（船）　蔭（蔭）　隂（陰）　仝（同）　拔（抜）
飰（飯）　脉（脈）　冣（最）　畒（畝）　辤（辞）　座（座）　呌（叫）　刺（刻）　濵（浜）
㓛（功）　曝（曝）　曾（曽）　瘦（痩）　麵（麺）　餐（餐）　襍（雑）　徃（往）　稾（稿）
鎻（鎖）　隺（鶴）　柹（柿）　耻（恥）　畫（画）　澀（渋）　鄰（隣）　畧（略）　卻（却）

蓋(蓋)　雞(鶏)　滛(淫)　朙(明)　羑(羨)　筆(筆)　荅(答)　撿(検)　吊(弔)

•仮名遣い、送り仮名、仮名の清濁、宛字、句読点、振り仮名は、原則底本のままである。

•誤記の可能性のあるものについても、底本にならい原則そのまま残した。本文に（ママ）を付した箇所がある。明らかな誤記、衍字、欠字等は、本文を訂正した箇所がある。

•フランス語の表記は、本文では、荷風の表記の通りとして、「注解」で、正しい表記を示した。ただし、本文を訂正した箇所もある。

•反復記号は、荷風は、複数の形を使用しているが、一部、次のように整理した。

亜ゝ子　→　亜々子　あたゝか　→あたゝか

•現在では、一般に誤用とされる表記でも、荷風の慣用、当時の用法もしくはそれに類するとみられる表記は、残した。一部、例を挙げる。

貸りる(借りる)　戴せる(載せる)　阪(坂)　附辺(附近)　正後(正午)　矇朧(朦朧)

招飯(招飲)　常盤座(常磐座)　登記署(登記所)　狼籍(狼藉)　自働車(自動車)

周施屋(周旋屋)　商買(商売)　曠然(曠然)　物貨(物価)

•底本にある注記は、〔　〕で示した。

•本文中に、今日からすると不適切な表現があるが、原文の歴史性を考慮してそのままとした。

（岩波文庫編集部）

断腸亭日乗（一）大正六―十四年〔全9冊〕

2024年7月12日　第1刷発行
2024年9月25日　第3刷発行

著　者　永井荷風

校注者　中島国彦　多田蔵人

発行者　坂本政謙

発行所　株式会社 岩波書店
〒101-8002 東京都千代田区一ツ橋 2-5-5
案内 03-5210-4000　営業部 03-5210-4111
文庫編集部 03-5210-4051
https://www.iwanami.co.jp/

印刷・精興社　製本・中永製本

ISBN 978-4-00-360048-1　Printed in Japan

# 読書子に寄す

## ——岩波文庫発刊に際して——

岩波茂雄

真理は万人によって求められることを自ら欲し、芸術は万人によって愛されることを自ら望む。かつては民を愚昧ならしめるために学芸が最も狭き堂宇に閉鎖されたことがあった。今や知識と美とを特権階級の独占より奪い返すことはつねに進取的なる民衆の切実なる要求である。岩波文庫はこの要求に応じそれに励まされて生まれた。それは生命ある不朽の書を少数者の書斎と研究室とより解放して街頭にくまなく立たしめ民衆に伍せしめるであろう。近時大量生産予約出版の流行を見る。その広告宣伝の狂態はしばらくおくも、後代にのこすと誇称する全集がその編集に万全の用意をなしたるか。千古の典籍の翻訳企図に敬虔の態度を欠かざりしか。さらに分売を許さず読者を繋縛して数十冊を強うるがごとき、はたしてその揚言する学芸解放のゆえんなりや。吾人は天下の名士の声に和してこれを推挙するに躊躇するものである。このときにあたって、岩波書店は自己の責務のいよいよ重大なるを思い、従来の方針の徹底を期するため、すでに十数年以前より志して来た計画を慎重審議この際断然実行することにした。吾人は範をかのレクラム文庫にとり、古今東西にわたって文芸・哲学・社会科学・自然科学等種類のいかんを問わず、いやしくも万人の必読すべき真に古典的価値ある書をきわめて簡易なる形式において逐次刊行し、あらゆる人間に須要なる生活向上の資料、生活批判の原理を提供せんと欲する。この文庫は予約出版の方法を排したるがゆえに、読者は自己の欲する時に自己の欲する書物を各個に自由に選択することができる。携帯に便にして価格の低きを最主とするがゆえに、外観を顧みざるも内容に至っては厳選最も力を尽くし、従来の岩波出版物の特色をますます発揮せしめようとする。この計画たるや世間の一時の投機的なるものと異なり、永遠の事業として吾人は微力を傾倒し、あらゆる犠牲を忍んで今後永久に継続発展せしめ、もって文庫の使命を遺憾なく果たさしめることを期する。芸術を愛し知識を求むる士の自ら進んでこの挙に参加し、希望と忠言とを寄せられることは吾人の熱望するところである。その性質上経済的には最も困難多きこの事業にあえて当たらんとする吾人の志を諒として、その達成のため世の読書子とのうるわしき共同を期待する。

昭和二年七月